Für Pamela Broughton,
die Direktorin der Benyon Primary School,
South Ockendon; eine begeisterte Leserin und Stickerin,
die angenehme Gesellschaft und Katzen zu schätzen weiß.

HAUPTPERSONEN

Der Palast des Pharao

THUTMOSIS I.	Pharao von Ägypten; Vater von Thutmosis II. und Hatschepsut.
THUTMOSIS II.	Halbbruder und Gemahl von Hatschepsut
HATSCHEPSUT	Pharaonenkönigin von Ägypten;
SENENMUT	ihr Großwesir, Geliebter und Vertrauter; von seinen Feinden verächtlich als ›Steinmetz‹ beschimpft.
INENI	Baumeister des Thutmosis I.

Die Halle der Beiden Wahrheiten in Theben (oberster Gerichtshof Ägyptens)

AMEROTKE	Oberster Richter Ägyptens;
NORFRET	Gemahlin von Amerotke;
AHMOSE UND CHUFU	deren Söhne.
SCHUFOY	Ein Zwerg, Amerotkes Diener und Vertrauter;
PRENHOE	ein Verwandter von Amerotke, Schreiber in der Halle der Beiden Wahrheiten.
ASURAL	Kommandant der Tempelpolizei im Maat-Tempel, in dem die Halle der Beiden Wahrheiten liegt.

Das Haus der Abgesandten

WENI, MAREB, HORDETH	Herolde Ägyptens

Die Mitanni

TUSCHRATTA	König der Mitanni
WANEF	Halbschwester des Tuschratta; eine Mitanni-Prinzessin;

BENIA	Tuschrattas Schwester, mit Thutmosis I. verheiratet.
HUNRO, MENSU, SNEFRU	Mitanni-Edelleute

Der Anubistempel

KHETY	Priester
ITA	Priesterin und Tempeldienerin
TETIKY	Hauptmann der Tempelwache
DER HUNDEHEGER	Verantwortlicher für das Wohl der heiligen Meute
NEMRATH	Wachhabender Priester

Schlosser

LAKHET	Bedeutendster Schlosser von Theben
BELET	Sohn des Lakhet
SELI	Belets Frau

HISTORISCHER HINTERGRUND

Um 3000 v. Chr. errichtete die erste Dynastie altägyptischer Könige ihre Herrschaft. Zwischen diesem Jahr und der Gründung des Neuen Reiches um 1550 v. Chr. machte Ägypten eine Reihe radikaler Veränderungen durch. In dieser Zeit entstanden die Pyramiden, an den Ufern des Nils wurden neue Städte gebaut, und Ober- und Unterägypten wurden geeint. Auch die religiösen Vorstellungen entwickelten sich weiter. In den Mittelpunkt rückten mehr und mehr die Verehrung des Sonnengottes Ra und der Kult des Osiris und der Isis. Außerdem musste sich das Land gegen fremde Invasoren behaupten, insbesondere gegen die aus dem asiatischen Raum stammenden Hyksos, die im ganzen Königreich große Schäden anrichteten. Um 1479–1478 v. Chr., da dieser Roman beginnt, hatte Pharao Thutmosis II. Frieden und Einheit im Land geschaffen. Ägypten stand am Beginn einer nie erlebten Blütezeit. Die Pharaonen hatten ihre Hauptstadt nach Theben verlagert und am Westufer des Nils eine Nekropole errichtet. Das Tal der Könige wurde zur letzten Ruhestätte der Pharaonen.

Zum besseren Verständnis für heutige Leser habe ich anstelle der archaischen ägyptischen Städtenamen die geläufigeren griechischen Versionen benutzt, z. B. Theben und Memphis. Die Ortsbezeichnung Sakkara umfasst den gesamten Pyramidenkomplex um Memphis und Gizeh.

Als Thutmosis um 1479 v. Chr. starb, gelangte Hatschepsut nach politischen Unruhen an die Macht und regierte das Land während der folgenden zweiundzwanzig Jahre. Unter ihrer Regentschaft entwickelte sich Ägypten zu einem der reichsten und bedeutendsten Staaten der damaligen Welt.

Ein wichtiger Bestandteil der ägyptischen Religion war der Osiriskult. Osiris wurde einer alten Legende zufolge von seinem Bruder Seth getötet und von seiner Gemahlin

Isis wieder zum Leben erweckt, die später den gemeinsamen Sohn Horus gebar. Neben diesem Kult kam der Verehrung des Sonnengottes Amun-Ra staatstragende Bedeutung zu, wobei man allgemein bestrebt war, die religiösen Praktiken zu vereinheitlichen. Die Ägypter hegten eine tief verwurzelte Ehrfurcht vor allen Lebewesen. Tiere, Pflanzen und lebensspendende Flüsse galten ihnen als heilig, und der Pharao, ihr Herrscher, wurde als Verkörperung des Willens der Götter verehrt.

Um 1479 v. Chr. befand sich die ägyptische Zivilisation auf einem außerordentlich hohen Stand, was Religion, Architektur, Bildung, Kunst und Wohlstand der Menschen betraf. Tonangebend in der Gesellschaft waren Beamte: Soldaten, Priester und Schreiber. Ihre Sprache zeichnete sich durch einen besonderen Bilderreichtum aus. So war ihr Pharao der ›Goldene Falke‹, die Schatzkammer das ›Haus des Silbers‹, Kriegszeiten bezeichnete man als ›Zeit der Hyäne‹, den Königspalast als ›Haus der Millionen Jahre‹. Ungeachtet aller zivilisatorischer Errungenschaften waren die ägyptische Innen- und Außenpolitik von Gewalt geprägt. Der Königsthron stand stets im Mittelpunkt von Intrigen und war Gegenstand von Neid und bitterer Rivalität. Vor diesem Hintergrund betrat die junge Hatschepsut 1479 v. Chr. die politische Bühne.

Bis 1478 v. Chr. hatte Hatschepsut bereits ihren Gegnern im In- und Ausland den Wind aus den Segeln genommen. Sie hatte im Norden einen großen Sieg über die feindlichen Mitanni errungen und ihre Widersacher im königlichen Rat, die von dem Großwesir Rechmire angeführt wurden, zum Schweigen gebracht. Unterstützt wurde sie von ihrem ebenso ehrgeizigen wie gerissenen Liebhaber Senenmut, der in ihrer Regierung das Amt des Ersten Ministers bekleidete. Hatschepsut war fest entschlossen, ihren Status als Pharaonenkönigin Ägyptens ein für alle Mal zu festigen. Wie alle großen Pharaonen musste sie mit fester Hand regieren und Ägyptens Feinde das Fürchten lehren. Sie meisterte beide Aufgaben mit Bravour und verbreitete den Ruhm Ägyptens bis weit über die Landesgrenzen hinaus. Ägypten betrachtete sich selbst als Mittelpunkt der Welt und alle anderen Könige als bloße Vasallen. Die Ereignisse in diesem Roman sind reine Fiktion, ich habe mir lediglich ausgemalt, was Hatschepsut getan haben könnte, um sich auch im Ausland Anerkennung zu verschaffen.

Paul Doherty

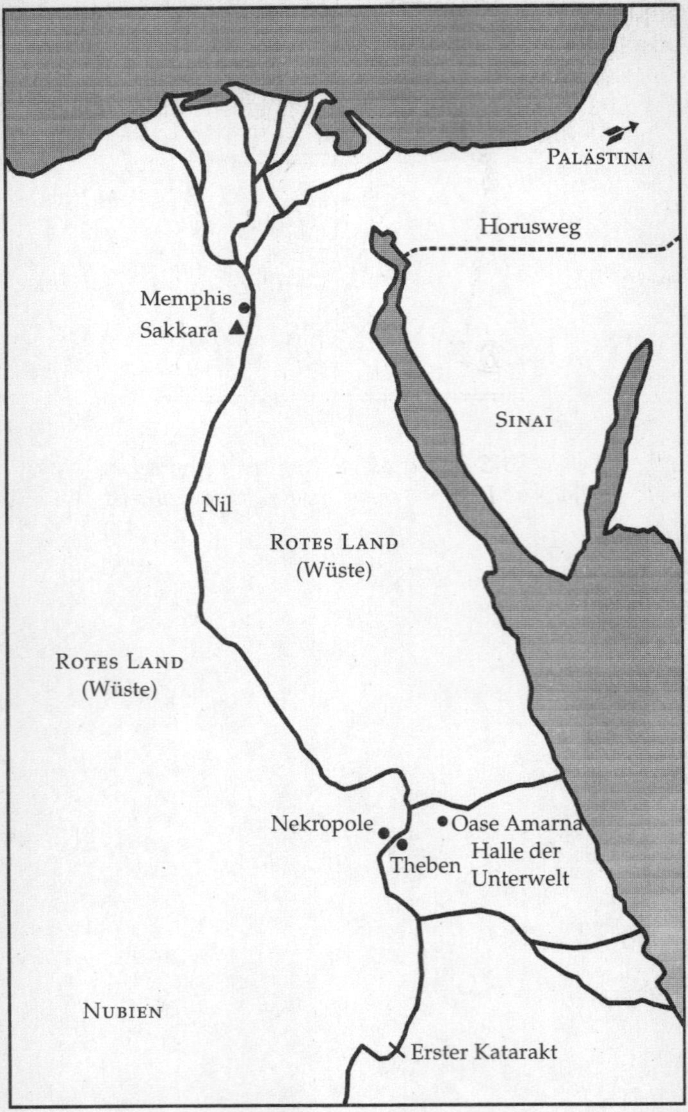

Ägypten um 1479 v. Chr.

ANUBIS basiert auf der uralten ägyptischen Gottheit Imiut – ›er-der-in-Binden-gehüllt-ist‹.

PROLOG

Tiefe Stille lag über dem nördlich von Theben am Ufer des schimmernden Nils gelegenen Anubistempel. Das Abendopfer war dargebracht, der Gott zur Ruhe gebettet und die Türen des Naos waren geschlossen worden. Auch die bunten Fahnen, die tagsüber an den hohen, die riesigen Pylone zu beiden Seiten des Haupttores noch überragenden Masten flatterten, hatte man eingeholt. Das Muschelhorn ertönte: die Nacht nahte heran. Das große Heiligtum mit der schwarzgoldenen Statue des schakalköpfigen Gottes war leer, nur ein junger Novizenpriester saß mit untergeschlagenen Beinen schläfrig da und atmete den würzigen Duft des Weihrauchs ein, der wie ein vergessenes Gebet durch den Tempel wehte.

Der Priester schrak zusammen und blickte ängstlich zu dem Thron des Anubis hinüber. Heulten hier irgendwo in der Nähe Hunde? Mit einem tiefen Seufzer entspannte er sich wieder. Er war neu im Tempel; er hatte das große Gehege vergessen, in dem die Meute wilder, dem Anubis geweihter Hunde gehalten wurde. Ein südlich von Nubien angesiedeltes Volk hatte die Tiere als Geschenk nach Ägypten gesandt, und die Hohen Priester hatten sie aus einer Laune heraus behalten. Der junge Priester hatte ihr Gehege, ein großes Felsgewölbe, ein Mal besucht. Die Hunde konnten sich dort frei bewegen und wurden morgens und abends vom Hundeheger gefüttert. Der Novize nahm sich zusammen. Er tauchte eine Hand in das Becken mit heiligem Wasser, das neben ihm stand, und reinigte sich mit den Fingerspitzen die Lippen, ehe er den Kopf senkte und sich in ein stilles Gebet vertiefte. Es war seine Aufgabe, hier zu wachen. Er musste für den Tempel, dessen Hohepriester und die Gelehrten, Bibliothekare und Priester beten. Auch Senenmut durfte er nicht vergessen, den Ersten Minister und, wie hier und da gemunkelt wurde, Geliebten der Pharaonenkönigin Hatschepsut. Der Anubistempel war als Treffpunkt auserwählt worden; hier würde Senenmut mit den Abgesandten des Mitanni-Königs Tuschratta verhandeln. Ein Friedensvertrag sollte unterzeichnet werden. Tuschratta würde seine Tochter einem von Hatschepsuts Angehörigen zur Frau geben. Die Armee der Mitanni war von Hatschepsut vernichtend geschlagen worden, und Tuschratta lag viel am Frieden mit Ägypten, auch wenn sein Stolz es ihm verbot, dies öffentlich zuzugeben. Ägyptische Truppen kontrollierten nun den Horusweg, der durch die Wüste Sinai führte, und entlang der Grenzen zum Reich der Mitanni patrouillierten Ägyptens beste Streitwagenschwadronen. Tschuratta hätte es auf einen Kampf ankommen lassen können, doch sein gesunder Menschenverstand riet ihm zum Frieden.

Der Novize hatte dem Tempelklatsch aufmerksam gelauscht. Die Pharaonenkönigin wurde nun in ganz Ägyten als Herrscherin anerkannt. Sie hatte nach dem mysteriösen Tod ihres Halbbruders und Gemahls Thutmosis I. den Thron an sich gerissen. Mit der Unterzeichnung des Friedensvertrages würde Hatschepsut von Ägyptens erbittertstem Widersacher offiziell akzeptiert werden; dann war es nur noch eine Frage der Zeit, bis sich die Nubier, Hethiter, Libyer und all ihre anderen Feinde gleichfalls vor ihr verneigten und ihren sandalenbekleideten Fuß küssen würden. Der Novize hing weiter seinen Träumen nach.

Im Anubistempel war Ruhe eingekehrt. Kein Pilger hielt sich mehr in der großen Hypostylhalle mit der blauen, mit goldenen Sternen übersäten Decke auf, um die heiligen, mit dem Gott Anubis geweihten Inschriften bedeckten Wände zu studieren. Die steinernen Bestien und Reptilien, die den Tempel bewachten, hockten reglos und schweigend da. Die mit rotgrünen Verzierungen versehenen und mit Girlanden geschmückten Säulen bildeten lange, schattige Reihen. Alle Türen des Tempels waren verschlossen, Truhen und andere Behältnisse mit Spangen aus feinstem asiatischem Kupfer gesichert. Die Wachsoldaten, die die Insignien des Anubis trugen und mit Speeren und Schilden bewaffnet waren, hatten ihre Plätze eingenommen. Die Gelehrten im Haus des Lebens hatten bereits die Lichter gelöscht. Die Werke, die sie kopierten oder lasen, die ledergebundenen Bücher und die Dokumente, in denen Bannsprüche zur Vernichtung des Bösen oder zum Schutz vor Krokodilen aufgeführt waren, waren in Truhen und Regalen verstaut worden und würden erst am nächsten Morgen wieder hervorgeholt werden. Tetiky, der Hauptmann der Tempelwache, schritt, da er sich auf geheiligtem Boden befand, barfuß durch den Tempel und kontrollierte die Portale, die kleinen Seitenkapellen, das Haus des Vergnügens, wo die Bankette abgehalten wurden, das Haus der Herzensfreude, wo sich die Tempeldienerinnen tagsüber aufhielten, und die Kleiderkammer, wo die heiligen Gewänder aufbewahrt wurden. Als er nichts Verdächtiges bemerkte, ging er zufrieden weiter. Das Heiligtum, die Bibliothek und die mit Gerste, Öl, Wein, Weihrauch und kostbarem Zedernholz aus dem Libanon gefüllten Vorratskammern waren vor Eindringlingen sicher.

Tetiky begab sich in das Herz des Tempels; das Gewirr von Gängen rund um die Heilige Kapelle, in der sich der heilige Amethyst, die ›Pracht des Anubis‹, befand. Er kam an einer Priesterin, einer Dienerin des Gottes vorbei und drehte sich um, um ihren anmutigen Gang, die sanft schwingenden Hüften und das lange, üppige Haar zu bewundern. Die Priesterin hielt einen Krug in den Händen. Tetiky runzelte die Stirn. Er ärgerte sich, weil ihm ihr Name nicht sofort einfiel. Ach ja, Ita hieß sie. Ihre Aufgabe war es, Khety, den Priester, der die Tür der Heiligen Kapelle bewachte, mit Erfrischungen zu versorgen. Khety kauerte an seinem üblichen Platz, mit dem Rücken gegen die Zedernholztür gelehnt. Drinnen behielt der wachhabende Priester Nemrath den heiligen Amethyst im Auge. Er hatte den Schlüssel in seiner Obhut, und er würde niemandem gestatten, die Kapelle zu betreten, bis er kurz vor dem Morgenopfer abgelöst wurde. Ihm steht eine lange Nacht bevor, dachte Tetiky, und das ganz ohne Essen und Trinken. Dem Hauptmann lief ein Schauer über den Rücken. Seine Männer behaupteten des Öfteren, den Gott Anubis mit einer Schakalsmaske durch den Tempel schleichen gesehen zu haben. Ob er wohl die Heilige Kapelle besucht und den prachtvollen Amethyst betrachtet hatte, der am Hals seiner Statue glitzerte? Die Heilige Kapelle mit dem Wasserbecken vor der Tür, den Nischen in den Wänden und der hohen Decke war wahrlich ein unheimlicher Ort! Tetiky riss sich zusammen und hüstelte leise. Khety hörte ihn, drehte sich um und hob zum Zeichen, dass alles in Ordnung war, eine Hand.

Beruhigt trat Tetiky in den Garten hinaus. Dort blieb er einen Moment lang stehen, um den Duft von Harz und Sandelholz einzuatmen. Der Tempelgarten war ein paradiesisches Fleckchen Erde mit schimmernden Seen, sattgrünen Rasenflächen, Blumenbeeten und Schatten spendenden Bäumen, die sich dunkel gegen den Nachthimmel abzeichneten. Tetiky hörte leisen Gesang und grinste. Eine Tempeltänzerin, eine *heset*, schien einen Kunden zu unterhalten. Der Hauptmann ging weiter, vorbei an den Viehställen, deren Bewohner verzagt muhend auf das Messer des Schlächters warteten. Er blieb stehen und verneigte sich, als eine Gruppe in Leinenschurze und Pantherfellumhänge gekleideter Priester auf dem Weg in die Stadt an ihm vorbeikam.

Tetiky kehrte auf seinen Posten zurück. Er konnte zu diesem Zeitpunkt noch nicht ahnen, dass der Anubistempel in dieser Nacht zum Schauplatz grässlicher Verbrechen werden sollte. Der Unheil bringende rothaarige Gott Seth hatte sein Opfer bereits auserwählt; das Tanzmädchen, das in einem der kleinen Gartenpavillons mit seinem Kunden beschäftigt war. Sie trug lediglich ein knappes Lendentuch, und ihr ölgetränktes, mit Perlen durchflochtenes schwarzes Haar schwang wie ein dunkler Schleier hin und her, während sie das heilige Sistrum schüttelte. Dabei musterte sie ihren Kunden verstohlen. Handelte es sich um einen Mitanni? Mann oder Frau? Sie konnte lediglich die Arme sehen, der Körper des Unbekannten war von einem weißen, gefältelten Leinengewand bedeckt, Kopf und Gesicht hinter einer Furcht erregenden Schakalsmaske verborgen.

Früher an diesem Tag war der seltsame Kunde an die *heset* herangetreten, als diese durch die schattigen Säulengänge des Tempels schlenderte. Die Tänzerin hätte das Angebot abgelehnt, hätte der oder die Unbekannte ihr nicht ein schön gearbeitetes Silberarmband als Lohn für ihre Dienste versprochen. Er oder sie saß jetzt im Schatten verborgen, doch das Armband schimmerte im Licht der Öllampe, die die *heset* mitgebracht hatte. Sie war eine professionelle Tänzerin, die auch in einem der Tempelchöre mitsang. Außerdem war sie eine in allen Künsten der Liebe bewanderte Kurtisane, die auch die anspruchsvollsten Kunden zufrieden zu stellen vermochte. Verführerisch drehte und wand sie sich im Licht, sodass ihr eingeölter Körper glänzte. Dann kehrte sie ihrem Kunden den Rücken zu und warf ihm über die Schulter hinweg einen koketten Blick zu. Sie würde sich das Silberarmband verdienen, es eine Weile tragen und es dann auf dem Markt verkaufen. Alles, was sie zu tun hatte, war, diesem Kunden Vergnügen zu verschaffen. Sie tänzelte auf ihn zu und stimmte ein Liebeslied an; eine der Hymnen, die die Priester des Anubis häufig sangen.

> Deine Schönheit überstrahlt den Glanz der Sonne.
> Das Licht deiner Augen wärmt mein Gesicht.
> Ich will zu dir kommen und eins mit dir werden …

Die Tänzerin hielt inne.

»Bist du zufrieden?«, flüsterte sie in die Dunkelheit. »Bin ich denn nicht hübsch? Gefalle ich dir nicht?«

Ein paar feine Schweißtropfen traten auf ihre Stirn, und sie spürte Ärger in sich aufsteigen. Sie hatte bereits eine geraume Weile getanzt und gesungen und dafür nur ein zustimmendes Grunzen geerntet. Aber kein Klatschen, keine Einladung, hinaus in den Garten zu gehen und in der Dunkelheit beeinander zu liegen.

»Ich bin müde.« Sie versuchte, sich ihre zunehmende Gereiztheit nicht anmerken zu lassen. »Der Tag ist zu Ende. Wollen wir hier bleiben? Oder hinaus unter eine Sykomore gehen? Der Abend ist angenehm kühl.«

»Wenn du müde bist, so sollst du schlafen«, flüsterte die Stimme.

Die Tänzerin trat einen Schritt zurück. Der Ton, in dem dies gesagt wurde, gefiel ihr nicht. Sie hörte einen tiefen Seufzer und spürte einen kurzen, stechenden Schmerz. Was war das? Erschrocken blieb sie stehen und presste eine Hand auf ihren Bauch. War sie vergiftet worden? Sie wandte sich zur Tür, aber es war bereits zu spät. Eine eiserne Klammer schien sich um ihre Brust zu legen. Schaum trat auf ihre Lippen. Sie hörte noch, wie die Stimme leise zählte, dann brach sie zusammen und wand sich unter Krämpfen auf dem Boden. Erst als sie sich nicht mehr regte, hörte ihr Mörder auf zu zählen, erhob sich und ging auf den Leichnam zu.

Sinuhe, der Reisende, blieb am Uferrand stehen und schaute gedankenverloren über den Nil. Das Wasser war über die Ufer getreten und hatte die umliegenden Felder überschwemmt. Nun glich der Fluss einer großen, in der Sonne badenden grünen Schlange. Sinuhes zerfurchtes Gesicht verzog sich zu einem Lächeln, und er drückte seine abgewetzte Ledertasche fester an sich. Sie enthielt ein Papyrusbuch mit detaillierten Beschreibungen all seiner Reisen. Er starrte zu der Kriegsgaleere mit dem weißgrün karierten Segel hinüber, deren schlanker Bug das Wasser durchschnitt. Der Kapitän stand auf der erhöhten Plattform im Heck und brüllte Befehle. Um die Galeere herum drängte sich eine Anzahl Barken, Stakkähne und kleiner Fischerboote. Es roch nach den Äschen und Katzenfischen, die die Fischer gerade in ein Boot luden, nach Öl und ein wenig nach menschlichem Schweiß. Sinuhe bildete sich viel auf seinen feinen Geruchssinn und seine scharfen Augen ein. Er blickte an sich herunter. Heute trug er seine besten roten Sandalen und ein Gewand aus dickem Leinen. Er hatte sogar sein sonnenverbranntes Gesicht glatt rasiert und sich am Abend zuvor das Haar schneiden lassen. Der Barbier hatte ihn dabei mit dem neuesten Klatsch versorgt, während seine Frau einen Laib Brot zerkrümelt und zu einem

Brei verarbeitet hatte, um damit Bier zum Gären zu bringen. Beide hatten sich über seinen Besuch gefreut. Jeder mochte Sinuhe oder zumindest seine Geschichten. Schließlich hatte Sinuhe viel von der Welt gesehen. Zu Regierungszeiten des alten Pharaos war er bis hinter den vierten Katarakt gereist, durch Nubien, durch Kusch und dann in den dunklen, undurchdringlichen Dschungel im Süden. Er hatte gegen wilde Stämme gekämpft, die das Fleisch ihrer Gefangenen verzehrten und fratzenhaften hölzernen Götzen Blutopfer darbrachten. Er war auch im Osten, im Land Punt gewesen und hatte von dort kostbare Kräuter und Geschichten über unermessliche Reichtümer mitgebracht.

Auch das Rote Land westlich von Theben hatte Sinuhe durchquert und sich dabei gegen Nomaden, Wüstenreisende und kriegerische Libyer zur Wehr setzen müssen. Er war sogar über das Große Grün gesegelt, jenes riesige Meer, in das der Nil mündete. Und er hatte natürlich den Erzählungen anderer Reisender aufmerksam gelauscht; Männern, die die eisigen Länder im Norden beschrieben hatten. Natürlich, dort wehte ja auch der kalte Atem Amuns. An den Küsten Palästinas hatte er sich mit Seefahrern unterhalten, über die rauen Ozeane im Westen, die exotischen Kulturen im Osten, die Orte, wo Drachen und Ungeheuer lebten.

Schließlich war Sinuhe nach Hause zurückgekehrt. Zuerst hatten die Leute seinen Erzählungen voller Staunen gelauscht, dann hatten sie gelacht und ihn verspottet. Lächelnd blickte er zu den Lehmhäusern der Nekropole, der Totenstadt hinüber. Es war Sinuhes glühendster Wunsch, dort eine Grabstätte zu erwerben, damit er in Frieden ruhen konnte, nachdem er die ewige Reise über den Fernen Horizont angetreten hatte. Vielleicht würde er sich vorher noch eine andere Frau nehmen, als Ersatz für die Konkubine, die vor drei Jahren gestorben war. Wann war das doch gleich gewesen? Ach ja, zur Zeit der Aussaat.

Nach ihrem Tod hatte Sinuhe Papyrusbögen, schwarze Tinte und Schreibfedern erstanden und begonnen, seine Erlebnisse aufzuschreiben. Schon bald hatte sich die

Nachricht von seinem großen Werk in der ganzen Stadt verbreitet, und die ersten Interessenten waren an ihn herangetreten:

Tempelpriester, Kaufleute und sogar der Wesir Senenmut, der Erste Minister der Pharaonenkönigin Hatschepsut, hatten sich in seinem Haus eingefunden. Sinuhe hatte lediglich gelächelt und sein Manuskript unter Verschluss gehalten. Er wusste, worauf sie es alle abgesehen hatten: nicht so sehr auf seine Berichte als vielmehr auf die Karten, die er gezeichnet hatte. Was lag hinter dem vierten Katarakt? Welche Reiserouten gab es? Welche Gefahren lauerten dort? Und wie sah es im Roten Land aus, der riesigen Wüste zu beiden Seiten des Nils? Sicher, die Lage der einen oder anderen Oase war bekannt, aber Sinuhe wusste noch viel mehr. Er kannte die Pfade, die durch die Wüste führten; wusste, wie man sich anhand des Himmels orientieren konnte und wo Wasser zu finden war. Dasselbe galt für das Große Grün: Hatschepsuts Galeerenkapitäne hätten nur gar zu gerne erfahren, was er herausgefunden hatte. Wann war die beste Zeit zum Segeln? Welche Jahreszeiten galt es zu meiden? Worauf musste man achten? Wo gab es Inseln, und konnte man dort gefahrlos anlegen? Sinuhe drückte seine Tasche so liebevoll an sich wie eine Mutter ihr Kind. Und jetzt war sogar das Interesse der Fremden geweckt. Ganz Theben wusste, dass Tuschratta und sein Hofstaat in der Oase der Palmen lagerten, während seine Abgesandten in der Stadt Friedensverhandlungen führten. Boten des Mitanni-Königs hatten Sinuhe aufgesucht und ihm ein Vermögen für sein Buch geboten. Nach hartem Feilschen waren sie jetzt zu einer Einigung gelangt. Die Person, mit der er verhandelte, hatte ihn angewiesen, zum verlassenen Tempel des Zwergengottes Bes ein Stück nilabwärts zu kommen.

»Ein guter Treffpunkt«, hatte die Mitanni-Abgesandte erklärt. »Weit weg von neugierigen Augen.«

Sie war bei Einbruch der Dämmerung zu ihm gekommen und hatte sich im Schatten verborgen gehalten, sodass er ihr Gesicht nicht erkennen konnte, aber er hatte den schweren, süßlichen Duft ihres Parfüms wahrgenommen.

Zuerst hatte Sinuhe Einwände erhoben. Der Treffpunkt war ihm zu abgelegen, das Unternehmen zu gewagt erschienen. Doch dann hatte er nachgedacht. Würde man ihn mit der Mitanni zusammen sehen, würde es Gerede geben. Außerdem hatte sie ihm einen kleinen Barren puren Goldes dagelassen, den Sinuhe jetzt in seiner Tasche trug, und ihm weitere Reichtümer versprochen. Wie hätte er da widerstehen sollen?

Sinuhe eilte weiter. Theben lag hinter ihm, er befand sich nun draußen auf dem Land. Palmen ragten in den blauen Himmel hinein. Der Wind wehte das Gelächter der Fischer zu ihm herüber. Auf den Feldern waren die Bauern damit beschäftigt, den Boden umzugraben und für die Aussaat vorzubereiten. Die Sonne gewann an Kraft, doch die Hitze machte einem Mann wie Sinuhe nichts aus. Er kannte die glühend heißen Winde der Wüste, wo es nur Sand gab und nichts als Sand, so weit das Auge reichte! Sinuhe hob den Kopf. Vor ihm lagen die Ruinen des Bestempels. Als Junge war er oft hier gewesen; der Anblick beschwor viele Erinnerungen herauf. All seine früheren Kameraden waren tot. Die meisten waren Soldaten geworden. Zwei waren in Ungnade gefallen und als Sklaven in das Tal der Könige gebracht worden, um das Grab des alten Pharaos in die Felsen zu hauen. Sie waren nie zurückgekommen. Sinuhe erschauerte. Tote konnten nicht mehr reden. Pharao Thutmosis I. war ein harter und grausamer Mann gewesen.

Er betrat die Ruine. Überall lagen umgestürzte Säulen umher; der Tempel verfiel von Jahr zu Jahr mehr. Alles, was sich irgendwie verwerten ließ, hatten die Bauern schon längst gestohlen. Er betrachtete die Flutmarken an den Wänden, die zeigten, wie hoch der Nil gestiegen war. Der Boden war noch immer feucht. Sinuhe ließ sich in einer schattigen Ecke nieder. Der Nil gab Leben, konnte aber auch den Tod bringen …

»Hast du das Buch mitgebracht?«

Der Reisende blickte auf. Schlagartig verließ ihn sein Mut. Zuerst dachte er, er hätte eine Vision. Der Totengott Anubis, der die Seelen der Verstorbenen gegen die Feder der Wahrheit abwog, stand vor ihm. Doch dann bewegte sich die Furcht erregende Gestalt, und Sinuhe sah, dass sie kostspielige Sandalen und einen ledernen Kriegsschurz trug. Es war die Schakalsmaske, die ihm Angst einjagte.

»Hast du das Buch mitgebracht?« Die Stimme klang hohl.

»Ja, ja, natürlich. Ich habe es hier.«

Sinuhe zog sich auf die Knie und öffnete seine Ledertasche. Im selben Moment spürte er einen stechenden Schmerz an der Seite seines Halses. Eine Fliege? Hatte ihn ein Insekt gestochen? Abwehrend hob er eine Hand. Sein Mörder stand still da und beobachtete ihn. Sinuhe erkannte, dass etwas nicht stimmte, als die furchtbaren Schmerzen einsetzten. Auf all seinen Reisen hatte er Derartiges noch nicht erlebt. Seine Finger wurden taub, die Tasche entglitt ihm. Er versuchte, sich zu erheben. Sein Mörder trat auf ihn zu. Sinuhe schloss die Augen und öffnete den Mund, um um Gnade zu flehen. In seinen Ohren begann es zu dröhnen, und eine Welle sengenden Schmerzes schlug über ihm zusammen. Er war wieder im Dschungel, eine Kriegerschar, schwarz wie die Nacht, die Gesichter mit Farbe bedeckt, kam mit erhobenen Schilden auf ihn zu. Der Tod nahte!

Der Mörder wartete, bis die konvulsivischen Zuckungen nachließen und Sinuhe regungslos liegen blieb. Er hob den Ledersack auf und verbarg ihn in einem Spalt zwischen den Steinen, dann packte er den Leichnam bei den Knöcheln, zerrte ihn zum Flussufer hinunter und warf ihn ins Wasser. Eine Weile blieb er ruhig am Ufer stehen und sah zu, wie die Wasseroberfläche sich kräuselte und die ersten Krokodile auf Sinuhes Leiche zuglitten.

ANUBIS ist der bedeutendste Totengott Ägyptens

ERSTES KAPITEL

In der im Tempel der Göttin Maat gelegenen Halle der Beiden Wahrheiten stand die Verkündung eines Todesurteils unmittelbar bevor. Amerotke, der oberste Richter von Theben, saß auf einem niedrigen, mit Kissen gepolsterten Stuhl aus Akazienholz. Die hellgrünen und goldenen Kissen waren aus heiligem Stoff gefertigt und mit Hieroglyphen bestickt, die die Weisheit der Göttin der Wahrheit priesen. Auf den Wänden und Säulen der Halle prangten prächtige Bilder der zweiundvierzig Dämonen des Duat, der ägyptischen Unterwelt. Darunter standen die Namen der abscheulichen Kreaturen: ›Knochenbrecher‹, ›Seelenverschlinger‹, ›Bluttrinker‹ und so weiter. Diese Geschöpfe hausten in den Hallen der Götter, wo sie darauf warteten, die Seelen zu verzehren, die von Anubis in der Waagschale der göttlichen Justiz gewogen und eines Lebens nach dem Tode für unwürdig befunden worden waren.

Vor dem obersten Richter standen Zedernholztische, auf denen die Gesetze Ägyptens und die ›Worte aus dem Mund des Pharaos‹ lagen. Die heiligen Dokumente waren aber nicht dazu bestimmt, zu Rate gezogen zu werden, sondern sollten Amerotke lediglich daran erinnern, dass er im Namen des Pharaos Recht sprach. Die Sekretäre, Schreiber, Angehörigen der Tempelpolizei und die Zuschauer saßen alle still da, die Blicke erwartungsvoll auf den Richter geheftet. Einige der Schreiber, die an der Wand kauerten, konnten die Spannung kaum noch ertragen. Sie zupften an ihren weißen Gewändern herum oder neigten die kahl geschorenen Köpfe über ihre kleinen Schreibpulte. Prenhoe, der Jüngste von ihnen und ein Verwandter Amerotkes, hantierte nervös mit den Paletten mit roter und schwarzer Tinte, dem Wassertopf und den scharfen Messern herum, mit denen der Papyrus zugeschnitten wurde. Ein Messer fiel klirrend auf den Marmorboden. Prenhoe hob es rasch auf und warf dem Richter einen schuldbewussten Blick zu.

Amerotke war ein Höfling durch und durch, für seinen Scharfsinn, aber auch für seine Strenge und seinen ausgeprägten Gerechtigkeitssinn bekannt. Jetzt hatte sich sein schmales dunkles Gesicht Unheil verkündend verzogen. Er starrte auf die geschlossenen Türen der Halle und bewegte dabei leicht die Lippen. Hin und wieder berührte er die schwarze, mit silbernen und grünen Bändern durchflochtene Haarlocke, die ihm über das rechte Ohr fiel. Schließlich stieß er vernehmlich den Atem aus und ordnete sein blau gesäumtes Gewand, das ihn vorzüglich kleidete. Er beugte sich in seinem Stuhl vor, sodass sich das Sonnenlicht, das von den Gärten zu beiden Seiten in die Halle strömte, in seiner goldenen Halskette fing. Das Maat-Amulett auf seiner Brust schimmerte, als schicke sich die Göttin persönlich an, in diesem Fall Recht zu sprechen. Amerotke drehte an seinem Amtsring herum, der gleichfalls die Insignien der Göttin trug, dann streckte er die Hände aus und berührte die vor ihm liegenden Manuskripte.

»Gefangener Bakhun. Hast du noch etwas zu sagen, bevor das Urteil verkündet wird?«

Der junge Mann, der, an Händen und Füßen gefesselt, zwischen zwei Wächtern stand, schüttelte den Kopf. Als einer der Wächter ihn unsanft anstieß, fiel er auf die Knie und berührte mit der Stirn den Boden.

»Ich habe gesündigt«, winselte er. »Und diese Sünde wird auf ewig an mir haften.«

»Du hast in der Tat gesündigt«, bestätigte Amerotke, »und du hast versucht, dich der Gerechtigkeit des Pharaos zu entziehen.«

Er blickte sich im Gerichtssaal um. In der Nähe der Tür stand Asural, der Kommandant der Tempelpolizei. Dieser war bereits einen Schritt vorgetreten, und seine grimmige Miene besagte deutlich, dass er es kaum erwarten konnte, diesen Übeltäter vom Tempelgelände zu entfernen. Amerotke schwieg eine Weile, um seines Zornes und seiner Furcht Herr zu werden; Zorn ob des furchtbaren Verbrechens, das Bakhun begangen hatte – seine Opfer waren eines grässlichen Todes gestorben – und Furcht, weil genau dieses Verbrechen einen Albtraum aus seiner Kindheit von neuem heraufbeschwor. Er sah sich als kleinen Jungen eine Straße entlangrennen, verfolgt von einem wütenden Hund. Das Tier hatte ihn rasch eingeholt, und wenn nicht ein beherzter Passant eingegriffen hätte ... Amerotke schloss die Augen. Seine Frau Norfret riet ihm stets, dieses Erlebnis zu verdrängen. Des Nachts jedoch schlichen sich die Erinnerungen in seinen Schlaf wie bösartige Schlangen; bereit, seine Seele zu vergiften: die wild blickenden Augen, das geifernde Maul, die zurückgezogenen Lefzen, die scharfen Zähne und die Klauen, die sich in seine Beine geschlagen hatten. Amerotke hatte Hunde immer geliebt, aber seit jenem Tag ... Er zwinkerte ein paar Mal. Das Gericht erwartete sein Urteil.

»Bakhun«, verkündete er, »außer deinem betagten Onkel und deiner Tante hattest du keine Verwandten mehr. Sie haben dich zu ihrem Erben bestimmt. Sie haben sogar in ihrem Grab in der Nekropole einen Platz für dich reserviert, damit ihr gemeinsam über den Fernen Horizont reisen könnt. Sie waren alt und krank, und du hast sie auf eine abscheuliche Weise ermordet.«

»Das war nie meine Absicht«, protestierte Bakhun.

»O doch. Du hast alles ganz genau geplant«, gab Amerotke zurück. »Du hast einen tollen Hund, dem der Schaum vor dem Maul stand, eingefangen, in einen Käfig gesperrt und diesen Käfig zu dem abgelegenen Gehöft deines Onkels vor den Toren von Theben geschafft. Im Schutz der Dunkelheit hast du dann die Tür geöffnet und den Hund ins Haus gelassen. Dein Onkel und deine Tante waren zu schwach, um sich gegen das rasende Tier zur Wehr zu setzen. Sie konnten noch nicht einmal mehr die Treppe emporsteigen, um sich in Sicherheit zu bringen. Der Hund griff an und tötete beide. Ihre Leichen waren so schrecklich verstümmelt, dass die Einbalsamierer große Mühe hatten, sie für ihre letzte Reise vorzubereiten. Du wärst ungestraft davongekommen, wenn Zeugen dich nicht zufällig am Morgen des Tages, an dem deine Verwandten starben, in einem geschlossenen Wagen gesehen hätten, als du Theben verlassen wolltest. Ich sehe keinen Grund, Gnade walten zu lassen. Der Gerechtigkeit des Pharaos wird Genüge getan werden. Der Besitz deines Onkels und deiner Tante wird verkauft werden, und von dem Erlös werden die Begräbniskosten bestritten. Der Rest geht an das Haus des Silbers und wird unter den Armen verteilt.«

Bakhun hockte sich auf die Fersen. Amerotke musterte ihn finster. In Ägypten war es üblich, die Strafe an die Art des Verbrechens anzupassen. Aus den Augenwinkeln heraus konnte Bakhun den Hundeheger erkennen, der für das Wohl der heiligen Meute im Anubistempel verantwortlich war. Amerotke hatte ihn als Experten vorgeladen.

»Asural!«, schnarrte der Richter. »Und du, Hundeheger, kommt zu mir.«

Beide Männer traten vor. Der Hundeheger war ein großer, knochiger, ganz in Leder gekleideter Mann. An den Füßen trug er schwere Stiefel, in einer Hand hielt er eine Peitsche, in der anderen einen kleinen Speer. Asural hingegen trug die vollständige Uniform eines Tempelpolizisten. Er hatte sich seinen Bronzehelm unter den Arm geklemmt und sah aus, als sei er bereit, auszuziehen und sämtliche Feinde des Pharaos allein in die Flucht zu schlagen. Sein kahler Schädel und sein feistes Gesicht glänzten vor Schweiß. Er wusste genau, was in dem obersten Richter vorging. Die Kunde von dem abscheulichen Verbrechen hatte sich in ganz Theben verbreitet. Bakhun hatte seine Verwandten nicht nur ermordet, sondern ihren Seelen auch die Reise durch die Unterwelt verwehrt, indem er zugelassen hatte, dass ihre Leichen förmlich in Stücke gerissen worden waren.

»Asural, Hundeheger!«, befahl Amerotke. »Bakhun ist des Mordes und des gotteslästerlichen Frevels für schuldig befunden worden. Er ist nichts als ein übler Geruch, der die Nase des Pharaos beleidigt, und wie ein solcher soll er auch ausgelöscht werden.« Er berührte das Amulett auf seiner Brust. »Im Namen von Maat und des göttlichen Pharaos verkünde ich folgendes Urteil. Du, Hundeheger, wirst diesen Mann in das Haus seines Onkels zurückbringen. Er wird dort eingesperrt, und danach sollen alle Fenster und Türen zugemauert und versiegelt werden.«

Amerotke hielt inne. »Doch ehe er eingemauert wird, fängst du in den Straßen von Theben zwei tolle Hunde ein. Sie waren seine Helfer bei dem Mord, so mögen sie ihm nun den Tod bringen. Das Urteil wird noch vor Einbruch der Dunkelheit vollstreckt. Schafft ihn fort!«

Bakhun warf sich jammernd zu Boden. Die Wächter ergriffen ihn. Dann sprang er mit angstverzerrtem Gesicht auf. Das unheilvolle Schweigen im Gerichtssaal und das unterdrückte Gemurmel der Schreiber verrieten ihm, dass er kein Mitleid zu erwarten hatte. Unter wüsten Verwünschungen wurde er aus dem Saal geschleift.

Amerotke entspannte sich ein wenig. Das Gericht legte eine kurze Pause ein. Prenhoe erhob sich, um einen Blick auf die Wasseruhr zu werfen; einem großen Gefäß mit dem Bild eines Pavians auf der Vorderseite. Sie stand in der Ecke des Säulenganges, der hinaus in den Garten führte. Amerotke sah dem jungen Schreiber nach. Er wünschte, er könnte sich jetzt in die Tempelgärten zurückziehen und sich dort unter einen Tamarindenbaum setzen, wo es angenehm kühl und schattig war. Er blickte zu dem obersten Schreiber hinüber und nickte ihm zu, als Zeichen, mit den Verhandlungen fortzufahren. Asural war inzwischen in den Saal zurückgekehrt, nachdem er Bakhun den Tempelwächtern übergeben hatte. Amerotke musterte ihn verstohlen und fragte sich, ob sich Asural in dem schweren Lederbrustpanzer, dem ledernen Schurz und den schweren Beinschienen nicht vorkam, als würde er bei lebendigem Leibe gesotten. Asural, ebenfalls ein entfernter Verwandter des Richters, legte größten Wert darauf, stets angemessen gekleidet zu sein, und achtete auf strengste Disziplin bei sich und seinen Leuten. Amerotke hatte seiner Frau Norfret gegenüber einmal bemerkt, der Kommandant der Tempelpolizei würde lieber an einem Hitzschlag sterben, als einmal aus der Rolle zu fallen.

Er rief den nächsten Fall auf, wobei er insgeheim um Geduld betete. Der oberste Schreiber erhob sich.

»Diejenigen, die sich der Gerichtsbarkeit des Pharaos unterwerfen wollen, mögen eintreten.«

Die Zedernholztüren am anderen Ende der Halle schwangen auf, und der Zwerg Schufoy kam, mit Sonnenschirm und Gehstock bewaffnet, hoch erhobenen Hauptes hereingewatschelt. Er trug sein bestes Gewand aus reiner Wolle, das seinen kleinen Körper vom Hals bis zu den Knöcheln bedeckte, neue Sandalen und einen eleganten dunkelblauen Mantel. Amerotke hatte darauf bestanden, dass er sauber rasiert und angemessen gekleidet vor Gericht erschien und nicht in seinen üblichen zerschlissenen bunten Lumpen. Schufoy liebte es, sich als bettelarmen Mann hinzustellen; ganz im Gegensatz zu Amerotke, dessen Freund, Diener, Ratgeber und selbst ernannter Herold der Zwerg war. Er stolzierte wichtigtuerisch durch die Halle, ohne auf das unterdrückte Gelächter zu achten, das sein Anblick hervorrief. Amerotke verzog keine Miene, doch sein Herz flog dem kleinen Mann zu. Schufoys Haar war dem reichlich verwendeten Öl zum Trotz nur eine zerzauste Masse, und gegen sein furchtbar entstelltes Gesicht konnte er ohnehin nichts unternehmen. Früher war er ein Lederhandwerker gewesen, dann aber eines Verbrechens bezichtigt worden, das er nicht begangen hatte. Man hatte ihm die Nase abgeschnitten und ihn in ein kleines Dorf südlich von Theben verbannt. Dort lebte eine Anzahl Leidensgenossen von ihm; sie nannten sich die ›Gemeinschaft der Nashörner‹. Amerotke hatte den Fall aufgerollt, Schufoys Unschuld nachgewiesen und ihn gewissermaßen als Wiedergutmachung in seinem eigenen Haushalt aufgenommen. Der Richter war von dem kleinen Mann fasziniert. Schufoy glich einem Chamäleon. Er konnte sich in Sekundenschnelle vom ergebenen Diener seines Herrn in einen listigen Scharlatan verwandeln, der den gutgläubigen Bürgern Thebens nutzlose Tränke und Amulette andrehte.

Schufoy blieb stehen, sank auf die Knie und warf sich vor dem Stuhl des Richters zu Boden. O Maat, steh mir bei, dachte Amerotke im Stillen. Lass Schufoy bitte erst gar nicht in Fahrt kommen! Der kleine Mann hob den Kopf und zwinkerte Amerotke zu. Ein spitzbübisches Grinsen huschte über sein entstelltes Gesicht. Amerotke funkelte ihn böse an.

»Was hast du zu sagen?«

»Ich grüße dich, großer Richter von Theben, Verkörperung von Maats Weisheit, geliebt vom Pharao.« Schufoys Stimme dröhnte durch die Halle. »Du, der du dem göttlichen Pharao ins Antlitz blicken durftest und Freundschaft genießt, oberster Richter in der Halle der Beiden Wahrheiten, Hohepriester der Maat …

»Genug davon!«, fauchte Amerotke. »Sag, was du zu sagen hast!«

Schufoy setzte einen unterwürfigen Gesichtsausdruck auf und kniete sich wieder hin. Sonnenschirm und Gehstock lagen neben ihm. Dann streckte er in einer dramatischen Geste die Hände aus.

»Sag, was du zu sagen hast«, wiederholte Amerotke, wobei er einem kichernden Schreiber einen strafenden Blick zuwarf. »Das Gericht wird dich anhören.«

»Ich bin Schufoy, der treueste Diener des großen …«

»Ich fange jetzt an zu zählen«, unterbrach ihn Amerotke. »Wenn ich bei dreißig angekommen bin und immer noch nicht weiß, was du willst …«

Schufoy deutete den warnenden Blick richtig.

»Mein Name ist Schufoy«, erklärte er hastig. »Ich spreche für Belet und Seli. Belet ist ein ausgezeichneter Schlosser«, fuhr er hochtrabend fort. »Seli stammt aus guter Familie; ihr Vater schneidet Papyrus …«

»Dreiundzwanzig«, verkündete Amerotke drohend.

»Die beiden möchten heiraten.«

Schufoy schob die Unterlippe vor; ein sicheres Zeichen dafür, dass sein Temperament mit ihm durchzugehen drohte. Er hatte sich seit Wochen auf seinen Auftritt gefreut. Schufoy liebte den feierlichen Ernst einer Gerichtsverhandlung, und vor allem konnte er nie widerstehen, wenn sich ihm eine Gelegenheit bot, seinen immer so ernsten Herrn ein wenig zu necken. Amerotke wusste genau, worauf Schufoy hinauswollte, er wünschte nur, er würde endlich zur Sache kommen.

»Und wo liegt das Problem?«

»Darf ich die beiden hereinholen?«, bat Schufoy.

Amerotke hob eine Hand.

Die junge Frau, die die Halle betrat, war recht hübsch: schlank gebaut, mit einem niedlichen Puppengesicht. Sie trug eine ölgetränkte Perücke und ein schlichtes weißes Leinengewand. Der junge Mann war in eine knielange wollene Tunika gehüllt. Sein Gesicht wurde von einer Ledermaske verdeckt. Einer der Wachposten trat zu ihm und flüsterte ihm etwas ins Ohr, woraufhin der Mann die Maske abnahm. Amerotke schloss die Augen. Einst musste der junge Mann mit seinen regelmäßigen Gesichtszügen recht gut ausgesehen haben, aber ihm war wie Schufoy die Nase abgeschnitten worden.

»Du bist also ein verurteilter Verbrecher?«, fragte Amerotke, ohne auf das erschrockene Gemurmel im Saal zu achten.

»Ich bin Schlosser von Beruf.«

Der Schmerz, der in Belets Augen aufflackerte, entging dem Richter nicht.

»Wann wurdest du verurteilt?«

»Vor vier Jahren.«

Einer der Wächter trat vor und machte Anstalten, Belet auf die Knie zu zwingen; die vorgeschriebene Pose, die man vor dem Richter des Pharaos einzunehmen hatte. Doch Amerotke hob abwehrend die Hand und schüttelte den Kopf.

»Fahr fort!«

»Es ist wahr, ich habe eine ganze Reihe von Verbrechen verübt«, gestand Belet. »Ich habe die Geschäfte und Häuser derer geplündert, denen ich zuvor Schlösser verkauft hatte.«

»Warum?«, erkundigte sich Amerotke.

»Meine Eltern sind verarmt. Mein Vater trank zu viel. Sie besaßen keine Grabstätte.«

Amerotke nickte. Einer der Hauptgründe für viele Verbrechen war der glühende Wunsch vieler wohlhabender Kaufleute und Handwerker Thebens, ein angemessenes

Grab in der Nekropole auf der anderen Seite des Nils zu erwerben.

»Und du hast für deine Verbrechen gesühnt?«

»Ja, erhabener Richter.«

»Und nun?«

»Ich kann nicht mehr in Theben leben. Ich kann nicht heiraten, und ich kann auch meinen Beruf nicht mehr ausüben.« Belet fiel auf die Knie; nicht um der Effekthascherei willen, sondern um seiner Bitte Nachdruck zu verleihen. »Ich bin gekommen, um den Pharao um Gnade anzuflehen. Ich bin gestraft genug.« Er deutete auf die Narbe, die sein Gesicht entstellte. »Ich habe die Verbannung auf mich genommen. Aber jetzt bin ich bereit, einen feierlichen Eid zu leisten. Ich kann Zeugen beibringen«, fuhr er hastig fort, »die bestätigen werden, dass ich mir während der letzten vier Jahre nichts habe zu Schulden kommen lassen.«

Amerotke hob eine Hand. Asural und Prenhoe hatten den Fall untersucht. Der junge Mann sprach die Wahrheit; er hatte seither kein Verbrechen mehr begangen.

»So vernehmt denn mein Urteil«, verkündete Amerotke, blickte Seli an und lächelte. »Du liebst Belet?«

»Ja, erhabener Richter.«

Amerotke sah, wie aufgeregt die junge Frau war. Große Schweißtropfen rannen ihr über die Wangen.

»Mein Urteil lautet wie folgt«, erklärte er. »Belet wird einen feierlichen Eid leisten. Er wird hier, im Maat-Tempel, schwören, nie wieder vom rechten Weg abzuweichen. Die Schreiber werden einen Widerruf des vorherigen Urteils verfassen. Dies soll noch vor Sonnenuntergang geschehen.« Er warf Belet einen warnenden Blick zu. »Du weißt, was geschieht, wenn du diesen Eid brichst? Dann droht dir die endgültige Verbannung aus Theben und die Konfiskation deines gesamten Besitzes.«

Schufoy, der fürchtete, nicht mehr gebührend beachtet zu werden, sprang auf.

»Bezeugt die Weisheit unseres Pharaos!«, dröhnte er. »Und dankt dem erhabenen Richter Amerotke, der die Wahrheit auf den Lippen trägt und der …

»Räumt den Gerichtssaal!«, bellte Amerotke.

Zum Zeichen, dass die Verhandlung beendet war, erhob er sich und begab sich in seine private Seitenkapelle. Er liebte es, sich in diesem langen Raum mit den weißen Basaltwänden und der hohen, zartgrün gestrichenen Decke nach den Gerichtssitzungen ein wenig auszuruhen. Die Wände waren mit Bildern der Göttin Maat bedeckt, die ihrem Vater Ra diente. Auf einem Opfertisch stand ein Becken mit heiligem, mit Natron versetztem Wasser. Stühle und Kissen waren reichlich vorhanden. Auf dem Altar in der Mitte des Raumes stand die Barke der Göttin, dahinter befand sich der Naos, der heilige Schrein, in dem die aus Gold und Silber gefertigte Statue der Maat aufbewahrt wurde. Amerotke griff nach dem Weihrauchgefäß, kniete vor dem Naos nieder und streute etwas Weihrauch in das Kupferbecken voll glühender Kohle, das vor dem Schrein stand. Nachdenklich betrachtete er die Rauchwölkchen, die zur Decke emporstiegen.

»Möge mein Gebet dir so süß klingen, wie dieser Weihrauch duftet«, murmelte er, sich auf dem Kissen zurücklehnend.

Verzückt betrachtete er die Statue der Göttin der Wahrheit in ihrem goldenen Gewand; bewunderte das schimmernde schwarze Haar, das schöne schmale Gesicht, die vollen Lippen, die leicht schräg stehenden, mit *kohl* umrandeten Augen, die Armbänder, die Fußketten und die eleganten Sandalen an den zierlichen Füßen. Amerotke lächelte. Jedes Mal, wenn er hier betete, fiel ihm auf, wie sehr die Statue seiner Gemahlin Norfret ähnelte. Fast rechnete er damit, dass sie die Lippen öffnete, den Kopf neigte und ihm aus ihren dunklen Augen einen verführerischen Blick zuwarf. Er lachte leise. Verehre ich eigentlich die Göttin, dachte er, oder meine Frau oder beide?

Amerotke bemühte sich stets, ein Leben in Aufrichtigkeit und Pflichterfüllung zu führen. Er liebte seine Frau und seine beiden Söhne Ahmose und Chufu, und er versuchte immer, sein Bestes zu geben und trotzdem bescheiden zu bleiben. Gedankenverloren betupfte er sich mit dem

Mittelfinger, den er in das heilige Wasser getaucht hatte, die Lippen. Zwar legte er Wert darauf, stets den Weg der Wahrheit zu beschreiten, musste aber zugeben, dass ihm dies manchmal schwer fiel. Er dachte an den Fall, den er gerade verhandelt hatte, diesen grässlichen Mord an zwei alten, hilflosen Leuten, die zusammen mit einer geifernden Bestie in einem Haus eingesperrt worden waren. Amerotke nahm sein Amulett und seinen Amtsring ab und legte beides neben sich auf den Boden. Seine eigene schreckliche Erfahrung fiel ihm wieder ein. Wo war er damals nur gewesen? Ach ja, auf dem Heimweg zu seiner alten Amme, einer halb verrückten alten Frau, die ihm immer Geschichten über einen geheimnisvollen König erzählt hatte, der bei einer wunderschönen Oase draußen im Osten des Roten Landes lebte. Amerotke schloss die Augen. Er war schon fast daheim gewesen, als das Muschelhorn Alarm gegeben hatte. Tore und Türen wurden hastig zugeschlagen, und er hatte nur noch das tiefe, unheimliche Knurren des bösartigen Hundes gehört, der wie ein todbringender Schatten die schmale Gasse entlang auf ihn zugeschlichen war. Es klopfte an der Tür, doch Amerotke achtete nicht darauf. Er versetzte sich in Gedanken in das Haus von Bakhuns Opfern, dessen friedliche Stille jäh durch das Eindringen der mörderischen Bestie zerrissen worden war. Er begann zu zittern, schlug die Augen wieder auf und konzentrierte sich auf die Statue. Er sollte noch rasch ein Gebet sprechen; Ahmose war an einem leichten Fieber erkrankt. Schufoy hatte versprochen, ihm ein mit heiligem Krokodilblut getränktes Amulett mitzubringen. Wieder wurde heftig an die Kapellentür geklopft.

»Herein!«

Asural, Prenhoe und Schufoy traten ein. Sie warfen einen Blick auf Amerotkes Gesicht und ließen sich dann schweigend auf den entlang der Wand aufgereihten Kissen nieder.

»Ist das Urteil vollstreckt?«, fragte Amerotke.

»Es wird gerade vollstreckt«, erwiderte der Kommandant der Tempelpolizei.

»Nicht jeder wird damit einverstanden sein«, fügte Schufoy warnend hinzu.

»Was hättest du denn an meiner Stelle getan?«

Schufoy sprang auf.

»Du hast noch nichts gegessen. Ich habe Früchte und etwas Wein für dich, und ich kenne eine Garküche ...«

Amerotke lachte und drehte sich zu ihm um.

»Aber mit meinem anderen Urteil bist du zufrieden, nicht wahr, Schufoy? Deine Freunde werden hoffentlich sehr glücklich miteinander werden.«

»Ich werde auf ihrer Hochzeit tanzen und mich betrinken.«

Amerotke blickte auf das Wandgemälde hinter Schufoy: Nubier brachten dem auf seinem Thron sitzenden, von den fedrigen Schwingen der Göttin Maat beschützten alten Pharao Thutmosis Gaben dar.

»Und was wird sonst noch in der Stadt geredet?«

»Wesir Senenmut hält sich im Anubistempel auf. Er trifft sich dort mit den Abgesandten der Mitanni«, entgegnete Schufoy. »Tuschratta und sein Gefolge lagern in der Oase der Palmen.«

»Und?«

»Es sind Gerüchte im Umlauf.«

»Was für Gerüchte?«

»Im Anubistempel soll es einen Mord gegeben haben.«

Amerotke rutschte unruhig auf seinem Kissen herum. Hatschepsut versprach sich viel von diesen Verhandlungen. Sie hatte die Mitanni-Armee vernichtend geschlagen. Amerotke hatte damals an der großen Schlacht teilgenommen. Manchmal träumte er noch davon; hörte das Rattern der Streitwagen, die die Flanke der Mitanni durchbrachen, sah, wie die Maryannou, die ›tapferen Beschützer des Königs‹, die verwundeten Feinde erschlugen und sich der felsige Grund rot von ihrem Blut färbte.

Ein lautes Hämmern an der Tür riss ihn aus seinen Gedanken. Schufoy öffnete und wich überrascht zurück. Zwei Männer traten ein, beide nach Art der Höflinge gekleidet, das sauber gestutzte Haar mit einem Band zurückgebunden. Amerotke kannte ihre Insignien. Sie gehörten zu den Schatten des Pharaos, dem Korps der Herolde, die weiße Amtsstäbe, rot gesäumte Gewänder und breite Armbänder mit dem Emblem des Horusfalken und dem Auge des Osiris trugen. Amerotke erhob sich, um sie zu begrüßen. Der Ältere war recht beleibt, seine kleinen schwarzen Augen verschwanden fast in den Fettwülsten seines Gesichtes, und sein Gang glich einem unbeholfenen Watscheln. Der zweite Mann war jünger, schlank gebaut und hatte ein schmales Gesicht mit einer leicht gekrümmten Nase und fröhlichen Augen. Er lächelte breit, als er sich erst vor dem Naos und dann vor Amerotke verneigte. Dem ersten Herold schien die Hitze zu schaffen zu machen, er betätigte eifrig seinen Fächer, um sich Kühlung zu verschaffen. Der Jüngere stand, einen Fuß leicht vorgestreckt, abwartend da. Er sah aus, als sei er im Begriff, ein Gedicht vorzutragen.

»Wer seid ihr?«

»Weni«, grunzte der kleine, korpulente Mann knapp.

»Er leidet an einer Nasenkrankheit«, erklärte der Jüngere. »Sie müsste dringend behandelt werden.«

»Ich habe ein ausgezeichnetes Mittel dagegen.« Schufoy kam mit glitzernden Augen näher.

»Bist du ein Arzt?«, erkundigte sich Weni misstrauisch.

»Ich bin ein berühmter Heilkundiger und kenne alle Geheimnisse des Anus, der Nase und anderer Körperöffnungen. Nimm einen zermalmten Skorpion, füge Vipernblut hinzu ...«

»Und du bist innerhalb einer Woche tot«, ergänzte Prenhoe.

Schufoy wollte Einwände erheben, aber Amerotke hob eine Hand.

»Und wer bist du?«, wandte er sich an den jüngeren Mann.

»Mareb«, erklärte dieser. »Persönlicher Herold der göttlichen Hatschepsut.«

Er hob den Arm und öffnete die Hand. Darin lag ein Skarabäus, der die Kartusche der Pharaonenkönigin trug. Amerotke verbeugte sich und küsste sie ehrerbietig. Weni fügte eilig hinzu, dass sie beide Abgesandte der göttlichen Hatschepsut seien und zwischen Theben und dem Mitannilager in der Oase der Palmen hin- und herritten.

»Wir kommen gerade vom Anubistempel.« Mareb lächelte.

»Ach ja, die Friedensverhandlungen. Läuft alles soweit glatt?«

»Bis jetzt ja«, erwiderte Weni, der Schufoy immer noch finster anstarrte.

»Still jetzt«, beschwichtigte Mareb. »Senenmut verkörpert den Willen des Pharaos. Er wird ...«

»Ich weiß, ich weiß«, unterbrach Amerotke. »Mich interessiert mehr, warum ihr hier seid.«

»Die Verhandlungen verlaufen bislang nach Wunsch«, entgegnete Mareb. »König Tuschratta oder vielmehr seine Vertreter sind bereit, auf all unsere Forderungen einzugehen. Er stellt zwar einige Bedingungen, aber die Verlobung seiner Tochter mit einem unserer Edelleute wird in Kürze stattfinden und der Friedensvertrag unterzeichnet werden.«

»Aber es soll doch Morde gegeben haben.« Amerotke sah ihn forschend an. »Mir sind da gewisse Gerüchte zu Ohren gekommen ...«

»Du bist anscheinend gut informiert.«

»Ich bin vor allem sehr ungeduldig.« Amerotke bedeutete den beiden Männern, Platz zu nehmen. »Und nun berichte mir von den Morden.«

Die zwei Herolde ließen sich auf den Kissen nieder, die Schufoy ihnen hinschob. Amerotke setzte sich ihnen gegenüber. Sein Gefolge scharte sich um ihn.

»Hast du schon einmal von der Pracht des Anubis gehört?«, begann Mareb.

»Wer hat das nicht? Es ist ein herrlicher Edelstein, ein heiliger Amethyst von der Größe einer Männerfaust. Er hängt an einer goldenen Kette um den Hals der Anubis-Statue in einer Seitenkapelle des Tempels. Angeblich ist er so alt wie Theben selbst. Manche Leute behaupten, der Gott selber habe ihn hergebracht ...«

»Und nun hat offenbar der Gott selber ihn wieder fortgenommen«, unterbrach Mareb grinsend. »Aber du hast natürlich Recht«, fügte er hastig hinzu. »Die Kapelle, in der die Statue steht, ähnelt dieser hier. Allerdings«, er deutete auf die Tür, »verläuft entlang der Schwelle ein sehr tiefes Wasserbecken.«

»Ja, ich habe davon gehört«, bestätigte Amerotke. »Und ein Priester hält des Nachts vor dem Schrein Wache. Die Tür ist doch mit einem stabilen Kupferschloss gesichert, nicht wahr?«

»Richtig. Ein anderer Priester bewacht die Kapelle von außen. Der Hauptmann der Tempelwache macht regelmäßig eine Runde durch die Gänge, und eine der Priesterinnen, eine Tempeldienerin, bringt dem Priester draußen vor der Tür Erfrischungen.«

»Aber nicht dem in der Kapelle?«

Mareb schüttelte den Kopf.

»Nein, der wachhabende Priester ist von Sonnenuntergang bis Sonnenaufgang in der Kapelle eingeschlossen. Den Schlüssel trägt er am Leib.«

»Und was genau ist geschehen?«, erkundigte sich Amerotke.

»Nun, am Morgen soll der wachhabende Priester die Tür aufschließen, damit das Morgengebet verrichtet werden kann. Aber Nemrath ließ sich nicht blicken und reagierte auch nicht auf Klopfen und Rufen. Der Hauptmann der Tempelwache wurde gerufen, die Hohepriester, sogar der Wesir Senenmut. Sie brachen die Tür auf. Das heilige Becken war unberührt. Es gab keine Fußabdrücke, keine Spuren, nichts, aber der wachhabende Priester Nemrath war tot, durch einen Stich ins Herz ermordet.«

»Und die Pracht des Anubis war verschwunden.«

»So ist es.«

»Wer war der Priester, der draußen Wache gehalten hat?«

»Sein Name ist Khety. Er behauptet, nichts Ungewöhnliches bemerkt zu haben. Er hat gedöst, seine Gebete gesprochen und überhaupt nichts gehört.«

»Und die Priesterin?«

»Sie heißt Ita. Sie hat Khety in der Nacht mit Essen und Trinken versorgt und ebenfalls nichts gehört.«

Amerotke bemühte sich, sich seine Verwirrung nicht anmerken zu lassen.

»Wir haben also eine Kammer wie diese hier, mit einem Wasserbecken vor der Tür …«

»Die Nemrath von innen abgeschlossen und deren Schlüssel an sich genommen hat.«

Amerotke gebot mit erhobener Hand Schweigen.

»Aber am nächsten Morgen war das Wasserbassin unberührt, Nemrath tot und die Pracht des Anubis verschwunden. Der Hauptmann der Tempelwache ist in den Gängen Streife gegangen und hat nichts Verdächtiges bemerkt.«

Mareb nickte.

»Und der Schlüssel wurde an Nemraths Leichnam gefunden?«

»O ja, in den Falten seines Gewandes verborgen.«

»Und die Tür war fest verschlossen?«

»Ja.«

»Wer hat sie aufgebrochen?«

»Die Tempelwache, auf Befehl des Hohen Priesters.«

»Und es gibt keine geheimen Eingänge oder verborgenen Gänge?«

Mareb schüttelte den Kopf. Asural pfiff leise durch die Zähne.

»Die göttliche Hatschepsut wird vor Wut schäumen«, bemerkte Amerotke. »Die Pracht des Anubis ist eine heilige Requisite.«

»Es kommt noch schlimmer«, fuhr Mareb fort. »Natürlich richtete sich der Verdacht sofort auf die Mitanni. Du wirst sicher verstehen, warum. Auch sie beten einen Hundegott an, und sie betrachten den Schakal als heiliges Tier.«

»Natürlich!« Amerotke schnappte nach Luft. »Und wenn Tuschratta den heiligen Amethyst in die Finger bekommt oder die Leute nur glauben, er hätte ihn, dann wird die göttliche Hatschepsut zur Zielscheibe des allgemeinen Spottes.«

»Es geht auch das Gerücht um«, fügte Mareb hinzu, »dass es im Tempel spukt. Der Schakalgott Anubis ist angeblich dort gesehen worden.«

Amerotke biss sich auf die Lippen, um diese Bemerkung nicht glattweg als Unsinn abzutun. Tief in seinem Herzen glaubte er weder an schakalköpfige Götter noch an solche in Falkengestalt, sondern nur an Maat, die Wahrheit. Aber er hielt es für klüger, derartige Gedanken für sich zu behalten.

»Wir haben es also mit Mord, Diebstahl und Gotteslästerung zu tun«, fasste er zusammen. »Was noch?«

»Am selben Abend, als die Pracht des Anubis gestohlen wurde«, Weni verlagerte das Gewicht seines fetten Körpers in den Kissen, »fand man eine der *heset*, der Tempeltänzerinnen, tot in einem Gartenpavillon. Sie wurde vergiftet. Vom Mörder fehlt jede Spur.«

»Man nimmt an, dass sie vergiftet wurde«, berichtigte Mareb.

»Sie hatte Schaum vor dem Mund«, fauchte Weni. »Und das ist nicht der einzige mysteriöse Todesfall. Zwei Schafe aus der Tempelherde wurden ebenfalls vergiftet, ebenso einige Fische.«

Amerotke schloss die Augen. Vor zwei Wochen hatte er an einem Bankett im königlichen Palast, dem Haus der Millionen Jahre, teilgenommen. Hatschepsut hatte lauthals verkündet, sie werde die Mitanni ein für alle Mal unterwerfen und zu Ägyptens Vasallen machen. Jetzt bedrohte jemand den Fortgang der Friedensverhandlungen.

»Aber die Mitanni werden wahrscheinlich nicht dahinterstecken«, gab er zu bedenken. »Sie haben zu viel zu verlieren.«

»Sie würden es mit Sicherheit nicht zugeben, wenn sie etwas damit zu tun hätten«, meldete sich Asural zu Wort.

»Sicherlich nicht«, stimmte Amerotke zu. »Wie lauten also deine Anweisungen?«

»Wenn eine Stunde verstrichen ist«, erwiderte Mareb,

sollst du dich bei Wesir Senenmut im Anubistempel einfinden. Er hat einiges mit dir zu besprechen.«

»Davon bin ich überzeugt«, erwiderte Amerotke trocken.

Er erhob sich, hob Amulett und Ring vom Boden auf und reichte beides Prenhoe, der den Schmuck in einer Schatulle in einer Ecke der Kapelle verstaute.

»Sag mir«, Amerotke kniete sich nieder, um den Riemen seiner Sandale zu schließen, »ist der Priester Khety gründlich befragt worden?«

»O ja. Er weiß nichts.«

Amerotke richtete sich auf und starrte die Maat-Statue an. Wer konnte dieses Verbrechen begangen haben – und wie, fragte er sich.

»Fenster gibt es in der Kapelle nicht?«

Dann schüttelte er unwillig den Kopf. »Nein, natürlich nicht«, beantwortete er selbst seine Frage.

Weni deutete auf die Tür. »Die im Anubistempel ist noch dicker«, erklärte er. »Zwei Flügel aus bestem Zedernholz.«

»Und das Schloss?«

»Musste aufgebrochen werden«, erwiderte Mareb. Sein fröhliches Gesicht wurde ernst. »Niemand kann sich erklären, wie dies geschehen konnte. Einige behaupten, Anubis habe seinen eigenen Tempel heimgesucht, Nemrath getötet und den Amethyst wieder an sich genommen. Der Griff des Dolches, mit dem der Priester ermordet wurde …«

»Ja?«, ermunterte ihn Amerotke.

»Niemand hat eine solche Waffe je zuvor gesehen: schwarz und wie ein Schakalskopf geformt. Was sagst du dazu, ehrwürdiger Richter?«

Der Richter betrachtete die Statue der Göttin der Wahrheit. Nicht Anubis ging in diesem Tempel um, sondern Seth, der rothaarige Gott der Zerstörung.

ANUBIS – Herr der Nekropole

ZWEITES KAPITEL

Ich bin in Akharit gewesen. Ich habe die bekannten Grenzen dieser Welt überschritten. Ich habe Hunger und Durst gelitten und gegen zahlreiche Feinde gekämpft. Ich habe unbekannte Wüsten bereist und als erster Mensch den Fuß auf ihren glühend heißen Sand gesetzt.« Der Geschichtenerzähler unter der Sykomore am Rande des großen Platzes vor dem Maat-Tempel hatte eine beachtliche Zuhörermenge angelockt. »Ich habe Greife mit Menschenköpfen gesehen, geflügelte Panther, Geparden mit Hälsen so lang wie die der Giraffen, Hyänen mit riesigen Ohren und pfeildicken Schwänzen. Ich habe die Elfenbeinberge erklommen ...«

Amerotke blieb stehen, um einen Moment zuzuhören.

»Ein zweiter Sinuhe!«, höhnte Herold Weni.

Amerotke wäre gern eine Weile geblieben. Er liebte es, solchen Geschichten zu lauschen, die er hinterher seinen Söhnen weitererzählen konnte. Doch Schufoy trat ungeduldig von einem Fuß auf den anderen und stieß seinen Sonnenschirm auf den schwarzen Obsidianboden.

»Möchtest du bleiben und zuhören?«, fragte Amerotke.

»Ich möchte, dass du mit mir gehst, Herr.«

Amerotke deutete auf die Herolde.

»Aber ich habe noch viel zu tun ...«

»Herr, es ist dringend. Belet«, Schufoy sprach von dem verbannten Schlosser, dem Amerotke gestattet hatte, nach Theben zurückzukehren, »wünscht dich zu sprechen.«

Seufzend blickte sich Amerotke auf dem großen, quadratischen Platz mit den Säulengängen zu beiden Seiten und dem großen schimmernden Teich in der Mitte um. Die Erbauer hatten klugerweise eine ganze Reihe von Bäumen stehen gelassen: Sykomoren, Akazien, Terebinthen und Dattelpalmen. Diese spendeten jetzt den Händlern, die hier ihre Stände aufbauten, um den zahlreichen Pilgern und Tempelbesuchern ihre Waren zu verhökern, natürlichen

Schatten. Sämtliche Trickbetrüger, Skorpionmänner und Scharlatane Thebens waren hier zu finden, ebenso Barbiere, Kräuterheiler und Wanderpriester. Eine Gruppe von Tänzerinnen umringte einen Baum, fasste sich an den Händen und begann, ihn zu den schrillen Klängen einer Flöte zu umtanzen. Besonders gut tanzten sie nicht, zudem waren sie übergewichtig und vollkommen verschwitzt. Alle trugen ärmellose Gewänder, bestickte Lendentücher und Perlenketten am Hals und an den Hand- und Fußgelenken. Eine davon riss, und die Perlen rollten über den Boden, sehr zur Freude einiger Gassenjungen, die gierig danach grabschten.

»Ich sehe deine Freunde nirgends«, meinte Amerotke. »Wenn sie mir danken wollen, so sollen sie in den Tempel kommen.«

Die beiden anderen Männer sahen ihn erwartungsvoll an.

Schufoy stellte sich auf die Zehenspitzen.

»Es ist wirklich dringend, Herr. Belet hat wichtige Informationen für dich. Heute ist sein Hochzeitstag. Danach muss er in sein Dorf zurückkehren und seine Habseligkeiten holen.«

Amerotke schürzte die Lippen. Ihm war heiß, und er hatte Durst. Schufoys Augen glitzerten vor Erregung. Der Richter neckte ihn zwar häufig, aber das Talent des kleinen Burschen, wenn es galt, etwas in Erfahrung zu bringen, unterschätzte er nie.

»Er muss sofort mit dir sprechen«, drängte Schufoy. »Er und Seli.«

»Nun gut«, seufzte Amerotke. »Prenhoe! Asural!«, rief er dann, auf einen Bierstand unter einer Palme deutend. »Geht mit unseren Gästen dort hinüber und erfrischt euch.«

Schufoy ließ seine Hand in die des Richters gleiten.

»Warum hast du mir das nicht schon im Tempel gesagt?«, fragte Amerotke.

Schufoy schob sich näher an ihn heran. »Herr, dort haben die Wände Ohren.«

»Du meinst, du wolltest nicht, dass Asural und Prenhoe davon erfahren.«

Schufoy grinste verschmitzt. Amerotke folgte ihm über das Tempelgelände, vorbei an einem wild blickenden Wanderpriester, der mit erhobenen Händen ein unverständliches Gebet zu irgendeinem unbekannten Kuschitengott anstimmte. Sie bogen in eine schmale, schattige Gasse ein, die von dem Platz abzweigte. Amerotke erkannte, dass ihr Ziel eine von Schufoys liebsten Speiseschänken war: ein rechteckiges weißes Steingebäude mit mehreren Küchen und einem hübschen Garten hinter dem Haus.

»Ich habe ihnen gesagt, sie sollen hier auf dich warten«, erklärte Schufoy, als sie eintraten.

Sie durchquerten einen kleinen, von würzigen Düften erfüllten Raum, der als Vorratskammer diente. Frisch geschlachtete Gänse, Hühner und Enten hingen an den Balken; unter ihren halb geöffneten Schnäbeln standen Schalen, in denen das Blut aufgefangen wurde. Der Garten war ein kleines Paradies. Er wurde von einem vom Nil abgeleiteten kleinen Kanal bewässert, sodass das Gras tiefgrün leuchtete und die Blumen einen süßen Duft verströmten. Hinter einer von Kriechpflanzen überwucherten Terrasse stand eine Reihe irdener Öfen, die mit Holz und Kohle gefüllt waren, darauf lagen Roste, auf denen in Streifen geschnittenes Wachtel-, Antilopen-, Enten- und Rebhuhnfleisch brutzelte. Ein kleiner, splitternackter Junge rannte mit einer Schöpfkelle von Ofen zu Ofen und übergoss das Fleisch mit einer Mischung aus Fett und Kräutern. Belet und Seli warteten Hand in Hand auf einer kleinen Holzbank unter einer Palme. Trotz seiner Entstellung wirkte Belet unbeschreiblich glücklich. Wenn Amerotke ihn nicht zurückgehalten hätte, wäre er vor dem Richter auf die Knie gefallen.

»Einen Stuhl für den erhabenen Richter Amerotke!«, donnerte Schufoy einige Diener an, die im Schatten eines Baumes herumlungerten. »Erhebt eure Hände und dankt den Göttern dafür, dass das Licht seines Ruhmes über eurer bescheidenen Schänke erstrahlt …«

»Sei still, Schufoy«, flüsterte Belet heiser.

Der kleine Mann besann sich und trat verlegen von einem Fuß auf den anderen. Die Diener brachten Schemel herbei und stellten einen niedrigen, vierbeinigen Tisch auf. Amerotke dachte voller Unbehagen daran, dass die anderen auf ihn warteten, aber ihm blieb keine andere Wahl, als einen Krug kaltes Bier und einige Streifen geröstetes, auf Lattichblättern serviertes und mit gehackten Zwiebeln bestreutes Fleisch entgegenzunehmen. Seli verlangte Kupfermesser. Sowie diese gebracht worden waren und die Diener sich zurückgezogen hatten, beugte sich Belet vor. Schweißperlen standen auf seiner Stirn.

»Ich möchte dir meinen Dank aussprechen, Richter Amerotke. Ich werde jeden Tag für dich beten.« Er ergriff Selis Hand. »Und wenn unser erstes Kind ein Junge wird, möchte ich ihn gern nach dir benennen, wenn du erlaubst. Ich werde in deinem Tempel Weihrauch opfern. Von heute an bin ich dein ergebener Diener.«

Amerotke winkte ab.

»Du bist ein freier Mann«, erwiderte er ruhig. »Du hast einen feierlichen Eid geleistet; deine Verbrechen sind gesühnt.« Er lächelte. »Ich bin sicher, du wirst ein berühmter Handwerker werden und viele Kinder haben. Ich möchte ja nicht unhöflich erscheinen, aber ich habe noch viel zu tun, und die Zeit verstreicht …«

»Ich verstehe.« Belet nippte an seinem Bier und berührte dann mit einem Finger seine Stirn. »Erhabener Richter, wie du weißt, stamme ich aus dem Dorf der Nashörner, das südlich von Theben liegt. Auch Schufoy war dort. Er hat sich seine reine Seele bewahrt, obwohl er unschuldig verurteilt und verstümmelt worden ist. Aber viele der unseren sind verbittert, weil man sie ihrer Nase und ihrer Freiheit beraubt hat. Sie opfern außer Seth, dem großen Schlächter, und der Schlangengöttin Meretseger, die ohne Vorwarnung zuschlägt, keinen Göttern mehr.«

»Ich weiß«, entgegnete Amerotke. »Solche Gemeinschaften bringen Gesetzlose hervor. Ich habe von Männern gehört, die ihre Gesichter hinter Lumpen verbergen, einsame

Reisende überfallen und Krieg gegen die Untertanen des Pharaos führen. Im königlichen Rat gibt es einige, die euer Dorf und ähnliche Orte gern bis auf die Grundmauern niederbrennen würden.«

»Gelegentlich werden wir von Fremden aufgesucht«, fuhr Belet fort. »Menschen unseres Schlages betrachten alle mit unversehrten Gesichtern als Fremde. Und diese Fremden heuern unsereinen an, um das eine oder andere für sie zu erledigen. Heikle Aufträge, du verstehst? Andere machen von unseren Frauen Gebrauch, es bereitet ihnen Vergnügen, mit einer entstellten Frau das Lager zu teilen. Nun, vor vierzehn Tagen, gerade als das Wasser des Nils zurückzugehen begann, trat auch jemand an mich heran.«

»Wer?«, unterbrach Amerotke.

»Das weiß ich nicht. Unser Dorf ist nicht der Marktplatz von Theben, wo sich die Menschen von Angesicht zu Angesicht unterhalten, den Freundschaftskuss austauschen und sich in die Handfläche spucken, um ein Geschäft zu besiegeln. Es war schon fast dunkel, als zwei maskierte Männer an meine Tür klopften. Sie blieben auf der Schwelle stehen und weigerten sich, hereinzukommen. Ihre Botschaft war kurz und knapp: Ich sollte mich kurz nach Einbruch der Dämmerung beim Platz der Hyäne einfinden.«

»Warum sind sie zu dir gekommen?«, fragte Amerotke. »Und was noch wichtiger ist – warum hast du dich mit ihnen eingelassen?«

Belet senkte verlegen den Blick.

»Heute bedauert er es, nicht rundweg abgelehnt zu haben«, beteuerte Seli leise und legte Belet eine Hand auf den Arm. »Aber er war verzweifelt und brauchte dringend Geld.«

»Nicht alles, was wir tun, verstößt gegen das Gesetz«, fügte Belet hinzu. Nervös fingerte er an seinem neuen Halsband aus polierten Steinen herum. »Ich brauchte Silber, um mir den Weg zurück nach Theben erkaufen zu können.«

»Wie hast du Seli kennen gelernt?«, erkundigte sich Amerotke neugierig.

»Genau das meine ich.« Belet seufzte erleichtert. »Selis Vater brachte mir oft Möbel und Schlösser, die ich reparieren sollte. Er wusste, dass ich aus einer sehr guten Familie stamme. Im Laufe der Jahre freundete ich mich mit ihm an.«

»Und mit seiner Tochter«, fügte Schufoy tückisch hinzu.

»Was geschah nun am Platz der Hyänen?«, drängte Amerotke.

»Er liegt eine Meile vom Dorf entfernt; ein felsiges Stück Land, wo wir unsere Toten begraben. Dort traf ich die beiden Fremden. Das ganze Gebiet wimmelt von Höhlen. Sie brachten mich zu einer davon, verbanden mir die Augen und führten mich hinein. In diesem Moment begriff ich, dass sie mich in ein Verbrechen verwickeln wollten. Ich musste mich setzen. Der Abend war kühl und jemand hatte ein Feuer gemacht. Die Höhle stank nach Kamelmist. Man reichte mir einen Becher mit gutem Wein, ich weiß noch, dass er einen Sprung hatte. Dann wartete ich eine Weile schweigend ab. Der Wind draußen wurde stärker. Einer der Fremden murmelte etwas, dann näherten sich uns Schritte, und ein dritter Mann stieß zu uns. Mit Sicherheit gehörte er nicht zu der Gemeinschaft der Nashörner. Wir haben unseren eigenen Geruch, eigene Sitten und eine ganz eigene Art zu sprechen. Der Neuankömmling stellte sich nicht vor, sondern fing an, sich voller Lob über meine Arbeit zu äußern, besonders über meine kunstvollen Schlösser, die ich herstellen kann und über meine Fähigkeit, jedes Schloss ohne Mühe zu öffnen.«

»Und was wollte dieser Mann?«, fragte Amerotke.

»Als Erstes fragte er, ob ich noch die Werkzeuge meines Vaters besäße; Meißel, Schlegel und so weiter. ›Herr‹, erwiderte ich, ›solche Werkzeuge kann man überall in Theben kaufen.‹ – ›Sicher‹, kam die Antwort, ›aber diejenigen, die sie zu benutzen verstehen, nicht. Wärst du nicht gerne reich?‹, fragte er dann.«

»Hast du seine Stimme erkannt?«

»Nein. Sie klang wie der Wüstenwind, hart und bedrohlich. Ich fragte, wozu sie mich bräuchten. ›Das muss dich nicht interessieren‹, erhielt ich zur Antwort. ›Wo muss ich hingehen?‹, wollte ich dann wissen. ›Etwa in ein anderes Land?‹ Der Mann lachte nur. ›Du wirst einen Ort sehen, den nur sehr wenige Menschen kennen. Und wenn du deinen Auftrag erfüllt hast, wirst du so reich sein, wie du es dir nie hättest träumen lassen.‹ Ich fragte, ob die Sache gefährlich sei. ›Das ganze Leben ist gefährlich‹, bekam ich zu hören.« Belet trank einen Schluck Bier. »Ich wusste nicht, was ich tun sollte. Seit meiner Verurteilung und meiner Verbannung habe ich kein Gesetz mehr übertreten und mich aus allen Schwierigkeiten herausgehalten. Und nachdem ich Seli getroffen hatte, wollte ich nur noch eine Begnadigung erreichen.«

»Was ist in dieser Nacht noch geschehen?«, bohrte Amerotke weiter.

»Ich fragte, wer sonst noch an der Sache beteiligt sei. Auch das wollte der Mann mir nicht sagen. Er versprach mir nur, dass ich reich genug werden würde, um Ägypten zu verlassen und als wohlhabender Mann im Ausland leben zu können.«

Belet hob den Kopf und blickte zu den Dienern hinüber, die immer noch müßig unter dem Baum saßen. Diese wandten sich augenblicklich ab. Es brachte Unglück, entstellte Menschen anzuschauen. Belet hob eine Hand.

»Siehst du jetzt, warum ich versucht war, das Angebot anzunehmen?«

Amerotke presste den kalten Krug gegen seine glühende Wange. Jetzt, wo er Belet besser kennen gelernt hatte, regte sich ein leiser Verdacht in ihm. Der Mann meinte es zweifellos ehrlich, und doch hatte er sich bereit erklärt, diesen geheimnisvollen Fremden zu treffen. Er musterte den Schlosser verstohlen und machte sich Gedanken über den berechnenden Ausdruck in seinen Augen. Habe ich das Richtige getan?, fragte er sich. Wird dieser Mann wirklich nicht mehr vom Pfad des Lichts abweichen? Er wandte sich an seinen Diener.

»Schufoy, aus welchem Grund könnten Fremde die Gemeinschaft der Nashörner aufgesucht und deinen Freund um Hilfe gebeten haben?«

Schufoy, der einem Imker auf der anderen Seite des Gartens bei der Arbeit zugesehen hatte, verzog das Gesicht und zwinkerte.

»Ein Raub, Herr?«

»Ist dir dieser Gedanke nie gekommen?«, fragte Amerotke Belet.

»Doch, natürlich.«

Amerotke ließ das Bier im Krug kreisen. Räuber fielen oft in Theben ein; Opfer waren zumeist die reichen Kaufleute mit ihren gut gefüllten Schatztruhen und Lagerhäusern voll kostbarer Tuche, Edelsteine und Gewürze.

»Komm schon, Belet«, drängte er. »Du musst dich doch genauer erkundigt haben.«

»Natürlich habe ich darauf angespielt«, gab Belet zu. »Ich wies darauf hin, dass die Häuser der Kaufleute und der wohlhabenden Bürger Thebens stets gut bewacht würden.«

»Und?«

»Der Mann lachte nur. Er sagte, es gäbe überhaupt keine Wachen.«

»Keine Wachen?«

Amerotke dachte sofort an die Nekropole, die Totenstadt auf der anderen Seite des Nils, mit ihrem Gewirr von Gräbern voll kostbarer Beigaben. Es kam nicht selten vor, dass eine Bande von Gesetzlosen in die Grabkammern einbrach und sie ausplünderte.

»War ein Grabraub geplant?«, fragte er.

Belet machte ein betretenes Gesicht. »Das habe ich auch vermutet, aber wieder nur Gelächter geerntet. ›Glaubst du wirklich, wir wollen die braven Bürger Thebens berauben?‹, fragte mich der Mann. ›Was habt ihr dann vor?‹, wollte ich wissen. ›Wir haben an einem Ort, den nur wenige Leute kennen, etwas Wichtiges zu erledigen‹, erwiderte er. ›Bist du nun dabei oder nicht?‹ Ich sagte, ich müsse darüber nachdenken. Er gewährte mir zwei Tage Bedenkzeit und sagte, er würde dann wiederkommen.«

Sie wurden von dem aufgeregten Geschnatter der Diener unterbrochen. Amerotke blickte sich um. Der Geschichtenerzähler vom Tempelvorplatz war hereingekommen. Er hatte seinen sonnenverbrannten Körper in ein Leinengewand gehüllt und sein schwarzes Haar mit einem goldenen Netz umspannt.

»Ich habe lange genug gesprochen«, krächzte er. »Und jetzt ist meine Kehle so ausgedörrt wie eine verlassene Oase.«

Der Mann erfreute sich offenbar großer Beliebtheit, denn die Diener beeilten sich, ihm Bier und etwas zu essen zu bringen. Schufoy schielte neiderfüllt zu ihm hinüber.

»Wenn ich doch auch solche Geschichten erzählen könnte!«

»Das tust du doch andauernd«, gab Amerotke kühl zurück. »Nur glaubt sie dir keiner. Belet, fahr fort.«

»Zwei Tage später wurde ich nach Einbruch der Dunkelheit erneut zum Platz der Hyänen bestellt und mit verbundenen Augen in die Höhle geführt. Der Fremde wartete schon auf mich. Ich sagte, ich hätte Angst, dass meine Kunst für das, was von mir verlangt würde, nicht ausreicht, und wollte weitere Einzelheiten wissen. Als ich keine Antwort erhielt, sagte ich, ich müsse das Angebot leider ablehnen. Ich dachte, damit sei die Sache erledigt, doch da spürte ich, wie sich eine Schlange um mein Bein ringelte. ›Weißt du, was das ist?‹, fragte die Stimme. ›Ja, natürlich, Herr‹, erwiderte ich. ›Und wirst du über das, was hier geschehen ist, Schweigen bewahren?‹ – ›Wie kann ich etwas verraten, was ich nicht weiß?‹ Wenn du über diese Sache auch nur ein Wort verlierst, wirst du es bedauern‹, warnte mich der Fremde. ›Deine Nase hast du schon verloren, da möchtest du doch sicher deine Augen, deine Ohren und deine Zunge behalten?‹ Also schwor ich, dass meine Lippen versiegelt bleiben würden. Dann wurde ich ins Dorf zurückgebracht.«

»Haben die Unbekannten dann versucht, jemand anderen anzuheuern?«, erkundigte sich Amerotke.

Belet schüttelte den Kopf. »Ich glaube nicht.«

»Warum erzählst du mir all das jetzt?«

»Weil ich davon erfahren habe.« Seli saß mit hochgezogenen Schultern da und beobachtete ihren Mann stirnrunzelnd. »Ich habe ihn dazu gedrängt, dir alles zu gestehen.« Sie lächelte. »Übrigens schon vor unserer Hochzeit.«

»Sie kamen zu mir«, mischte sich Schufoy ein, »und baten mich um Rat.«

»Und du hast ihnen gesagt, sie sollen mit mir reden?«

Amerotke schloss die Augen und wiegte sich auf seinem Stuhl vor und zurück. Er war versucht, die ganze Sache als Unsinn abzutun, als einen geplanten Raub, der nie stattfinden würde. Dann schlug er die Augen wieder auf und sah Braut und Bräutigam an.

»Ihr glaubt, es handelt sich um eine ernste Angelegenheit? Einen geplanten Tempelraub vielleicht?«

»Die Pracht des Anubis«, unterbrach Schufoy. »Der heilige Amethyst, der gestohlen wurde!«

Amerotke schüttelte den Kopf. »Nein, den Anubistempel würden sie nicht als Ziel auswählen. Er wird nicht nur von Tempelsoldaten bewacht, sondern wegen der Verhandlungen mit den Mitanni auch noch von Mitgliedern der königlichen Leibwache. Jeder Räuber, der einen Fuß auf das Tempelgelände setzt, würde unverzüglich festgenommen werden.«

Er beobachtete eine Biene, die von Blüte zu Blüte summte.

»Ich habe dir alles gesagt«, erklärte Belet, »weil ich mein Gewissen rein halten wollte. Der göttliche Pharao hat mir eine große Gnade erwiesen. Wenn ich schweigen und zulassen würde, dass vielleicht ein heimtückischer Raub ausgeführt wird, würde ich nie wieder Frieden finden ...« Seine Stimme brach.

»Die ganze Geschichte ist höchst mysteriös«, bemerkte Amerotke nachdenklich. »Überall an den Kais und in den Armenvierteln kann man Diebe und Halsabschneider für einen Kupferdeben anheuern. Warum ist dieser seltsame Fremde in das Dorf der Nashörner gekommen, um dort Hilfe zu suchen? Weil von seinen Plänen möglichst wenig Leute erfahren sollen, vermute ich. Wenn der Raub nicht hier in Theben stattfinden soll …« Er kratzte sich die Schläfe. »Wo dann? In den Silberminen vielleicht?«

»Amerotke!«

Der Richter blickte sich um. Asural hatte die Schenke betreten und winkte ihm zu. Amerotke dankte Belet und erhob sich.

»Wenn du noch mehr in Erfahrung bringst, komm zu mir.« Er schüttelte dem Brautpaar die Hand. »Friede sei mit euch.«

Er ging zu Asural. Gemeinsam schlenderten sie die Gasse entlang zum Tempelvorplatz zurück. Schufoy kam hinterhergerannt.

»Herr«, trompetete er, »gepriesen sei deine Weisheit und deine Güte! Belet hat es allein dir zu verdanken, dass er wie schon sein Vater vor ihm vom Pharao wieder in Gnaden aufgenommen worden ist! Er …«

»Schon gut, Schufoy.«

Amerotke blieb stehen und legte Asural eine Hand auf die Schulter.

»Wenn du einen Raub planen würdest, irgendetwas unermesslich Wertvolles stehlen wolltest, um nie wieder arbeiten zu müssen, wo würdest du dann hingehen?«

Asural zuckte die Achseln. »Zu den Häusern der Reichen in Theben.«

Amerotke musste an sein eigenes Haus denken, ein frei stehendes, von weitläufigen Gärten umgebenes Gebäude. Immer wieder hatte Norfret ihn gebeten, die Wachen zu verstärken. War das Ziel des geplanten Raubes ein Haus wie seines? Außerhalb von Theben gelegen, eine leichte Beute für eine zu allem entschlossene Bande von Halsabschneidern? Aber wozu brauchten sie dann einen Schlosser?

»Die Herolde warten«, mahnte Asural.

Amerotke klopfte Schufoy auf die Schulter.

»Ich habe deine Freunde angehört, nur kann ich mir im Augenblick keinen Reim auf die Geschichte machen. Und nun komm, wir haben noch anderes zu tun.«

Im Garten der Schänke lachte und scherzte der Geschichtenerzähler mit den Dienern, verzehrte geröstetes Gänsefleisch und spülte es mit großen Schlucken Bier hinunter. Dabei schäkerte er mit dem Schankmädchen. Ab und an blickte er zu Belet und Seli hinüber, die Hand in Hand dasaßen, die Köpfe zusammensteckten und Zukunftspläne schmiedeten. Der Geschichtenerzähler musterte sie forschend. Im Moment interessierten sie ihn nicht; sie zählten nicht mehr als Staubkörner im Wind. Nein ... er schlürfte geräuschvoll von seinem Bier und winkte ein Schankmädchen herbei ... die beiden bereiteten ihm kein Kopfzerbrechen. Aber sie hatten mit Amerotke gesprochen, dem Richter in der Halle der Beiden Wahrheiten, und das durfte er seinem Gebieter nicht verschweigen.

Später an diesem Tag, in der Oase der Palmen im Roten Land östlich von Theben, badete Tuschratta, der König der Mitanni, in dem von Palmen überschatteten kleinen See. Sklaven und Diener standen am Ufer und verfolgten jede seiner Bewegungen. Der König drehte sich um und ließ sich bäuchlings auf dem Wasser treiben, sodass sein Gefolge die Narben sehen konnte, die er in seinen zahlreichen Schlachten davongetragen hatte.

Tuschratta wälzte sich auf den Rücken und starrte zwischen den Palmwedeln hindurch zum strahlend blauen Himmel empor. Über ihm schwebte mit weit ausgebreiteten Schwingen ein einsamer Geier. War das ein Zeichen?, fragte sich Tuschratta. Ein Omen für die Zukunft?

Er wandte sich an den Schreiber, der auf seinem Stuhl saß, eine Papyrusrolle im Schoß, Tintenhorn am Gürtel, die Schreibfeder in der Hand, und sich bereit hielt, jedes Wort seines Herrn niederzuschreiben. »Wie nennen die Ägypter die Geier doch gleich?«

»Hühner des Pharaos«, antwortete der Schreiber prompt.

Tuschratta schloss die Augen. Er sah das riesige Schlachtfeld im Norden wieder vor sich, über dem die Geier so schwarz und dicht schwebten wie Fliegen über einem Leichnam.

»Willst du heute Abend auf die Jagd gehen, mein König?«, fragte sein Stallmeister. »Unsere Fleischvorräte werden allmählich knapp.«

Tuschratta gebot ihm mit erhobener Hand Schweigen, schwamm zum Ufer, lehnte sich mit dem Rücken gegen einen Felsen und ließ sich vom Wasser umspülen.

Wenn ich jagen gehe, überlegte er, dann bestimmt keine Gazellen oder Antilopen. Er krallte die Finger in seinen dichten schwarzen Bart. Nein, seine Beute würde die junge Pharaonenkönigin Ägyptens sein. Wie gerne würde er in Theben einmarschieren und wie einst die Hyksos die Stadt in ein Flammenmeer verwandeln. Er würde die Tempel plündern, die Paläste und Gebäude dem Erdboden gleichmachen und dafür sorgen, dass nicht ein Stein auf dem anderen blieb. Er würde das Grab Thutmosis I. schänden! Und Senenmut, den Großwesir Ägyptens, gefangen nehmen. O ja! Tuschratta blickte zum Himmel empor. Er würde Senenmut kreuzigen lassen oder draußen in der Wüste an einen Pfahl nageln und ihn den Löwen und Hyänen überlassen. Und was Hatschepsut betraf, die Pharaonenkönigin … Tuschrattas Augen wurden schmal. Er ließ sich tiefer ins Wasser gleiten und genoss die Kühle zwischen seinen Beinen. Er würde sie in seinen Harem nehmen und sie ein für alle Mal lehren, wer der Herr war …

Zur Überraschung seiner Höflinge schlug er ärgerlich mit der Faust ins Wasser. Wegen einer einzigen verlorenen Schlacht stand seine ganze Welt Kopf, schäumte er innerlich. Jeder Stamm, jedes Volk der Mitanni, jede einzelne Familie in seiner großen Stadt hatte Verluste zu beklagen. Die Anzahl der Verwundeten und Verstümmelten übertraf seine schlimmsten Befürchtungen. Waffen, Rüstungen und Streitwagen der Mitanni waren in der Wüste zurückgeblieben oder wurden in den Tempeln und Palästen Ägyptens als Andenken an den großen Sieg zur Schau gestellt. Ehe er zur Oase der Palmen aufgebrochen war, hatte sich Tuschratta in die Gewölbe unterhalb seines Palastes begeben und dort lange Zeit die leeren Schatztruhen angestarrt, deren Inhalt für Waffen, Vorräte und Sold für die Truppen ausgegeben worden war. Und das alles vergebens! Die Kunde von Ägyptens großem Sieg hatte sich bereits über das Große Grün hinweg und bis hin zu den wilden Völkern nördlich von Palästina verbreitet. Tuschratta hatte auf Rache gesonnen. Er hatte sich mit seinen Generälen beraten, und gemeinsam mit ihnen eine Bestandsaufnahme der vorhandenen Streitwagen, Karren, Pferde, Wurfspieße, Bogen und Pfeile gemacht; hatte überlegt, wie viele Truppen in Marsch gesetzt werden und welchen Kommandanten man vertrauen konnte. Am Ende dieser Besprechung war Tuschratta zu dem unerfreulichen Schluss gelangt, dass Rache dem strahlend blauen Himmel über ihm glich: wunderschön, aber unerreichbar.

»Wir können keine ordentliche Armee aufstellen«, hatte einer seiner Generäle erklärt. »Und wenn wir zu viele Männer einziehen ...« Er hatte den Satz nicht beendet, es empfahl sich, Tuschratta seine eigenen Schlussfolgerungen ziehen zu lassen.

»Wenn wir in die Schlacht marschieren«, hatte der König geseufzt, »dann werden unsere Grenzen nicht mehr ausreichend geschützt. Feinde werden einfallen und unsere Städte und Dörfer plündern und brandschatzen.«

»Außerdem muss die Ernte eingebracht werden«, hatte ein anderer General eingewandt.

Allerdings, denn wenn auch die Kornkammern und Lagerhäuser einmal leer waren ... Tuschratta starrte blicklos ins Wasser. Er hatte sich den Platz auf dem Thron mit Zähnen und Klauen erkämpft, hatte intrigiert, bestochen, gemordet und betrogen. Er hätte sogar drei seiner Halbbrüder erwürgen lassen, damit sie ihm nicht länger im Weg standen. Nach seiner Niederlage hatte sich Tuschratta auf dem riesigen Bett in seinem Schlafgemach von einer Seite auf die andere gewälzt und sich dunklen Gedanken hingegeben. Die Pharaonenkönigin Hatschepsut hatte sich als gerissene, gefährliche Schlange erwiesen. Ihre Truppen verehrten sie wie eine Göttin, und sie badete geradezu in ihrem Triumph. Wenn Tuschratta es auf einen neuerlichen Kampf ankommen ließ und wieder unterlag ... das Wasser schien plötzlich kühler zu werden. Er musste ein Auge auf die Stammesfürsten halten. Der Mitanni-Hof setzte sich aus einer Horde von Wölfen zusammen. Nachdem Hatschepsut ihn so vernichtend geschlagen hatte, hatte Tuschratta einen Vorwand nach dem anderen benutzt, um missliebige Höflinge, Generäle und Kommandanten hinrichten zu lassen. Dieses Gemetzel hatte Gedanken an eine etwaige Revolte vorerst im Keim erstickt, aber er wusste, dass seine Feinde nur auf einen Fehler warteten.

»Spinne in aller Ruhe dein Netz«, hatte seine Halbschwester Wanef ihm geraten. »Lass Ägypten fett, faul und unvorsichtig und Hatschepsuts Leib plump und rund werden. Sammle neue Kräfte und warte ab. Eines Tages kann Ägypten dir gehören, und dann werde ich zusehen, wie du dich mit seiner Pharaonenkönigin in deinem Harem vergnügst.«

Wanef war seine engste Vertraute, seine Ratgeberin und seine Geliebte. Wenn die Hitzköpfe im Land nach Krieg schrien, mahnte sie zu Frieden.

»Verneige dich vor ihr, fall vor ihrem Thron in den Staub. Versprich ihr alles, was sie will – vorerst jedenfalls«, drängte sie stets.

Tuschratta hatte sich widerstrebend einverstanden erklärt. Sein Land brauchte Frieden, seine Kaufleute mussten sicher reisen können. Also hatte er Hatschepsuts Bedingungen akzeptiert, obwohl er sie als demütigend und erniedrigend empfand. Tuschratta würde nach Ägypten reisen, um eine Audienz bei der Pharaonenkönigin ersuchen und in alles einwilligen, was sie verlangte. Er hatte den Abgesandten schweigend zugehört, doch sowie sie sich zurückgezogen hatten, hatte er sich in einen Wutanfall hineingesteigert. Wieder musste die Prinzessin ihn beschwichtigen.

»Denk nach«, mahnte sie. »Denk an die Zukunft.«

»Mein König?«

Einer der Schreiber, den die finstere Miene seines Herrn erschreckte, wagte es, ihn aus seinen Grübeleien zu reißen.

»Mein König, was ist?«

»Den Friedensvertrag!«, befahl Tuschratta.

Der Schreiber öffnete die kleine Truhe, die neben ihm stand, und entnahm ihr einen Papyrusbogen. Tuschratta schloss die Augen.

»Lies mir die einzelnen Punkte vor.«

Der Schreiber gehorchte. Tuschratta beglückwünschte sich im Stillen, weil er keinerlei Zorn empfand.

»Genug!« Er hob eine Hand.

Wanef und die anderen waren jetzt in Theben beschäftigt. Tuschratta grinste in sich hinein. O ja, wie die Schlangen würden sie sich drehen und winden, Einwände erheben, klagen und versuchen, Zeit zu gewinnen, aber am Ende würden sie den Vertrag unterzeichnen.

»Lass Hatschepsut in dem Glauben, ihren Willen durchgesetzt zu haben«, hatte Wanef ihm mitten in der Nacht zugeflüstert und mit den Lippen sacht sein Ohr gestreift. »Soll sie nur mit ihrem Steinmetz huren. Unsere Zeit wird kommen.«

»Aber das kann noch Jahre dauern!«, hatte Tuschratta protestiert.

»Rache genießt man am besten kalt«, versetzte Wanef. »Und jetzt hör mir gut zu, mein König.«

Sie hatte ihm eine wundervolle Geschichte erzählt: von dem Reisenden Sinuhe und seinen exakt gezeichneten Karten, die Handelswege durch das Rote Land nach Kusch und Punt aufzeigten, wo man kostbare Gewürze in Hülle und Fülle erstehen konnte; von geheimen Wasserwegen über das Große Grün. Tuschratta hatte ihr wie gebannt zugehört. Schließlich war sie auf den Anubistempel und den heiligen Amethyst zu sprechen gekommen.

»Was würdest du dafür geben«, flüsterte sie, »ein Mal die Pracht Ägyptens in den Händen halten zu können?«

»Man würde es sofort erfahren!«, protestierte er. »Hatschepsut würde Rache schwören.«

»Nicht, wenn sie nichts beweisen kann«, erwiderte Wanef.

Tuschratta grinste. Zum ersten Mal seit jenem schrecklichen Tag, an dem er vom Schlachtfeld geflohen und mannshohe Berge gefallener Mitanni zurückgelassen hatte, wurde ihm leicht ums Herz, und ihm war zum Lachen zu Mute.

»Wie willst du das anstellen?«, fragte er.

Wanef glitt aus dem Bett und schlang sich eine Decke um die Schultern. Sie war keine schöne Frau, aber ihr Liebesspiel war so vielseitig, subtil und originell wie ihre Pläne. Tuschratta vertraute ihr bedingungslos. Sie führte ihn aus dem königlichen Schlafgemach hinaus ins Freie und quer über den Palasthof, um ihm schließlich in einem tiefen Verlies etwas zu zeigen. Tuschratta klatschte in die Hände und umarmte sie liebevoll.

»Wenn du das für mich tust«, flüsterte er heiser, »dann gebe ich dir, was immer du dir wünschst.«

»Dann hör zu, und hör mir gut zu.«

Sie hatte einen ihrer raffinierten Pläne entworfen. Tuschratta hörte ihr fasziniert zu und bewunderte ihre Gerissenheit und ihr logisches Denkvermögen. Sie sprach von der arroganten Hatschepsut, von Spionen und Verrätern, von Menschen, deren Seelen man mit etwas Gold kaufen konnte. Tuschratta beneidete sie fast um ihr Geschick, Informationen zu sammeln und Intrigen zu spinnen. Er bedauerte zutiefst, nicht ihren Rat eingeholt zu haben, ehe er mit seinen Truppen über den Horusweg gezogen und in Ägypten eingefallen war.

»Bist du sicher, dass sich das bewerkstelligen lässt?«, fragte er.

»O ja. Wir wollen nach Ägypten gehen, mein Bruder, und, wenn nötig, den Kopf neigen und der Hure die bemalten Füße küssen, aber insgeheim werden wir gegen sie arbeiten. Ihr Ruhm wird Sprünge bekommen. Monate werden zu Jahren werden, ohne dass sie auch nur den kleinsten Beweis findet.« Sie winkte mit der Hand. »Und die Geschichten werden sich im ganzen Land verbreiten. Die

Leute werden hinter vorgehaltener Hand über sie lachen und sagen: ›Die Götter sind nicht mit Hatschepsut von Ägypten.‹ Oh, sie mag mit ihrem kleinen Fuß aufstampfen und Rache schwören, so viel sie will.« Wanef klatschte in die Hände. »Das ist ja das Schöne an diesem Friedensvertrag, mein Bruder und König – wenn wir ihn unterschreiben, muss sie das auch. Wenn wir daran gebunden sind, dann auch Ägypten. Wenn sie protestiert, werden wir behaupten, dass Hatschepsut nicht zu ihrem Wort steht; dass sie nur nach einem Vorwand sucht, wieder Krieg gegen uns zu führen.« Wanef unterstrich ihre Argumente mit ausdrucksvollen Gesten. »Und in der Zwischenzeit werden die Mitanni immer stärker werden. Wir werden neue Schlachtrösser züchten, neue Streitwagen bauen, unsere Handelsbeziehungen ausbauen und unsere Schatzkammern mit Reichtümern füllen.«

»Und wenn es misslingt?«, fragte Tuschratta zweifelnd. »Was geschieht, teuerste Schwester, wenn deine klugen Pläne scheitern?«

Die Freude schwand aus Wanefs Gesicht. Tuschratta wusste, warum. Er vergab und vergaß nichts.

»Wenn es misslingt«, erwiderte sie obenhin, »dann haben wir nichts verloren. Wie können die Ägypter unsere Schuld beweisen? Sicher, sie werden Verdacht schöpfen, werden mit dem Finger auf uns zeigen.« Sie lachte nervös. »Wir aber werden alles als dreiste Lügen abtun und behaupten, Ägypten sei immer noch auf einen Krieg aus.«

»Diese Rache würde mir so süß schmecken wie Wein«, murmelte Tuschratta. »Aber was ist mit den anderen, mit Hunro, Snefru und Mensu? Der königliche Rat besteht darauf, dass sie dich nach Ägypten begleiten. Vielleicht sagt ihnen dein Plan zu, aber kann man ihnen auch trauen?«

Wanef war auf ihn zugetreten und hatte ihm die Arme um den Hals geschlungen.

»Nun gut, mein König, dann wollen wir über Hunro, Snefru und Mensu sprechen.«

Tuschratta lächelte bei der Erinnerung an dieses Gespräch befriedigt, spreizte die Hände und ließ sich tiefer ins Wasser gleiten.

»Mein König!« Einer seiner Hauptmänner stand am Ufer des Sees.

»Was gibt es?«, fragte Tuschratta unwirsch.

»Abgesandte aus Theben sind eingetroffen.«

Tuschratta schickte die Diener mit einer Handbewegung fort. Sowie sie außer Sicht waren, stieg er aus dem Wasser und wickelte sich in ein Leinentuch.

»Sie warten am Rand des Lagers«, fuhr der Hauptmann fort.

» Beschreib sie«, verlangte Tuschratta.

»Sie reiten Dromedare und sind gut bewaffnet. Ihre Gesichter sind verhüllt, man kann nur ihre Augen sehen. Sie behaupten, von Prinzessin Wanef zu kommen, und wollen nur mit dir sprechen.«

»Wie viele sind es?«

»Drei.«

»Bring den Anführer in mein Zelt«, befahl Tuschratta. »Und stell ein paar von den Stummen als Wachposten auf.«

Der Hauptmann eilte davon. Tuschratta griff nach einem Brokatumhang und legte ihn an, dann ging er rasch zu seinem Zelt. Sein Blick fiel auf eine Gruppe schwarzhäutiger, bis auf ein Lendentuch nackter Zwerge, die in einem Kreis zusammensaßen und miteinander schnatterten. Tuschratta blieb stehen und lächelte. Er dachte an Wanef und das Unheil, das sie in Theben stiften würde. Dann schnippte er mit den Fingern. Sein Kammerdiener schlug die Plane des Zeltes zurück und Tuschratta betrat das kühle, wohlriechende Innere. Er kleidete sich rasch an und nahm dann auf einem Kissenstapel Platz. Auf dem Tisch vor ihm stand ein Becher Wein, daneben eine Schale mit gezuckerten Pflaumen. Tuschratta wartete, bis ein Diener von beidem gekostet hatte, ehe er selbst aß und trank. Die Plane wurde zurückgeschoben, und Wanefs Bote schlüpfte wie ein Schatten hinein. Sofort fiel er auf die Knie und berührte mit der Stirn den Boden. Tuschratta ließ ihn eine Weile in dieser Haltung verharren.

»Komm nicht näher«, befahl er endlich. »Du darfst dich jetzt erheben.«

Der Mann machte Anstalten, das Tuch vom Gesicht zu nehmen, doch Tuschratta hinderte ihn mit einer Handbewegung daran.

»Ich sehe deine Augen, das reicht«, warnte er. »Sprich und rühr dich nicht von der Stelle, dann wird dir nichts geschehen.«

Der Bote bemerkte, dass sich die Zeltklappe hinter ihm öffnete. Zwei in weiße Schurze und lederne Brustpanzer gekleidete Kuschiten traten ein. Beide waren mit Pfeil und Bogen bewaffnet.

»Du bringst Nachricht aus Theben?«

Der Bote verneigte sich.

»Ich habe große Neuigkeiten, mein König. Der Gegenstand, den die Ägypter so hoch schätzen, wird bald uns gehören.«

Tuschratta ließ sich seine Erregung nicht anmerken. »Und die Karten?«

»Auch diese werden bald in unseren Händen sein.«

»Wie bald?«, hakte Tuschratta nach.

»Prinzessin Wanef rät zur Vorsicht. Es ist besser, sich Zeit zu lassen.«

»Und die andere Angelegenheit?«, erkundigte sich Tuschratta.

»Alles verläuft nach Plan, mein König.«

»Was ist mit Benias Sarkophag?«

»Wanef fordert ihn als unseren rechtmäßigen Besitz zurück und besteht darauf, dass er den Mitanni übergeben wird.«

Tuschratta schloss die Augen. Er dachte an seine geliebte Schwester, deren mumifizierter Leichnam neben dem dieses Tyrannen Thutmosis I. ruhte. Tuschratta knirschte mit den Zähnen. Sein Hass auf Hatschepsut wurde nur von dem auf ihren Vater übertroffen. Hatte nicht Thutmosis seine Streitwagenschwadronen durch die Wüste Sinai geführt, um die ungeschützten Dörfer Palästinas auszurauben? Hatte nicht Tuschratta geschworen, sein Grab zu schänden und die Überreste seiner Mumie in alle Winde zu zerstreuen? Der König seufzte. Er hatte den Versuch gewagt und verloren, doch Wanef hatte Recht. Die Götter gaben ihm eine zweite Chance.

»Weißt du, was du jetzt zu tun hast?« Tuschratta schlug die Augen wieder auf.

»Ja, mein König.«

»Was ist mit dem Schlosser?«

Diesmal flackerten die Augen des Mannes unruhig.

»Du hast also versagt«, fauchte Tuschratta.

»Mein König, ich habe die Prinzessin Wanef davon in Kenntnis gesetzt, dass diese Kreatur namens Belet den obersten Richter Amerotke in der Halle der Beiden Wahrheiten um Gnade gebeten hat.«

»Amerotke!«

Tuschratta blickte die hinter dem Boten stehenden Kuschiten an. Wieder und wieder hatte Wanef den Namen dieses Mannes erwähnt. Von allen Ratgebern Hatschepsuts musste man vor zweien besonders auf der Hut sein, hatte sie gewarnt: vor ihrem Liebhaber Senenmut und ihrem obersten Richter Amerotke.

»Wenn wir anfangen, Zwietracht zu säen«, hatte sie gesagt, »dann wird sich Hatschepsut Rat suchend an Senenmut wenden, und Amerotke wird wie ein Jagdhund die Fährte aufnehmen. Wir müssen ihn im Auge behalten.«

»Es ist unerlässlich«, fauchte Tuschratta, »dass sich dieser Schlosser unseren Wünschen beugt.« Er atmete geräuschvoll ein. Seine Nasenflügel bebten. »Richte Prinzessin Wanef meine Grüße aus, wenn du nach Theben zurückkehrst. Du kennst deinen Auftrag. Und nun geh.«

Der Bote verschwand. Tuschratta blieb noch eine Weile sitzen, schob sich eine Pflaume nach der anderen in den Mund und kaute schmatzend. Amerotke, dachte er. Wie kann man mit ihm fertig werden? Gedankenverloren starrte er in seinen Weinbecher.

»So weit, so gut«, flüsterte er.

Er hob den Kopf und klatschte in die Hände. Ein Kammerdiener betrat das Zelt.

»Heute Abend werde ich ein Opfer darbringen«, knurrte Tuschratta. »Die Priester sollen sich bei Sonnenuntergang bereithalten.«

Der Kammerdiener verneigte sich und zog sich zurück. Tuschratta lächelte. Heute Nacht würde er in die Wüste hinausgehen. Er würde einen Gefangenen mitnehmen, ein Blutopfer darbringen und seine eigenen dunklen Götter anrufen, damit sie ihm halfen, Zwietracht unter denen Ägyptens zu säen.

ANUBIS galt als Sohn von Osiris und Nephthys

[illegible]

[illegible]

[illegible]

DRITTES KAPITEL

Amerotke betrat die dämmrige Einbalsamierkammer unterhalb des Anubistempels. Öllampen brannten, hohe, schmale Fenster ließen etwas Sonnenlicht herein, doch all das trug nur wenig dazu bei, die düstere, bedrückende Atmosphäre zu mildern. An der Wand am Ende der Kammer ragte eine riesige Granitstatue des Gottes Anubis auf. Die Luft roch nach Salz, Natron und nach den Kräutern, mit denen die Einbalsamierer die Leichen ausstopften. Über der Statue erkannte Amerotke eine Inschrift: »HÜTET EUCH VOR DIESEM GOTT! ER LIEBT DIE WAHRHEIT UND VERABSCHEUT DIE LÜGE!«

Die dunkle Kammer bildete einen auffallenden Kontrast zu den üppig ausgestatteten Hallen des Wartens und der Zerstreuung, die Amerotke soeben durchquert hatte und wo Gemälde in leuchtenden Farben an den schneeweißen Wänden prangten; oder dem wunderschönen gepflegten Tempelgarten, wo künstliche Seen und Teiche im Schatten von Akazien und Sykomoren schimmerten.

Zu jeder anderen Zeit hätte Amerotke diesen Besuch als interessante Erfahrung betrachtet. Aber das Heulen der Hunde, der so genannten heiligen Meute in ihrer tiefen Grube am Ende des Tempels störte ihn. Im Tempel selbst herrschte reges Treiben, Priester schritten Weihrauchgefäße schwenkend durch die Gänge, Bittsteller warteten darauf, angehört zu werden, Gelehrte huschten vorüber, die Rücken vom ständigen Studieren der Bücher im Haus des Lebens verkrümmt. Die Totenkammer schien in einer anderen Welt zu liegen. Der Richter blinzelte in den Rauch, der in der Luft hing. Er konnte die Umrisse der Einbalsamierer erkennen, die sich über die auf Steintischen ausgestreckten Leichen beugten. Eine war die einer Frau. Die Einbalsamierer beschäftigten sich gerade mit einer zweiten und murrten leise über den üblen Zustand des Körpers.

Eine Gestalt löste sich aus der Dunkelheit. Amerotke erkannte den stämmigen Körper, den rasierten Kopf und das breite, zerfurchte Gesicht von Senenmut, einem Mann mit vielen Talenten, der Macht hinter dem Thron. Die verweichlichten, parfümierten und geschminkten Höflinge machten sich hinter seinem Rücken über ihn lustig, denn sie betrachteten ihn als Emporkömmling, was er auch war. Ehemals Baumeister, dann Soldat, mischte er jetzt in der Politik mit. Bei Hof wurde er als ›Steinmetz‹ verspottet – allerdings nur dann, wenn er es nicht hören konnte. Seinem Rang zum Trotz sah er heute auch wie ein einfacher Arbeiter aus; er trug ein schlichtes Leinengewand und keinen Schmuck, und auf seinen muskulösen Schultern glitzerten Schweißtropfen. Amerotke trat auf ihn zu. Er wollte sich gerade verneigen, als Senenmut ihm die Hand entgegenstreckte. Der Richter ergriff sie.

»Folge mir«, befahl Senenmut.

Sie durchquerten den Balsamierraum und gelangten in eine schmucklose Steinkammer. Einige Stühle standen um einen Tisch herum, die Regale an der Wand waren mit irdenen Krügen gefüllt. Es stank nach Salz und verwesendem Fleisch. Ein paar Wandzeichnungen zeigten an Deutlichkeit nicht zu überbietende Darstellungen eines Paares beim Liebesspiel. Die verhüllte Gestalt, die diese angelegentlich betrachtete, drehte sich um. Amerotke erkannte Hatschepsut und machte Anstalten, auf die Knie zu sinken, doch sie schüttelte den Kopf. Ein schlichtes Gewand umhüllte sie vom Hals bis zu den Knöcheln, ein Leinenschal bedeckte ihr Haar. Sie war die Pharaonenkönigin Ägyptens, die Herrin der Beiden Länder, Trägerin der Doppelkrone, des Atef und des Nenes, des Königsmantels. Trotzdem trug sie abgesehen von ein paar Armbändern keinerlei Schmuck und keine königlichen Insignien. Sie deutete auf die Zeichnungen, ehe sie sich setzte.

»Die menschliche Natur«, sie grinste verschmitzt, »zumindest die des Mannes ändert sich nie. Jedes Liebespaar, das derartige Positionen einnimmt, würde sich den Hals oder den Rücken verrenken, meinst du nicht auch, Senenmut?«

Senenmut hüstelte und wandte den Blick ab. Hatschepsut lachte leise hinter vorgehaltener Hand. Ihre Fingernägel waren grün bemalt.

»Wir werden auf jegliche Zeremonie verzichten«, sagte sie dann. »Wir sind hier unter uns. Niemand kann uns hören.« Sie blickte Amerotke an. »Wie geht es dem obersten Richter von Theben heute?«

»Ausgezeichnet, wie immer in deiner Gegenwart.«

»Das glaube ich dir unbesehen. Aber wir wollen ganz offen miteinander reden. Ich sollte eigentlich überhaupt nicht hier sein.«

»Genauso wenig wie ich«, erwiderte Amerotke. »Also sollten wir alle eigentlich nicht hier sein. Und worüber sollten wir eigentlich nicht sprechen?«

»So kenne ich dich, Amerotke. Du nimmst nie ein Blatt vor den Mund.«

Hatschepsut scheuchte eine Fliege weg. Sie wartete, bis Senenmut ihnen Wein gebracht und ebenfalls Platz genommen hatte.

»Dort draußen liegen drei Leichen«, begann sie. »Der Priester Nemrath, die Tempeltänzerin und die Überreste des Reisenden Sinuhe. Wahrscheinlich haben dir die Herolde schon berichtet, was geschehen ist. Wo sind sie übrigens?«

»Sie haben sich im Vorzimmer von mir verabschiedet, und ja, sie haben mir erzählt, was hier vorgefallen ist.«

»Gut.« Hatschepsut lehnte sich zurück und nippte an dem kühlen Weißwein. »Dann will ich dich nicht mit einer Wiederholung langweilen. Irgendwo hier im Tempel halten sich Tuschrattas vier Abgesandte auf. Ihre Namen lauten in der ägyptischen Version Wanef, Hunro, Mensu und Snefru. Alle vier verfügen in ihrer Heimat über Macht und Ansehen. Die drei Männer sind Angehörige der wichtigsten Kriegsvölker in Tuschrattas Königreich. Sie mögen mich nicht, sie mögen Ägypten nicht, aber sie sind nichtsdestotrotz gezwungen, einen Friedensvertrag auszuhandeln.«

»Und die Frau?«, fragte Amerotke.

»Ja, die hat einiges Aufsehen erregt.« Hatschepsut lachte. »Sie ist das eigentliche Problem. Tuschratta muss das Knie vor einem weiblichen Pharao beugen, das gefällt ihm gar nicht. Wanef ist seine Halbschwester. Wahrscheinlich glaubt er, eine Frau könne eine andere Frau am besten verstehen, deswegen hat er sie hergeschickt.«

»Und noch aus anderen Gründen«, warf Senenmut ein.

»Senenmut hat wie immer Recht«, schnurrte Hatschepsut. »Wanef ist Tuschrattas engste Vertraute und Ratgeberin. Sie ist klug, entschlossen und skrupellos. Sie wünscht Frieden; sie will, dass die Grenzen geöffnet und der Handel gefahrlos wieder aufgenommen werden kann, sie möchte eine Militärallianz, und sie will Tuschrattas Tochter mit einem meiner Verwandten verheiraten. Das Mädchen ist sehr hübsch, in dieser Hinsicht dürfte es also keine Schwierigkeiten geben.«

»Was verlangt sie sonst noch?«, erkundigte sich Amerotke.

»Nun ja.« Hatschepsut trommelte mit den Fingern auf dem Tisch herum. »Sie fordert die Herausgabe von Benias Leichnam. Mein Vater hatte mehr Konkubinen als ein Vogel Federn. Benia war Tuschrattas Schwester, er hat sie geliebt und geachtet.«

»Aber sie ist tot und begraben.«

»Die Mitanni wollen, dass ich ihre Mumie aus dem Grab meines Vaters holen lasse, damit sie sie im königlichen Mausoleum in ihrer Hauptstadt bestatten können.«

»Es weiß doch niemand, wo sich das Grab deines Vaters befindet.«

»Doch. Ich.« Sie lächelte leicht.

»Dann sehe ich da keine Probleme.«

Das Lächeln verflog, Hatschepsut wurde ernst.

»Ich weiß nicht so recht«, murmelte sie. »Ich will nur so viel sagen: Mir sind da merkwürdige Gerüchte über Benias Tod zu Ohren gekommen.« Sie winkte ab. »Aber genug davon. Die Mitanni verlangen außerdem, dass ich ihnen die Manuskripte des Reisenden Sinuhe übergebe.«

»Ich habe schon von ihm gehört.«

»Wie jeder in Theben. Ein Seefahrer und Wanderer. Seine Aufzeichnungen enthalten sein gesamtes Wissen: Seekarten, Handelsrouten, Wege durch die Wüste, die Lage von Brunnen und Oasen und vieles mehr.«

»Und?«

»Sinuhes Leichnam – oder das, was davon übrig geblieben ist – wurde aus dem Nil gefischt. Laut Aussage einiger Nachbarn hat er gestern Morgen mit einer Ledertasche das Haus verlassen. Ein Fischer sah ihn zu den Ruinen des Bestempels hinuntergehen. Später an diesem Tag wurde Sinuhe tot aufgefunden, sein Manuskript war verschwunden.«

»Könnten die Mitanni dafür verantwortlich sein?«

»Vielleicht. Dann ist noch die Pracht des Anubis aus ihrem Schrein gestohlen worden.«

Hatschepsut erhob sich und räkelte sich wie eine Katze. Lächelnd sah sie Senenmut an.

»Schließlich sind da noch die Vorfälle im Anubistempel. Ein Tanzmädchen wurde tot in einem der Pavillons gefunden. Zwei Schafe und einige der Fische in den heiligen Teichen sind ebenfalls vergiftet worden.«

»Wenn diese Todesfälle erst nach der Ankunft der Mitanni eingetreten sind, dann dürften sie dahinterstecken«, erklärte Amerotke. »Bis der Friedensvertrag unterzeichnet ist, befinden sich Ägypten und die Mitanni noch immer im Kriegszustand.«

»Ich weiß, ich weiß.« Hatschepsut nahm wieder Platz. »Tuschratta lagert mit seinen Streitwagenschwadronen in der Oase der Palmen. Er wird nicht zu uns kommen und wir nicht zu ihm gehen, ehe der Frieden besiegelt ist.«

»Aber warum sollten die Mitanni das tun?«, wunderte sich Senenmut.

»Wie du schon sagtest, göttlicher Pharao – Tuschratta hasst es, vor einer Frau das Knie beugen und ihre Füße küssen zu müssen.«

»Aber ich bin der Pharao von Ägypten!«

»In meinen Augen ja«, erwiderte Amerotke. »Aber vielleicht möchte Tuschratta Verwirrung stiften. Ein paar Todesfälle, der Diebstahl der Pracht des Anubis, während die Mitanni versuchen, Sinuhes Aufzeichnungen in die Finger zu bekommen. Auch ihre Kaufleute würden gerne die schnellsten und sichersten Routen in das Land Punt und weiter den Nil hinunter kennen lernen. Vielleicht träumen sie sogar davon, eine Flotte über das Große Grün zu schicken.«

Er bemerkte Senenmuts verwirrten Gesichtsausdruck.

»Aber du glaubst das nicht, nicht wahr? Warum sollten sie in Theben Morde verüben? Und was nutzt die Unterzeichnung eines Friedensvertrages, wenn wir herausfinden, dass sich die Pracht des Anubis in ihrem Besitz befindet? Und würden die Mitanni wirklich eine solche Gotteslästerung begehen? Sie beten selbst einen Hundegott an, ihre Priester würden eine solche Blasphemie nicht zulassen.«

»Ja, aber die Mitanni würden uns nur gar zu gerne zum allgemeinen Gespött machen«, erwiderte Senenmut. »Sowohl der Mörder als auch der Dieb könnte ein Angehöriger des Tempels sein, der uns in den Augen der Mitanni und aller anderen herabsetzen will. Oder es könnte jemand sein, den Tuschratta zum selben Zweck angeheuert hat.«

»Ein Verräter?«, warf Amerotke ein.

»Mit der Politik verhält es sich wie mit dem Nil«, meinte Hatschepsut. »Vieles bleibt im Verborgenen. Du hast ja unsere beiden Herolde Weni und Mareb bereits getroffen. Weni ist unser offizieller Abgesandter, der Mittelsmann zwischen uns und Tuschratta. Wir wissen, dass er bestochen worden ist, von Tuschratta und Wanef gekauft. O nein.« Sie hob die Augenbrauen. »Schau mich nicht so überrascht an. Weni ließ sich auf meinen Befehl hin bestechen. Er ist ein loyaler Untertan seines Pharaos, aber die Mitanni denken, sie hätten einen Spion an unserem Hof, und genau das wollten wir erreichen. Jetzt erstattet Prinzessin Wanef Tuschratta Bericht. Um es ganz offen zu sagen, einer ihrer Boten hatte einen kleinen Unfall, und unser Streitwagenkorps kam ihm zu Hilfe.«

»Konnten sie einen Blick auf die Botschaften werfen, die er bei sich trug?«

Hatschepsut lächelte nur.

»Wir haben uns für sehr klug gehalten«, bemerkte Senenmut trocken. »Aber jetzt sieht es so aus, als gäbe es einen echten Verräter in Theben. Jemand, den sie die Hyäne nennen, mehr ging aus Wanefs Brief nicht hervor.«

»Wenn ich einmal zusammenfassen darf ...« Amerotke drehte seinen irdenen Becher in den Händen. »Die Mitanni sind hier, um zu verhandeln. Sie wollen Frieden. Sie denken, sie hätten Weni als Spion gewonnen, obwohl dem nicht so ist. Trotzdem haben die Mitanni einen echten Spion, einen Mann, den sie die Hyäne nennen, einen Aasfresser also. Könnten Weni und diese Hyäne ein und dieselbe Person sein?«

»Möglich wäre es«, entgegnete Senenmut.

»Oder ist es jemand aus dem Tempel? Was wir nicht wissen«, fuhr Hatschepsut fort, »ist, was Tuschratta plant. Ein ganzer Berg von Geheimnissen liegt vor uns, nicht wahr, Amerotke? Und du sollst ihn abtragen. Ich wünsche Sinuhes Manuskript und die Pracht des Anubis zurückzubekommen. Und ich will wissen, wer der Mörder ist, der hier im Anubistempel sein Unwesen treibt. Amerotke, du wirst Senenmut zu den Verhandlungen begleiten. Beobachte alle Anwesenden scharf, vielleicht findest du ja etwas heraus.«

Amerotke blickte sich in der düsteren Kammer um.

»Hast du mir wirklich die ganze Wahrheit gesagt, o Göttliche? Ich weiß, dass dein Verstand manchmal einem Schlangennest gleicht ...«

»Du bist doch nicht meine Marionette«, beschwichtigte ihn Hatschepsut. Sie senkte den Kopf und warf ihm einen koketten Blick zu. »Vertraust du mir nicht mehr, Amerotke?« Sie schüttelte den Kopf. »Das ist kein Spiel. Ich will die Pracht des Anubis und Sinuhes Manuskript, und ich will, dass Tuschrattas Abgesandte mir die Füße küssen. Ich lasse mich nicht in Theben und ganz Ägypten als Närrin hinstellen. Und ich lasse nicht zu, dass Tuschratta mir offen ins Gesicht lacht. Und vor allem ...« Sie brach ab.

»Was noch?«, fragte Amerotke geradeheraus.

»Wanefs Begleiter wollen keinen Frieden. Ich möchte

nicht, dass weitere heimtückische Morde sie veranlassen, ihre Sachen zu packen, aus dem Tempel zu flüchten und lauthals zu verkünden, Mitanni-Abgesandte wären in Theben nicht sicher.«

»Könnte es denn so weit kommen?«, wollte Amerotke wissen.

»Wanefs Begleiter werden jede sich ihnen bietende Gelegenheit beim Schopfe packen.« Hatschepsut erhob sich. »Aber die Abgesandten warten, und ich bin, wie bereits erwähnt, gar nicht hier.« Sie deutete auf eine Tür. »Die Maryannou«, sie bezog sich auf ihre Leibwache, »werden mich in den Palast zurückbegleiten.«

Sie streckte ihm den Arm hin. Amerotke blieb nichts anderes übrig, als niederzuknien und die grün bemalten Fingernägel zu küssen. Hatschepsut strich ihm sacht über das Gesicht.

»Du bist weder mein Spielzeug noch mein Hund, Amerotke. In dieser Angelegenheit bist du das Auge und Ohr des Pharaos.«

Dann war sie fort.

Amerotke stand auf. Senenmut klopfte ihm grinsend auf die Schulter.

»Wir haben noch eine Stunde Zeit. Möchtest du dir die Toten ansehen?«

Amerotke stimmte zu und folgte dem Wesir. Zuerst untersuchten sie die Leiche der Tänzerin. Die Einbalsamierer hatten bereits ihre Organe herausgenommen und in versiegelte Kanopen gegeben, mussten aber noch das Hirn durch die Nase herausziehen. Der Tisch sah aus wie der Stand eines Fleischers. Obwohl er ständig mit dem Tod zu tun hatte, lief Amerotke ein kalter Schauer über den Rücken.

»Sie wird auf dem Tempelgelände bestattet«, flüsterte Senenmut. »Sie starb ja im Dienste des Gottes.«

Die junge Frau war ohne Zweifel einst sehr hübsch gewesen. Sie hatte ein ebenmäßiges Gesicht und einen wohlgeformten Körper mit schmaler Taille und den langen, muskulösen Beinen einer professionellen Tänzerin. Trauer stieg in Amerotke auf. So viel Jugend und Schönheit war einfach ausgelöscht worden wie eine Flamme im Wind.

»Was war die Todesursache?«, fragte er.

Der kahlköpfige Arzt mit der langen Nase zuckte die Achseln.

»Die Augen sind leicht aus den Höhlen getreten.« Er zog ein Augenlid zurück und tippte dann gegen das Kinn. »Mund und Hals waren trocken und gerötet, als hätte sie eine ätzende Flüssigkeit getrunken. Auf den Lippen stand Schaum.« Er hob einen Arm an und ließ ihn wieder fallen. »Die Muskeln sind starr, so, als wäre sie an einem Schock gestorben oder von einer Giftschlange gebissen worden.«

»Hast du irgendwelche Wunden gefunden?«

Der Arzt schüttelte den Kopf.

»Nichts. Ein paar Flecken und Kratzer, aber die würde ich auch an meinem, deinem oder Wesir Senenmuts Körper finden.«

»Aber so eine junge Frau ist doch schwerlich an einem Herzschlag gestorben.

»Vielleicht doch. Ihr Magen«, fuhr der Arzt in einem gelangweilten Ton fort, »enthielt nichts Ungewöhnliches: Brot, geröstetes Fleisch und Wein. All das hat sie einige Zeit vor ihrem Tod zu sich genommen. Das Essen war bereits fast verdaut.«

»Wie kommst du auf Gift?«, fragte Amerotke ihn.

»Weil das die einzige Möglichkeit ist«, fauchte der Arzt. »Leber und Milz waren leicht vergrößert, die inneren Organe verfärbt. Wie ich hörte, lag die Frau die ganze Nacht dort draußen. Manchmal ist es schwierig, zwischen den Folgen des Todes und seiner Ursache zu unterscheiden.«

»Wenn es denn Gift war«, beharrte Amerotke.

Der Arzt schob die Unterlippe vor und spreizte die Hände.

»Es gibt Gifte, die so stark sind, dass sie sich wie ein Feuer im Körper verbreiten.«

»Könnte das auch hier der Fall gewesen sein?«

»Alles ist möglich.«

Senenmut führte sie zum zweiten Steintisch, auf dem

der Priester Nemrath lag; ein kleiner, plumper Mann mit bleicher Haut, teigigem Gesicht und einem Stiernacken. Die Einbalsamierer hatten noch nicht mit der Arbeit begonnen. Die Todesursache lag hier auf der Hand. Unterhalb der linken Brust prangte eine dunkel angelaufene Einstichstelle.

»Ist dir irgendetwas aufgefallen?«, fragte Amerotke den Arzt. »Du kennst doch die genaueren Umstände.« Er deutete auf die Leiche. »Nemrath war noch jung und kräftig.«

»Es gibt keine Anzeichen für einen Kampf«, erwiderte der Arzt. »Keine Kratzspuren.« Er hob die Hand des Toten an und ließ sie wieder fallen. »Die Fingernägel sind weder abgebrochen, noch klebt etwas darunter. Auch am Körper hat er keine Wunden oder Prellungen.«

Er hielt inne, als einer der Priester zu der Anubis-Statue trat und mit erhobenen Händen eine rituelle Hymne anstimmte.

Amerotke drehte sich um, glitt dabei auf einer Öllache aus und krallte eine Hand in das eiskalte Fleisch des Toten. Senenmut packte ihn am Arm.

»Gib Acht, wo du hintrittst!«

Sowie der Priester verstummt war, schnäuzte sich der Arzt und ergriff ein scharfes, aus einem harten Knochen gefertigtes Messer.

»Nemrath wurde durch einen Stich mitten ins Herz getötet.« Seine Lippen verzogen sich zu einem Lächeln. »Ich habe von dem Diebstahl erfahren. Eine sehr mysteriöse Geschichte. Nemraths Tod birgt allerdings weit weniger Geheimnisse.«

Amerotke nahm das Messer zur Hand und betrachtete den schwarzen, einem Schakalskopf nachempfundenen Griff. Die Klinge war ziemlich lang und hatte gezackte Ränder.

»Der Mörder muss seinem Opfer sehr nahe gekommen sein, um den Stich ausführen zu können. Wie war das möglich?«

Der Arzt zuckte die Achseln.

»Wurde Nemrath betäubt?«

»Unmöglich. Wir müssen den Magen zwar noch entfernen, aber Zeugenaussagen zufolge hat er nichts gegessen oder getrunken, ehe er getötet wurde.«

»Wie sieht es mit Geschlechtsverkehr aus?«

Der Arzt kicherte.

»Nemrath war für seine Lüsternheit bekannt. Aber gemäß den Regeln hatte er sich drei Tage, ehe er mit dem Ritual beginnen musste, der Frauen zu enthalten.«

»Hat er das denn auch getan?«

»Nimm mein Wort darauf.« Der Arzt lächelte. »Nemrath hat bei keiner Frau gelegen, zumindest nicht an dem Tag und in der Nacht vor seinem Tod.« Er kratzte sich den kahlen Kopf und blickte Amerotke scheu an. »Ich weiß, dass du der Herr der Halle der Beiden Wahrheiten bist, aber ich fürchte, dieser Mord wird auch deinen scharfen Verstand auf eine harte Probe stellen.«

Er kam um den Tisch herum, zupfte Amerotke am Ärmel und zog ihn mit sich, damit Senenmut seine nächsten Worte nicht hören konnte.

»Ganz Theben spricht von nichts anderem«, flüsterte er. »Ich war selbst in der Kapelle, es gibt keine Geheimgänge, die Tür war unbeschädigt, das heilige Becken unberührt. Trotzdem wurde Nemrath ermordet und die Pracht des Anubis gestohlen.«

Amerotke starrte in die Rauchschwaden. Senenmut hatte dem Geschnatter des Arztes wortlos gelauscht, ohne Fragen zu stellen oder eine Meinung zu äußern. Amerotke fragte sich, was wirklich im Anubistempel vor sich ging. Er blickte die gegenüberliegende Wand an. Ein Maler hatte dort die Wege in die Unterwelt Duat dargestellt: ein Gewirr verschlungener Gänge, von denen einige ins Nichts führten, andere sich krümmten und wanden wie die Schlangen. Niemand, der dort hineingeriet, würde aus eigener Kraft wieder herausfinden. Auch er selbst befand sich momentan in einem solchen Labyrinth und wusste nicht, welchen Weg er einschlagen sollte. Hatten die Mitanni die Pracht des Anubis gestohlen, um Hatschepsut zu provozieren? Oder hatte ein Angehöriger des Tempels den

Stein an sich genommen, um ihn zu verkaufen? Oder um die göttliche Hatschepsut in Misskredit zu bringen? Er durfte nicht vergessen, dass die Priesterschaft von Theben die Pharaonenkönigin nur äußerst widerwillig als Herrscherin anerkannte. Oder steckte noch mehr dahinter? Sicher, Ägypten wünschte mit den Mitanni Frieden zu schließen, aber der Richter kannte Hatschepsut. Sie war eine geborene Schauspielerin, die sich vieler Masken bediente. Dasselbe galt für Senenmut. Hatten die beiden die Pracht des Anubis gestohlen? Suchten sie einen Vorwand, um einen neuen Krieg anzuzetteln?

»Du wirkst etwas verwirrt, Amerotke.«

Senenmut beobachtete ihn forschend. Spielte da nicht ein Lächeln um seinen Mund? Wieder musste Amerotke an Hatschepsut denken. Waren die Pharaonenkönigin und ihr Geliebter in irgendein teuflisches Spiel verstrickt?

»Ich bin verwirrt«, gab er zurück. »Aber ich stehe ja auch erst am Anfang. Eines kann ich dir jedoch versichern, Senenmut: Ich werde sowohl die Pracht des Anubis als auch den Dieb finden, und ich werde dafür sorgen, dass sich die Kunde von seinem Verbrechen in ganz Theben verbreitet.«

Zu seiner Enttäuschung verzog Senenmut keine Miene.

»Kommen wir zum dritten Opfer«, forderte der Richter dann.

Diesmal reichte der Arzt jedem von ihnen ein Leinentuch, das sie sich vor Mund und Nase halten sollten. Amerotke begriff sofort, warum. Sinuhes Leichnam war entsetzlich verstümmelt. Ganze Fleischstücke hatten die Krokodile aus Gesicht und Körper gerissen, eine Hand fehlte, die Finger der anderen waren nur noch blutige, zerfetzte Stummel.

»Möge Osiris, der Herr des Westens, Mitleid mit seiner Seele haben!«, deklamierte der Arzt, ehe er den Schleier wegzog, der den Leichnam vor Fliegen schützte.

»Die Männer, die ihn gefunden haben, sahen zuerst die Krokodile und mussten sie vertreiben, ehe sie ihn aus dem Nil fischen konnten«, erklärte Senenmut. »Sie haben wirklich ihr Bestes getan.«

»War er schon tot, als er ins Wasser geworfen wurde?«, fragte Amerotke.

»Ich glaube schon«, erwiderte der Arzt. »Aber sein Körper weist abgesehen von den Bisswunden keine Verletzungen auf.«

»Er muss tot gewesen sein«, meinte Senenmut. »Sinuhe war ein erfahrener Seefahrer. Er wusste, wie gefährlich die Krokodile sind.«

Amerotke untersuchte die Überreste. Trotz des parfümierten Tuches stieg ihm ein beißender Verwesungsgeruch in die Nase. Die Einbalsamierer würden tun, was sie konnten, aber der Schaden, den die schuppigen Bestien angerichtet hatten, war kaum zu beheben. Amerotke zog den Schleier wieder über die Leiche. Er wollte sich gerade abwenden, um in die kleine Kammer zurückzugehen, als er die Reste von Sinuhes Kleidung säuberlich aufgestapelt unter dem Tisch entdeckte. Er bückte sich und inspizierte die Sachen sorgfältig, rieb das zerfetzte, blutgetränkte Leinen zwischen seinen Fingern und musterte die kostspieligen Schilfsandalen.

»Was hat das nun wieder zu bedeuten?«, murmelte er.

»Was hat was zu bedeuten?« Senenmut beugte sich zu ihm herunter.

»War Sinuhe ein wohlhabender Mann?«, erkundigte sich Amerotke.

»Nein, wie alle diese Reisenden lebte er lediglich von seinen Geschichten.«

»Hast du Nachforschungen anstellen lassen?«, bohrte der Richter weiter. »Hat ihn an diesem Morgen jemand aus dem Haus gehen sehen?«

»Er lebte alleine unten am Wasser. Wir wissen, dass er in aller Frühe zum Bestempel aufgebrochen ist.«

»Wo er sich mit jemandem treffen wollte«, ergänzte Amerotke. »Nun war Sinuhe kein Mann, der Wert auf Statussymbole legte, das ist charakteristisch für solche Wandervögel. Sie behaupten, die ganze Welt gesehen zu haben und lassen sich durch nichts beeindrucken. Und nun schau her, Senenmut.«

Amerotke deutete auf die Sandalen und die Kleiderreste.

»Sinuhe war kein reicher Mann und trotzdem kleidete er sich an diesem Morgen in ein gefälteltes Gewand und trug seine besten Sandalen. Ich bin sicher, dass wir, wenn wir seine Habseligkeiten durchsuchen …«

»Sein Haus ist bereits versiegelt und wird bewacht«, unterbrach Senenmut.

»Ich werde es durchsuchen«, erbot sich Amerotke. »Wir werden feststellen, dass er noch andere, dem Anlass angemessenere Gewänder besaß.«

Er schob das Bündel unter den Tisch zurück und richtete sich auf. Dann dankte er dem Arzt und seinen Helfern und verließ die Kammer.

»Worauf willst du hinaus?« Senenmut schloss die Tür hinter ihnen.

Amerotke tappte mit dem Fingernagel gegen seine Zähne und blickte zu dem Licht empor, das durch die Fenster fiel.

»Sinuhe legte keinen Wert auf die Meinung anderer. Warum hat er dann sein bestes Gewand und seine besten Sandalen angelegt, um zu einer Tempelruine zu gehen?«

»Um jemanden zu treffen, der über Macht und Einfluss verfügt«, folgerte Senenmut.

»Aber Sinuhe wollte niemanden beeindrucken«, fuhr Amerotke fort. »Warum sollte er sich dann diese Mühe machen? Sein Papyrusbuch ist verschwunden, nicht wahr?«

Senenmut nickte.

»So.« Amerotke sank auf einen Stuhl und barg das Gesicht in den Händen. »Wir haben also diesen berühmten Reisenden, der sich an dem bewussten Morgen in seine besten Gewänder kleidete und schon sehr früh sein Haus verließ. Sein kostbares Manuskript nahm er mit, zu einem alten Tempel, den er gut gekannt haben dürfte. Dort muss er seinen Mörder, den wir bis jetzt noch nicht kennen, getroffen haben. Sinuhe wurde getötet, sein Leichnam den Krokodilen zum Fraß vorgeworfen, und der Mörder entkam mit dem Manuskript.« Amerotke blickte auf. »Hätte Sinuhe einen Thebaner getroffen, hätte er sich nicht so sorgfältig gekleidet. Er muss mit einem Fremden verabredet gewesen sein, den er beeindrucken wollte. Mit jemandem, von dem er nicht wollte, dass er in der Nähe seines Hauses gesehen wird.«

»Ein Mitanni?«, meinte Senenmut.

»Möglich. Es ergibt zumindest einen Sinn. Die Mitanni wollen Sinuhes Manuskript in die Finger bekommen und sie würden Hatschepsut nur allzu gern dem allgemeinen Spott preisgeben.«

»Und die anderen Todesfälle?«

»Die sind mir ein Rätsel«, bekannte Amerotke. »Das Tanzmädchen wurde mit Sicherheit vergiftet, aber wie und warum?« Hilflos zuckte er die Achseln.

»Und Nemrath?«

»Tja.« Amerotke seufzte. »Diese Geschichte kann ich mir nun überhaupt nicht erklären. Jemand ist in diese Kammer eingedrungen, hat das heilige Becken überwunden, Nemrath erstochen, den Amethyst gestohlen und ist verschwunden, ohne die Tür zu öffnen. Die Tempelwachen haben nichts Ungewöhnliches bemerkt. Und Nemrath, ein kräftiger junger Mann, hat anscheinend keinen Widerstand geleistet.« Amerotke hob die Hände. »Warten die Mitanni auf uns?«

»Sie werden sich in Kürze in der Halle der Worte versammeln«, erwiderte Senenmut.

»Dann wollen wir uns den Ort ansehen, wo Nemrath starb.«

Der Mitanni-Abgeordnete Snefru trank seinen Wein aus und streckte sich auf dem Bett aus. Er lockerte sein Gewand und zog die weißen Gazedecken über sich, um die summenden Fliegen abzuwehren. Dabei lief ihm ein Schauer über den Rücken. Aus irgendeinem Grund kam er sich so vor, als hätte er sich soeben in sein Leichentuch gehüllt. War das ein böses Omen? Snefru starrte zur Decke empor. Der Wein und das Bier, das er zuvor getrunken hatte, zeigten Wirkung, er fühlte sich ein wenig benommen. Er würde eine Weile schlafen und dann … als er an die Verhandlungen dachte, stieg heiße Wut in ihm auf.

»Wir sollten nicht hier sein«, murmelte er mit seiner heiseren, gutturalen Stimme.

Wenn es nach ihm gegangen wäre, wäre Snefru zu der Oase der Palmen geritten und hätte um eine Audienz bei König Tuschratta ersucht. Snefru war ein Krieger, ein fähiger Befehlshaber der Armee seines Königs. Sicher, diese Hure Hatschepsut hatte ihre Armee vernichtend geschlagen, aber hatten sie denn so rasch vor ihr auf die Knie fallen müssen? Sich so tief verneigen? Wie alt war das Luder doch gleich? Noch keine zwanzig Sommer, und doch hatte sie schon den Pharaonenthron an sich gerissen. Er dachte an die hitzige Diskussion der Mitglieder des königlichen Rates, an Tuschrattas finsteres Gesicht, die tief liegenden Augen, die leicht gekrümmte Nase und den schmalen, grausamen Mund, der die übelsten Verwünschungen ausstoßen konnte. Und Wanef stets an seiner Seite! War sie Tuschrattas Geliebte? Hatte der König die ägyptische Sitte übernommen und sein Lager mit ihr geteilt? Snefru verübelte es ihr, dass sie fest entschlossen war, Frieden mit den Ägyptern zu schließen; er gehörte wie so viele andere zu denen, die Krieg wünschten. Sie hatten versucht, Tuschratta zu überreden, die Grenzen zu Ägypten zu schließen, eine neue Armee zusammenzuziehen und erneut gegen den Feind zu kämpfen, aber der König hatte sich geweigert.

»Das würde Jahre dauern«, erklärte er. »Unsere Schatzkammern sind leer, die Truppen demoralisiert. Jede Familie, jeder Stamm der Mitanni hat Männer verloren. Wir müssen Frieden schließen, die Handelsbeziehungen wieder aufnehmen und versuchen, unsere Gefangenen zurückzukaufen.«

Unterstützt von Wanef hatte Tuschratta geschickt seinen Standpunkt vertreten und sich schließlich auch durchgesetzt. Dann war er mitsamt seinem Hofstaat in den Tempel ihres Schakalgottes gegangen, eines sehr viel kriegerischeren, mächtigeren Gottes als der, den die Ägypter anbeteten. Die in Hundefelle gekleideten Priester, die sich Gesichter und Oberkörper mit Blut bemalt hatten, hatten die Opfer herbeigebracht: zwei junge Frauen und einen Mann. Jedes war auf einem Steinblock festgebunden worden. Snefru hatte zugesehen, wie der Hohepriester ihnen die Kehlen durchgeschnitten und die heiligen Schalen mit ihrem Blut gefüllt hatte.

Vielleicht hatte das Opfer Wirkung gezeigt. Bald würde sich ganz Ägypten in Aufruhr befinden. War nicht hier aus dem Anubistempel der heilige Amethyst gestohlen worden? Gab es nicht Gerüchte, dass das Manuskript des berühmten Reisenden Sinuhe, der auch Mitanni-Gebiete bereist hatte, ebenfalls verschwunden war? Snefru schloss die Augen und döste ein. Wieder träumte er von der Halle der Opferungen und den flackernden Pechfackeln. Als er ein Geräusch hörte, schlug er die Augen auf und erstarrte vor Entsetzen. Hatte er eine Vision? Er sah die Schakalsmaske und den schwarzen Brustpanzer, der den Oberkörper der Erscheinung bedeckte. Snefru rieb sich die Augen. Stattete der Gott ihm höchstpersönlich einen Besuch ab? Er versuchte, vom Bett aufzuspringen, verhedderte sich aber mit den Beinen in den Laken. Der Schakalskopf beugte sich über ihn, ein Messer ritzte seinen Hals.

»Leg dich hin.« Die Stimme klang hohl.

Snefru gehorchte. Der Tod ließ nicht lange auf sich warten.

ANUBIS präparierte den Leichnam des ermordeten Osiris

[illegible] die Blumen [illegible]

[illegible]

[illegible] Blumen.

[illegible]

[illegible] Schule [illegible]

[illegible]

VIERTES KAPITEL

Im Anubistempel wimmelte es von Gläubigen, die zu den Göttern beten wollten. Priester füllten die Blumenschalen mit Hyazinthen und Lotosblumen. Andere bereiteten die nachmittäglichen Gottesdienste vor und stellten Rauchfässer, denen süßer Weihrauchduft entströmte, an den Wänden der Gänge auf. Senenmut, der in seinen einfachen Kleidern nicht auffiel, sich aber nichtsdestotrotz die Kapuze über den Kopf gezogen hatte, um sein Gesicht zu verbergen, eilte durch den Tempel, ohne nach rechts und links zu blicken. Auch Amerotke hatte seine Amtsabzeichen abgelegt. Sie verließen den Tempel durch eine Seitentür und traten in den gut bewässerten Garten hinaus. Amerotke blieb stehen, als er das bedrohliche Gebell der heiligen Hundemeute hörte.

»Lange würde ich das nicht aushalten«, bemerkte er.

Senenmut legte eine Hand vor die Augen, weil ihn die Sonne blendete.

»Ich weiß, was du meinst, aber sie sind nun einmal ein Geschenk für den Gott, von irgendeinem Stamm, der südlich der Katarakte lebt. Hin und wieder«, er grinste, »taucht eine merkwürdige Gestalt aus dem Dschungel, dem feuchten Wald im Süden bei uns auf.« Er klopfte Amerotke auf die Schulter. »Und bringt Geschenke für unsere Tempel.«

»Glaubst du an all die Götter?«, fragte Amerotke, während sie einen schmalen Pfad entlangschlenderten.

»Wie du, verehrter Richter«, antwortete Senenmut, »glaube ich an die Macht Ägyptens und den Ruhm des Pharaos.«

»Und an den steilen Aufstieg des Wesirs Senenmut«, fügte Amerotke trocken hinzu.

Hatschepsuts Erster Minister grinste ihn nur über die Schulter hinweg an.

Sie gingen weiter, machten einen Bogen um die inneren und äußeren Hallen und gelangten schließlich in das Herz des Tempels, das Allerheiligste. Hier waren die Gänge nur schwach erleuchtet. Nur wenigen war es gestattet, diesen Teil des Tempels zu betreten, erst recht nicht nach dem Diebstahl des heiligen Amethysten. Tempelwächter in voller Rüstung standen in den Ecken und an den Türen. Amerotke und Senenmut überquerten einen Innenhof und kamen zur Kapelle der Pracht des Anubis. Sie lag an einer Seite des Tempels in einem Gang, der von beiden Seiten eingesehen werden konnte. Die schwere Tür aus libanesischem Zedernholz war inzwischen repariert worden, aber ein Blick auf die kupfernen Türangeln und das Bronzeschloss verriet Amerotke, dass sie aufgebrochen worden war.

»Wenn man eine solche Tür gewaltsam öffnet«, murmelte er, »verursacht man doch einen solchen Lärm, dass der ganze Tempel wach wird.«

Tetiky, der Hauptmann der Tempelwache, trat zu ihnen, blieb ein paar Schritte von ihnen entfernt stehen, legte eine Hand an den Griff seines Schwertes und schielte sie misstrauisch an. Er sah aus, als wolle er sie im nächsten Moment fragen, was sie hier zu suchen hatten, aber Senenmut befahl ihm kurz und bündig, sich um seine eigenen Angelegenheiten zu kümmern.

Amerotke untersuchte die Tür und sämtliche Wände, konnte aber keinen Sprung, keine Ritze entdecken, nichts, was zu der Lösung des Rätsels hätte beitragen können.

»Nicht die kleinste Maus käme hier herein«, stellte er fest.

Er bückte sich und versuchte, unter der Tür durchzuschauen, aber die schloss unten und oben so fest mit dem Sturz ab, dass kein Lichtstrahl hindurchdrang.

Auf Senenmuts Befehl hin schloss Tetiky die Tür auf und öffnete sie. Direkt dahinter glitzerte ein vielleicht neun Fuß langes und ebenso breites Wasserbecken. Senenmut schnippte mit den Fingern, woraufhin Tetiky eine Zedernholzplanke brachte, die als Brücke diente. Er legte sie sorgsam über das Becken, sodass sie es trockenen Fußes überqueren konnten. Amerotke blickte sich um. Die Kapelle hatte viele dunkle Nischen, Fenster oder Luftschächte im Dach gab es nicht. Im Inneren herrschte Dämmerlicht, die Luft war vom schweren Duft nach Weihrauch und wilden Blumen erfüllt. Amerotke wartete, bis Tetiky ein paar Öllampen angezündet hatte. Wieder drehte er sich zu dem heiligen Becken um. Er hatte von solchen Hindernissen oder Fallen schon in anderen Tempeln gehört. Niemand konnte die Kapelle ohne Hilfe betreten oder wieder verlassen, so wollte man das Eindringen von Plünderern verhindern. Der wachhabende Priester und jeder andere, der hier hereinwollte, brauchte die provisorische Brücke.

Im Licht der flackernden Lampen konnte Amerotke dunkle Umrisse ausmachen: den Naos, dessen Türen offen standen, die schwarzgoldene unheimliche Anubisstatue. Um die Figur herum waren die heiligen Platten und Becher, Weihrauchschiffchen, Schalen mit heiligem Wasser, Kissen und Gebetsmatten angeordnet. An den Wänden prangten kunstvolle, in Rot und Gold gehaltene Gemälde; sie zeigten den Schakalgott beim Wägen der Seelen der Verstorbenen gegen die Feder der Wahrheit. Amerotke trat auf die Anubisstatue zu. Sie war schwarzgolden bemalt, die Augen bestanden aus grünen Smaragden, und auf der Brust war ein kleiner Hohlraum, in dem der Amethyst gelegen hatte. Amerotke inspizierte ihn genau.

»Die Statue wird nicht mehr in den Naos zurückgestellt«, erklärte der Hauptmann der Tempelwache. »Der Hohepriester sagt, dies soll erst wieder geschehen, wenn der Amethyst an seinem alten Platz liegt.«

Amerotke achtete nicht auf ihn. Er ging zu den Kissen, betrachtete sie und entdeckte Blutflecken. Die Kammer war noch immer unrein und konnte erst dann neu geweiht werden, wenn der Mord aufgeklärt war. Dann ließ er den Blick über die hohen Wände, den Marmorfußboden, die unversehrte Decke und die schwere Tür wandern. Das Ganze wird immer verworrener, dachte er. Wie konnte ein Mann hier eindringen, einen Priester töten und einen solchen Schatz stehlen? Er sah Senenmut an.

»Es gibt keinerlei Geheimgänge?«

»Nein«, erwiderte Senenmut. »Aber dieses Geheimnis kann warten, die Mitanni dagegen nicht.«

In einer Seitenkammer wusch sich Amerotke Gesicht und Hände und rieb sich mit parfümiertem Öl ein. Senenmut tat es ihm nach und legte auch ein prunkvolleres Gewand an.

»Ich sehe immer noch aus wie ein Steinmetz«, scherzte er. »Aber wenigstens rieche ich nicht mehr wie einer.«

Er führte Amerotke die Stufen empor in die prachtvolle Halle der Worte, die Hatschepsut als Verhandlungsort ausgewählt hatte – nicht ohne Grund, wie sich zeigte. Die Halle war zu allen Seiten von Säulen umschlossen. Die großen, weit offen stehenden Fenster ließen Licht und süße Düfte aus dem Garten herein. Doch was sofort aller Augen auf sich zog, waren die farbenfrohen, von Künstlerhand angefertigten Wandgemälde. Die auf der linken Seite zeigten die großen Siege des Thutmosis II., Hatschepsuts verstorbenem Halbbruder und Gemahl. Der Pharao stand in seinem Streitwagen, die Doppelkrone Ägyptens auf dem Haupt, den Schild auf dem Rücken, den Bogen schussbereit gespannt, und führte seine Armee in die Schlacht. Auf der anderen Wand prangten lebhafte Darstellungen von Hatschepsuts glorreichem Sieg gegen Tuschratta, den sie im vorigen Jahr errungen hatte. Amerotke betrachtete sie flüchtig. Sie hatten mit seinen eigenen Erfahrungen nichts gemein. Zu gut erinnerte er sich an das Donnern der Streitwagen, die Schreie, das Waffengeklirr, den kupfrigen Blutgeruch, die in erbarmungslose Kämpfe verstrickten Männer, die riesigen Staubwolken und die Geier, die wie schwarze Dämonen aus der Hölle über dem Schlachtfeld schwebten und darauf warteten, sich am Fleisch der Gefallenen gütlich tun zu können.

Amerotke spürte, wie Senenmut ihm einen leichten Stoß versetzte, und schüttelte die trüben Gedanken rasch ab. Drei Personen warteten am Kopfende des langen, polierten Akazienholztisches. Die beiden Herolde Weni und Mareb standen etwas abseits. Senenmut und Amerotke schritten durch die Halle. Die Mitanni warteten einen Moment ab, ehe sie sich erhoben und ihnen entgegenkamen. Sie waren nach ägyptischer Art gekleidet, doch ihre Gewänder waren bunter und reicher bestickt. Die beiden Männer, Hunro und Mensu, trugen ihr Haar kurz geschnitten und hatten breite Gesichter mit kräftigen Zügen. Die kleinen Edelsteine, die in ihren Ohrläppchen funkelten, standen in einem seltsamen Kontrast zu den auffälligen Tätowierungen auf ihren Armen. Sie trugen Kupferarmbänder von der Art, wie sie die Bogenschützen bevorzugten, aber keine Waffen. Beide schüttelten Amerotke die Hand und sprachen ihn in der Sprache an, die allen Nationen geläufig war, der Lingua franca der Marktplätze.

Die Frau näherte sich ihm als Letzte. In vieler Hinsicht glich sie einer älteren Ausgabe von Hatschepsut; sie war kleiner, rundlicher, hatte hohe Wangenknochen und katzenähnliche Augen mit schweren Lidern. Amerotke wusste nicht, ob sich ihre Lippen bei seinem Anblick zu einem freundlichen Lächeln oder einem höhnischen Grinsen verzogen. Prinzessin Wanef musste einst sehr schön gewesen sein, aber jetzt sah sie aus, als sei sie so verschlagen wie ein Reptil. Sie trug ein elegantes langes weißes Gewand, um ihren Hals lag ein Band aus kostbaren Steinen, und an den Ohren funkelten dazu passende Ohrringe. An den Handgelenken trug sie breite schwarze Lederbänder, und Amerotke fiel ein, dass Senenmut gesagt hatte, die Prinzessin liebe es, ihren Streitwagen selbst zu lenken. Ihr Gesicht war vollkommen ungeschminkt, der Kopf geschoren und mit einer ölgetränkten, mit roten und goldenen Bändern durchflochtenen Perücke bedeckt. Sie schien nicht viel von Zeremonien zu halten, denn nachdem Senenmut sie vorgestellt hatte, streckte sie Amerotke die Hand hin.

»Wer hätte wohl noch nicht von dem berühmten Richter Amerotke gehört?«

Sie hob die Augenbrauen. Amerotke wusste nicht, ob sie sich über ihn lustig machte.

»Bist du überrascht, weil ich deine Sprache beherrsche?«

Amerotke schüttelte den Kopf. Er konnte sehen, dass sie noch nicht fertig war.

»Dennoch bin ich erstaunt, dich hier zu sehen. Was hat der oberste Richter der göttlichen Hatschepsut mit der Abwicklung der Friedensverhandlungen zu tun? Du bist doch kein Schreiber aus dem Haus des Friedens, und du kommandierst auch kein Regiment.«

»Du weißt, warum er hier ist«, mischte sich Senenmut ein. »Prinzessin Wanef, wir können nicht den ganzen Tag hier stehen und Höflichkeiten austauschen. Richter Amerotke ist mir in einer bestimmten Angelegenheit behilflich.«

»Du meinst die Todesfälle?«, gab Wanef zurück. »Das Tanzmädchen, der Priester Nemrath und der Reisende Sinuhe, dessen Leiche, wie ich von den Einbalsamierern hörte, in einem fürchterlichen Zustand sein soll? Eine rätselhafte Geschichte«, fuhr sie fort, ohne die harten schwarzen Augen von Amerotkes Gesicht zu wenden. Dann legte sie den Kopf schief und lauschte dem entfernten Geheul eines Hundes. »Ich weiß, sie sind heilig«, murmelte sie. »Aber ich wünschte, ich könnte an einem anderen Ort schlafen.«

Hunro, der links von ihr stand und das derbe Gesicht finster verzogen hatte, schnarrte etwas in der rauen Mitanni-Sprache und deutete mit den Fingern zu Boden. Mensu hätte es ihm gleichgetan, aber Wanef legte die Hände wie zum Gebet gegeneinander und musterte die beiden Männer drohend. Sie schloss die Augen und atmete tief durch.

»Meine Begleiter wünschen, dass die Verhandlungen fortgesetzt werden.« Sie seufzte. »Sie verstehen die Verzögerungen nicht, und sie sind wegen der Todesfälle und dem Diebstahl des Edelsteins ebenfalls sehr besorgt. Außerdem haben wir erfahren«, sie schlug die Augen auf und sah Senenmut an, »dass einige Fischteiche vergiftet sowie Schafe aus der Herde des Anubis auf mysteriöse Weise getötet worden sind.«

»Derartige Dinge kommen vor«, erwiderte Senenmut. »Aber wir haben alles unter Kontrolle.«

»Sind wir hier noch länger sicher?«, warf Hunro ein.

»Vermutlich sicherer als in euren eigenen Städten«, meinte Senenmut gedehnt. »Und wenn ihr auf die Bedingungen der göttlichen Hatschepsut eingeht, werden auch eure Städte sicherer sein.«

Er bedeutete allen Anwesenden, Platz zu nehmen. Sekretäre und Schreiber erschienen mit Manuskripten, Karten, Tintenhörnern, Paletten und Schreibfedern. Eine Karte, die den Horusweg quer durch die Wüste Sinai zeigte, wurde vor Senenmut auf den Tisch gelegt. Die Verhandlungen nahmen ihren Lauf. Wanef war ganz offensichtlich die Wortführerin, die viel diplomatisches Geschick bewies. Hunro und Mensu lehnten den Frieden ebenso offensichtlich ab. Amerotke musterte die beiden Männer eingehend. Er sah frisch verheilte Narben an ihren Hälsen und Schultern; den Stellen, wo Soldaten gewöhnlich verwundet wurden, wenn sie sich gegen Streitwagenkämpfer zur Wehr setzten. Das furchtbare Massaker, das auf die Schlacht gefolgt war, fiel ihm wieder ein. Diese Krieger mussten Familienangehörige und Freunde verloren haben. Sicherlich kam es sie hart an, um Frieden zu bitten und sich dazu noch einer Frau unterwerfen zu müssen. Trotzdem stellte keiner von beiden Wanefs Autorität infrage, sondern sie hörten schweigend zu, während Wanef mit Senenmut über Grenzposten, Patrouillen, Reisegenehmigungen, Steuern auf ein- und ausgeführte Waren und das Nutzungsrecht von Oasen und Brunnen verhandelte. Senenmuts Anweisungen fielen klar und knapp aus. Hatschepsut beanspruchte den Sinai für Ägypten. Mensu geriet sichtlich in Erregung. Er flüsterte Wanef etwas ins Ohr, doch sie schnitt ihm mit einer Handbewegung das Wort ab.

»Snefru ist noch nicht hier«, erklärte sie. »Ich möchte auch seine Meinung hören.«

Senenmut winkte Mareb zu sich.

»Geh mit Weni zu Snefrus Kammer«, befahl er. »Vielleicht hat er etwas Wein getrunken und ist eingeschlafen. Weckt ihn, aber nicht zu grob, und bringt ihn her.«

Die beiden Herolde eilten davon. Senenmut verkündete, dass sie eine kurze Pause einlegen würden. Diener brachten ihnen Wein, Früchte, Brot, verschiedene Käsesorten und in Streifen geschnittenes geröstetes Gänsefleisch.

Während sie aßen, unterhielt er die Gäste mit belanglosem Geplauder.

»Du solltest lieber rasch mitkommen.«

Amerotke fuhr herum. Mareb stand in der Tür, er hatte den Wachposten zur Seite gestoßen. Amerotke sah ihm an, dass er verängstigt war, er hatte sein geziertes Gehabe vollkommen abgelegt.

»Was gibt es?«, bellte Senenmut.

»Wir bekommen Snefru nicht wach. Die Diener haben ihn nicht mehr gesehen, seit er sich gegen Mittag in seine Kammer zurückgezogen hat.«

Hunro und Mensu sprangen auf, Wanef ebenfalls. Senenmut befahl Mareb, die Tempelwache zu alarmieren. Eilig verließen sie die Kammer und liefen die Gänge entlang, vorbei an einem See, in dem Ibisse und Flamingos die Nachmittagssonne genossen. Den Mitanni war eines der Nebengebäude des Tempels zugewiesen worden, ein zweistöckiges Haus mit flachem Dach, quadratischen Fenstern und bunt bemalten hölzernen Fensterläden. Im Inneren war es angenehm kühl, denn das Haus war von Schatten spendenden Bäumen umgeben, und die Fenster und Türen ließen jeden Windzug hinein. Unten befanden sich Küchen und ein Speiseraum. Snefrus Kammer lag im oberen Stockwerk in der Nähe der Treppe, die zum Dach hinaufführte. Die Tür bestand aus hartem Akazienholz. Weni stand davor und trat unruhig von einem Fuß auf den anderen. Gelegentlich klopfte er an die Tür. Wanef trat vor.

»Bist du sicher, dass er dort drinnen ist?«

»Ganz sicher.« Einer der Tempelwächter kam die Stufen hinunter. »Ich habe unten Wache gestanden, als Snefru hereinkam. Er nahm sich eine Schale mit Früchten und einen Krug Wein, sagte, er wolle eine Weile schlafen, ging nach oben und kam nicht mehr herunter.«

»Hat sonst irgendjemand das Haus betreten?«, fragte Wanef scharf.

Der Wächter, ein Söldner aus einem Reservekorps, zuckte die Achseln. Es interessierte ihn nicht, was die Fremden so trieben.

»Ich werde dafür bezahlt, das Gebäude zu bewachen«, erwiderte er. »Ich suche den Boden nach Schlangen und Skorpionen ab. Hier im Haus geht es immer sehr lebhaft zu, Leute gehen ein und aus. Mir ist nichts Ungewöhnliches aufgefallen.«

Amerotke hämmerte an die Tür.

»Warum warst du auf dem Dach?«, wollte Senenmut wissen.

»Ich wollte sehen, ob die Fensterläden offen stehen. Sie sind geschlossen«, entgegnete der Soldat.

Senenmut ging wieder nach unten und bedeutete Amerotke, ihm zu folgen. Sie ergriffen eine hölzerne Bank, wiesen die Mitanni an, zur Seite zu treten, und brachen die Tür auf. In der Kammer war es dunkel und staubig. Amerotke erkannte die Umrisse eines Mannes, der auf dem Bett lag. Mareb riss die Fensterläden auf. Amerotke betrachtete den Leichnam und stöhnte unterdrückt auf. Snefru war zweifellos ermordet worden. Der Körper war seltsam verdreht und starr, die Hände verkrümmt, Schaum tropfte aus den Winkeln seines offen stehenden Mundes, die Augen waren weit aufgerissen.

»Als ob er zu Tode erschreckt worden wäre«, murmelte Senenmut.

Amerotke tastete den Leichnam ab. Die Muskeln waren hart und verkrampft.

Die Mitanni traten ein. Hunro und Mensu starrten den Leichnam an, ohne Anzeichen von Mitgefühl zu zeigen, und begannen, sich in ihrem gutturalen Dialekt zu unterhalten. Wanef unterbrach sie. Hunro, der aggressivere von beiden, fauchte etwas und deutete auf die Leiche. Wanef warf Amerotke einen flüchtigen Blick zu, den dieser nicht recht zu deuten vermochte. Dann griff sie in die Tasche, zog einen Ring hervor, steckte ihn sich an den Finger und befahl ihren beiden Begleitern, mit ihr die Kammer zu verlassen.

»Sie trägt Tuschrattas persönliches Siegel«, stellte Senenmut fest, sowie sie außer Hörweite war.

»Der Tod ihres Kameraden scheint sie nicht sehr zu betrüben«, bemerkte Amerotke.

Senenmut kniete neben dem Leichnam nieder und betastete das starre, verspannte Gesicht.

»Zwischen den Mitanni herrscht keine große Liebe«, erklärte er. »Ihr Königreich ist lediglich ein Bund verschiedener mächtiger Völker. Tuschratta ist der fähigste und gerissenste Mann unter ihnen, allein deswegen sitzt er auf dem Thron. Keiner der Männer mag Wanef, und sie mag die drei nicht. Auch Hunro und Mensu hegen keine Sympathie füreinander. Tuschratta ist verschlagen wie ein Schakal. Er weiß, dass seine Abgesandten ihn nicht hintergehen werden, sie haben zu viel damit zu tun, sich gegenseitig auf die Finger zu schauen. Haben wir hier einen neuen Mord?«

Weni, der in der Tür stand, und der am Fenstersims lehnende Mareb schwiegen. Amerotke drehte den Leichnam um.

»Derselbe Zustand, den wir schon bei der Tänzerin gesehen haben«, erklärte er. »Harte, verspannte Muskeln, starrer Körper, und auch hier kann ich keine Wunde entdecken.«

Er deutete auf ein kleines rotes Mal am Hals und weitere an den Seiten. Auf der Brust fanden sich schmale Kratzer.

»Flohbisse und Kratzspuren«, murmelte er.

Er hob das Gewand des Mannes an und registrierte, dass dieser es gelockert hatte. Der Becher auf dem Tisch auf der anderen Seite der Kammer war leer, von den Trauben waren nur die Stiele übrig geblieben.

»Snefru wollte sich anscheinend ein wenig ausruhen«, bemerkte Amerotke. »Er trank Wein, aß Trauben und schloss die Läden. Sie waren doch geschlossen, oder, Mareb?«

Der Herold nickte, zog eine Seite zu und tippte gegen den hölzernen Riegel.

»Geschlossen und verriegelt«, erwiderte er.

»Dann legte er sich auf das Bett, um zu schlafen oder wenigstens zu ruhen.«

Amerotke trat an das Fenster und starrte die Läden an.

»Er lockerte sein Gewand, nachdem er sich hingelegt hatte. Warum wohl, Mareb?«

»Er wollte sich Kühlung verschaffen.«

»Ganz recht«, bestätigte Amerotke. »Ein arbeitsreicher Morgen lag hinter ihm, als er in der Mittagshitze heimkehrte. Er trank Wein und legte sich dann auf das Bett.«

»Aber dann hätte er doch die Fensterläden besser offen gelassen«, bemerkte Senenmut.

»Allerdings«, pflichtete ihm Amerotke bei.

»Als wir die Tür aufbrachen, war es drückend heiß im Raum. Warum sollte ein Mann, der der Mittagshitze entfliehen will, einen kühlen Luftzug aussperren?«

»Vielleicht wollte er Ruhe haben«, meinte Senenmut.

»Aber der Anubistempel ist doch kein belebter Marktplatz.«

»Vielleicht wollte er allein sein«, entgegnete Senenmut. »Oder er fürchtete sich vor irgendjemandem. Schließlich war die Tür verschlossen und verriegelt.«

»Richtig.«

Amerotke ging zum Bett hinüber. Es war aus Schilf gefertigt, hatte ein kunstvoll verziertes Kopfteil und war mit durchsichtigen Tüchern bedeckt, um Flöhe und Insekten fern zu halten.

»Wie ist er gestorben?«

Amerotke drehte sich um.

Wanef und die anderen Mitanni standen auf der Schwelle.

»Meine Begleiter sagen, er wäre ermordet worden.«

Wanef kam langsam in die Kammer. Sie trug noch immer ihren Amtsring.

»Meine Begleiter sagen, er wäre ermordet worden«, wiederholte sie. »Sie fühlen sich hier nicht mehr sicher.«

»Es steht euch frei zu gehen«, erklärte Senenmut. »Aber wenn ihr das tut, dann gebt ihr nicht nur eurer Befürchtung Ausdruck, dass Snefru ermordet worden sein könnte, sondern ihr unterstellt der göttlichen Hatschepsut indirekt auch, dafür verantwortlich zu sein. Das würde als Blasphemie gewertet werden.«

Wanef hob beschwichtigend die Hände. Der Edelstein in ihrem Ring war einem Hundekopf nachempfunden.

»Amerotke.« Sie drehte sich nicht zu dem Richter um, sondern behielt Senenmut im Auge. »Glaubst du, dass wir es hier mit einem Mord zu tun haben?«

»Es könnte auch ein Schlaganfall gewesen sein«, versetzte Amerotke. »Oder Snefru ist an einem Schlangenbiss gestorben.«

Wanefs verächtliches Schnauben überging er.

»Was glaubst du wirklich?«, beharrte sie.

Amerotke setzte gerade zu einer Antwort an, als der Arzt aus der Einbalsamierkammer, gefolgt von seinem Gehilfen, in den Raum gehuscht kam. Er nickte Amerotke und den anderen knapp zu und ging zum Bett hinüber. Sein Gehilfe reichte ihm ein scharfes Messer, mit dem er rasch und geschickt Snefrus Gewand aufschnitt.

»Mal sehen, was wir hier haben.« Er schob den Stoff zur Seite und untersuchte den Leichnam. »Ein gut gebauter Mann, ein wahrer Krieger. Beachtet die kräftigen Arme und Waden. Das Gesicht wirkt relativ friedlich, nichtsdestotrotz gehe ich davon aus, dass Gewalt angewandt worden ist.«

Wanef wollte ihn ärgerlich unterbrechen, doch er winkte nur ab.

»Immer mit der Ruhe«, murmelte er. »Würdest du mir bitte nicht im Licht stehen«, schnauzte er dann, als Wanef Anstalten machte, zum Bett zu treten. »Und du auch nicht!« Das galt Mareb, der noch immer am Fensterbrett lehnte. Der Arzt drehte den Leichnam um. »Die Haut fühlt sich etwas klamm an«, dozierte er, als habe er eine Gruppe Schüler aus dem Haus des Lebens vor sich. »Die Muskeln sind verhärtet. Die Verwesung hat noch nicht eingesetzt, aber das wird bald der Fall sein. Der Bauch ist leicht aufgebläht.«

Er untersuchte die Lendengegend und drehte die Leiche erneut um, um die Hinterbacken auseinander zu ziehen.

»Starb er am Schlag?«, fragte Wanef.

»Er starb genausowenig am Schlag wie an Altersschwäche«, fuhr der Arzt sie an.

»Bist du ganz sicher?«, vergewisserte sich Amerotke.

»Verehrter Richter.« Der Arzt sah ihn finster an. »Du bist in der Welt der Rechtsprechung zu Hause, ich in der der Medizin. Es gibt keinerlei Anzeichen für Gewaltanwendung. Wurde er in dieser Haltung auf dem Bett liegend gefunden?«

Amerotke nickte.

»Ähnlich wie die, die bereits unten liegen.« Mit einem befriedigten Nicken zog der Arzt die Leinentücher weg.

»Gift?«, fragte Amerotke, wobei er Senenmut einen besorgten Blick zuwarf.

»Ich fürchte ja.«

Der Arzt beugte sich über den Leichnam, öffnete den Mund und fuhr mit der Fingerspitze über die Zähne des toten Mannes. Dann schnupperte er an den geöffneten Lippen.

»Er hat getrunken und gegessen.« Er wischte sich die Finger an dem nassen Tuch ab, das ihm sein Gehilfe hinhielt. »Aber ich kann nichts Ungewöhnliches riechen. Über den Mund eingenommenes Gift hinterlässt normalerweise Flecken am Gaumen und den weichen Teilen des Halses. Solche Flecken gibt es hier nicht. Aber ich kann mir nicht vorstellen, wie er sonst zu Tode gekommen sein könnte. Ich habe Gift gesagt, aber um ganz sicherzugehen müsste ich den Körper gründlicher untersuchen.«

»Wir lassen nicht zu, dass ein Ägypter Snefru aufschlitzt wie ein totes Schwein«, grollte Mensu.

»Es ist aber erforderlich«, widersprach Wanef. »Die Leiche muss ohnehin präpariert werden.«

Eine Weile herrschte Durcheinander, als der Arzt seine anderen Gehilfen, die draußen im Gang gewartet hatten, hereinrief. Der Leichnam wurde auf einer provisorischen Bahre hinausgetragen. Senenmut schloss die Tür hinter ihnen und drehte sich dann zu den anderen um.

»Amerotke, du bist der oberste Richter der Halle der Beiden Wahrheiten in Theben.« Er ignorierte Hunros abfälliges Schnauben. »Was ist deiner Meinung nach hier geschehen?«

»Nun, Snefru ist keinesfalls an einem Schlaganfall gestorben. Der Körper weist aber auch keine sichtbaren Verletzungen auf. Daher tippe auch ich auf Gift.« Er deutete auf die inzwischen von Fliegen umsummte Schale und den Krug. »Dies könnte vergiftet gewesen sein, aber eigentlich bezweifle ich das.«

»Woher willst du das wissen?«, höhnte Mensu.

»Weil wir uns hier in Theben, in Ägypten befinden. Snefru war ein Fremder, dessen Heimatland noch vor kurzem mit Ägypten im Krieg gelegen hat. Ich denke, er war sehr vorsichtig mit dem, was er hier aß und trank.«

Wanef, die auf einem Stuhl direkt an der Tür saß, sah aus, als sei ihr nicht wohl in ihrer Haut.

»Das stimmt doch, oder?«, beharrte Amerotke. »Ihr traut uns nicht, wir trauen euch nicht. Wenn ihr an einem offiziellen Bankett teilnehmt, dann bringt ihr einen Vorkoster mit, nicht wahr?«

Wanef nickte.

»Und wenn ihr, wie Snefru, eine Erfrischung zu euch nehmen wollt, dann geht ihr in die Tempelküche und kümmert euch persönlich darum?«

Wieder nickte Wanef.

»Na also.«

Amerotke erhob sich, trat zum Fenster und schaute in den im Sonnenlicht daliegenden Garten hinaus. Schmetterlinge flatterten von Blüte zu Blüte, Bienen summten umher. Der süße Duft der aus dem Libanon und Palästina eingeführten exotischen Pflanzen lag schwer in der Luft. Irgendwo in der Ferne ratterte ein Streitwagen vorbei. Der Wind trug Gesang aus einer der kleinen Kapellen und das Gejaule aus dem Hundegehege zu ihm herüber. Der Mann, den er an diesem Morgen zum Tode verurteilt hatte, fiel ihm wieder ein. Er musste noch einmal mit dem Hundeheger sprechen und wenigstens einen Blick auf die heilige Meute werfen.

Senenmut hüstelte; ein sicheres Zeichen, dass er allmählich ungeduldig wurde.

»Ich denke, es handelt sich um Mord«, begann Amerotke. »Ehe Snefru hier heraufkam, ging er in die Tempelküche, um sich Wein und Früchte zu holen. Er aß und trank. Normalerweise hätte ein Mann, der sich in der Mittagshitze etwas ausruhen will, die Fensterläden offen gelassen, was Snefru jedoch aus irgendeinem Grund nicht getan hat. Aber dieser Umstand muss auch gar nicht weiter wichtig sein.«

Amerotke ging zum Tisch und deutete auf die Fliegen, die über die Schale krabbelten.

»Vielleicht hat dieses Ungeziefer ihn gestört. Wie dem auch sei, Snefru verzehrte seine kleine Mahlzeit und legte sich auf das Bett. Weni und Mareb kommen später, um ihn zu unserer Versammlung zu holen, aber Snefru gibt ihnen keine Antwort.« Amerotke blickte zur Tür hinüber. »Diese Tür war von innen verschlossen.« Er wies auf den Schlüssel, der im Schloss steckte. »Niemand kam hier herauf. Snefru ließ auch niemanden freiwillig ein. Trotzdem wurde er ermordet.«

»Der Mörder könnte durch das Fenster eingedrungen sein«, beharrte Mensu.

Amerotke untersuchte das Fensterbrett, konnte aber keine Spuren gewaltsamen Eindringens entdecken. Er zog die Läden zu und schob den hölzernen Riegel vor.

»Als wir den Raum betraten, waren die Läden fest geschlossen«, warf Mareb hastig ein. »Du hast ja selbst gesehen, dass ich sie öffnen musste.«

Amerotke stimmte ihm zu, rieb sich mit dem Daumen über die Zähne und zuckte die Achseln.

»Selbst wenn wir herausfinden, wie der Mörder in die Kammer gelangt ist«, bemerkte Wanef, »wissen wir immer noch nicht, wie er Snefru vergiften konnte, ohne Aufsehen zu erregen. Snefru war ein Krieger, er hätte sich zur Wehr gesetzt.«

»Wir müssen den Bericht des Arztes abwarten«, erwiderte Amerotke. »So rätselhaft es auch ist, Snefru wurde in dieser Kammer vergiftet.« Er nahm den Weinbecher und die Schale vom Tisch und reichte sie Weni.

»Bring das dem Arzt. Er soll beides sorgfältig untersuchen und mir dann Bericht erstatten.«

»Nun gut.« Wanef erhob sich. »Wir wissen also im Grunde genommen gar nichts. Wir wissen nicht, wie Snefru starb, und wir wissen auch nicht, wer für seinen Tod verantwortlich ist ...«

»Vor allen Dingen wissen wir nicht, warum er getötet wurde«, fügte Amerotke hinzu.

Er musterte das verschlagene Gesicht der Mitanni-Prinzessin. Amerotke war sicher, ihre beiden Begleiter richtig eingeschätzt zu haben. Ähnliche Männer würde er auch unter den führenden Offizieren der ägyptischen Armee finden: tapfere, kampferprobte Krieger ohne großes Verhandlungsgeschick, denen es zutiefst widerstrebte, eine Frau um Frieden zu bitten, noch dazu eine, die ihre Truppen so erbarmungslos vernichtet hatte. Snefru hatte wahrscheinlich genauso gedacht, aber aus dieser Frau mit ihrem scharf geschnittenen klugen Gesicht und den spöttischen Augen wurde er einfach nicht schlau ...

»Bist du sehr betrübt über Snefrus Tod?«, fragte er unvermittelt.

»Betrübt?« Wanef verzog das Gesicht. »Snefru war nicht mit mir verwandt, aber er war ein Krieger, einer von Tuschrattas Günstlingen. Zusammen«, fügte sie hastig hinzu, »mit meinen beiden Gefährten hier.«

»Wünschte er wirklich Frieden mit uns?«, bohrte Amerotke weiter.

»Das geht dich nichts an. Er war ein offizieller Abgesandter König Tuschrattas.«

Amerotke trat einen Schritt auf sie zu.

»Prinzessin Wanef, ich bedaure, was vorgefallen ist, aber wir befinden uns hier in Ägypten. Du warst sehr schnell mit Verdächtigungen zur Hand, obwohl wir hinsichtlich der Identität des Mörders noch vollkommen im Dunkeln tappen.«

Herold Mareb hüstelte. »Richter Amerotke ...«, unterbrach er.

»Wir sind hier nicht im Gerichtssaal«, gab Wanef zurück, Amerotke zulächelnd. »Lass den erhabenen Richter nur aussprechen. Willst du andeuten, dass einer von uns für Snefrus Tod verantwortlich sein könnte?«

»Das ist eine infame Lüge!«, donnerte Mensu. Seine Hand tastete nach der Stelle, wo sonst sein Schwert hing.

»Sei nicht so überheblich«, warnte ihm Amerotke. »Gut möglich, dass keiner von uns etwas mit der Ermordung Snefrus zu tun hat, aber um die Wahrheit herauszufinden, muss ich euch einige unliebsame Fragen stellen.«

»Dann tu das.« Wanef nahm wieder auf ihrem Stuhl Platz und brachte ihre beiden Begleiter mit einer Handbewegung zum Schweigen.

»Gab es zwischen euch Unstimmigkeiten?«, fragte Amerotke.

Wanef blickte Hunro und Mensu an und schüttelte den Kopf.

»Also war Snefru euer Freund?«

»Er war ein Mitanni wie wir«, erklärte Hunro. »Ein Stammesführer.«

»Herrschte zwischen euch eine Blutfehde?«

Wieder einstimmiges Kopfschütteln.

»Wenn du auf Meinungsverschiedenheiten anspielst«, meinte Wanef ruhig, »dann kann ich dazu nur sagen, dass nicht alle Mitanni Frieden mit Ägypten wollen.«

»Gehörte Snefru zu diesen?«

»Ich habe deine Frage beantwortet, Richter Amerotke.«

Wieder fiel dem Richter das verschlagene Funkeln in ihren Augen auf.

»Snefru wird von mir, seinen Verwandten und den Angehörigen seines Stammes gebührend betrauert werden.«

Amerotke hatte genug gehört. Zwischen diesen dreien und dem Ermordeten hatte anscheinend eine unterschwellige Feindschaft geschwelt.

»Ich schlage vor, dass wir die Versammlung für heute beenden«, meldete sich Senenmut zu Wort. »Richter Amerotke wird hier im Anubistempel sein Quartier aufschlagen. Kammern für dich und deine Diener werden sogleich vorbereitet werden.« Er öffnete die Tür. »Prinzessin …«

Wanef verneigte sich höflich und verließ, gefolgt von ihren beiden Gefährten, den Raum.

Senenmut warf Mareb einen warnenden Blick zu.

»Was du heute hier gehört hast, ist nicht für fremde Ohren bestimmt.«

»Natürlich nicht. Ich bin Herold, ich kenne meine Pflicht.«

Senenmut stieß vernehmlich den Atem aus. Ein Ausdruck tiefster Besorgnis trat auf sein zerfurchtes Gesicht. Er lehnte sich gegen die Tür und trommelte mit den Fingern auf dem Holz herum.

»Bringen die Mitanni sich gegenseitig um?«, fragte er.

»Unmöglich«, unterbrach Mareb. »Niemand ist hier heraufgekommen, niemand außer Ägyptern.«

»Wer steckt dann dahinter?«

Senenmut öffnete die Tür, um sein Gesicht vor Mareb zu verbergen.

»Amerotke, du kennst dich in solchen Sachen aus. Der Schatten des mörderischen Gottes Seth liegt über diesem Tempel.«

»Ja«, führte Amerotke den Satz fort. »Und er wird zweifellos erneut zuschlagen.«

Senenmut schloss die Tür. Amerotke starrte den Riegel an. Seltsam, dachte er, all diese rätselhaften Vorfälle, mit denen er es zu tun hatte – oder zumindest der größte Teil davon – hingen irgendwie mit Türen und Schlössern zusammen. Der Diebstahl des Amethysten, der Mord an Snefru, das seltsame Gespräch mit Belet in der Speiseschänke. Gab es irgendwo eine Verbindung? Die Gemeinsamkeiten konnten kein Zufall sein. Waren all diese Vorfälle Teil einer ausgeklügelten Strategie, um Unruhe in Ägypten zu stiften? Und was, wenn er den Fehler beging, die einzelnen Verbrechen unabhängig voneinander zu untersuchen? Dann würde er sich nie in die Denkweise der Person hineinversetzen können, die hinter all dem steckte.

ANUBIS soll die Methode entwickelt haben, einen Leichnam in Binden zu hüllen und mit bestimmten Ölen einzubalsamieren.

FÜNFTES KAPITEL

Der Arzt zog einen Gazeschleier über Snefrus Leichnam. Amerotke hatte Stunden darauf warten müssen, ihn sprechen zu können. Draußen im Garten ging die Sonne allmählich unter, die Tageshitze ließ nach, und die Priester des Anubis bereiteten das Abendopfer vor. Der Gesang der *heset,* die vor der Prozession dahintanzten, klang durch den Tempel.

O Anubis, hör uns an!
Heil dir, Herr der Toten!
Anubis der Große,
der die Grenze zwischen Tod und Leben
 überschreitet,
Lenker der Barke der Ewigkeit!
Wächter der Toten,
der du die Seelen wägst.
Dein Glanz ...

»Sein Glanz erstrahlt im Augenblick nicht über uns«, bemerkte der Arzt säuerlich und scheuchte seinen Gehilfen fort, der darauf wartete, den Einbalsamierungsprozess fortsetzen zu können. »Der Gott ist unzufrieden mit uns«, fuhr er dann fort.

Er nahm Amerotke am Ellbogen und führte ihn in eine kleine, mit Krügen und Tiegeln voll gestopfte Nische. Dort bot er dem Richter den einzigen Stuhl an und nahm selbst auf der Kante eines Tisches Platz.

»Wie denkst du über das Ganze?«, fragte Amerotke. »Ich meine über den Diebstahl der Pracht des Anubis«, fügte er hastig hinzu.

Das faltige Gesicht des Arztes wurde noch eine Spur missmutiger.

»Ich arbeite schon seit meiner Kindheit hier, erhabener Richter. Erst war ich im Haus des Lichtes und dann im

Haus der Schreiber. Der Amethyst stellte schon immer den größten Schatz dieses Tempels dar. Niemand weiß, woher er kommt. Manche Leute behaupten, er sei ein Teil eines vom Himmel gefallenen riesigen Edelsteines.«

»Dorthin ist er jedenfalls nicht zurückgekehrt.«

Der Arzt zuckte die Achseln, bückte sich und schnürte den Riemen seiner Sandale fester zu.

»Es gibt solche, die glauben, der Gott selbst hätte sich den Amethyst geholt«, murmelte er.

»Das bezweifle ich doch stark, und du auch, wie ich sehe.«

»Ganz recht, Richter Amerotke, ich glaube nicht daran. Der Stein wurde gestohlen, und es geht bereits das Gerücht um, die Mitanni wären die Schuldigen. Snefrus Tod wird alles nur noch schlimmer machen.«

»Wieso das?«, fragte Amerotke.

»Man wird munkeln, der Mitanni hätte die Pracht des Anubis gestohlen und wäre dafür bestraft worden.«

»Wie soll Snefrus Strafe denn durchgeführt worden sein?«, erkundigte sich Amerotke.

»Das kann ich dir beim besten Willen nicht sagen. Der Wein und die Trauben waren nicht vergiftet. An Snefrus Leiche habe ich kleine Kratzer und Male gefunden, aber die tragen wir alle am Körper: Flohbisse, Insektenstiche, alte Wunden.«

»Trotzdem wurde Snefru vergiftet?«

»Ja, da bin ich mir ganz sicher, aber welcher Art das Gift war und wie es ihm zugeführt wurde, dafür habe ich keine Erklärung.«

Der Arzt stand auf, schloss die schmale Holztür und nahm wieder Platz.

»In meiner Jugend habe ich mich mit vielerlei Dingen beschäftigt, so auch mit Giften. Einige Gifte wirken tödlich, wenn man sie in die Haut einreibt oder einatmet. Einige kann man sogar durch das Ohr aufnehmen. Manche wirken sehr langsam, erst nach Tagen, Wochen oder gar Monaten. Andere töten einen Menschen so schnell«, er schnippte mit den Fingern, »wie man eine Öllampe auslöscht. Es gibt so viele verschiedene Gifte – das der Vipern, Nattern, einiger Pflanzen, ja, sogar einige Früchte sind giftig …«

»Und das ist nur die eine Seite des Problems, nicht wahr?«, unterbrach Amerotke. »Snefru war ein kräftiger Mann, ein Krieger. Er hätte nicht einfach so dagelegen und sich widerstandslos umbringen lassen, sondern er hätte sich gewehrt, hätte geschrien, getobt und gekämpft. Aber nichts von alledem war der Fall.«

Amerotke erhob sich, legte dem Arzt eine Hand auf die knochige Schulter und drückte sie sacht.

»Ehrwürdiger Vater, ich bin dir für deine Hilfe sehr dankbar. Ich wäre dir sogar noch dankbarer, wenn du mir Bescheid geben würdest, falls du noch mehr herausfindest.«

»Wo willst du denn jetzt hin?«, fragte der Arzt neugierig.

Amerotke lächelte ihm über die Schulter hinweg zu.

»Ich glaube genauso wenig wie du, dass der Gott Anubis seinen eigenen Amethyst aus der Kapelle entwendet hat. Daher muss ich alles tun, um den wahren Dieb zu überführen.«

Amerotke öffnete die Tür, durchquerte den Balsamierraum und stieg die Stufen empor. Die Schatten wurden allmählich länger, die Luft war erfüllt vom Duft gerösteten Fleisches und Weihrauch. Priester und Gelehrte spazierten durch die Gärten und genossen die abendliche Kühle. Amerotke blieb stehen, als er das Gekläff der Hunde hörte.

»Herr?«

Der Richter schrak zusammen. Schufoy tauchte, den Sonnenschirm in der einen, eine kleine Ledertasche in der anderen Hand hinter einem Busch auf und grinste wie der Zwergengott Bes persönlich.

»Ich habe auf dich gewartet«, deklamierte er feierlich. »Mein Herz hat nach deinem Anblick verlangt wie ein Verhungernder nach Speise.«

Amerotke bückte sich und wischte die Krümel ab, die in Schufoys Mundwinkeln klebten.

»Und du hast außerdem süßen Kuchen und Datteln gegessen und mehr Wein getrunken, als gut für dich ist.«

Schufoy schwankte leicht und blinzelte.

»Ich habe nur auf dich gewartet, Herr.«

»Ja, ich weiß.« Amerotke richtete sich auf.

»Kehren wir jetzt nach Hause zurück?«, fragte Schufoy. »Ich fühle mich einsam hier, Herr.«

Ein Tanzmädchen, das nur ein dünnes Gewand um die bloßen Schultern trug, tauchte plötzlich hinter demselben Busch auf, hinter dem Schufoy hervorgekrochen war. Ihre ölgetränkte Perücke saß schief, die dunklen *kohl*-Linien unter ihren Augen und die karminrote Farbe auf ihren Lippen waren verschmiert.

»Ich habe es verloren!« Ohne Amerotke zu beachten tippte sie gegen ihr Handgelenk. »Mein Armband ist verschwunden!«

Schufoy versuchte verlegen, sie wegzuschieben.

»Es liegt wahrscheinlich hinter dem Busch«, nuschelte er.

Amerotke, der sich das Lachen nur mühsam verbeißen konnte, wandte sich ab und machte sich auf den Weg zum Hundegehege. Hinter sich hörte er das schrille Gekeife des Tanzmädchens und Schufoys empörten Protest. Schließlich holte der Zwerg ihn ein.

»Ich habe mich einsam gefühlt, Herr, und sie hat mir die Zeit vertrieben. Ich habe ihr einen Kupferbarren gegeben, damit sie sich ein neues Armband anfertigen lassen kann.«

Amerotke blickte auf ihn hinunter.

»Vermutlich hast du ihr auch eine Weile beim Tanzen zugesehen ...«

»Das ist richtig, Herr. Wie sagt schon der Dichter: Das Herz lechzt nach der Gesellschaft einer Frau, besonders in den Abendstunden, wenn der milde Lufthauch die Seele erquickt ...«

»Das reicht, Schufoy«, unterbrach Amerotke.

»Wo gehen wir hin?«

»Ein paar Hunde anschauen.«

Sie durchquerten die Tempelgärten und kamen an Kornspeichern und Öl- und Weinpressen vorbei, von denen ein süßlicher Duft ausging. Priester, Novizen, *heset* und Tempeldiener saßen im Schatten der Sykomoren und Akazien. Die Sonne sank jetzt rasch, und ein kühler Wind war aufgekommen. Amerotke sah die Mitanni-Abordnung in einem der Gartenpavillons ihre Abendmahlzeit einnehmen. Vermutlich besprachen sie dabei die Ereignisse des Tages.

»Richter Amerotke!«

Amerotke fuhr herum. Der Herold Mareb schien wie aus dem Nichts aufgetaucht zu sein.

»Was wünschst du von meinem Herrn?« Schufoy warf sich in die Brust und trat einen Schritt vor.

»Wesir Senenmut«, Mareb ignorierte den Zwerg, der wutentbrannt mit dem Fuß aufstampfte, »ist zum Haus der Millionen Jahre zurückgekehrt. Für dich sind im Haus der Stille Gemächer vorbereitet worden.«

»Heute Abend werde ich nach Hause gehen«, erwiderte Amerotke. »Ich muss nach meiner Frau und meinen Kindern sehen. Aber ich komme wieder.«

Der Herold verbeugte sich und warf Schufoy einen geringschätzigen Blick zu. Der Zwerg beantwortete ihn mit der obszönsten Geste, die er in den Tavernen unten am Kai aufgeschnappt hatte.

»Ich kann Herolde nicht ausstehen«, grollte er. »Sie sind nichts als aufgeblasene Hohlköpfe.« Dann rannte er vor seinem Herrn her. »Macht Platz für den erhabenen Amerotke!«, dröhnte er. »Den obersten Richter in der Halle der Beiden Wahrheiten, Freund des Pharaos, Mitglied des königlichen Rates! Das Auge unseres göttlichen Pharaos ruht wohlwollend auf ihm …«

Amerotke stöhnte leise, ließ Schufoy aber gewähren und achtete nicht auf den Aufruhr, den er auslöste. Sie verließen die Gartenanlagen, überquerten ein von der Sonne ausgedörrtes Stück Brachland und dann eine Brücke, die einen der vom Nil abgeleiteten Bewässerungskanäle überspannte. Vor ihnen ragten die hohen Mauern des Hundegeheges auf. Der Wind trug fauligen Gestank sowie gelegentliches Gebell und Geheule zu ihnen hinüber. Die mächtige hölzerne, mit Kupferbändern verstärkte Tür war fest verschlossen. Zu beiden Seiten davon standen Wachposten, die ihre Speere hoben, als Amerotke sich ihnen näherte. Schufoy winkte ab, woraufhin sie die Waffen wieder sinken ließen.

»Wo ist der Hundeheger?«, fragte Amerotke.

»Ich bin hier«, ertönte eine Stimme hinter dem Tor.

Einer der Wächter beeilte sich, den schweren Holzriegel zurückzuschieben. Der Hundeheger trat heraus. Er war ganz in Leder gekleidet, in einer Hand trug er einen scharfen Dreizack, in der anderen eine zusammengerollte Lederpeitsche. Seine Hände waren blutig. Er wahrte sicheren Abstand zu seinen Besuchern und verbeugte sich lächelnd.

»Erhabener Richter, du erweist uns eine große Ehre.«

Amerotke bemühte sich, sich sein Unbehagen und seine Furcht nicht anmerken zu lassen. Der Gestank war kaum zu ertragen. Dann brach in der Dunkelheit hinter dem Tor ein markerschütterndes Geheul los. Es klang, als mache sich eine ganze Dämonenschar bereit, aus der Unterwelt emporzusteigen. Amerotke begann zu zittern. In diesem Moment war er nicht mehr der oberste Richter von Theben, sondern nur noch ein kleiner Junge, der in den Straßen der Stadt um sein Leben rannte.

»Möchtest du die Tiere sehen?«, fragte der Hundeheger.

Er ging zu einem Wasserfass hinüber und wusch sich Hände und Arme gründlich ab. Dann befahl er den Wachposten, die Tore im Auge zu behalten, und führte Amerotke an der Mauer entlang zu einem Wachturm. Schufoy folgte ihnen. Amerotke starrte nach unten. Das Gehege war am Fuß eines Hügels angelegt worden, es bestand aus einem felsigen, mit Bäumen, Büschen und hartem, trockenen Gras bewachsenen Stück Land. Amerotke fielen die zahlreichen Höhlen im Hügelhang auf.

»Du bist hier vollkommen sicher«, bemerkte der Hundeheger. »Die Tiere könnten niemals diese Mauer hochklettern, daher lassen wir sie dort unten frei umherlaufen.« Er deutete über das Gehege. »Sie haben hier sechs bis acht Morgen Land zur Verfügung, das genügt ihnen.«

»Wo sind die Hunde denn?«, murmelte Schufoy.

»Sie wurden gerade gefüttert«, erwiderte der Hundeheger, »und werden jetzt wohl schlafen.«

»Gehst du auch in das Gehege hinein?«, fragte Amerotke.

»Nur ein kurzes Stück.« Der Hundeheger deutete auf einen schmalen Fußpfad hinter dem Tor. »Von dort aus werfe ich ihnen ihr Fleisch zu. Die Hunde kommen dann heraus. Sie kämpfen um ihr Futter, aber jeder erhält seinen Anteil.«

»Wo kommen sie her?« Schufoy starrte wie gebannt auf die Höhlen, deren Bewohner ihn offenbar faszinierten.

»Aus dem Dschungel hinter den Katarakten. Sie sind dem Hohen Priester zu Zeiten Thutmosis' II. zum Geschenk gemacht worden. Es handelt sich nicht um Abarten von Hyänen oder Schakalen, sondern um eine wilde Hunderasse. Schaut!«

Ein großer Hund löste sich aus einem Höhleneingang und lief den Hügel hinunter. Andere folgten ihm. Amerotke lief ein eisiger Schauer über den Rücken. Die Tiere waren so schwarz wie die Nacht, hatten breite, stumpfe Schnauzen, kräftige Kiefer, lange, steife Ohren und buschige Schwänze. Sie bewegten sich geschmeidig wie eine Jagdmeute. Unter dem kurzen, glänzenden Fell zeichneten sich mächtige Muskeln ab. Der Leithund entdeckte Amerotke und den Hundeheger, schnürte auf sie zu, setzte sich auf die Hinterläufe und starrte zu ihnen empor.

»Sie sind sehr intelligent«, erklärte der Hundeheger. »Und sie verlassen sich aufeinander.«

»Kann man sie zähmen?«

»O nein, es sind wilde Hunde«, antwortete der Hundeheger. »Abkömmlinge der ursprünglichen Meute. Die Tempelpriester haben versucht, sie abzurichten, aber es ist zu gefährlich. Ein Zeichen von Schwäche, ein Hauch von Blut, und sie greifen an.«

Amerotke beobachtete den Hund. Die schwarzen Augen bohrten sich in die seinen, die Schnauze öffnete sich halb, die rosa Zunge kam hervor, dann legte das Tier den Kopf in den Nacken und begann laut zu heulen.

»Sie haben schon Menschen getötet«, fuhr der Hundeheger fort. »Man darf ihnen nicht trauen. Wenn du dort hinuntersteigen würdest, würden sie dich augenblicklich angreifen. Sie können Angst genauso wittern wie Blut. Ich habe mit Reisenden gesprochen, die schon mit solchen Hunden zu tun hatten. Sie jagen immer im Rudel und verfolgen ihre Beute tage-, ja wochenlang.«

Immer mehr Tiere scharten sich um den Leithund. Amerotke krampfte sich der Magen zusammen.

»Sind sie schon einmal aus ihrem Gehege entkommen?«

»Zu meiner Zeit noch nie«, entgegnete der Hundeheger. »Du hast ja selbst gesehen, dass sie ständig bewacht werden. Aber ich habe auch von betrunkenen Edelleuten aus Theben gehört, die hier Mutproben veranstalteten. Einer von ihnen war dumm genug, tatsächlich in das Gehege hineinzugehen. Die Hunde haben nur ein paar Knochen von ihm übrig gelassen.«

Amerotke wurde schwindelig.

»Ich habe genug gesehen. Wir wollen gehen.«

Er drehte sich um und stieg die Stufen hinunter. Schufoy streckte einem der Hunde die Zunge heraus und folgte ihm. Am Fuß der Treppe bedankte sich Amerotke bei dem Hundeheger.

»Du hast das Urteil des Gerichts vollstreckt?«

»Der Mann ist tot, erhabener Richter. Die Hunde haben kurzen Prozess mit ihm gemacht. Es war ein gerechtes Urteil. Ich habe auch die tollwütigen Hunde getötet, die seinen Onkel und seine Tante zerfleischt haben. Ein grauenvoller Tod!«

»Der Tod ist immer grauenvoll«, erwiderte Amerotke. »Ich wünsche dir eine gute Nacht.«

Er ging Richtung Tempel zurück. Schufoy folgte ihm murrend.

»Herr, ich bin müde. Ich möchte nach Hause.«

»Das glaube ich dir gern, kleiner Mann. Du hast gegessen, getrunken und dich mit einem Mädchen vergnügt. Jetzt möchtest du in dein Bett kriechen und schlafen. Aber wir haben noch etwas zu erledigen.«

Sie betraten das Tempelgelände. Bei einem kleinen

Springbrunnen blieb Amerotke stehen, um sich Gesicht und Hände zu reinigen, dann schlug er, gefolgt von dem protestierenden Schufoy, den Weg zum Allerheiligsten ein. Dort rief er einen Tempeldiener herbei und erklärte, wer er war.

»Ich möchte Tetiky, den Hauptmann der Tempelwache, den Priester Khety und die Priesterin Ita sprechen. Bring sie her.«

Während er wartete, sah er sich in der Kapelle um, in der die Pracht des Anubis aufbewahrt worden war. Das heilige Wasserbecken glitzerte, die provisorische Brücke war mit Fußabdrücken übersät. Die Blumen in den Vasen welkten bereits, ein süßsäuerlicher Geruch ging von ihnen aus. Die schwarze Obsidianstatue wirkte in dem flackernden Lampenlicht ausgesprochen bedrohlich. Amerotke untersuchte die Tür, dann blickte er sich erneut um. Dies war ein heiliger Ort gewesen, wo man das Flüstern der Götter vernehmen konnte, nun war er durch Mord und Gotteslästerung entweiht worden. Die Kapelle selbst war schlicht und schmucklos. Amerotke betastete die Wände und kam zu dem Schluss, dass dies ein alter Teil des Tempels sein musste – ein kleiner Schrein, der im Laufe der Jahre weiter ausgebaut worden war, ein bloßes steinernes Rechteck mit zahlreichen Nischen. Amerotke inspizierte diese genau, fand aber weder eine Ritze noch einen Spalt, noch nicht einmal einen Lüftungsschlitz, durch den der Weihrauchqualm abziehen konnte. Dies war sicherlich der geeigneteste Raum, um den herrlichen Amethyst aufzubewahren. Amerotke klopfte sorgsam die Wände ab. Manchmal gab es in diesen alten Gemäuern geheime Gänge und Tunnel. Als er nichts fand, nahm er sich die Tür vor. Laut Senenmut war sie aufgebrochen worden, inzwischen hatte man sie aber wieder repariert. Amerotke untersuchte das feste Zedernholz und das Kupferschloss, konnte aber gleichfalls nichts Ungewöhnliches feststellen. Als er draußen Schritte hörte, eilte er über die Brücke zurück.

Der Hauptmann der Tempelwache kam als Erster. Er trug einen Lederschurz und knöchelhohe Stiefel und hatte sich einen Schwertgurt über die Schulter geschlungen. Er erinnerte Amerotke an Asural: korpulent, kräftig, mit einem feisten roten Gesicht. Ein geborener Soldat. Er begrüßte Amerotke mit erhobener Hand und leicht gesenktem Kopf und stellte sich noch einmal förmlich als Tetiky, Hauptmann der Tempelwache des Anubistempels vor. Dann trat er zur Seite, damit seine beiden Begleiter die Brücke überqueren konnten. Khety war in ein schlichtes leinenes Priestergewand gekleidet. Er hatte ein asketisches Gesicht mit großen, leicht vorquellenden Augen, vorgeschobener Unterlippe und abstehenden Ohren, die seiner ansonsten angenehmen Erscheinung einen grotesken Zug verliehen. Die Priesterin Ita war klein und zierlich. Sie trug ihr eigenes Haar schulterlang und mit einem Reif aus der Stirn gehalten und hatte ein niedliches Puppengesicht mit Rehaugen, einer Stupsnase und einem kleinen, vollen Mund. Ihre Armbänder klirrten leise beim Gehen. In ihrer Eile hatte sie ihre Sandalen nicht richtig zugeschnürt und lächelte verlegen, als sie sich bückte, um das Versäumte nachzuholen. Alle drei wirkten sichtlich nervös. Amerotke ließ den Blick von einem zum anderen wandern.

»Du wolltest uns sprechen?« Khety brach als Erster das Schweigen. Seine Stimme klang schrill, er räusperte sich und scharrte unruhig mit den Füßen. Anscheinend wusste er nicht, was er mit seinen Händen anfangen sollte, also verschränkte er die Arme und blickte zu der Statue hinüber.

»Schließ die Tür!«, befahl Amerotke.

Er ließ sich mit dem Rücken zur Wand auf dem Boden nieder und bedeutete den anderen dreien, im Halbkreis vor ihm Platz zu nehmen.

»Wo ist die Pracht des Anubis?«, fragte er.

»Das wissen wir nicht, erhabener Richter.« Itas Stimme klang sanft und beschwichtigend.

»Wer wird dann die Verantwortung für den Diebstahl übernehmen?« Amerotke wandte sich an Tetiky.

Der Hauptmann der Tempelwache kratzte seinen kahlen Schädel und sah Amerotke dümmlich grinsend an.

»Die Tempelpriester verdächtigen uns. Aber andererseits ...« Er brach ab.

»Andererseits«, beendete Amerotke den Satz für ihn, »können sie euch nichts nachweisen.« Er blickte sich in der Kammer um. »Dieser Raum ist genau das, was er zu sein scheint, ein steinernes Rechteck ohne Luftschächte, ohne verborgene Eingänge und ohne Geheimgänge.«

»Richtig«, bestätigte Tetiky. »Deswegen wurde ja auch die Pracht des Anubis hier aufbewahrt.«

»Wie sah der Stein eigentlich aus?«, fragte Amerotke. »Als Junge habe ich ihn einmal aus der Entfernung gesehen, als er in einer Prozession durch den Tempel getragen wurde.«

»Er ist dunkelviolett und so groß wie eine Männerfaust. Niemand hat je zuvor einen solchen Amethyst gesehen.«

»Und wo kommt er her?«

»Ich weiß es nicht«, erwiderte Tetiky. »Er ist schon sehr, sehr alt. Einige behaupten, er wäre vom Himmel gefallen, als Geschenk der Götter. Andere meinen, er wäre in den Minen südlich des vierten Katarakts gefunden worden.«

»Und manche Leute denken«, warf Ita ein, »dass der Gott selbst ihn hergebracht hat, um seinen Tempel zu schmücken.«

»Und nun ist er verschwunden«, murmelte Amerotke. »Sag mir eines, Tetiky – du bist Polizist, nicht wahr? Vermutlich hast du bei den Maijodou gedient?« Er bezog sich auf die Stadtpolizei.

»Ja, und davor war ich Mitglied der Skorpionbrigade des Isis-Regiments.«

»Also warst du den größten Teil deines Lebens Polizist oder Soldat?«

»Ja, erhabener Richter.«

»Wenn ich einen Edelstein stehlen würde, was könnte ich damit anfangen?«

»Ihn verkaufen.«

»Aber an wen?«

»An Fremde wie die Mitanni.« Tetiky verzog das Gesicht. »Vielleicht könntest du versuchen, ihn zu zerteilen, aber das würde dich Zeit und Kraft kosten. Du könntest ihn auch in das Händlerviertel der Stadt schmuggeln. Der

Amethyst ist kostbar, sein Wert in Gold und Silber kaum zu schätzen.«

»Das glaube ich dir gerne«, meinte Amerotke. »Aber der Dieb würde einen guten Preis dafür erzielen, nicht wahr? Er könnte für den Rest seines Lebens in Muße und Luxus leben. Weiß einer von euch, wie der Edelstein gestohlen wurde?«

Einhelliges Kopfschütteln beantwortete seine Frage. Amerotke erhob sich, löste ein Armband von seinem Handgelenk und ging zu der Statue hinüber. Er legte das Armband in den Hohlraum auf der Brust des Gottes und wandte sich ab.

»Nehmen wir einmal an, dieses Armband wäre die Pracht des Anubis«, begann er. »Ich bin der wachhabende Priester Nemrath. Wann würde meine Wache beginnen?«

»Bei Einbruch der Dämmerung«, erwiderte Tetiky. »Wenn die Sonne am Horizont versinkt und das Muschelhorn ertönt.«

»Was geschieht dann?«

»Ich begleite die beiden Priester hier hinunter«, erläuterte Tetiky. »Ich klopfe an die Tür, und der Priester, der die Tageswache hat, öffnet mir. Dann trete ich zurück.«

»Einen Augenblick.« Amerotke beugte sich vor. »Sieh dir dieses Becken an. Es muss fast zehn Fuß breit sein. Wie kann der Priester öffnen, wenn die Brücke nicht an ihrem Platz liegt?«

Tetiky grinste. »Das will ich dir zeigen. Komm mit.«

Er führte den Richter zu dem Rand des Beckens, trat einen Schritt vor, als wolle er über das Wasser gehen, berührte die Türklinke und trat zurück. Amerotke unterdrückte einen erstaunten Ausruf und bückte sich.

»Genial«, murmelte er.

Er hatte den steinernen Sockel nahe des zur Kapelle hin gelegenen Beckenrandes bislang nicht bemerkt. Er war so geschickt bemalt, dass er mit dem dunkelgrünen Wasser verschmolz.

»Der Priester tritt dort hinauf«, erklärte Tetiky. »Es ist ganz einfach. Er schiebt den Schlüssel ins Schloss, dreht ihn um und tritt zurück. Dann lege ich die Planke über das Becken.« Er lachte. »Die Existenz des Sockels ist eigentlich ein Geheimnis, aber fast jeder Priester weiß davon. Er ist nicht nur aus Sicherheitsgründen da, sondern soll auch verhindern, dass der diensttuende Priester während seiner Wache zu viel trinkt.«

Amerotke nickte.

»Wenn er das täte, würde er ausgleiten und in das Becken fallen.«

»Das ist schon vorgekommen«, gab Tetiky zurück. »Der springende Punkt ist, dass nur der Priester, der sich in der Kapelle befindet, auf den Sockel springen kann, aber keiner, der hier herein will. Er könnte natürlich den Sprung wagen, aber das Becken ist zu breit.« Er zuckte die Achseln. »In der Nacht, als Nemrath starb, öffnete der Tageswächter die Tür und trat zurück. Ich schob die Brücke über das Becken. Ein Priester verließ die Kapelle, der andere trat ein. Ich zog die Planke weg und schob die Tür zu, dann schloss Nemrath von der anderen Seite ab, zog den Schlüssel ab und begann seine Wache.«

»Bist du sicher, dass er abgeschlossen hat?«, bohrte Amerotke nach.

»Du hast meinen Eid darauf. Das gehört zu meinen Pflichten: Ich höre, wie der Schlüssel im Schloss gedreht wird, dann rüttele ich noch einmal an der Tür. Das tat ich auch in jener Nacht.«

Amerotke begleitete ihn zu den beiden anderen zurück.

»Wo bewahrte Nemrath den Schlüssel auf?«

»An einem kleinen Haken an seinem Gürtel«, antwortete Tetiky.

»Und wie viele Schlüssel gibt es?«

»Nur diesen einen.«

Tetiky ging zu einem Kissen, zog einen Schlüssel darunter hervor und brachte ihn dem Richter. Es war ein langer, dünner, kunstvoll gearbeiteter Kupferschlüssel mit Zähnen am einen Ende und einem Griff in Form eines Schakalskopfes am anderen.

»Das Schloss ist ein wahres Meisterwerk der Schlosserkunst«, erklärte Tetiky. »Und dieser Schlüssel dürfte kaum zu kopieren sein.«

»Also Nemrath schloss die Tür ab.« Amerotke nahm den Schlüssel in die Hand. »Er befestigte ihn an seinem Gürtel und begann seine Wache?«

Tetiky nickte.

»Und was hast du getan, Khety?«

»Mit *meiner* Wache begonnen.«

»Und du?« Amerotke wandte sich an Ita.

Deren Augen funkelten belustigt.

»Ich bin die Dienerin des Gottes. Sowie die Dunkelheit hereingebrochen ist, ist Khetys Fastenzeit zu Ende. Ich brachte ihm geröstetes Gänsefleisch, ein paar Trauben und einen Krug Bier. In der Nacht von Nemraths Tod ist mir nichts Ungewöhnliches aufgefallen. Ich unterhielt mich eine Weile mit Khety und ging dann in die Küche zurück.«

Amerotke blickte Tetiky an.

»Ich hatte Dienst, habe meine Patrouillengänge gemacht«, sagte dieser. »Ich habe nichts Verdächtiges bemerkt.«

»Wie oft bist du an dieser Kapelle vorbeigekommen?«, fragte Amerotke.

Der Hauptmann zuckte hilflos die Achseln.

»Vielleicht drei oder vier Mal. Alles war ruhig. Ich sah, wie Ita Khety das Essen brachte. Ein Mal, als ich vorbeikam, war Khety wach, ein zweites Mal schlief er. Alles war so wie immer. Als es dämmerte, brachte ich die Tagespriester hier herunter. Gemäß dem Ritual klopfte ich an die Tür, aber niemand antwortete mir. Wieder klopfte ich und rief Nemraths Namen. Ich dachte, er könnte vielleicht einen Schlaganfall erlitten haben. Also rief ich den Hohen Priester und die Wache, und wir brachen die Tür auf.«

»Womit?«

»Mit einer Bank«, erwiderte Tetiky. »Das Schloss sprang auf. Wir legten die Brücke über das Becken und betraten die Kapelle.«

»Wo war Nemrath?«

»Dort an der Wand zusammengesackt.« Khety deutete

auf die Stelle, wo die Kissen lagen. »Der Dolch steckte in seiner Brust. Ich rannte auf ihn zu. Er war tot und die Pracht des Anubis«, seine Stimme begann zu zittern, »war verschwunden.«

Amerotke legte eine Hand vor den Mund und blickte sich in der Kapelle um. Er war erschöpft und verwirrt und er wurde aus dieser Angelegenheit einfach nicht schlau.

»Die Tür war eindeutig verschlossen?«

»Selbstverständlich!«, fauchte Tetiky.

»Und der Schlüssel?«

»Hing immer noch an Nemraths Gürtel.«

»Bist du ganz sicher?«

»Ich habe es selbst gesehen«, gab Khety zurück. »Genau wie Tetiky.«

»Und wer war dabei, als die Tür aufgebrochen wurde?«

»Der Hohepriester, ich selbst, andere Wächter und Priester. Auch Wesir Senenmut kam dazu.«

Amerotke erhob sich. Er betrachtete die schwarzgoldene Anubisstatue. Sein Blick wanderte zu einem prachtvollen Wandgemälde, das den Gott beim Wägen einer Seele gegen die Feder der Wahrheit zeigte. Hilf mir, betete Amerotke still. Wie kann ein Priester ermordet und ein Amethyst gestohlen werden, ohne dass die Tür aufgebrochen wurde? Sie war von innen verschlossen gewesen, und der Schlüssel hatte noch immer am Gürtel des Toten gehangen.

Amrotke schloss die Augen. Er musste weiteres Beweismaterial zusammentragen. Und wenn er das getan hatte …

»Khety!«, rief er, ohne sich umzudrehen. »Hat sich während deiner Wache irgendjemand dieser Tür genähert?«

»Nein, erhabener Richter.«

»Hast du aus irgendeinem Grund einmal den Gang vor der Kapelle verlassen?«

»Nur ein einziges Mal.«

»Und wann war das?«

»Als Ita mir die Erfrischungen brachte.« Er lachte nervös. »Ich musste die Latrine aufsuchen.«

Amerotke wandte sich ab und ging zur Tür zurück.

»Und du, Tetiky, hast auch nichts Ungewöhnliches bemerkt?«

»Ich sagte doch schon, dass ich mehrmals hier vorbeikam. Khety war auf seinem Posten. Einmal schlief er tief und fest. Und einmal sah ich Ita ihm einen Krug Bier bringen und dann in die Küche zurückkehren.«

»Khety, du hast doch direkt vor der Tür gesessen. Hast du drinnen irgendetwas gehört, Kampflärm oder so etwas Ähnliches?«

»Ich hätte es auf jeden Fall gehört, wenn drinnen etwas vorgefallen wäre, aber alles blieb still.«

Amerotke nickte.

»Dann habe ich eure Zeit lange genug in Anspruch genommen.«

Er entließ die beiden und wartete, bis der Hauptmann der Tempelwache die Brücke überquert und die Tür hinter sich geschlossen hatte. Dann setzte er sich mit dem Rücken zur Wand auf den Boden und dachte angestrengt nach. Kurz darauf klopfte es.

»Herein!«

Schufoy schob die Tür auf.

»Sei vorsichtig!«, rief Amerotke ihm zu.

»Keine Sorge, Herr.« Schufoy blieb grinsend auf der Schwelle stehen. »Ich habe schon von dem Wasserbecken gehört.«

»Und was hast du sonst noch gehört?«

»Nichts, Herr. In der Nacht, in der Nemrath ermordet wurde, war alles wie immer. Khety hat seinen Posten nicht verlassen. Ita brachte ihm aus der Küche etwas zu essen und zu trinken und nahm den leeren Krug wieder mit.«

»Was sonst noch?«

»Khety und Nemrath kamen gut miteinander aus. Khety ist ein Gelehrter. Er und Ita verstehen sich ebenfalls sehr gut.«

»Was war Nemrath für ein Mensch?«

»Wenn man den Gerüchten Glauben schenken darf, war er hinter jeder Frau her. Außerdem aß und trank er gerne.«

»Zeig mir einen Priester, der das nicht tut.«

Amerotke erhob sich und überquerte das heilige Becken vorsichtig. Im Gang blieb er stehen und drehte sich noch einmal nach der Kapelle um.

»Wer hat dieses Verbrechen begangen, Herr?«

»Oh, das weiß ich. Khety, Ita und Tetiky. Einer, zwei oder alle drei hängen in der Geschichte mit drin. Aber wie haben sie den Diebstahl und den Mord ausgeführt?« Amerotke schüttelte den Kopf. »Das weiß nur der Gott Anubis allein.«

»Was ist mit Belet?«, erkundigte sich Schufoy. »Er und Seli haben Prenhoe und mich zum Essen eingeladen. Er macht sich immer noch große Sorgen …«

»Hast du sonst noch etwas herausgefunden?«

Schufoy schüttelte den Kopf.

»Ich auch nicht«, bemerkte Amerotke trocken. »Alles, was ich weiß, Schufoy, ist, dass ein Raub geplant ist. Die Täter benötigen dazu einen geschickten Schlosser, und sie wählten Belet für diese Aufgabe aus, weil er in der Gemeinschaft der Nashörner gelebt hat. Sie dachten, er hätte nichts zu verlieren.«

»War vielleicht der Anubistempel das Ziel?«, überlegte Schufoy laut. »Immerhin hat hier ein Diebstahl stattgefunden.«

Amerotke starrte zu der Tür hinüber.

»Nein«, murmelte er, einen Finger hebend. »Denk daran, was Belet gesagt hat. Er sagte, es gäbe keine Wachposten. Außerdem brauchte es für den Diebstahl der Pracht des Anubis weit mehr als nur die Kunstfertigkeit eines Schlossers. Der oder die Täter haben ihn sorgfältig geplant und sind so gerissen wie die Schlangen vorgegangen.«

In der ägyptischen Kunst wird ANUBIS entweder als Schakal oder als Mann mit einem Schakalskopf dargestellt.

SECHSTES KAPITEL

Amerotke schlenderte über den Marktplatz. Schufoy folgte ihm mit gesenktem Kopf. Dabei sang er leise ein Liebeslied.

> Flieh vor ihr, mein Herz, vergiss sie rasch!
> Zu gut weiß ich, was mir von ihrer Liebe droht!
> Ich werde nicht warten, bis sie mich in ihren
> Bann zieht
> und ihre kühlen Hände meine brennende
> Seele beruhigen!

»Ein hübsches Lied.« Amerotke schwang seinen Stock und musterte den trübsinnigen Schufoy verstohlen. »Bezieht es sich vielleicht auf die *heset?*«

»Nein, auf die Frauen im Allgemeinen«, erwiderte Schufoy kummervoll. »Sie schweben wie Schmetterlinge durch den Garten meines Herzens. Die besten Jahre meines Lebens habe ich für sie hingegeben. Am Morgen«, fuhr er mit sonorer Stimme fort, »gleichen eines Mannes Hoffnungen einer sprudelnden Quelle, aber am Abend ist sie ausgetrocknet, und alles, was bleibt, ist Staub im Wind.«

Schufoy blieb stehen und wischte sich eine Träne aus dem Augenwinkel. Amerotke bemühte sich, nicht zu lächeln oder gar zu lachen. Es gab nichts Pathetischeres auf der Welt als einen verliebten Schufoy.

»Komm mit, kleiner Mann«, drängte er freundlich. »Ein Krug Bier, ein paar süße Kuchen und einige Früchte auf unserem kühlen Dach werden dir gut tun, und du kannst mir all deine Liebeslieder vorsingen.« Er blickte auf den Zwerg hinab. »Woher rührt eigentlich deine plötzliche Besessenheit von der Liebe, Schufoy? Liegt es daran, dass dein Freund geheiratet hat?«

»Ein Mann ohne Frau ist wie ein Körper ohne Seele,

Herr. Prenhoe hat mich gewarnt. Vor zwei Nächten hatte er einen Traum: Ich ritt auf dem Rücken eines Tanzmädchens. Sie brachte mich zum Ufer des Nils, doch dort verwandelte sie sich in ein Flusspferd …«

Amerotke brach in schallendes Gelächter aus; so laut, dass sich die Händler, die ihre Stände für den Abendmarkt aufbauten, verwundert nach dem Richter in seinen weißen Gewändern und den violett gesäumten Sandalen und seinem missgestalteten Begleiter umsahen. Amerotke ließ den Stock sinken und griff nach Schufoys Hand.

»Nun komm, mein kleiner Bes. Der Tag ist zu Ende. Sei nicht mehr traurig. Wir alle machen manchmal dunkle Zeiten durch.«

»Ich bin froh, dem Tempel entronnen zu sein.« Vor Freude über die freundlichen Worte seines Herrn hüpfte Schufoy auf und ab. »Ein wahrhaft unheimlicher Ort. Ich mag weder die Mitanni noch die Wächter mit ihren Schakalsinsignien. Außerdem gehen dort Geister um.«

»Geister?« Amerotke blieb stehen. »Was für Geister, Schufoy?«

»Ein paar Wachposten haben mir davon erzählt. Anubis ist gesehen worden, wie er durch seinen Tempel schlich. Er trug schwarze Sandalen, einen gleichfarbigen Kriegsrock, und sein Gesicht war von einer mit Gold eingefassten Schakalsmaske bedeckt.«

»Die Leute haben zu viel getrunken«, erwiderte Amerotke kühl.

»Ich wiederhole nur, was sie mir gesagt haben«, verteidigte sich Schufoy gekränkt.

Amerotke setzte seinen Weg fort. Obwohl die Nacht schon hereingebrochen war, herrschte auf dem Markt noch geschäftiges Treiben. Unter den Bäumen rasierten Barbiere ihre Kunden. Soldaten, die ihren Dienst beendet hatten, suchten lärmend und grölend die Freudenhäuser auf. Dabei achteten sie darauf, sich von den Stadtpolizisten fern zu halten, die mit dicken Knüppeln bewaffnet durch die Straßen rund um die Tempel patrouillierten; bereit, etwaige Unruhestifter sofort festzunehmen. Die Buden der Fleischer lagen verlassen da, ihre Ware war entweder verkauft oder verdorben und vernichtet worden. Bettler liefen überall umher und erboten sich, auch Amerotke die Fliegen wegzuscheuchen, woraufhin Schufoy zurückbrüllte, das sei immer noch seine Aufgabe. Sämtliche Bewohner des Kaiviertels schienen in die Stadt geströmt zu sein, um nach leichter Beute Ausschau zu halten; Bettler, Diebe, Taschenspieler, Trickbetrüger und viele andere mehr. Eine Gruppe betrunkener Musikanten, die ausgiebig in einer Weinschänke gezecht hatten, stimmten zur Freude der Vorübergehenden ein lärmendes Konzert an. Zwar warf ihnen niemand eine Münze zu, aber viele blieben und hörten ihnen eine Weile zu. Amerotke hielt den Kopf gesenkt und nahm Schufoys Hand fester in die seine. Der kleine Mann neigte dazu, unverhofft hier und da stehen zu bleiben, besonders wenn er den Scharlatanen, die behaupteten, über magisches Geschick bei der Heilung von Krankheiten zu verfügen und eine Reihe höchst fragwürdiger Tränke und Salben feilboten, bei ihrem Tun zusehen konnte.

»Hast du die Heilkunst schon wieder aufgegeben?«, fragte er.

»Die Konkurrenz auf dem Markt ist zu groß geworden«, gab Schufoy zurück. Dabei trug er seinen Sonnenschirm so stolz vor sich her, als halte er das Zepter des Pharaos in den Händen. »Die Götter haben mich zu Höherem berufen.«

»Und als was betätigst du dich jetzt?«, erkundigte sich Amerotke neugierig.

»Als Poet der Liebe.«

Amerotke biss sich auf die Unterlippe.

»Ich werde Gedichte und Liebestränke verkaufen«, fuhr Schufoy fort. »Nein, Herr, lach nicht. In mir sprudelt ein nie versiegender Quell von Liedern und Gedichten, die das Herz verzaubern.«

»Norfret glaubt mir kein Wort, wenn ich ihr das erzähle«, murmelte Amerotke. »Komm weiter, Schufoy.«

Sie eilten auf die großen, von zwei hohen Wachtürmen beherrschten Stadttore zu. Die Tore waren bereits verschlossen und verriegelt. Der diensthabende Wächter erkannte Amerotke und ließ ihn durch eine Seitenpforte hinaus auf eine basaltgepflasterte Straße, die entlang des Nils verlief. Zu Amerotkes Rechter schimmerte der Fluss im fahlen Mondlicht. Kleine Fischerboote glitten wie geschäftige Käfer hin und her, Laternen leuchteten auf, und der Wind trug die Rufe der Fischer, das Plätschern und Gurgeln des Wassers, das unaufhörliche Gequake der Frösche und das Krächzen der Vögel, die gelegentlich aufflatterten und anmutig über die Ufer des Nils hinwegsegelten, zu ihnen herüber.

»Die Fischer sollten lieber auf der Hut sein«, brummte Schufoy. »Die Flusspferde lassen sich nicht gern stören. Wo Fischerboote sind, tauchen unweigerlich auch Flusspferde auf, und dann sind die Krokodile nicht mehr weit.«

Amerotke deutete auf die elenden Lehmhütten, an denen sie gerade vorbeikamen.

»Diese Menschen sind bitterarm, Schufoy. Sie verdienen sich ihren Lebensunterhalt dadurch, dass sie frischen Fisch für den Morgenmarkt fangen.«

Auf ihrem Weg kamen ihnen zahlreiche Nachtschwärmer entgegen, die in die Stadt strömten. Andere waren zu Versammlungen, Banketts und Feiern unterwegs. Reiche Kaufleute ritten auf Eseln die Straße entlang oder ließen sich in Sänften tragen, die Armen schlurften zu Fuß hinterher. Endlich lichteten sich die Mengen. Amerotke und Schufoy ließen das Gewirr einstöckiger, verfallener Häuser und Hütten und den beißenden Geruch nach Salzfisch, billigem Bier und saurem Brot hinter sich. Dieser Ort wurde allgemein nur das Tal der Unreinen genannt, hier lebten die Arbeiter, die sich keine Häuser in der Stadt leisten konnten. Schließlich gelangten sie auf das offene Land hinaus. Auf der anderen Seite des Nils funkelten die Lichter der Nekropole. Der Lärm der Stadt war hier nur noch schwach zu vernehmen. Amerotke ließ Schufoys Hand los und hing seinen Gedanken nach. Erst als Schufoy ihm sacht gegen das Handgelenk tippte, wurde ihm bewusst, dass sie verfolgt wurden. Er fuhr herum und packte seinen

Gehstock fester. Fünf oder sechs groteske Gestalten tauchten in der Dunkelheit hinter ihnen auf.

»Was gibt es?«, rief Amerotke laut. »Folgt ihr mir, oder wollt ihr vorbei?«

»Nichts dergleichen, Richter Amerotke.«

Der Richter atmete ein paar Mal tief durch, um seiner aufkeimenden Panik Herr zu werden. Immer wieder hatte Norfret ihn vor diesen nächtlichen Wanderungen gewarnt und darauf bestanden, dass er sich von einer Leibwache oder wenigstens von Asural begleiten ließ. Amerotke hatte dies immer abgelehnt. Nun wünschte er, er hätte wenigstens sein Schwert bei sich. Schufoy war ein Stück zur Seite getreten und hatte seinen Schirm auf den Boden gelegt. Nun öffnete er seine kleine Tasche und zog einen scharfen Dolch mit geriffelter Klinge hervor.

»Wir tun euch nichts zu Leide.« Die Stimme des Wortführers klang tief und ruhig. »Richter Amerotke, wir gehören zu den Kindern des Nils.«

Der Richter entspannte sich. »Dann tretet vor.«

Die Gestalten gehorchten. Amerotke bemühte sich, sich sein Unbehagen nicht anmerken zu lassen. Er hatte bereits von den Kindern des Nils gehört, einer Gilde, die für die Fütterung der heiligen Krokodile zuständig war und Leichen und Treibgut aus dem Fluss barg. Sie lebten in ihrem eigenen abgeschiedenen Dorf ein paar Meilen weiter südlich und beteten die löwenköpfige Todesbotin Sechmet an. Der Nil ernährte sie, aber es wurde gemunkelt, dass sie gelegentlich Schiffe auf die trügerischen Sandbänke lockten, ausraubten und die überlebenden Schiffbrüchigen ihrer Furcht erregenden Göttin opferten. Da sie sich immer in ungegerbte Tierhäute hüllten, galten sie als Aussätzige. Jeder von ihnen trug einen Helm in Form eines Ibis', Krokodils, Flusspferdes oder einer Schlange; all jener Geschöpfe, die entlang der Ufer des Nils hausten. Ihr Anführer war klein und korpulent. Als er seinen einem Skorpion nachgeformten Helm abnahm, sah Amerotke, dass sein eines Auge halb geschlossen und milchig trüb war. Eine breite Narbe zog sich über sein Gesicht. Er stank nach Schweiß und den fischigen Ausdünstungen des Nilschlamms. Seine Kameraden hielten sich hinter ihm. Der Mann verneigte sich.

»Ich grüße den erhabenen Richter Amerotke.«

»Es ist schon spät«, erwiderte dieser. »Ihr könnt mich morgen in der Halle der Beiden Wahrheiten aufsuchen.«

»Oder im Anubistempel«, erhielt er zur Antwort.

»Woher wisst ihr so gut über mich Bescheid?«, fragte Amerotke gereizt.

»Ich wollte dich nicht verärgern, Herr.« Der Mann versuchte zu lächeln. Sein gesundes Auge blitzte auf.

»Komm zur Sache«, grollte Schufoy.

»Beruhige dich, kleiner Mann. Wir wollen euch nichts Böses. Wie dürften solche wie wir den großen Amerotke bedrohen? Du weißt, warum wir hier sind«, fuhr er eilig fort. »Wir gelten als unrein, es ist uns verboten, heilige Stätten aufzusuchen. Aber wir haben Informationen zu verkaufen, oder vielmehr, wir wollen sie dir unentgeltlich überlassen.«

»Sag mir, was du weißt. Ich werde dafür sorgen, dass in eurem eigenen Tempel Geschenke für euch hinterlegt werden.«

»Zwei Dinge, Herr. Das Erste betrifft den Reisenden Sinuhe. Wir zogen seinen Leichnam aus dem Nil. Ich kannte Sinuhe, er hat uns wundervolle Geschichten erzählt. Er behauptete, er hätte gesehen, wo der Nil am Mittelpunkt der Erde entspringt. Sinuhe legte für gewöhnlich keinen Wert auf Kleidung. Nun haben zwar die Krokodile seinen Körper in eine blutige Masse verwandelt, aber ist dir aufgefallen, dass er sein bestes Gewand und ein Paar teure Sandalen trug?«

Amerotke erinnerte sich an die blutbefleckten Kleiderfetzen, die er in der Einbalsamierkammer gesehen hatte.

»Und zweitens?«

»Am Morgen des Tages, an dem Sinuhe getötet wurde, meinte einer meiner Kameraden, den Gott Anubis in der Nähe des alten Bestempels gesehen zu haben.«

»Götter wandeln nicht über die Erde«, widersprach Amerotke.

»Vielleicht war es ja gar kein Gott«, erwiderte der Mann.

»Sondern ein in einen langen Lederschurz gekleideter Anubispriester mit einer schwarzen Maske.«

Er wandte sich an einen seiner Gefährten und sprach in der schrillen Lingua franca des Hafenviertels auf ihn ein. Dieser gab ihm eine knappe Antwort.

»Ich habe alles genau verstanden«, meldete sich Schufoy zu Wort. »Er sagt, es wäre nicht Anubis gewesen.«

Der Anführer der Kinder des Nils kam näher.

»Kleiner Mann, du magst ja keine Nase mehr haben, aber deinen Ohren fehlt nichts. Du hast vollkommen Recht. Mein Kamerad sagt, er wäre draußen bei der Oase der Palmen gewesen.« Er grinste im Dunkeln. »Nun, um es kurz zu machen – die Mitanni-Priester tragen solche Masken.«

»Weißt du sonst noch etwas?«, fragte Amerotke.

Der Mann schüttelte den Kopf.

»Morgen Abend werdet ihr eure Belohnung erhalten, wie ich es versprochen habe«, erklärte Amerotke. »Möge die Göttin wohlwollend auf euch herabblicken.«

Seine seltsamen Besucher verschwanden in der Dunkelheit.

»Was sollen wir nun von all dem halten, Schufoy?«, fragte Amerotke. »Sinuhe hat sich so sorgfältig gekleidet, weil er jemanden treffen wollte. Aber wen? Einen Mitanni? Oder *eine* Mitanni?«, fügte er hinzu. »Aber wozu dann die Maske?«

»Um sein oder ihr Gesicht zu verbergen, Herr. Und um Verwirrung zu stiften. Jeder würde denken, einen Priester des Anubis vor sich zu haben.«

Ein kühler Windhauch strich über Amerotkes erhitzte Haut. Der Richter rieb sich die Arme. Die Versammlung hatte an seinen Kräften gezehrt, ihm wurde plötzlich bewusst, wie erschöpft und hungrig er war. Er nahm Schufoy bei der Hand und ging rasch weiter.

Lichter tauchten vor ihnen auf. Sie kamen an den hohen Mauern prächtiger Wohnsitze vorbei, deren große, polierte Holztore bereits für die Nacht verschlossen worden waren. Die Gegend war herrlich, mit üppiger Vegetation, nahe genug am Nil, um alle Gärten problemlos zu bewässern, aber trotzdem hoch genug gelegen, um vor Überschwemmungen sicher zu sein. Schließlich erreichten sie Amerotkes Haus. Schufoy hämmerte an die Tür und begehrte mit gebieterischer Stimme Einlass. Ein Seitentür wurde geöffnet, und Amerotke betrat sein ureigenstes kleines Paradies aus weitläufigen Gärten, Weinreben, Blumenbeeten, Bienenstöcken und Schatten spendenden Bäumen.

Schufoy und der Pförtner begannen, sich gegenseitig anzukeifen. Amerotke ging weiter. Alles war so wie immer. Öllampen brannten, Blumen waren vor der Statue des Gottes der Gärten Chem niedergelegt worden, das Sommerhaus war verschlossen. Er wanderte die von Akazien gesäumte Allee entlang und stieg die Stufen zum Haupthaus empor, dessen Front mit bunt bemalten Säulen geschmückt war. In der Eingangshalle duftete es süß nach der Politur, mit der die Diener die Zedernholzbalken behandelt hatten. In den Ecken standen kleine Gefäße mit Myrrhe und Weihrauch. Schufoy, der seinen Herrn eingeholt hatte, verkündete lauthals, der erhabene Richter sei heimgekehrt. Ein Diener brachte Amerotke einen Krug und eine Schüssel. Amerotke nahm auf einem Stuhl Platz, wusch sich Gesicht, Hände und Füße und spülte sich den Mund mit kühlem Weißwein. Die Tür am anderen Ende des Raumes schwang auf und Norfret kam auf ihn zu. Ihre mandelförmigen Augen funkelten. Sie trug ein leichtes weißes Gewand und hatte sich einen bestickten Schal um die Schultern gelegt. Sie war barfuß und plötzlich löste sich ihr Halsband und fiel klirrend zu Boden. Sie hob es auf, dann beugte sie sich über ihren Mann, küsste ihn auf die Augenbraue und lächelte ihn verführerisch an.

»Ich grüße den Richter des Pharaos«, flüsterte sie. »Den weisesten Mann von Theben.«

»Ich grüße Norfret, die Göttin der schmeichelnden Worte.«

Ahmose und Chufu stürmten kreischend herein, besannen sich dann aber auf ihre Manieren und verbeugten sich vor ihrem Vater, ehe sie Schufoy packten und mit ihm davonrannten.

Eine Weile herrschte heilloses Durcheinander. Diener kamen und gingen, während Norfret versuchte, Amerotke zu berichten, dass Ahmoses Fieber plötzlich wieder gesunken war, einer der Hunde den Fischteich geräubert hatte und sie aus der Abrechnung des Haushofmeisters nicht recht klug wurde. Schließlich kehrte Ruhe ein, und sie waren allein auf dem Dach des Hauses. Ein mit Speisen beladener Tisch stand zwischen ihnen. Norfret liebte es, des Nachts hier zu sitzen. Der Sternenhimmel faszinierte sie stets aufs Neue, und sie beschrieb Amerotke oft, welche Sterne sich in welchen Bahnen bewegten. Heute interessierte sie sich allerdings mehr für die im Anubistempel beherbergten Mitanni.

»Ich habe gehört, die Mitanni-Priesterinnen sollen in den Liebeskünsten sehr beschlagen sein.« Sie klimperte spöttisch mit den Lidern. »Angeblich werden sie schon von Kind an in diesen Dingen geschult. Ein Besucher der Hauptstadt des Mitanni-Reiches soll sogar vor Wonne gestorben sein …«

»Klatschgeschichten«, grollte Amerotke. »Die Mitanni sind vor allen Dingen Krieger und Kämpfer, sie töten aus purer Lust am Blutvergießen.« Er beugte sich vor und strich Norfret sacht über die Wange. »Sollten sie jemals Theben einnehmen und dich gefangen nehmen, würdest du das vermutlich nicht sonderlich angenehm finden.«

Norfret zog fröstelnd die Schultern hoch.

»Lebend würde ich ihnen bestimmt nicht in die Hände fallen«, zischte sie. »Aber erinnere dich daran, verehrter Richter, dass du dich nicht mehr in der Halle der Beiden Wahrheiten befindest. Du wirkst bedrückt. Willst du mir nicht erzählen, was dir auf der Seele lastet?«

Amerotke lehnte sich auf seinem kleinen Diwan zurück.

»Im Anubistempel geht der Tod um«, begann er.

»Erzähl!«, drängte Norfret.

»Zuerst ist da diese Serie geheimnisvoller Todesfälle. Ein paar Schafe aus der Tempelherde sowie eine Reihe von Fischen wurden scheinbar grundlos vergiftet. Dann wurde ein Tanzmädchen in einem der Gartenpavillons tot aufgefunden. Sie hat allem Anschein nach nichts Schlechtes gegessen oder getrunken, aber der Arzt, den ich für einen scharfsinnigen, erfahrenen Mann halte, schließt aus den Muskelverkrampfungen, dass ihr trotzdem irgendein tödliches Gift verabreicht wurde. Aber wie, warum und von wem, das bleibt ein Rätsel. Dann haben wir Snefru, einen Angehörigen der Mitanni-Delegation. Er zieht sich in seine Kammer zurück und verriegelt Fensterläden und Tür. Als wir letztere aufbrechen, finden wir Snefru tot auf seinem Bett vor. Die Leiche zeigt dieselben Symptome wie die der *heset,* aber wir haben keine Ahnung, welches Gift verwendet wurde und wie der Mörder in die Kammer eindringen konnte.«

Er brach ab und blickte zu der Stadt hinüber, deren Lichter trotz des Nebels über dem Fluss deutlich zu erkennen waren.

»Und du hast wirklich keinerlei Erklärung für diese Todesfälle?«

»Nein. Aber das ist auch noch nicht alles. Hast du schon einmal von dem Reisenden Sinuhe gehört?«

»Natürlich. Ein begnadeter Geschichtenerzähler.«

»Allem Anschein nach hat er den verfallenen Bestempel ein Stück weiter nilabwärts aufgesucht. Dort wurde er umgebracht und seinen Leichnam hat man in den Nil geworfen. Die Krokodile machten sich über ihn her, ehe die Kinder des Nils ihn aus dem Wasser ziehen konnten. Wir wissen, dass Sinuhe ein Papyrusbuch besaß, in dem er seine Reisen bis in alle Einzelheiten beschrieben hat. Es enthält neue Routen durch die Wüste und wäre daher für die Kaufleute von Theben und das Haus des Silbers sehr nützlich. Unsere Schatzmeister würden nur allzu gern neue Handelswege und Karawanenpfade durch die Wüste erschließen oder Flotten über das Große Grün schicken, um mit Gewürzen, Gold, Silber und Edelsteinen zurückzukommen.«

»Und der göttliche Pharao?«

Der Hauch von Sarkasmus in Norfrets Stimme entging Amerotke nicht. Seine Frau ließ es Hatschepsut gegenüber nie am gebotenen Respekt fehlen, aber sie hatte ihre eigene Meinung über die selbst ernannte Herrscherin von Ägypten. Ihr war es nie ganz geheuer, wenn Amerotke in den Palast bestellt wurde.

»Sie ist eine Frau«, beharrte Norfret. »Sicher, sie ist der Pharao, eine Gottheit, die Inkarnation des Horus, und sie sonnt sich im Glanz des Ra, aber trotzdem ist und bleibt sie eine Frau. Ich vermute stark, dass die göttliche Hatschepsut ihren Charme und ihre Schönheit genauso bewusst einsetzt wie ihre Macht.«

Amerotke lächelte seiner Frau zu.

»Die göttliche Hatschepsut würde viel darum geben, ein solches Manuskript in die Finger zu bekommen. Sie hält die Priester unter der Knute, die Armee frisst ihr aus der Hand ...«

»Und sie würde es nur allzu gern sehen, dass ihr auch die Kaufleute zu Füßen liegen«, lachte Norfret. »Fahr fort.«

»Sinuhe beabsichtigte zweifellos, sich mit jemandem von Rang und Einfluss zu treffen. Er legte wenig Wert auf sein Äußeres, trotzdem trug er an jenem Tag sein bestes Gewand und teure Sandalen.«

»Er hatte aber auch verhindern wollen, dass jemand seinen Besucher zu Gesicht bekommt«, fügte Norfret hinzu. »Deswegen hat er sich mit ihm oder ihr an einem so abgelegenen Ort verabredet.«

»Ganz recht, Licht meines Lebens«, lächelte Amerotke. »Und derjenige, mit dem Sinuhe sich treffen wollte, ist auch der Mörder. Die Kinder des Nils behaupten, dass eine wie der Gott Anubis in einen schwarzen Lederschurz gekleidete, maskierte Gestalt in der Nähe des Tempels gesehen wurde. Sinuhe war ein Schwätzer und ein Prahlhans, aber kein Feigling. Er hätte sich nicht widerstandslos niedermetzeln lassen. Und doch ist er tot und sein Manuskript verschwunden.«

»Und die Pracht des Anubis?«, fragte Norfret. »Mir sind da gewisse Gerüchte zu Ohren gekommen ...«

»Ja, auf diese Angelegenheit kann ich mir überhaupt keinen Reim machen.«

Amerotke griff nach seinem Weinbecher und nippte daran.

»Unsere Söhne wären von diesem Rätsel begeistert«, meinte er nachdenklich. »Die Pracht des Anubis ist ein herrlicher Amethyst, der in einer Seitenkapelle des Tempels aufbewahrt wird. Es gibt keine Geheimeingänge, die einzige Tür ist gut verschlossen, und dahinter liegt ein breites Wasserbecken, das Eindringlinge abhalten soll. Ein Priester schließt sich des Nachts in der Kapelle ein, ein anderer wacht vor der Tür. Eine Tempeldienerin versorgt ihn mit Essen und Trinken. Der Hauptmann der Tempelwache geht auf dem Gelände Streife. In der bewussten Nacht war alles wie immer, niemand hat etwas Ungewöhnliches bemerkt. Und doch musste am nächsten Morgen die Tür zur Kapelle aufgebrochen werden. Der Priester, der drinnen Wache hielt, wurde erstochen aufgefunden, die Pracht des Anubis war verschwunden.«

»Besteht ein Zusammenhang zwischen den drei Verbrechen?«, wollte Norfret wissen.

»Vielleicht, vielleicht auch nicht.« Amerotke tippte mit den Fingernägeln gegen den Weinbecher. »Es ist möglich, dass die Mitanni dahinterstecken«, fuhr er fort. »Sie werden von einer Frau angeführt, die so verschlagen ist wie ein Mungo. Ich bin mir gar nicht so sicher, dass sie wirklich Frieden wünschen. Einer von ihnen könnte versuchen, Verwirrung zu stiften, um die Friedensverhandlungen zum Scheitern zu bringen. Aber wie und warum er dann diese Morde begeht, ist mir nicht ganz klar. Gut, der Tod von Snefru passt in das Schema. Aber die Tempeltänzerin? Welche Gefahr kann schon von einer *heset* aus dem Anubistempel ausgehen?«

»Man kann das Ganze auch von einer anderen Warte aus sehen.«

Norfret schob ein Alabastergefäß voll Öl zur Seite, um das Gesicht ihres Mannes besser sehen zu können.

»Vielleicht hat die göttliche Hatschepsut die Morde begangen oder zumindest angeordnet, um für Chaos zu sorgen. Vielleicht will sie Tuschratta dazu bringen, die Friedensverhandlungen abzubrechen, um einen Vorwand für einen neuerlichen Krieg zu haben, der ihr noch mehr Ruhm einbringen könnte.«

»Das ist möglich«, stimmte Amerotke zu. »Sie ist mindestens ebenso gerissen wie Wanef.«

»Oder Senenmut?«, meinte Norfret.

Amerotke schüttelte den Kopf.

»Nein, nein, das ist ein Mann von Ehre. Zwar ist er meiner Meinung nach durchaus imstande, zu morden, um seine Ziele zu erreichen, aber er will den Frieden. Er ist derjenige, der die göttliche Hatschepsut überzeugt hat, sich auf die Verhandlungen einzulassen ...«

»Im Ratssaal oder im Bett?«

Amerotke grinste. Er wollte gerade zu einer Antwort ansetzen, als er einen der Jungen weinen hörte. Schufoy tauchte am Fuß der Treppe auf und rief ihm zu, Chufu habe einen Albtraum gehabt.

»Die göttliche Hatschepsut könnte die Schuldige sein«, fuhr Amerotke fort. »Aber ich tippe eher auf die Mitanni. Sie könnten morden, um Angst und Schrecken zu verbreiten und um Tuschratta einen Grund zu geben, die Verhandlungen abzubrechen. Und zusätzlich machen sie den göttlichen Pharao lächerlich, indem sie die Pracht des Anubis und Sinuhes Manuskript stehlen.«

»Da stimme ich dir zu.« Norfret füllte ihren Becher. »Du hast mir erzählt, sie würden einen Hundegott anbeten. Der maskierte Mann, der in der Nähe des Nils gesehen wurde, könnte zu ihnen gehören. Sie würden bestimmt gern Sinuhes Manuskript an sich bringen und mit der Pracht des Anubis einen ihrer Tempel schmücken, aber wenn dem so wäre«, folgerte sie, »dann müssten sie einen Weg gewusst haben, wie man in die Kapelle gelangt.«

Amerotke starrte zum Himmel empor. Er war sicher, die Mörder von Nemrath und die Diebe des Amethysts zu kennen. Khety, Ita oder Tetiky. Waren sie von den Mitanni bestochen worden? Hatten die Mitanni ihnen geholfen, Mord und Gotteslästerung zu begehen? War Sinuhe deswegen zum Bestempel gegangen? Er hätte bestimmt zu verhindern gesucht, dass ein Mitanni in der Nähe seines Hauses gesehen wurde. Das würde auch die geheimnisvolle maskierte Gestalt bei den Ruinen erklären. Amerotke schlug sich mit der Faust auf den Schenkel.

»Es muss doch eine logische Erklärung geben«, murmelte er.

Norfret erhob sich und kam zu ihm herüber.

»Die Schlüssel für die Kapelle – wo wurden die aufbewahrt?«

»Es gibt nur einen. Als die Tür aufgebrochen wurde, hing er immer noch am Gürtel des ermordeten Priesters.«

Norfret lächelte. Sie streckte eine Hand aus und zeichnete mit der Fingerspitze leicht Amerotkes Züge nach.

»Du versinkst wieder in Grübeleien, nicht wahr? Du wirst die ganze Nacht hier sitzen, bis sich der Himmel verfärbt und der Atem des Amun den Morgen ankündigt.« Sie ließ eine Hand unter sein Gewand gleiten. »Warum kommst du nicht mit mir in meinen ganz privaten Gerichtssaal? Wir könnten einige interessante Dinge besprechen …«

Amerotke küsste sie leicht auf die Lippen.

»Versuchst du mich zu bestechen?«

»Aber nicht doch, edler Richter.« Norfrets Lider flatterten unschuldig.

»Dazu besteht nämlich überhaupt kein Anlass«, flüsterte Amerotke.

»In diesem Fall«, Norfret machte es sich auf dem Diwan bequem, »erkläre ich die Verhandlung für eröffnet.«

Auch der Herold Weni hatte sich an diesem Abend mit einer jungen Tänzerin vergnügt, die heimlich in seine Kammer geschlüpft war. Sie hatten gemeinsam einen Krug Wein geleert, dann hatte Weni mit ihr getanzt … Nun war sie fort, und er hatte eine Aufforderung ganz anderer Art erhalten. Weni legte einen Umhang um und zog sich die Kapuze über den Kopf. Er blickte sich in der unordentlichen Kammer um und spritzte sich noch einmal etwas Wasser in sein erhitztes Gesicht. Er hatte zu viel Wein getrunken und war von den Anstrengungen der letzten Stunden erschöpft. Nichtsdestotrotz musste er dem Befehl nachkommen. Er hob den kleinen Sykomorenzweig auf, der zusammen mit einem Tamarindenblatt unter seiner Tür hindurchgeschoben worden war – das vereinbarte Zeichen, sich am verabredeten Ort zu treffen. Das Horn verkündete den Beginn der dritten Wache dieser Nacht. Im Tempel und in den Gärten würde jetzt alles ruhig sein.

Weni öffnete die Tür und huschte in den Gang hinaus. Das Häuschen, das er sich mit Mareb und einigen Schreibern vom Haus des Friedens teilte, lag in tiefer Stille da. Vor Marebs Tür blieb er stehen und stieß sie einen Spalt weit auf. Der andere Herold lag fest schlafend auf dem Bett. Kleider und Sandalen hatte er in einem wüsten Haufen auf den Boden geworfen. Weni grinste und schlich die Treppe hinunter. Der alte Pförtner unten an der Tür blinzelte ihn aus wässrigen Augen an.

»Du gehst noch spät aus, Herr«, krächzte er.

»Ich kann nicht schlafen«, gab Weni zurück.

Er öffnete die Tür. Die Nachtluft war kühl, aber erfüllt vom Duft nach Sandelholz und Myrrhe von den Opferstöcken sowie dem Geruch von geröstetem Fleisch, der aus den Tempelküchen hinüberwehte. Weni eilte über das Gras. In der Ferne erklang Hundegeheul. Der Mond hing wie eine silberne Scheibe am Himmel, Vögel flatterten zwitschernd in den Bäumen umher, und in den heiligen Seen quakten die Frösche aus vollem Halse. Gelegentlich blieb Weni stehen, um sich zu vergewissern, dass ihm niemand folgte. Er drang tiefer in die Gärten vor, vorbei an Weinreben und Obstbäumen, bis er ein kleines Wäldchen aus Sykomoren und Tamarindenbäumen erreichte. Dort kauerte er sich nieder und wartete. Die Zeit verstrich. Weni wurde ungeduldig. Er wollte sich gerade wieder aufrichten, als ein kleiner Kieselstein vor seinen Füßen landete.

»Bist du da?«, rief er in die Dunkelheit.

»Natürlich. Ich war schon hier, ehe du gekommen bist.«

»Warum hast du mich dann so lange warten lassen?«

»Ich musste sichergehen, dass dir niemand folgt. Du würdest mich doch nicht verraten, Weni, nicht wahr? Die

Ägypter sind misstrauisch geworden. Erst der Diebstahl der Pracht des Anubis, dann diese entsetzlichen Morde ...«

Weni spitzte die Ohren. Wer immer da auch mit ihm sprach, er verstellte seine Stimme. Weni konnte nicht erkennen, ob es sich um einen Mann oder eine Frau, einen Ägypter oder einen Mitanni handelte.

»Nun gut«, fuhr die Stimme im Plauderton fort. »Wir hatten eine Abmachung getroffen, Weni, weißt du noch? Hast du Sinuhes Manuskript in Sicherheit gebracht?«

Weni schluckte hart. Sein Mund wurde trocken.

»Weni, Weni«, schnurrte die Stimme. »Wem würdest du diesen Schatz wohl verkaufen, den Ägyptern oder den Mitanni? Und vergiss nicht die Nubier und Libyer auf den Märkten. Sie würden dir sicher auch einen guten Preis bezahlen.«

»Das Manuskript ist in Sicherheit«, murmelte Weni.

»Weißt du eigentlich, wie sehr ich dein Familiengrab bewundere, Weni?«

»Was hat das denn mit unserer Abmachung zu tun«, stotterte Weni. »Dort liegt meine Frau begraben.«

»Und dort ist auch das Manuskript, nicht wahr? Wer käme schon auf die Idee, eine Grabstätte zu durchsuchen?«

»Hör auf, dich über mich lustig zu machen.«

»Aber Weni! Für wen arbeitest du eigentlich wirklich? Du bist zur Hälfte Mitanni. Stehst du in den Diensten der göttlichen Hatschepsut oder von Tuschratta? O ja, ich weiß, dass du als Spion giltst. Soll ich dir ein kleines Geheimnis verraten? Ich glaube, Weni arbeitet ausschließlich für sich selbst.« Ein leises Kichern ertönte. »Aber vergiss eines nicht, Weni: Ich kenne all deine kleinen Geheimnisse. Nimm zum Beispiel deine Frau. Die Leiche ihres Geliebten modert immer noch unter diesem Felsblock im Bestempel vor sich hin. Und dann die ganzen tödlichen Unfälle. Deine Verbindung zum Krokodilmann. Deine Betrügereien und Täuschungsmanöver; auch die Pracht des Anubis dürfen wir nicht vergessen. Dazu komme ich später. Du bist nichts als eine Hure, Weni, eine Hure, die sich meistbietend verkauft.«

»Ich kann den Amethyst jederzeit liefern«, stammelte Weni. »Wann du willst.«

»Oh, wir brauchen ihn jetzt noch nicht. Wie sieht es denn mit Informationen aus, Weni? Was hat dir der Steinmetz Senenmut anvertraut? Welche Absichten verfolgen die Ägypter? Wollen sie Krieg oder Frieden?«

»Ich weiß es nicht. Du bringst mich ganz durcheinander. Erst das Manuskript und dann all diese Fragen …«

»Still jetzt!«

Weni erstarrte.

»Hast du das gehört?«, fragte die Stimme.

»Ich sollte jetzt besser gehen.« Weni wich zurück.

»Nein, wir werden heute Nacht noch eine Vereinbarung treffen. Hör zu«, fuhr die Stimme ernst fort, »wir verschwinden jetzt von hier. Ich fühle mich hier nicht mehr sicher.«

»Wo gehen wir hin?« Weni verzog besorgt das Gesicht.

»In die Nähe des Hundegeheges. Dort steht am Rand eines Stückchens Brachland eine große Steineiche. Keine Menschenseele verirrt sich dorthin. Ich werde mich bemerkbar machen und dann kommen wir zum Geschäft.«

»Aber die Wächter?«, gab Weni zu bedenken.

»Mach dir keine Sorgen«, schnurrte die Stimme. »Zähl bis hundert, und dann folge mir. Nicht eher.«

»Was geschieht, wenn ich aus dem Geschäft aussteige?« Weni bekam es mit der Angst zu tun. Er war müde, leicht betrunken und das, worauf er sich eingelassen hatte, behagte ihm immer weniger.

»Das würde ich dir nicht raten, Weni. Du bist in den Mord an Sinuhe und den Diebstahl seines Manuskripts verwickelt, von der Pracht des Anubis und den anderen Morden ganz zu schweigen. Ich kann alles beweisen. Wenn die göttliche Hatschepsut zu dem Schluss kommt, dass dir nicht länger zu trauen ist, an wen kannst du dich dann wenden? Und wenn ich den Mitanni verrate, wer du wirklich bist, dann hast du von ihnen auch keine Hilfe zu erwarten. Nein, nein, ich erwarte dich also bei der Steineiche.«

Der vor Angst zitternde Weni hörte ein leises Rascheln.

Er begann zu zählen. Zwar vertat er sich ein paar Mal, aber schließlich langte er bei hundert an und machte sich auf den Weg. Hier und da war das Tempelgelände von Fackeln erleuchtet. Je näher er der Steineiche kam, desto lauter wurde das Gekläff der Hunde. Weni fröstelte. Er wollte Schätze für sein Grab zusammentragen, so hatte das Ganze überhaupt erst begonnen. Sein geheimnisvoller Besucher war kurz nach der Ankunft der Mitanni in Theben an ihn herangetreten. Es hatte Weni zutiefst entsetzt, dass der Unbekannte alles über seine geheimen Machenschaften zu wissen schien. Er hatte keine andere Wahl gehabt, als sich auf den Handel einzulassen, und das Angebot war ja auch wirklich verlockend gewesen.

Weni erreichte die Steineiche, deren mächtige Zweige den Beinen einer überdimensionalen Spinne glichen. Er schrak zusammen, als er ein Geräusch im Unterholz hörte, und blickte sich furchtsam um. Er konnte das Hundegehege schon sehen. Die Tiere verhielten sich mit einem Mal merkwürdig still. Weni bemerkte ein paar Pfützen, die im Mondlicht schimmerten. Er drehte sich um, blieb dann jedoch wie erstarrt stehen.

Pfützen? Es hatte doch überhaupt nicht geregnet! Er sah genauer hin. Irgendjemand schien vom Tor des Geheges bis zur Eiche hin eine Wasserspur gelegt zu haben. Weni trat einen Schritt vor, bückte sich und berührte die Flüssigkeit, dann schnupperte er an seiner Hand. Das war kein Wasser, sondern Blut! Wieder erklang das Geheul der heiligen Meute, diesmal allerdings viel näher. Weni sprang auf. Ein Hund war vor ihm aufgetaucht, er konnte den schwarzen Schatten im Mondlicht deutlich erkennen. Andere scharten sich um ihn. Wo waren die Wächter? Wo der Hundeheger? Wie kam es, dass die Tiere sich außerhalb ihres Geheges aufhielten? Wie in einem Albtraum gefangen starrte Weni den Hund an, der auf ihn zuschlich, dann löste er sich aus seiner Erstarrung und floh in die Dunkelheit, verfolgt von der bedrohlich knurrenden Meute des Anubis.

ANUBIS wird in der Farbe Schwarz dargestellt,
dem Symbol der Wiedergeburt.

SIEBENTES KAPITEL

Das Gemetzel im Anubistempel flößte Amerotke tiefes Entsetzen ein. Asural und Prenhoe hatten ihn kurz vor Tagesanbruch geweckt und ihm mitgeteilt, dass die heilige Meute aus ihrem Gehege entkommen war. Amerotke verrichtete hastig seine Waschungen, kleidete sich an und eilte mit einem missvergnügten Schufoy im Schlepptau in die Stadt. Der Hundeheger erwartete sie bereits, sein Gesicht war totenblass vor Angst. Das Tempelgelände wimmelte von Bogenschützen, Angehörigen der Kobraschwadron des Ibis-Regiments. Senenmut erteilte ihnen mit zusammengepressten Lippen Anweisungen. Dann fasste er Amerotke am Ellbogen und zog ihn in einen Säulengang.

»Was du gleich sehen wirst, wird dich glauben machen, die Zeit der Hyäne sei wieder angebrochen.«

Er führte Amerotke in die Gärten hinaus. Unter einer Zeder lagen blutgetränkte Bündel; zerfetzte Leichen, die man mit Tüchern zugedeckt hatte. Amerotke zuckte zusammen, als sein Blick auf eine abgetrennte Hand fiel. Überall lagen tote Hunde herum. Sie wirkten im Tod noch genauso gefährlich wie im Leben. Pfeile staken in ihrer Brust, und zur Sicherheit waren ihnen obendrein die Kehlen durchgeschnitten worden. Blut sickerte aus ihren geöffneten Schnauzen.

»Mögen die Götter sich unser erbarmen«, murmelte Amerotke.

Senenmut deutete auf die Hundeleichen.

»Überall auf dem Tempelgelände sind sie herumgelaufen. Zwei von den Bestien konnten sogar bis in die Stadt gelangen. Die Bogenschützen machen immer noch Jagd auf sie.«

»Wie konnte das denn nur passieren?«

Amerotke brach ab, als Mareb auf sie zugeeilt kam, mit unrasiertem Gesicht und unordentlicher Kleidung. Mit dem eleganten Herold vom Vortag hatte er nichts mehr gemein.

»Was gibt es Neues von den Mitanni?«, fragte Senenmut.

»Sie wagen nicht, ihre Unterkünfte zu verlassen, und sie bestehen darauf, zur Oase der Palmen zurückzukehren, um sich mit König Tuschratta zu beratschlagen. Sie behaupten, sie wären hier nicht sicher.«

»Die Hunde haben sie aber doch nicht angegriffen, oder?«, fragte Amerotke.

»Nein, ihnen ist nichts geschehen«, erwiderte Mareb. »Aber Wanef wies mehrfach darauf hin, dass es zu ihren Gewohnheiten gehört, kurz vor Morgengrauen aufzustehen und in einem der Wäldchen ihren Göttern zu opfern.«

»Das haben sie aber heute nicht getan, nicht wahr?«

Mareb schüttelte den Kopf.

»Der Vorfall ereignete sich im dritten Viertel der Nacht.« Er lächelte verlegen. »Aber ich kann ihre Besorgnis verstehen. Wenn sie sich im Freien aufgehalten hätten, hätte keiner von ihnen überlebt. Sie meinen, der Anschlag hätte ihnen gegolten.«

»Bedeutet das das Ende der Verhandlungen?«, erkundigte sich Amerotke besorgt.

Senenmut winkte ab.

»Nein, ich denke, sie tappen ebenso im Dunkeln wie wir. Wir lassen sie zur Oase zurückkehren. Nun«, Senenmut bedeutete dem Herold, näher zu treten, »hast du den Hundeheger schon befragt?«

»Seiner Aussage zufolge war alles in Ordnung. Das Tor zum Gehege war verschlossen und verriegelt. Ein Wachposten stand davor. Soweit ich weiß, wurde er getötet, dann nahm sein Mörder ihm den Schlüssel ab und öffnete damit das Tor.«

»Wie konnten die Hunde denn wissen, dass das Tor offen war?«, fragte Amerotke.

»Oh, das ist ganz einfach. Der Täter hat den Leichnam des Wachpostens auf den Torweg geworfen. Außerdem hat er einen Schlauch mit Blut aus dem Tempel geholt und auf dem Boden rund um das Tor verschüttet.«

»Natürlich«, unterbrach Senenmut. »Die Hunde haben das Blut gewittert und sind der Spur gefolgt.«

»Wie viele Menschen sind ihnen denn zum Opfer gefallen?«, wollte Amerotke wissen.

»Zu viele. Zwei Tanzmädchen sind offenbar in einem der Gartenpavillons eingeschlafen, haben den Aufruhr gehört und waren dann dumm genug, ins Freie zu gehen. Einige der Wächter in den äußeren Bezirken des Tempels konnten sich ebenfalls nicht rechtzeitig in Sicherheit bringen.«

Senenmut geleitete sie zu den verhüllten Leichen hinüber und zog mit einem Ruck eines der Tücher weg. Amerotke wandte sich ab und schlug die Hände vor den Mund. Er konnte Wenis Züge kaum noch erkennen, so stark waren Gesicht und Körper zerfleischt. Senenmut deckte den Leichnam wieder zu. Sie warteten, bis Mareb, der davongestürzt war, um sich geräuschvoll zu übergeben, zurückkam und sich mit dem Handrücken über den Mund wischte.

»Dann wollen wir uns einmal das Hundegehege ansehen.«

Das Tor war verschlossen und gut bewacht. Der Befehlshaber der Kobraschwadron hatte seine Bogenschützen mit schussbereiten Waffen davor postiert. Ein sehr betreten dreinblickender Hundeheger saß unter der Steineiche. Er erhob sich und trat mit gesenktem Kopf auf die Männer zu.

»Wie viele Hunde sind getötet worden?«, wollte Senenmut wissen.

»Die Meute bestand aus vierunddreißig erwachsenen Tieren und einigen Welpen. Sechzehn sind erschossen worden, zwei wurden verletzt. Ich musste ihnen die Kehle durchschneiden.«

»Jetzt verhalten sie sich ja ganz ruhig«, stellte Amerotke fest.

»Ich habe ein Pulver in ihr Trinkwasser gemischt«, erklärte der Hundeheger. »Sie haben gejagt, sie haben gefressen, und für den Rest des Tages werden sie schlafen. Wesir Senenmut, der Tempel wird eine Entschädigung fordern.«

»Wie konnte so ein Unglück überhaupt geschehen?«, fragte Amerotke.

»Viel weiß ich auch nicht.« Der Hundeheger rieb seine rot geränderten Augen. »Irgendjemand kam her und tötete den Wachposten. Von dem ist auch nicht viel übrig geblieben.«

»War er unaufmerksam? Hat er vielleicht seinen Posten einmal verlassen?«

»Nein, er war ein guter Mann, ein erfahrener Soldat«, erwiderte der Hundeheger. »Ich begreife es einfach nicht. An den Überresten seines Körpers habe ich keine Pfeilwunden gefunden, außerdem ist nur ein sehr guter Bogenschütze in der Lage, im Dunkeln und aus solcher Entfernung sein Ziel zu treffen. Wenn sich der Täter aber dem Tor genähert hätte ...« Er brach ab.

»Dann hätte der Wachposten ihn bemerkt und aufgehalten«, beendete Amerotke den Satz für ihn.

»Ja. Er war gut ausgebildet und wurde für seine Aufgabe sehr gut bezahlt.«

»Fahr fort«, befahl Senenmut.

»Der Mörder hat dem Wächter dann den Schlüssel abgenommen.« Der Hundeheger deutete auf das Tor. »Er schloss auf und zerrte den Leichnam in das Gehege.« Er wies auf die rostbraunen Flecken auf dem harten Boden. »Danach hat er hier Blut verschüttet und eine Spur bis zur Steineiche gelegt.«

»Hat er sich dadurch nicht selbst in große Gefahr gebracht?«

»Nein, Richter Amerotke, denn es dauert eine Weile, bis die Hunde das Blut wittern, und selbst dann verhalten sie sich zuerst vorsichtig und zurückhaltend. Hast du jemals gesehen, wie sich eine solche Meute für die Jagd rüstet? Die Tiere folgen einem genau festgelegten Ritual. Doch wenn der Leithund erst einmal das Signal gegeben hat, sind sie nicht mehr zu halten. Sie haben sich über das ganze Tempelgelände verstreut. Ihr Gebell und die Schreie ihrer Opfer weckten mich und einige der Tempelwächter, aber wir konnten nicht viel ausrichten. Wir schickten einen Boten zum Kommandanten der nächstgelegenen Garnison. Von dort trafen Bogenschützen und Infanteriesoldaten mit Fackeln ein. Diese Hunde fürchten sich vor nichts außer vor dem Feuer. Den Rest kennst du.«

»Ich verstehe, wie die beiden *heset* und die Wächter den Tieren zum Opfer fallen konnten«, wandte sich Amerotke an Mareb. »Aber wieso wanderte Weni in den frühen Morgenstunden im Freien herum?«

»Ich habe den Pförtner danach gefragt«, erwiderte der Herold. »Anscheinend hat sich Weni gestern Abend mit einer Hure vergnügt. Vielleicht hat er zu viel getrunken und ist in den Garten gegangen, um wieder einen klaren Kopf zu bekommen.«

»Hast du ihn fortgehen hören?«

»Ich glaube schon«, antwortete Mareb. »Ich lag halb schlafend auf dem Bett, und plötzlich öffnete sich die Tür einen Spalt, so, als wollte Weni nach mir sehen, ehe er das Haus verließ.«

»Warum sollte er das tun?«, fragte Amerotke.

Mareb schüttelte nur hilflos den Kopf. Amerotke dankte beiden, dann entfernte er sich mit Senenmut. Die Sonne brannte inzwischen heiß vom Himmel. Das Tempelgelände wimmelte jetzt von Dienern, die die Leichen fortschafften und die Spuren des Gemetzels beseitigten. Das tägliche Ritual war auf grausame Weise gestört worden; kein Gesang klang aus den Kapellen herüber, und auch das Morgenopfer war ausgefallen. Amerotke und Senenmut betraten den Tempel durch eine Seitentür und nahmen in einem der kühlen Gänge Platz.

»Alle werden sie vor Wut schäumen«, stöhnte Senenmut. »Die göttliche Hatschepsut, Wanef, Tuschratta, die Hohen Priester des Tempels. Die göttliche Hatschepsut wird eine Erklärung verlangen.«

»Auch unser Pharao wird sich in Geduld üben müssen, Senenmut.«

»Deine Ermittlungen haben also noch nichts Neues ergeben?«

»Leider nicht. Fest steht nur, dass der Priester Khety, die

Tempeldienerin Ita und der Hauptmann der Tempelwache Tetiky des Diebstahls der Pracht des Anubis verdächtig sind. Aber lassen wir das erst einmal. Was glaubst du, warum die Hunde freigelassen worden sind?«

»Um Verwirrung zu stiften? Oder um Angst und Schrecken unter den Mitanni zu verbreiten?«

»Möglich«, entgegnete Amerotke. »Aber warum hielt sich Weni des Nachts im Garten auf? Hast du dafür eine Erklärung?«

Der Richter starrte ein in Rot und Grün gehaltenes Bild des Pharaos in seinem Streitwagen an.

»Ich vermute, Weni wurde in den Garten bestellt, um sich dort mit seinem Mörder zu treffen.«

»Aber warum?«, fragte Amerotke.

»Da muss ich raten. Weni war der persönliche Herold der göttlichen Hatschepsut, nicht wahr? Trotzdem gelang es ihm, die Mitanni davon zu überzeugen, dass er in Wirklichkeit für sie arbeitete, mit anderen Worten: dass er ein Spion, ein Verräter war. Vielleicht hat jemand herausgefunden, dass das nicht stimmte.«

»Und deswegen musste er sterben«, folgerte Amerotke. »Deswegen haben sie ihn eiskalt ermordet.«

»Sie?« Senenmut zwinkerte verwirrt.

»Ich weiß nicht, mit wie vielen Mördern wir es zu tun haben«, entgegnete Amerotke. »Auf jeden Fall wurde Weni zu dem Hundegehege gelockt, und dann wurden die Tiere freigelassen, um ihn zu töten und um im Tempel für Aufruhr zu sorgen.«

Senenmut wollte gerade etwas erwidern, als sich die Tür öffnete. Wanef, Hunro und Mensu traten ein. Sie hatten sich die Zeit genommen, kostbare Gewänder anzulegen und ihre Gesichter sorgfältig einzuölen. Anscheinend wollten sie damit verdeutlichen, dass die Ereignisse der vergangenen Nacht sie nicht sonderlich berührten. Senenmut und Amerotke erhoben sich.

»Wesir Senenmut.« Wanef verzog die Lippen zu einem Lächeln, doch ihre Augen blickten hart. »Ich möchte jetzt nicht mit dir über die jüngsten Ereignisse diskutieren, aber du wirst mir zustimmen, dass es so nicht weitergehen kann. Wir wollen zur Oase der Palmen zurückkehren. Wir müssen König Tuschratta Bericht erstatten und seinen Rat einholen.«

»Wollt ihr die Verhandlungen abbrechen?«

»Muss ich mich ständig wiederholen? Wir wollen uns mit König Tuschratta beraten. Er wird einen Beweis für den guten Willen Ägyptens verlangen.« Ihr Blick wanderte zu Amerotke.

»Und zum Zeichen unseres guten Willens und um zu bezeugen, dass wir die Wahrheit sprechen«, Senenmut berührte Amerotke leicht am Arm, »werden der Richter Amerotke und Herold Mareb euch begleiten.«

Wanef deutete eine flüchtige Verbeugung an.

»Ich bin einverstanden. Sprecht der göttlichen Hatschepsut zum Tod ihres Herolds bitte unser aufrichtiges Beileid aus. Auch wir betrauern einen Mann, in dessen Adern zum Teil unser Blut floss.« Sie lächelte dünn. »Er muss ja ein viel beschäftigter kleiner Bursche gewesen sein.«

»Was willst du damit sagen?«, fragte Senenmut.

»Wir fragen uns, warum ein Herold mitten in der Nacht in den Gärten des Anubis herumspaziert«, meldete sich Mensu zu Wort.

Senenmut zuckte nur die Achseln.

»Ein bedauerlicher Unfall«, murmelte er. »Das Hundegehege wird ab jetzt besser bewacht. So etwas soll nicht noch einmal vorkommen.«

Wanef verließ mit ihren Begleitern den Tempel. Amerotke lehnte sich gegen eine Säule.

»Ich bin Richter in der Halle der Beiden Wahrheiten, kein Abgesandter aus dem Haus des Friedens.«

»Trotzdem musst du zur Oase der Palmen gehen«, beharrte Senenmut. »Wir brauchen jemanden, dem wir vertrauen können – und von dem Tuschratta weiß, dass wir ihm vertrauen. Du hast ein scharfes Auge für Menschen und einen ebenso scharfen Verstand. Vielleicht findest du etwas heraus. Wirst du also gehen?«

Seufzend erklärte sich Amerotke einverstanden.

»Die Mitanni sind nervös«, meinte Senenmut. »Sie möchten unsere Streitwagenschwadronen bestimmt nicht in ihrer Nähe sehen. Aber du bist dort sicher, Boten sind ihnen heilig.«

»War Weni zur Hälfte Mitanni?«, fragte Amerotke.

»Ja, von der mütterlichen Seite her, glaube ich.«

»Er bewohnte hier im Tempel eine Kammer?«

»Ja, außerdem besaß er ein Haus in der Stadt.«

»Dann will ich deine Zeit nicht länger in Anspruch nehmen.« Amerotke verneigte sich und trat ins Freie.

Schufoy, Prenhoe und Asural warteten im Schatten eines der Pylone am Haupteingang des Tempels. Er rief sie zu sich, fragte einen Diener nach dem Weg und führte seine Begleiter durch den Garten zu einem kleinen Haus, in dem Weni eine Kammer im oberen Stock bewohnt hatte. Die Tür war unverschlossen. Amerotke ging hinein. Schufoy öffnete ein Fenster, und sie begannen, den Raum zu durchsuchen.

»Was hoffst du eigentlich hier zu finden, Herr?«

»Die Wahrheit, wie immer sie auch aussehen mag.«

Er hielt inne, als es an der Tür klopfte. Senenmut trat ein.

»Ich dachte, es wäre alles gesagt worden«, bemerkte Amerotke.

»Ja, aber mir geht der Diebstahl der Pracht des Anubis nicht aus dem Kopf. Sollten wir nicht den Priester Khety und die anderen verhaften?«

»Mit welcher Begründung?«, gab Amerotke zurück. »Es liegt nicht der Hauch eines Beweises gegen sie vor. Nein, besser, wir lassen sie sich noch eine Weile in Sicherheit wiegen.«

Senenmut zog sich zurück, die anderen setzten ihre Suche fort.

»Weni trank letzte Nacht eine beträchtliche Menge Wein«, bemerkte Schufoy, auf einen leeren Krug deutend. Dann hob er ein Armband auf. »Und er war nicht allein.«

Prenhoe spähte unter das Bett.

»Letzte Nacht träumte ich, ein Adler würde mich über das Rote Land tragen ...«

»Nichts gegen deine Adler, Prenhoe«, unterbrach Amerotke ihn scharf, »aber hast du etwas entdeckt?«

Prenhoe zog eine kleine Truhe aus Sykomorenholz und ein schlammverschmiertes Bündel unter dem Bett hervor. Amerotke nahm die Truhe, stellte sie auf das Bett und öffnete sie. Sie enthielt Siegel, die die Herolde bei sich trugen: Hatschepsuts königliche Kartusche, die ihrem Träger freies Geleit zusicherte und ihm erlaubte, im Namen des Pharaos zu handeln. Amerotke nahm ein weiteres Siegel heraus. Es war oval geformt, grün gefärbt und zeigte auf der einen Seite einen bewaffneten Skorpion, auf der anderen eine Schlange.

»Das stammt nicht aus Ägypten, nicht wahr?«

Er reichte das Siegel an Asural weiter.

»Die Mitanni verwenden solche Abzeichen«, erklärte dieser.

Amerotke leerte den restlichen Inhalt der Truhe auf dem Bett aus. Dabei entdeckte er einen Dolch.

»Rasch!«, befahl er Prenhoe. »Lauf zu Wesir Senenmut. Ich möchte den Dolch sehen, mit dem der Priester Nemrath erstochen wurde.«

Prenhoe eilte davon. Amerotke sah die restlichen Sachen durch: Ringe, Armbänder, Papyrusstückchen, die jedoch nicht weiter aufschlussreich waren. Er nahm den Dolch in die Hand und musterte die scharfe Klinge und den Griff in Form eines Hundes. Prenhoe kehrte mit dem Dolch zurück, mit dem Nemrath getötet worden war. Er war mit dem identisch, den der Richter in der Hand hielt.

»Was hast du, Herr?«

Amerotke wog die Dolche in den Händen.

»Schufoy, du kennst dich doch auf dem Markt aus. Werden Dolche wie diese oft paarweise verkauft?«

»O ja. Du kannst auch einen ganzen Satz erwerben; drei, vier oder noch mehr.«

Amerotke warf die Messer auf das Bett zurück.

»Ich habe mich in Bezug auf Khety und die anderen geirrt. Dem Beweismaterial zufolge war der Herold Weni in den Diebstahl der Pracht des Anubis verwickelt. Dieser Dolch ist das Gegenstück zu dem, mit dem Nemrath getötet wurde.«

Er öffnete das schlammverschmierte Bündel, das Prenhoe ebenfalls unter dem Bett hervorgezogen hatte, und entnahm ihm ein Paar Sandalen von der Art, wie die Soldaten sie trugen, mit dicker Sohle und Knöchelriemen. Unter der Sohle klebte Schlamm. Er schnupperte daran und stellte die Sandalen auf den Boden.

»Asural, schau dir das an. Was glaubst du, wo deren Träger gewesen ist?«

Der Kommandant der Tempelpolizei untersuchte die Sandalen sorgfältig.

»Das ist Nilschlamm«, erklärte er.

»Gut.« Amerotke setzte sich auf einen Stuhl. »Schufoy, geh auf den Markt. Nimm diesen Dolch mit und versuche, den Händler zu finden, der sie verkauft. Asural, Prenhoe, ihr erkundigt euch, wo Weni sein Haus hat, und durchsucht es vom Keller bis zum Dach. Später am Nachmittag muss ich mit Mareb zur Oase der Palmen gehen. Nein, Schufoy, sag nichts! Du kannst nicht mitkommen. Du berichtest Norfret, wo ich hingegangen bin und dass es mir gut geht. Ich wäre euch allen dankbar, wenn ihr so schnell wie möglich zurückkommen würdet.«

Sowie seine Gefährten den Raum verlassen hatten, atmete Amerotke erleichtert auf und schloss die Tür. Seine Knochen schmerzten, sein Kopf dröhnte, und er fühlte sich matt und elend. Hoffentlich hatte er sich nicht bei Ahmose angesteckt.

»Bilde ich mir wieder nur etwas ein?«, murmelte er in den leeren Raum hinein. Norfret neckte ihn ständig damit, dass er Dinge sah, die gar nicht existierten.

Eigentlich müsste er schon längst wieder in der Halle der Beiden Wahrheiten sein, aber die anstehenden Fälle würden warten oder an niedere Gerichte und andere Richter verwiesen werden müssen. Amerotke versuchte, seine Kopfschmerzen zu ignorieren. Was haben all diese Vorfälle gemeinsam?, rätselte er. Ein verschwundener Amethyst. Der Tod eines Tanzmädchens. Tote Fische und Schafe im Anubistempel. Der Mord an Snefru. Das grausame Ende des Herolds Weni. Die Sicherstellung von Beweismaterial, das darauf hindeutete, dass Weni nicht der war, der er zu sein vorgab.

Wenn ich nur die Verbindung finden könnte, dachte Amerotke. Er legte sich auf das Bett, um in Ruhe nachzudenken Was sollte er Tuschratta sagen? Warum bestand Wanef so dringend darauf, zu ihrem König zurückzukehren? War das nur eine diplomatische Geste? Amerotkes Lider wurden schwer und er fiel in einen tiefen Schlaf. Asural und Prenhoe weckten ihn. Beide beugten sich besorgt über ihn.

»Wir dachten schon, es wäre wieder etwas geschehen«, schnaufte der Kommandant der Tempelpolizei.

Amerotke setzte sich auf und rieb sich die Augen.

»Wie lange wart ihr weg?«

»Fast zwei Stunden. Und wir haben gefunden, was du wolltest.«

Asural leerte den Inhalt eines Lederbeutels auf den Boden. Amerotkes Augen weiteten sich vor Erstaunen. Vor ihm lagen eine schwarzgoldene Anubismaske, ein lederner Kriegsrock und eine kleine, abgewetzte Ledertasche. Asural griff hinein und zog ein Stück Papyrus heraus.

»Lies selbst, was darauf steht.«

Amerotke bemerkte, dass der Papyrus alt und ziemlich trocken war; die Sorte, die die Schreiber benutzten, wenn sie ein Dokument aufsetzten. Der Bogen war mit merkwürdigen Hieroglyphen und Symbolen bedeckt. Amerotke erkannte das Wort *Sinuhe.*

»Habt ihr sonst noch etwas gefunden?«

Asural zog ein langes Gesicht. »Ist das denn nicht genug?«

»Wozu brauchte Weni eine Anubismaske und einen schwarzledernen Kriegsrock?«, fragte Prenhoe. »Wurde nicht eine so gekleidete Gestalt beim alten Bestempel gesehen, wo Sinuhe ermordet worden ist?«

»Das ergibt einen Sinn«, stimmte Amerotke zu. »Weni benutzte Maske und Rock, weil er so sowohl für einen Ägypter als auch für einen Mitanni gehalten werden konnte. Er muss Sinuhe zu diesem abgelegenen Ort bestellt und dort umgebracht haben. Diese Tasche gehörte Sinuhe, aber sein Manuskript ...«

Asural schüttelte den Kopf.

»Das konnten wir nirgendwo entdecken. Weni war ein merkwürdiger Kauz. Sein Haus enthielt kaum persönliche Gegenstände.«

»Er war ein Herold«, hielt Amerotke dagegen. »Ständig unterwegs.«

»Wir haben einen Nachbarn befragt«, mischte sich Prenhoe ein. »Er sagte, gestern Morgen habe eine seltsam aussehende Frau Wenis Haus betreten. Er konnte sie nicht beschreiben, hat aber eine eingeölte Perücke und einen bunten Schal erkannt. Der Nachbar wünschte ihr einen guten Tag und die Fremde erwiderte etwas in einer gutturalen Tonart ...«

»Wanef!«, entfuhr es Amerotke.

»Möglich. Der Nachbar hielt sie für eine Ausländerin.«

»Ein schwatzhafter Geselle«, erklärte Asural. »Ich fragte ihn über Wenis Gewohnheiten aus, wofür er sein Geld ausgab, wie er seine freie Zeit verbrachte und so weiter. Wie es aussieht, galt Wenis Interesse einzig und allein dem Grab, das er für sich und seine verstorbene Frau gekauft hat, er sprach ständig davon. Laut Aussage des Nachbarn hat Weni es häufig besucht und viel Geld in die Ausstattung gesteckt.«

Amerotke erhob sich. Er fühlte sich erfrischt und konnte wieder klar denken.

»Es sieht so aus, als ob sich unser Weni möglichst schnell die Taschen füllen wollte«, meinte er. »Er mag ja Hatschepsuts Herold gewesen sein, aber er hat sich auch von den Mitanni bestechen lassen, die Pracht des Anubis und Sinuhes Manuskript zu stehlen. Zumindest deuten die Beweise darauf hin.«

Der Richter nagte an seiner Unterlippe. Er kannte viele

Menschen wie Weni, deren einziges Lebensziel der Kauf und die Ausgestaltung einer Grabstätte war. Der zunehmende Wohlstand der Kaufleute, Höflinge und hochrangigen Soldaten zeigte sich am deutlichsten in der Nekropole, wo Einbalsamierer, Sargtischler, Bildhauer und Grabmöbelschreiner glänzende Geschäfte verzeichnen konnten. Aufwändige Grabstätten waren nicht nur ein Zeichen von Wohlstand und gesellschaftlichem Status, sondern ... Amerotke hielt in seinen Überlegungen inne und lächelte.

»Was ist, Herr?«

»Holt eure Umhänge.« Amerotke ging zur Tür. »Wir setzen zur Nekropole über. Ich weiß, wo Weni Sinuhes Manuskript versteckt hat.«

Am Kai des Nils ging es ausgesprochen geschäftig zu. Amerotke bestieg mit seinen beiden Gefährten eine kleine Fischerdau, die auch als Fähre auf dem Nil verkehrte. Die dreiköpfige Besatzung musterte die Passagiere von Kopf bis Fuß und schnatterte in der Lingua franca des Hafenviertels miteinander.

»Haltet den Mund!«, donnerte Asural. »Ich verstehe euch ganz genau. Wir sind nicht so dumm, wie ihr denkt! Ein Kupferstück Fährzoll pro Person, mehr nicht!«

Die drei Männer zogen lange Gesichter und bedeuteten Amerotke und seinen Begleitern, ihre Plätze einzunehmen. Sie wendeten ihr Boot und steuerten über den Nil auf den kleinen Landungssteg am Rand der Nekropole zu. Die Hitze war drückend geworden, ganze Schwärme von Fliegen und Moskitos tummelten sich an den Ufern des Nils. Der Fluss selbst lag still und verlassen da, die Fischer, Fährleute, Kaufleute und Reisenden suchten in den Schänken Schutz vor der Mittagshitze. Ein stechender Gestank nach Salzfisch, Teer und Schwefel lag in der Luft und vermischte sich mit den eigentümlichen Gerüchen der Totenstadt, einem Gemisch aus Gewürzdüften, Natronsalz, Leim und Harz.

»Wollt ihr eure Gräber besuchen?«, fragte der Steuermann. »Das könnte mir auch gefallen, wisst ihr, eine hübsche kleine Grabstätte für mich und meine Frau, die wir ausschmücken und an Festtagen mit meiner Familie zusammen besuchen können.« Er blickte Amerotke an, der links von ihm saß. »Besitzt du ein großes Grab, Herr?«

»Nein, nur ein ganz kleines«, erwiderte Amerotke. »Für meine Familie und meinen älteren Bruder.«

Asural blickte überrascht auf. Amerotke sprach nur sehr selten von seinem Bruder, irgendetwas musste da vor langer Zeit vorgefallen sein, ein Familienskandal oder etwas Ähnliches. Zum Zeichen, dass er das Gespräch nicht fortzusetzen wünschte, wandte der Richter sich ab. Die Frage eines Familiengrabes gab stets Anlass zu Zwistigkeiten zwischen ihm und Norfret. Amerotke glaubte zwar an die Rituale der Beerdigung und die Reise durch die Unterwelt, aber er empfand die Besessenheit der Ägypter vom Tod als geradezu ungesund. Einflussreiche thebanische Familien veranstalteten oft sogar Bankette, um ihren Gästen ihre neu erworbenen Särge und Grabbeigaben vorzuführen. Unwillig schüttelte er den Kopf und starrte zu dem Labyrinth der Gassen empor, über dem ein flirrender Hitzeschleier lag. Über der Nekropole erhoben sich mächtige, rötlich schimmernde Felsen. Hier lag der Gipfel des Westens, welcher der in der Stille lebenden Schlangengöttin Meretseger geweiht war.

»Hüte dich vor der Göttin des Westens«, deklamierte Asural feierlich. »Sie schlägt ohne Vorwarnung blitzschnell zu.«

»Heute vielleicht nicht«, spöttelte Amerotke.

Die Fähre verlangsamte jetzt ihre Fahrt, die Segel wurden eingeholt, und der Steuermann legte geschickt am Kai an. Amerotke drückte ihm einen Kupferdeben in die Hand, dankte ihm und kletterte an Land. Sie schlugen die Straße ein, die sich zur Nekropole hochwand, und blieben vor der großen Statue des Totengottes Osiris stehen, vor der sie dem Brauch gemäß ein kurzes Gebet murmelten, ehe sie tiefer in die Totenstadt vordrangen. Sogar an diesem hellen, sonnigen Tag herrschte hier eine unheimliche Atmosphäre. Die eng beeinander stehenden Gebäude beherbergten Einbalsamierer, Sargschreiner, Kerzenzieher, Maler und Grabmöbelschreiner. Durch die offenen Fenster und Türen erhaschten die Männer einen Blick auf kunstvoll gearbeitete Särge: Musterstücke, unter denen die Kunden ihre Wahl treffen konnten. Lehrlinge standen vor den Türen der Geschäfte und boten den Vorübergehenden Miniatursärge zum Mitnehmen an. Es roch nach Natron, Palmwein, Weihrauch, Myrrhe, Kasia und anderen Kräutern, mit denen die Einbalsamierer die Leiber der Toten füllten, nachdem sie die Eingeweide entfernt und das Innere sorgsam ausgespült hatten.

Die drei Männer verließen die Stadt und erklommen den Pfad, der zu den wabenartig angeordneten, aus dem Kalkstein gehauenen Grabstätten führte. Sie traten zur Seite, um eine Begräbnisprozession vorbeizulassen. Der Mumiensarg und die Kanopen, die die entnommenen Eingeweide enthielten, ruhten auf einem von Ochsen gezogenen Schlitten. Dahinter kamen die Trauernden, deren Gejammer und Geklage fast die Gebete der Begräbnispriester übertönte. Schließlich erreichten sie das Kontor des Gräberverwalters, eines beleibten, würdevollen Mannes, der auf der Schwelle saß, sich Luft zufächelte und die Grüße der Vorübergehenden huldvoll entgegennahm.

»Ich muss das Grab des Herolds Weni sehen«, verlangte Amerotke.

»Ach wirklich?«, schnurrte der Dicke, ohne überhaupt aufzublicken. »Willst du mir vielleicht auch verraten, wer du bist?«

»Das ist Amerotke, der oberste Richter in der Halle der Beiden Wahrheiten!«, bellte Asural. »Und wenn du nicht sofort deinen fetten Hintern in Bewegung setzt, brauchst du selbst ein Grab. Wir sind auf Befehl des göttlichen Pharaos hier.«

Augenblicklich kam Leben in den Verwalter. Er sprang auf, rannte in sein Kontor, kniete sich auf einem Schilfteppich nieder und verneigte sich tief.

»Erhabener Richter«, quäkte er, sein feistes Gesicht zu einen Lächeln verziehend, »verzeih, dass ich dich nicht gleich erkannt habe, aber du trägst kein Amtsabzeichen bei dir.«

Amerotke griff in die Tasche und zog die Kartusche des Pharaos hervor. Der Verwalter sah aus, als würde ihn im nächsten Moment der Schlag treffen. Er kroch auf allen vieren wie ein Hund auf Amerotke zu, küsste die Kartusche und hätte dasselbe mit den Sandalen des Richters getan, hätte dieser ihn nicht davon abgehalten.

»Lass es gut sein«, sagte er. »Erhebe dich und sieh in deinen Unterlagen nach, wo sich das Grab befindet.«

Kurze Zeit später führte sie der Verwalter den Pfad zu den Grabstätten entlang. Der Aufstieg in der glühenden Hitze war sehr beschwerlich, und schon bald waren die Männer in Schweiß gebadet. Außer ihnen war keine Menschenseele zu sehen.

»Die Hitze ist einfach unerträglich«, schnaufte der Verwalter. »Es wäre besser, ihr hättet noch eine Stunde gewartet. Ein kriecherisches Lächeln trat auf sein Gesicht. »Aber ihr habt es natürlich eilig. Ich verstehe vollkommen.«

Wenis Grab lag am Rand eines mächtigen Felsens. Der Steinblock, der den Eingang verschloss, war mit dem Totensiegel des Verwalters versehen.

»Werden die Gräber eigentlich bewacht?«, fragte Amerotke, als der Verwalter das Siegel erbrach.

Dieser zog eine kleine Pfeife aus der Tasche und blies hinein. Amerotke starrte erstaunt auf die kräftigen, mit Bogen, Keulen und Speeren bewaffneten Nubier, die aus den umliegenden Höhlen traten.

»Niemandem ist es gestattet, sich den Grabmälern zu nähern«, erklärte der Verwalter, »es sei denn, er kann eine Erlaubnis vorweisen oder ist den Wächtern bekannt.«

Er winkte, woraufhin zwei Nubier zu ihm kamen und den Steinblock zur Seite rückten, damit sie das Grab betreten konnten. Es glich vielen anderen Grabstätten, die Amerotke bereits besichtigt hatte: ein kleines Haus, das aus mehreren Kammern bestand. Ein Raum enthielt Mumiensärge, ein anderer war mit Truhen, Kästchen, Grabmöbeln und anderem Schmuck voll gestopft. Die Wände waren mit bunten Gemälden verziert, in den kleinen Nischen standen Vasen mit Blumen, die allerdings schon verdorrt waren.

»Stimmt irgendetwas nicht?«, erkundigte sich der Verwalter besorgt. Er nahm eine brennende Pechfackel entgegen, die einer der Nubier ihm reichte. »Kommt Weni denn nicht selbst, um sein Grab zu besuchen?«

»Oh, er wird auch bald kommen«, erwiderte Amerotke. »Und dann bleibt er hier. Weni ist tot.«

»Ach so. Nun, er hat alle Gebühren bereits bezahlt.«

»Daran hege ich nicht den geringsten Zweifel.«

Amerotke blickte sich um und pfiff leise durch die Zähne. Je länger er sich umsah, desto stärker wurde seine Überzeugung, dass Weni ein sehr wohlhabender Mann gewesen sein musste. Die Särge, Truhen, Möbel und Vasen waren aus den kostbarsten Materialien gefertigt und die meisten noch dazu dick mit Gold oder Silber bezogen. Wertvolle Edelsteine funkelten im Licht der Fackel.

»Eine wahre Schatzkammer«, flüsterte Asural.

»Eher eine Räuberhöhle«, verbesserte ihn Prenhoe trocken. »Wie sollte ein Herold auf ehrliche Weise zu solchen Reichtümern kommen?«

Amerotke packte den Verwalter bei der Schulter.

»Wie konnte sich Weni all dies leisten?«

»Ich weiß es nicht.« Das feiste Gesicht des Mannes verzog sich kummervoll. »Bleiben die Sachen hier?«

»Dieses Grab gehört Weni«, entgegnete Amerotke. »Er wird sich für seine Verbrechen, so er denn welche begangen hat, im nächsten Leben verantworten müssen, nicht in diesem.«

»Deine Weisheit wird nur noch von deiner Großzügigkeit übertroffen«, dienerte der Mann. »Wonach suchst du hier eigentlich?«

»Weni kam oft her?«

»O ja, er hielt sich gern hier auf.«

»Und brachte er oft Grabbeigaben und Schmuck mit?«

»Ja. Sieh dir doch nur diese Vasen an.«

»War er manchmal in Begleitung?«

Der Verwalter grinste verschlagen. »Gelegentlich kam er mit einer *heset*. Du weißt ja, wie das ist. Ein Krug Wein ...«

»Hat er in der letzten Zeit jemanden mitgebracht?«

Der Verwalter legte einen Finger gegen die Lippen und blickte sich um.

»Manchmal schickte er irgendwelche Sachen, mit schriftlichen Anordnungen.«

»Was denn zum Beispiel? Und wann zuletzt?«, fragte Amerotke. »Eine Truhe vielleicht oder einen kleinen Kasten?«

Der Verwalter huschte davon und kam mit einer Sandelholztruhe zurück. Der Deckel war mit einem Ibiszeichen versiegelt, wie es unter Sekretären und Schreibern allgemein üblich war. Amerotke erbrach das Siegel, ohne auf die leisen Proteste des Verwalters zu achten, und klappte den Deckel auf. Er nahm eine Papyrusrolle und ein paar mit einer Kordel zusammengehaltene lose Blätter heraus, überflog sie und lächelte dem Verwalter zu.

»Du kannst die Truhe haben. Ich behalte dies hier.«

»Aber das ist ein Grab! Du kennst die Regeln. Ohne die Erlaubnis des Eigentümers darf hier nichts entfernt werden.«

»Ganz recht«, fauchte Amerotke. »Aber dies hier hat nicht Weni gehört, sondern er hat es der göttlichen Hatschepsut gestohlen. Vielleicht hat er sogar deswegen gemordet. Wenn ich es mir recht überlege, ist es wohl doch besser, ich nehme auch die Truhe mit. Wesir Senenmut wird sehr zufrieden sein. Hat Weni die Sachen selbst hergebracht?«

»Nein, ein Bote. Eine Frau.«

»Kannst du sie beschreiben?«

Der Verwalter spreizte die Hände.

»Es kommen so viele Besucher her ... ich weiß wirklich nichts mehr.«

Amerotke ließ sich auf einen Stuhl sinken und starrte den Grabeingang an. Er erinnerte sich an Belet, der im Garten der Schänke gesessen und ihm von einem geplanten Raub berichtet hatte, dessen Ziel nicht bewacht würde.

Hatte er die Nekropole gemeint? War Wenis Grab das Ziel der Räuber gewesen? Gab es eine Verbindung zwischen dem Mann, der Belet aufgesucht hatte, und dem toten Herold? Amerotke blickte den Verwalter an.

»Ist dir hier irgendetwas Verdächtiges aufgefallen?«

Der Mann wirkte sichtlich eingeschüchtert. Es war offensichtlich, dass er Amerotke so schnell wie möglich loswerden wollte.

»Hoher Herr«, jammerte er, »ich kümmere mich einzig und allein um die Toten. Die Lebenden interessieren mich nicht.«

ANUBIS war der Schutzpatron des 17. Nomos von Oberägypten.

ACHTES KAPITEL

Der Priester Khety und die Tempeldienerin Ita vergnügten sich in Khetys Kammer miteinander. Ita hatte sich gewaschen und parfümiert und war zu ihm hereingeschlüpft, dann hatte sie rasch ihr Gewand abgestreift und war in Khetys schmales Bett gekrochen. Der Priester hatte keine Einwände erhoben. Ita war eine unersättliche Geliebte. Er hatte noch nie solche Wonnen erlebt wie während ihrer heimlichen Treffen. Eng umschlungen wanden sie sich auf dem harten Bett.

»Ich tue alles für dich«, stöhnte Khety.

Ita lächelte nur und ließ die Hände über seinen Körper gleiten. Sie waren so in ihr Tun vertieft, dass sie nicht hörten, wie sich die Tür öffnete. Erst ein leises Hüsteln veranlasste Khety, Ita von sich zu schieben und in die dunkle Kammer zu spähen. Nur ein hoch oben in die Wand eingelassenes Fenster ließ etwas Licht in den Raum. Dies war der alte Teil des Tempels, ein Ort voller Schatten und dunkler Ecken und Nischen, ständig kalt, weil kein Sonnenstrahl hier hereindrang. Ita kniete auf dem Bett und schlang sich eine Decke um die Schultern. Khety tastete nach dem Dolch auf dem Tisch, zog die Hand aber sofort zurück, als ein Pfeil über ihm in der Wand einschlug. Ita fluchte verhalten.

»Du hättest die Tür verriegeln sollen!«, zischte Khety.

»Sie hatte nur ihr Vergnügen im Kopf.« Die Stimme klang dumpf, als ob der Sprecher – oder vielleicht auch die Sprecherin – eine Opfermaske tragen würde.

»Habt keine Angst. Solange ihr euch nicht aus dem Bett rührt, geschieht euch auch nichts.«

Khetys Augen wurden schmal. Wer auch immer da in seine Kammer eingedrungen war, er oder sie verstellte absichtlich seine Stimme. Mal klang sie tief und guttural, mal glich sie einem melodischen Singsang.

»Was willst du?«, fragte Khety.

»Ich könnte jetzt sagen, dass ich nur hier stehen bleiben und euch bei eurem Liebesspiel zuschauen möchte. Ita, du bist wirklich ein hübsches kleines Ding. Ich denke, ihr seid beide beherzte junge Leute, ihr habt sicher keine Angst.«

»Warum auch?«, versetzte Khety. »Ich bin Priester und unverheiratet, und Ita ist eine Dienerin des Gottes.«

»Stimmt«, erfolgte die trockene Antwort. »Aber du bist kein Gott, Khety, auch wenn du dir das manchmal einbildest. Aber kommen wir zur Sache …«

Khety schrak zusammen, als ein weiterer Pfeil durch die Luft schwirrte und gegen die Wand prallte.

»Nur eine kleine Warnung«, schnurrte die Stimme. »Hast du eigentlich keine Angst vor dem Richter Amerotke mit dem harten Gesicht und den scharfen Augen?«

»Er ist ein Narr«, grollte Khety. »Lass ihn nur umhergehen und seine Fragen stellen. Was kann er uns schon anhaben?«

»Trotzdem fürchtest du ihn, das hast du mir gerade verraten. Wo ist die Pracht des Anubis?«

»Wir haben den Stein nicht genommen.«

»Ach nein? Amerotke glaubt aber, dass ihr es getan habt.«

»Woher willst du das wissen?«

»Eine Frage der Logik. Nemrath wurde ermordet. Du hast draußen vor der Kapelle gewacht, die Tür blieb verschlossen, und Nemrath hatte den Schlüssel. Da fällt es doch sehr schwer zu glauben, dass du mit der Sache nichts zu tun hast.«

»Wenn sie mich verdächtigen würden«, gab Khety zurück, »hätten sie mich schon längst verhaftet.«

»Mit welcher Begründung denn? Du bist Priester, du darfst nicht der Folter unterzogen werden, und es liegen keine hieb- und stichfesten Beweise gegen dich vor. Nach außen hin hast du dir nichts zu Schulden kommen lassen. Und wenn du die Pracht des Anubis gestohlen und versucht hättest, ihn zu verkaufen …«

»Ich weiß nicht, wovon du redest.«

Khety spähte angestrengt ins Dunkel. Er konnte die

Stimme nicht einordnen, die Intonation änderte sich ständig. Sein geheimnisvoller Gast hatte sich auf seinen Besuch gut vorbereitet.

»Ach übrigens …« Die Stimme wurde zu einem Flüstern gedämpft. »Du hast gerade eben zugegeben, dass die kleine Ita auch in die Angelegenheit verwickelt ist.«

Khety schloss die Augen. Ihm wurde klar, dass ihm ein schwerer Fehler unterlaufen war. Ita hatte sich die ganze Zeit ruhig verhalten. Wenn sie angenommen hätte, der Besucher sei eine seiner Konkubinen, dann hätte sie ihrer Empörung sicher lautstark Luft gemacht.

»Nun gut. Ihr habt also die Pracht des Anubis gestohlen? Wie habt ihr das bewerkstelligt?«

Khety gab keine Antwort.

»War das Ganze deine Idee oder Wenis?«

»Weni?«, fragte Khety. »Wer ist Weni?«

»Spiel nicht den Unwissenden. Weni ist der ägyptische Herold, der für uns Mitanni arbeitet.«

Khety erstarrte. Warum hatte der Sprecher ihm das verraten?

»Die Mitanni wollen die Pracht des Anubis. König Tuschratta wird damit seinen dunklen Tempel schmücken. Er empfindet es als Demütigung, gezwungen zu sein, mit einer Pharaonenkönigin über Friedensverträge zu verhandeln und ihr die bemalten Füße küssen zu müssen. Es wird seinen Zorn mildern, wenn er sich gelegentlich an der Schönheit des heiligen Amethysten erfreuen kann. Er wird sich vor Lachen den Bauch halten, während Hatschepsut nur hilflos mit den Zähnen knirschen kann.«

Khety spürte einen beginnenden Krampf in seiner Wade und bewegte vorsichtig das Bein. Augenblicklich pfiff ein weiterer Pfeil über seinen Kopf hinweg.

»Ich habe einen Krampf«, jammerte er.

»So? Gerade eben sah das aber noch ganz anders aus. Nun zur Pracht des Anubis. Auf welche Weise habt ihr den Stein an euch gebracht?«

»Ich kann, will und werde diese Frage nicht beantworten.«

»Du steckst jetzt in einer misslichen Lage, nicht wahr?«, schnurrte die Stimme. »Ich meine, Weni ist ja leider tot. Jeder weiß das, auf den Märkten wird von nichts anderem gesprochen. Also lüg mir nicht vor, du wüsstest nicht, wer und wo Weni ist. Weni ist über den Fernen Horizont gereist. Ich hoffe, er hat gute Antworten auf die Fragen, die die Götter ihm stellen werden. Was wirst du jetzt tun? Wie viel hat Weni dir geboten?«

Ita begann sich aus ihrer Erstarrung zu lösen. Ihre Unterlippe zitterte leicht. Khety packte sie am Handgelenk.

»Denk nach«, drängte die Stimme. »Du hast den heiligen Amethyst in deinem Besitz. Was kannst du denn damit anfangen? Ihn auf dem Markt anpreisen wie einen Papagei oder einen zahmen Affen? Oder willst du ihn den Libyern oder Nubiern zum Kauf anbieten? Du musst dich schon entscheiden.«

»Nehmen wir einmal an, du hättest Recht.« Khety wählte seine Worte sehr sorgfältig. »Wer sagt denn, dass dich nicht der Richter Amerotke zu mir geschickt hat, um mich in eine Falle zu locken?«

»Heb das auf und geh sofort zum Bett zurück!«, befahl die Stimme. Ein kleines Siegel wurde in den Lichtkegel geworfen.

»Vorsichtig!«, warnte die Stimme.

Khety erhob sich, massierte seine Beine und hob dann den kleinen Skarabäus auf. Er war nicht nach ägyptischer Art gefertigt. Als er ihn umdrehte, erkannte er das königliche Siegel Tuschrattas.

»Du könntest das gestohlen haben.«

»Das habe ich aber nicht. Hier.«

Diesmal landete ein lederner Geldbeutel auf dem Boden. Khety griff danach, schnürte ihn gierig auf und schüttete den Inhalt in seine Handfläche: schimmernde Miniaturgoldbarren, keiner größer als sein Daumennagel. Er wog sie in der Hand. Reines, massives Gold.

»Du wirst noch mehr bekommen«, erklärte die Stimme. »Viel mehr, als Weni dir geboten hat. Aber nicht jetzt. Das wäre zu riskant, nicht wahr, Khety? Sobald die Zeit reif ist, wirst du mir ein Zeichen geben. Ita hier besitzt ein Karneolhalsband mit einem goldenen Skorpionskopf in der Mitte. Staunst du nicht, was ich alles weiß? An dem Tag, an dem du den Stein übergeben wirst – und hör gut zu, Khety: das wird der Tag sein, an dem die Mitanni sich zum Aufbruch rüsten – wird Ita das Halsband anlegen und an dem See neben dem Haus, in dem die Mitanni untergebracht sind, spazieren gehen. Du wirst dafür sorgen, dass die Pracht des Anubis in einem kleinen Kästchen in diese Kammer geschafft wird. Für den Rest des Tages dürfen weder Ita noch du den Raum wieder betreten. Wenn der Abend anbricht, wird die Pracht des Anubis verschwunden sein und ihr mehr Reichtümer besitzen, als ihr es euch je hättet träumen lassen.«

»Und das soll ich dir glauben?«, höhnte Khety.

Ein weiterer Geldbeutel wurde in den Lichtkreis geworfen.

»Hier hast du eine kleine Anzahlung. Und nun überleg es dir gut, Khety. Wenn ich gegangen bin, sing deiner Liebsten ein Lied vor. Zählt euren Reichtum und schmiedet Fluchtpläne. Wer weiß, wenn ihr über den Horusweg zieht, heißt euch König Tuschratta vielleicht in seinem Reich willkommen. Bitte«, drängte die Stimme, »setzt euch wieder auf das Bett.«

Khety gehorchte eilig. Abermals prallte ein Pfeil gegen die Wand. Die Tür öffnete sich und fiel leise wieder ins Schloss. Die beiden Liebenden saßen wie erstarrt auf dem Bett und starrten blicklos ins Dunkel.

Eine Stunde später eilte der Herold Mareb mit schweißglänzendem Gesicht die Stufen hoch. Seine Gedanken überschlugen sich. Oben am Treppenabsatz blieb er stehen und rang nach Atem. Er war sicher, dass der oberste Richter Amerotke den Tempel verlassen hatte, aber ihm war eine Botschaft überbracht worden. Ein alter Priester hatte ihm zugeflüstert, dass der Richter ihn dringend zu sprechen wünsche. Mareb hatte den Zwerg Schufoy auf dem Tempelgelände umherhuschen sehen. Vielleicht war

Amerotke unbemerkt zurückgekehrt? Die Galerie vor ihm lag verlassen da. Die Tempeldiener hatten den Holzfußboden gefegt, mit einer wohlriechenden Politur behandelt und Blumen in Kupferschalen arrangiert. Mareb wischte sich den Schweiß aus dem Gesicht. Er würde froh sein, wenn all dies vorüber war. Draußen erklang eine Totenhymne, die einer der Priester angestimmt hatte. Vielleicht galt sie dem bedauernswerten Weni. Mareb grinste, schlenderte den Gang entlang und klopfte an Amerotkes Tür. Als er keine Antwort erhielt, klopfte er noch einmal heftiger.

»Richter Amerotke?«, rief er.

Als sich immer noch nichts rührte, stieß er die Tür auf. Im Raum war es dunkel, die Fensterläden waren geschlossen. Als seine Augen sich an das Dämmerlicht gewöhnt hatten, konnte er das Bett mit dem kunstvoll geschnitzten Kopfteil und andere Möbelstücke erkennen.

»Amerotke?«

Er betrat die Kammer und wollte gerade das Fenster öffnen, als er ein Geräusch hörte. Irgendetwas stimmte hier nicht. Die Tür schlug hinter ihm zu. Ein kräftiger Stoß schleuderte ihn quer durch den Raum. Er prallte gegen das Bett und holte keuchend Atem, dann drehte er sich um. Es überraschte ihn nicht sonderlich, in einen Hinterhalt geraten zu sein, ein Herold hatte ständig mit Intrigen und Verrat zu tun. War dies eine Warnung? Er rappelte sich auf und stürzte sich auf die dunkle Gestalt, die vor ihm aufragte, bemerkte aber in seiner Benommenheit nicht, dass sein Gegner bewaffnet war. Eine lederne Kriegskeule traf ihn mitten ins Gesicht und schickte sengende Schmerzwellen durch seinen Kopf. Mareb schrie leise auf. Blut quoll aus seinem Mundwinkel. Voller Panik sah er sich um, suchte nach einem Dolch, einer Vase, irgendetwas, was sich als Waffe einsetzen ließ. Nichts! Sein schattenhafter Widersacher stand schweigend und bedrohlich da.

»Bleib, wo du bist, ägyptischer Herold«, befahl er dann.

»Was willst du?«, keuchte Mareb. »Was hat das alles zu bedeuten?«

»Auf die Knie!«, bellte die Stimme. »Auf die Knie! Mit dem Rücken zu mir!«

Zitternd gehorchte Mareb. Würde ihm jetzt die Kehle durchgeschnitten werden?

»Ich bin …«

Er versuchte, auf die Füße zu gelangen, nur um im nächsten Moment in eine Ecke des Raumes gestoßen zu werden. Draußen auf dem Gang waren Schritte zu hören.

»Keinen Laut!«, befahl die Stimme scharf.

Mareb erstarrte. Die Tür flog auf und er erkannte die kleine Silhouette von Amerotkes Diener Schufoy. Im nächsten Augenblick wurde der Zwerg gepackt und wie ein Sack voller Lumpen durch die Kammer geschleudert. Er prallte gegen ein umgestürztes Möbelstück, ein Schmerzensschrei ertönte, gefolgt von lauten Verwünschungen. Dann wurde die Tür erneut aufgerissen, und der Angreifer verschwand.

Eine Weile herrschte Durcheinander. Schufoy schimpfte und stöhnte gleichzeitig. Marebs Beine schmerzten, und eine Seite seines Mundes war leicht angeschwollen. Er stieß die Fensterläden auf. Schufoy stand da, betastete seinen verletzten Arm und schaute sich grimmig um.

»Ein Glück, dass ich zufällig vorbeikam«, erklärte er. »Hast du eine Ahnung, wer …«

»Überhaupt keine«, erwiderte Mareb unwirsch. »Ich dachte, Richter Amerotke wollte mich sprechen, daher öffnete ich die Tür.« Dann streckte er lächelnd eine Hand aus. Schufoy ergriff sie. »Aber danke, dass du mir zu Hilfe gekommen bist. Nur die Götter wissen, was sonst mit mir geschehen wäre.«

»Wer hat dir denn ausgerichtet, dass Amerotke dich sprechen will?«

»Ein alter Priester«, entgegnete Mareb. »Und ich bin sicher, dass er zu blind oder zu verwirrt ist, um mir *seinen* Auftraggeber zu beschreiben, wenn ich ihn danach frage.«

Schufoy watschelte davon. Das untere Stockwerk des kleinen Gebäudes war leer. Ein stumpf blickender Diener, der sich draußen um die Blumentöpfe kümmerte, konnte nur den Kopf schütteln. Er hatte nichts Ungewöhnliches gesehen oder gehört. Ungeachtet der Mittagshitze weckte Schufoy die Hausbediensteten und verlangte Wasser, Tücher und Salben. Damit versorgte er erst seine Wunden und dann die Marebs.

»Eine Weile werden dir die Mädchen nicht hinterherlaufen«, erklärte er. »Aber deine Verletzungen werden rasch heilen.«

Mareb dankte ihm. Schufoy ging erneut los und kam mit getrocknetem Fleisch, Früchten und einem kleinen Laib Brot zurück. Auch einen Krug Wein hatte er aus der Küche entwendet. Er sollte ihre Schmerzen lindern.

»Ich wäre beinahe ein bedeutender Arzt geworden«, prahlte der Zwerg stolz. »Ich wollte mich auf die Krankheiten der Gedärme und des Anus spezialisieren.« Er suchte in Marebs Gesicht nach Anzeichen von Spott. »Ich kann dir gegen alle Beschwerden einen Trank brauen, und ich kenne die Symptome beginnender ...«

»Ja, ja«, unterbrach ihn Mareb hastig. »Aber warum bist du eigentlich hergekommen, Schufoy?«

»Mein Herr Amerotke ist zur Nekropole hinübergefahren«, verkündete Schufoy feierlich. »Anscheinend wünscht er Wenis Grab zu besichtigen.«

»Ich wusste gar nicht, dass er eines besaß. Warum will der Richter es sich denn ansehen?« Mareb schüttelte verwirrt den Kopf.

»Er wird seine Gründe haben.« Schufoy lächelte. »Und ich bin hier, weil ich Neuigkeiten für ihn habe. Es geht um die Dolche.«

Mareb sah ihn fragend an.

»Ich habe den Verkäufer ausfindig gemacht. Es ist ein alter Bekannter von mir, der Krokodilmann. Aber da der erhabene Amerotke noch nicht wieder zurück ist«, Schufoy setzte eine selbstgefällige Miene auf, »werde ich mich am besten selbst um die Sache kümmern.«

»Wer ist der Krokodilmann?«, flüsterte Mareb.

»Stell jetzt keine Fragen. Unsere Wunden sind versorgt und die Zeit wird knapp.«

Während sie den Tempel verließen, beschrieb Schufoy den Krokodilmann.

»Früher war er Seemann, dann Fischer. In Theben kann er keine großen Geschäfte machen, weil viele Menschen die Krokodile als Götter verehren. Aber manchmal jagt er sie, in einem flachen Boot, und lockt sie mit einem kleinen Schwein an, das er über den Bootsrand hält. Die Kunst besteht darin, die Krokodile ins seichte Wasser zu treiben.« Schufoy grinste tückisch. »Manchmal geht das allerdings schief, und dann muss er selbst um sein Leben rennen.«

Sie verließen den Tempelbereich und gelangten auf den Markt. Ihre Verletzungen und ihre unordentliche Kleidung trug ihnen neugierige Blicke ein. Doch Schufoy bahnte sich, seinen Sonnenschirm schwingend, mühelos einen Weg durch die Menge.

»Macht Platz!«, dröhnte er. »Tretet zur Seite, um den Diener des obersten Richters Amerotke vorbeizulassen! Platz für den Boten des Freundes des Pharaos!«

Überraschenderweise gehorchten die Leute augenblicklich. Keiner der Händler, die Gazellenfleisch oder Tränke und Elixiere verkauften, die Ratten und Skorpione fern halten sollten, belästigte sie. Sogar die aufdringlichen Singvögelverkäufer ließen Schufoy in Ruhe. Mareb wusste nicht, ob dies daran lag, dass er der Diener des obersten Richters war oder ob sein Zwergenwuchs und seine Entstellung der Grund dafür waren, dass man ihm aus dem Weg ging. Der kleine Mann wirkte in der Tat wie der zum Leben erwachte fratzenhafte Gott Bes.

Die großen Paläste und Gebäude wichen allmählich schmalen, düsteren Gassen und baufälligen Häusern. Es roch nach Öl, Fisch und Teer, den typischen Gerüchen des Hafenviertels. Am Kai legten Fischerboote, Kriegsgaleeren und mit Waren voll beladene Barken an. Soldaten und Seeleute stolzierten umher. Angehörige der Gilde der Prostituierten hielten nach Kunden Ausschau. Mit ihren roten Perücken, grell geschminkten Gesichtern und bunten Gewändern glichen sie einer Schar kreischender Sittiche. Schufoy nahm Marebs Hand, machte einen Bogen um sie und führte den Herold eine enge Gasse hinunter und in eine kleine, schlecht beleuchtete Bierschänke. Hier stank es nach Leder und Gerbsäure. Ein Mann, der in einer Ecke saß, erhob sich, um sie zu begrüßen. Er war in Krokodilhäute gehüllt, hatte ein schmales Gesicht, einen verkniffenen Mund und helle, wachsame Augen. Seine Arme und Hände waren mit Narben übersät.

Schufoy schob dem Herold einen Stuhl hin. Nachdem Wein und Bier gebracht worden waren, musterte Mareb den Krokodilmann, während Schufoy seinerseits Mareb verstohlen betrachtete. Bei ihrer ersten Begegnung hatte er den Herold für einen trägen, verweichlichten Höfling gehalten. Männer, die im Korps der Herolde tätig waren, entstammten zumeist hochrangigen Familien, und Mareb bildete da keine Ausnahme. Schufoy sah ihm an, dass der Überfall ihm einen gehörigen Schrecken eingejagt hatte, aber da war noch etwas: eine nur mühsam unterdrückte Wut, die seine zusammengepressten Lippen verrieten. Ein tapferer Kämpfer, dachte Schufoy, und ein Mann, der sich von dem Furcht erregenden Krokodilmann nicht so leicht beeindrucken ließ.

»Ich habe schon von dir gehört.« Mareb stellte seinen Bierkrug ab. »Schufoy sagt, du genießt entlang des Nils fast schon den Ruf einer Legende. Nur sehr wenige überleben den Angriff eines Krokodils.«

»Sobald man weiß, wie man mit den Biestern umgehen muss, und vorsichtig bleibt«, grinste der Krokodilmann, »stellen sie keine Gefahr mehr dar.«

Schufoy konnte ihm da nicht zustimmen. Er war mit Amerotke einmal auf einem Boot gewesen, das zu sinken begonnen hatte, nachdem es von einer Krokodilhorde angegriffen worden war; eine Erfahrung, die Schufoy nie vergessen würde.

»Kommen wir zur Sache.« Er zog seinen Stuhl näher heran. »Wir wollen über Weni und die Dolche sprechen.«

»Über Weni und die Dolche«, äffte ihn der Krokodilmann nach. »Ein merkwürdiger Geselle, dieser Weni.«

Er kratzte sich am Hals und winkte einer Prostituierten zu, die gerade zur Tür hereinschlüpfte.

»Vergeudest du unsere Zeit?«, fuhr Mareb ihn an.

»Nein, aber ihr vielleicht die meine«, gab der Krokodilmann zurück. »Am Nil geschieht nichts, ohne dass ich davon erfahre.«

»Ein Prahlhans bist du also auch noch.«

Mareb schob seinen Stuhl zurück, als sich eine seltsame Gestalt aus dem Dunkel löste und auf den Krokodilmann zutrat.

Der Neuankömmling war groß und schlank, hatte ein weiches, mädchenhaftes Gesicht, einen kahl rasierten Schädel und trug einen kleinen Ziegenbart. Auch er war in Tierhäute gehüllt und erinnerte Mareb an die Söldner, die in der Armee als Kundschafter dienten. Der Herold war sich nicht sicher, ob er den Mann fürchten oder ihn belächeln sollte. In seinem Gürtel steckte ein Dolch, dessen Griff er fest umklammert hielt, ein zweiter hing an einer Schnur um seinen Hals. Mareb kam zu dem Schluss, dass er den Fremden mit der gelblichen Haut, den vollen Lippen und dem Ohrring, der in seinem linken Ohr funkelte, doch wohl eher Furcht einflößend fand.

»Wer ist das?«, fragte er scharf.

»Er hat keinen Namen.« Der Krokodilmann lächelte. »Ich nenne ihn den Schatten. Wo ich hingehe, da geht auch er hin.«

Er drehte sich um und winkte mit der Hand. Der Mann öffnete den Mund und der Krokodilmann grinste.

»Schufoy hat keine Nase und der Schatten keine Zunge.« Er beugte sich vor und fuchtelte mit den Fingern vor Marebs Gesicht herum. »Du solltest mehr Zeit in der Hafengegend verbringen. Da siehst du noch viel merkwürdigere Dinge als im Lande Kusch.«

Mareb warf dem Leibwächter des Krokodilmanns einen finsteren Blick zu, sagte aber nichts.

»Wie wäre es, wenn du endlich mit der Sprache herausrücken würdest?«, fauchte Schufoy ungeduldig. »Du warst damit einverstanden, mich zu treffen, also weißt du über Weni und die Dolche Bescheid.«

»Was ich über Weni weiß, ist mehr wert als einen Krug

Bier. Er ist tot, nicht wahr? Wir haben gehört, was im Anubistempel passiert ist.«

Der Krokodilmann leckte sich über die Lippen.

»Ich habe wirklich großen Durst, Schufoy.«

»Dann trink dein Bier!«, fuhr der Zwerg ihn an.

Der Krokodilmann blickte über seine Schulter hinweg zu dem Schatten.

»Geh und vergnüg dich mit ihr.«

Er deutete auf die Hure, die noch an der Tür stand. Ein breites Lächeln trat auf das Gesicht des Schattens. Er winkte dem Mädchen und verschwand mit ihr durch die Hintertür der Bierschänke.

»Drei Silberdeben«, verkündete der Krokodilmann, »dann sage ich euch alles, was ich weiß.«

»Zwei Deben«, entgegnete Schufoy. »Und ich gebe dir im Namen des obersten Richters in der Halle der Beiden Wahrheiten mein Wort, dass dir nichts geschieht, falls du an einem Verbrechen beteiligt warst.«

Der Krokodilmann schluckte hart. Offensichtlich war ihm nicht klar gewesen, dass diese Unterredung Folgen für ihn haben könnte.

»Einverstanden«, erwiderte er heiser. »Also muss ich nicht damit rechnen, Besuch von der Polizei zu erhalten oder mitten in der Nacht aus einem Freudenhaus herausgezerrt zu werden?«

Seufzend öffnete Schufoy seine Börse und legte zwei kleine Silberstücke auf den Tisch.

»Dir geschieht nichts und dies hier gehört dir.«

»Also gut.«

Der Krokodilmann griff nach den Silberstücken, doch Schufoy schlug seine Hand weg.

»Erst die Ware, dann das Geld.«

Ob dieses Mangels an Vertrauen schüttelte der Krokodilmann betrübt den Kopf, dann hob er seinen Ledersack auf und leerte den Inhalt auf den Tisch. Eine Reihe von Dolchen fiel klirrend heraus. Schufoy griff nach einem davon und betrachtete den geschnitzten Griff in Form eines Schakals oder Hundekopfes nachdenklich.

»Diese Dolche kaufte ich von …« Der Krokodilmann hüstelte.

»Du hast sie gestohlen«, stellte Schufoy richtig.

»Ich habe sie mir von einem Händler ausgeborgt, den ich in Memphis getroffen habe.« Der Krokodilmann grinste. »Ein Handwerker aus Palästina hat sie angefertigt. Ich konnte sie in Memphis aber nicht verkaufen, also nahm ich sie nach Theben mit. Da ich keine Lizenz für den Markt besitze, musste ich versuchen, sie außerhalb der Mauern loszuschlagen. Weni kaufte mir welche ab.«

»Bist du ganz sicher, dass es sich bei dem Käufer um Weni handelte?«, unterbrach Mareb.

»Ganz sicher. Ich kannte Weni gut. Er war nicht der brave kleine Junge, für den ihr ihn gehalten habt.«

»Er war ein königlicher Herold.«

»Wenn ich ganz ehrlich sein soll«, schnaubte der Krokodilmann, »dann hätte es mich auch nicht gestört, wenn er der Sohn des Pharaos höchstpersönlich gewesen wäre und seine Tage im Haus der Millionen Jahre zugebracht hätte. Niemand ist das, was er zu sein scheint. Weni kaufte zwei Dolche. Er gab mir ein Silberstück wie dieses.« Er deutete auf das Geld auf dem Tisch. »Und ich war mit dem Handel sehr zufrieden.«

»Das kann sich schnell ändern«, bemerkte Schufoy drohend. »Hast du von dem Diebstahl der Pracht des Anubis gehört?«

Schlagartig verblasste das Lächeln des Krokodilmannes.

»Worauf willst du hinaus?«

»Mit genauso einem Dolch wurde der wachhabende Priester Nemrath erstochen.«

Der Krokodilmann schlug die Hände vor das Gesicht. Als er sie wieder sinken ließ, war sein prahlerisches Gehabe wie weggeblasen. Er blickte sehnsüchtig zur Tür hinüber und dann zum Hinterausgang, von wo das gedämpfte Stöhnen der Hure herüberklang.

»Komm nicht auf den Gedanken, dich jetzt schon zu verabschieden«, warnte Schufoy. »Unsere Unterhaltung ist noch nicht beendet.«

»Das wusste ich wirklich nicht«, stammelte der Mann.

»Aber du hast gehört, dass der Amethyst gestohlen wurde?«

»Das weiß ganz Theben, dafür sorgen diese schwatzhaften Priester schon.« Der Krokodilmann schnippte mit den Fingern. »Also darauf hatte Weni es abgesehen.«

»Vielleicht, vielleicht auch nicht.« Schufoy lächelte. »Aber sprich nur weiter. Ich kenne dich, Krokodilmann. Diese Dolche wurden gestohlen, und du bist ein unverbesserlicher Dieb und verkaufst noch dazu gestohlene Ware weiter. Hat Weni dich eigentlich nur für diese Dolche bezahlt?«

»Nein, er sagte, er hätte auch etwas zu verkaufen, etwas sehr Wertvolles. Nein«, der Krokodilmann tippte sich gegen die Stirn, »eigentlich zwei Dinge. Was das eine war, wollte er nicht sagen. Das andere war ein Buch, ein Manuskript.«

»Sinuhes Manuskript?«, unterbrach Mareb.

»Wer ist Sinuhe?«

»Ein bekannter Reisender.«

»Natürlich.« Der Krokodilmann hatte seine Fassung wiedergewonnen. Genüsslich schlürfte er sein Bier. »Sinuhe ist auch über den Fernen Horizont gereist, nicht wahr? Jedenfalls behauptete Weni, er wolle diese beiden Dinge verkaufen. Ich fragte, an wen. Ich dachte an die Mitanni, die draußen bei der Oase der Palmen lagern, aber Weni lächelte nur und schüttelte den Kopf. ›An wen?‹, fragte ich noch einmal. ›An libysche Kaufleute‹, erwiderte Weni. ›Oder an die Nubier.‹ Ich tat natürlich erst so, als wollte ich mit der Sache nichts zu tun haben.«

»Natürlich«, murmelte Schufoy sarkastisch. »Ich kenne ja deinen ehrenhaften Charakter.«

Der Zwerg schrak zusammen, als eine Ratte über den Boden wuselte, sprang auf und stieß dabei seinen Stuhl um. Dann packte er den leeren Bierkrug und schwang ihn drohend.

»Was ist das denn hier für ein Schweinestall?«, brüllte er den verschlafen dreinblickenden, schmuddeligen Wirt an.

»Kannst du nicht dafür sorgen, dass deine Gäste nicht von diesem Ungeziefer belästigt werden?«

»Hier gibt es so gut wie keine Ratten«, spottete der Wirt. »Die Schlangen fressen alle auf.«

Schufoy bedachte ihn mit einem finsteren Blick und setzte sich wieder an den Tisch.

»Ich hasse Ratten«, knurrte er. »Vierbeinige ebenso wie zweibeinige.«

»Auch Weni war eine Ratte«, erklärte der Krokodilmann. »Und viel gefährlicher, als du glaubst. Du kennst mich ja, Schufoy. Ich kenne jeden in der Stadt, all die libyschen und nubischen Kaufleute, die unter anderem herkommen, um Informationen zu sammeln oder zu spionieren.«

»Und du weißt auch, an wen sich ein Dieb wie Weni wenden muss, wenn er heiße Ware loswerden will.«

Der Krokodilmann nickte.

»Sie haben immer Gold und Silber bei sich und können jederzeit mehr herbeischaffen, wenn es nötig sein sollte. Was immer sie kaufen, wird sofort auf Barken verladen und außer Landes geschafft.« Der Krokodilmann pfiff leise durch die Zähne. »Denkst du dabei an die Pracht des Anubis?«

»Hast du Weni geholfen?«, fragte Mareb.

Der Krokodilmann zog ein langes Gesicht.

»Ich habe mich ein wenig umgehört. Ich sagte Weni, ich würde sehen, was ich tun kann. Warum er aber die Dolche gekauft hat, weiß ich nicht. Wurde Sinuhe auch erstochen? Die Welt ist doch wirklich klein«, schwatzte er weiter. »Ich stehle Dolche, verkaufe einen davon an Weni weiter, und der benutzt ihn prompt, um den feisten Nemrath über den Fernen Horizont zu schicken.«

»Hast du deine Dolche auch noch anderen Leuten angedreht?«, bohrte Schufoy weiter. »Sagen dir die Namen Khety und Ita etwas?«

Der Krokodilmann schüttelte den Kopf und lauschte dem Gequieke der Hure draußen im Hof.

»Ruhe!«, brüllte er. »Man kann ja keinen klaren Gedanken fassen!«

Draußen ging der Lärm unvermindert weiter.

»Ich kannte Nemrath.« Der Krokodilmann deutete mit dem Daumen auf die Hintertür. »Die Hure da draußen übrigens auch. Nemrath war lüstern wie ein Ziegenbock. Unter den Prostituierten war er gut bekannt, und es gibt in der ganzen Stadt wohl kein Freudenhaus, das er nicht mit seiner Anwesenheit beehrt hat.«

»Kommen wir noch einmal auf Weni zurück«, beharrte Schufoy. »Er hat also zwei Dolche gekauft und dich gefragt, ob du ihm beim Verkauf gewisser Wertgegenstände behilflich sein könntest.«

»Das ist richtig.« Der Krokodilmann nickte.

»Wie viele dieser Dolche hast du in Theben verkauft?«

»Ungefähr ein Dutzend.« Der Krokodilmann verstaute die Dolche hastig wieder in seinem Ledersack.

»Kannst du dich an die anderen Käufer erinnern?«

Ein Kopfschütteln beantwortete die Frage.

»Waren Mitanni darunter?«, Schufoy ließ nicht locker.

»Ich weiß es nicht mehr. Manchmal war ich betrunken, wenn ich die Dinger verkaufte. Weni ist der Einzige, an den ich mich genau erinnere.«

»Warum sollte Weni eine solche Dummheit begehen?«, murmelte Mareb. »Wenn er Nemrath umgebracht und den Amethyst gestohlen hat, musste er doch damit rechnen, dass man ihm früher oder später über diesen Dolch auf die Spur kommt.«

Schufoy hob seinen Bierkrug und kühlte damit sein erhitztes Gesicht.

»Daran habe ich noch gar nicht gedacht«, gab er zu. »Aber andererseits hätte es lange dauern können, bis die Herkunft des Dolches ermittelt wird.«

»Natürlich hätte das einige Zeit gedauert«, unterbrach ihn der Krokodilmann. »Glaubst du denn, ich hätte Weni die Wahrheit gesagt? Ich machte ihm weis, diese Dolche würden überall in Theben gehandelt. Und dass er einen gekauft hat, heißt noch lange nicht, dass er auch davon Gebrauch gemacht hat.«

Schufoy brüllte nach frischem Bier.

»Und du vergisst einen wichtigen Punkt«, fügte der hinzu. »Wenn Weni noch leben würde, würde ich jetzt nicht hier sitzen und dir all das erzählen.«

»Der erhabene Amerotke wird nicht erfreut sein«, murmelte Schufoy betrübt. »Wenn Weni einen Dolch erworben hat, dann muss er auch in den Mord an Nemrath verwickelt gewesen sein.«

Er brach ab, weil das bestellte Bier gebracht wurde.

»Mit besten Empfehlungen von der Ratte.« Der Wirt grinste.

Schufoy vollführte hinter seinem Rücken eine obszöne Geste. Der Schatten tauchte auf der Schwelle auf und stellte sich hinter seinen Herrn. Die Prostituierte folgte ihm mit verlegenem Gesicht. Ihre Amulette und Armbänder klirrten laut. Schufoy packte sie am Arm, als sie an ihm vorbeiging.

»Kanntest du Nemrath, den Priester vom Anubistempel?«

Die Hure blickte viel sagend auf den Bierkrug. Schufoy goss ihr einen Becher ein. Als sie sich vorbeugte und danach griff, stieg dem Zwerg der Duft ihres billigen Parfüms in die Nase.

»Kleiner Mann«, murmelte sie, »wenn du mir eine Hure in Theben zeigst, die Nemrath *nicht* gekannt hat, dann spendiere ich dir einen Krug Bier.« Sie leerte den Becher in einem Zug und watschelte davon.

»Du glaubst mir nicht«, versetzte der Krokodilmann gekränkt.

»Du hast dir deine Silberstücke noch nicht verdient. Wir sprachen gerade über Weni.«

»Richtig, und du wirst gleich eine Überraschung erleben.« Der Krokodilmann warf sich in die Brust. »Hast du schon einmal von dem Am-muut gehört?«

»Wer hat das nicht?«, gab der Zwerg zurück. »Das war eine Mördergilde, die den Truppen der göttlichen Hatschepsut nach Norden folgte und dann spurlos verschwand.«

»Woher willst du das wissen?«, fragte der Krokodilmann verblüfft.

»Schon gut. Erzähl einfach weiter.«

»Nun, wie du wohl weißt, mein lieber Schufoy, kann man in Theben alles kaufen: ein Messer, einen Amethyst, einen Dolch … na ja, so gut wie alles«, fügte er hastig hinzu, als er den warnenden Ausdruck in Schufoys Augen bemerkte. »Du kannst in der Stadt auch Mörder anheuern, so wie die Am-muut, nicht einfache Halsabschneider oder Totschläger, sondern Männer, die … wie soll ich mich ausdrücken … über Fähigkeiten verfügen, die es ihnen ermöglichen, heikle Aufträge zu übernehmen. Auch Weni gehörte zu diesen Männern.«

»Er war ein königlicher Herold!«, rief Mareb empört.

»Dazu habe ich dir bereits einiges gesagt«, erwiderte der Krokodilmann. »Unser Freund Weni war ein viel beschäftigter Mann, er hat eine ganze Anzahl von Auftragsmorden begangen – und einige noch dazu aus privaten Gründen. Wusstet ihr, dass er mit einer Mitanni-Frau verheiratet war? Gerüchten zufolge starb sie bei einem Unfall.«

»Willst du damit andeuten, dass Weni sie umgebracht hat?«

»Allerdings. Weni nahm sie auf eine Bootsfahrt mit. Die beiden tranken Wein, dann ging die Frau schwimmen und verschwand spurlos. Wenig später wurde ihr Leichnam gefunden. Es gab keinerlei Anzeichen für Gewalteinwirkung. Weni wähnte sich schon in Sicherheit, doch zufällig hatte ich an dem Tag, den er für seinen Ausflug gewählt hatte, geschäftlich am Ufer des Nils zu tun. Ich hatte mein Boot im Schilf verborgen und genau gesehen, was wirklich geschehen ist. Weni erstickte seine schlafende Frau mit einem Kissen und warf die Leiche dann über Bord. So lernten wir uns auch kennen.«

»Hast du ihn erpresst?«, unterbrach Schufoy.

»Ich habe ihm ein Geschäft vorgeschlagen. Ich lobte sein Geschick im Töten und Weni ging auf meinen Vorschlag ein. Ich lieferte ihm die Namen weiterer möglicher Opfer und er beseitigte sie. Er war ein begeisterter Gärtner, unser Weni, und sein besonderes Interesse galt den Kräutern. Schon bald kannte er sich mit Giften bemerkenswert gut aus. Gewaltanwendung lag ihm nämlich nicht.« Der Krokodilmann deutete auf Schufoys Bierkrug. »Woher willst du wissen, ob ich den Wirt nicht dafür bezahlt habe, dir Gift ins Bier zu schütten? Du würdest es erst merken, wenn die Magenkrämpfe einsetzen. Keine Angst, ich scherze nur«, lächelte er. »Wie ich schon sagte, ich lieferte die Namen und Weni schickte den Betreffenden dann ein kleines Geschenk: Wein oder irgendwelche Leckerbissen. Du ahnst gar nicht, wie viele Leute einen geschäftlichen Konkurrenten, einen Nebenbuhler oder einen lästigen Gläubiger loswerden wollen.«

Schufoy blickte ihn ungläubig an, doch er wusste, dass der Krokodilmann die Wahrheit sprach. Der Tod hatte in Theben viele Gesichter, er trat in Form eines Hitzschlages, einer tödlichen Krankheit, eines Unfalls auf dem Nil oder eines Schlangenbisses auf. Wie oft hatte sein Herr sich, wenn er die an einem Tempel angeschlagenen Totenlisten studiert hatte, gefragt, wie viele dieser Menschen auf natürliche Weise zu Tode gekommen und welche absichtlich auf die Reise über den Fernen Horizont geschickt worden waren?

»Du könntest wegen Beihilfe zu Mord vor Gericht gestellt werden«, warnte er den Krokodilmann.

»Wegen was für einem Mord?«, erwiderte dieser unschuldig. »Wie lautet der Name des Opfers? Wo ist der Leichnam? Wo sind die Beweise?«

»Ich habe Mareb als Zeugen.«

»Wer würde dir Glauben schenken? Ich sage einfach, ich hätte einen Scherz gemacht.«

»Warum erzählst du uns dann das alles?«, wollte Schufoy wissen.

Der Krokodilmann zählte die einzelnen Punkte an seinen kurzen, schmutzigen Fingern ab.

»Erstens musst du mir dein Wort geben, dass mir nichts geschieht, Schufoy. Nur die Götter wissen, wie viel Schmutz an die Oberfläche kommt, nachdem im Teich herumgestochert worden ist. Zweitens möchte ich angemessen entlohnt werden. Und drittens möchte ich Theben verlassen können, ehe Asural mir auf die Schliche kommt.«

»Du hast es doch wohl nicht mit der Angst zu tun bekommen?«, spottete Schufoy.

»Doch, ich habe in der Tat Angst. Wir haben es hier nicht mit den einfachen Leuten vom Nilufer zu tun, sondern mit den hohen Herren in ihren prächtigen Häusern. Weni ist tot und ich verschwinde von hier. Ich möchte nicht an die Stadtmauern von Theben genagelt werden.«

»Du glaubst also, Weni hat die Pracht des Anubis gestohlen?«

»Vielleicht.«

»Und er hat auch Sinuhe umgebracht?«

»Vielleicht.«

»Hat Weni hier für irgendjemanden gearbeitet?«

Der Krokodilmann kratzte sich die Wange und blickte sehnsüchtig zur Tür hinüber.

»Ich weiß es nicht. Weni lebte so einsam wie ein Schakal. Das Einzige, woran ihm wirklich etwas lag, war sein Grab in der Nekropole. Er nannte sich selbst den ›Gärtner‹.« Der Krokodilmann verzog das Gesicht. »Er betrachtete sich als jemanden, der für Ordnung sorgte, indem er Unkraut ausmerzte.«

»Hat er vor seinem Tod irgendetwas zu dir gesagt?«, bohrte Schufoy. »War er anders als sonst?«

Der Krokodilmann stocherte in seinen schadhaften Zähnen herum. Draußen vor der Schänke stimmte ein Mann ein Liebeslied an.

Meine Geliebte ist schön wie der junge Morgen,
einzig unter den Mädchen Ägyptens.
Süß wie Wein schmecken ihre roten Lippen,
edel geschwungen ist ihr Hals.
Ihre Brüste sind voll und fest
und schimmern im Licht der Kerzen.
Ich werde ihr goldene Feigen schenken,
Blätter aus Malachit
und eine Barke aus grünem Jaspis,
die über das Große Grün gleitet.

Schufoy hörte wie gebannt zu, um sich die Worte genau einzuprägen. Dann warf er Mareb einen verstohlenen Blick zu. Der Herold schien von dem Krokodilmann fasziniert zu sein. Der Zwerg begann, sich unbehaglich zu fühlen. Er blickte über seine Schulter. Der Wirt versperrte mit seiner massigen Gestalt den Ausgang. Hinter ihm im Sonnenlicht lauerten ein paar schattenhafte Gestalten.

»Im Moment bist du sicher, Schufoy.«

Der Krokodilmann hob den Kopf. Einen Augenblick lang erinnerte er mit seinen harten, stechenden Augen an die blutrünstigen Bestien des Nils.

»Das hoffe ich doch sehr«, flüsterte der Zwerg.

Er zog seinen kleinen Dolch aus der Scheide und ritzte damit unter dem Tisch das Knie des Krokodilmannes.

»Dir geschieht nichts«, murmelte dieser und ließ das Silber in seiner Tasche verschwinden. »Ich will ehrlich sein. Weni wirkte in der letzten Zeit besorgt, fast ängstlich, aber warum, das kann ich dir nicht sagen.« Er schob seinen Stuhl zurück und stand auf.

»Mein Herr wird Beweise für deine Worte verlangen.«

»Dann soll er sie suchen. Kennst du den alten Bestempel, in dem Sinuhe ermordet wurde?« Als Schufoy nickte, beugte sich der Krokodilmann über den Tisch und fuhr fort: »Am Eingang zur Seitenkapelle liegt eine Steinplatte. Schieb sie zur Seite, darunter wirst du eine Leiche finden.«

»Wessen Leiche?«

»Nachdem Weni seine Frau ermordet hatte, beobachtete ich ihn eine Weile. Ich folgte ihm tagelang überall hin. Er tötete noch einen Menschen: den Liebhaber seiner Frau. Er verabredete sich mit ihm beim Bestempel und erschlug ihn dann von hinten mit einer Axt.« Der Krokodilmann grinste. »Er war gerade dabei, ihn zu verscharren, als ich mich bemerkbar machte.« Er hob eine Hand. »Und nun ist es genug, Schufoy. Du übernimmst doch die Rechnung, nicht wahr? Zähl bis hundert, dann kannst du unbehelligt heimgehen. Grüße deinen Herrn von mir.«

Schufoy blickte ihm nachdenklich hinterher, als er zur Tür hinaushuschte.

»Was ist?«, fragte Mareb.

»Ach, nichts.« Schufoy schüttelte den Kopf. »Der Krokodilmann ist ein Schurke, durch und durch verdorben. Ich kenne ihn nun schon seit Jahren, und ich habe ihn noch nie so redselig und hilfsbereit erlebt.«

ANUBIS war der Schutzpatron der Einbalsamierer

NEUNTES KAPITEL

Der Bussard kehrte aus dem Roten Land zurück, wo er gejagt hatte. Die Sonne sank allmählich und die Tageshitze ließ nach. Eine leichte Brise kräuselte die Oberfläche des Nils und fuhr raschelnd durch die Büsche, die den verfallenen Bestempel umgaben. Die scharfen Augen des Vogels registrierten jede Bewegung. Mit weit ausgebreiteten Schwingen schwebte er über den Ruinen und beobachtete die beiden Männer, die sie soeben betraten. Der Bussard kannte die Gefahr, die von den Pfeilen und Speeren der Menschen ausging. Er schraubte sich höher in die Luft. Auch im Gebüsch bewegte sich etwas. Dort stand ein weiterer Mann. Er trug den schwarzen Lederrock der Soldaten und hatte sein Gesicht hinter einer Maske verborgen. Der Vogel gab die Hoffnung auf leichte Beute auf. Zu viele Menschen störten ihn bei der Jagd. Er legte die Schwingen an und schoss davon, auf die Lehmbänke entlang des Nils zu.

Der Mörder mit der Schakalsmaske, der im Gebüsch kauerte, achtete weder auf den Bussard noch auf sonst irgendetwas. Er beobachtete, wie der Richter Amerotke und dessen Diener Schufoy die Haupthalle des alten Tempels betraten. In einer Hand hielt der Mörder die Waffen umklammert, die einen raschen Tod brachten, in der anderen einen kurzen Hornbogen. Aber die Entfernung war zu groß, Amerotke und Schufoy gaben kein klares Ziel ab. Vielleicht kamen sie ja noch ein Stück näher. Es war an der Zeit, die scharfen Augen des Richters für immer zu schließen. Der Mörder blickte zum Himmel empor. Bislang war alles nach Plan verlaufen, von einer einzigen Kleinigkeit einmal abgesehen. Sollte er jetzt zuschlagen oder später? Der Mörder schob einen scharfen Dornbusch zur Seite und ließ sich auf ein Knie sinken. Die Augen hinter der Maske wichen nicht von dem Richter und dessen Diener, die sich im Tempel umsahen. Wenn er einen Schuss riskierte, würde der Pfeil dann sein Ziel auch treffen? Was, wenn er sein Opfer verfehlte? Besser, er wartete auf eine günstigere Gelegenheit. Der Mörder ließ den Dornenzweig los und schlich sich lautlos davon.

Ohne zu ahnen, dass er in Lebensgefahr geschwebt hatte, betrachtete Amerotke die Steinplatte am Eingang der Seitenkapelle.

»Lässt sie sich denn bewegen?«, fragte Schufoy.

Er blickte sich voller Unbehagen um. Waren sie wirklich allein hier? Im Gestrüpp und in den Büschen, die zu beiden Seiten der zum Tempel führenden Pfade wucherten, konnte sich leicht jemand verbergen. Die sinkende Sonne ließ das Wasser des Nils grüngolden schimmern. Im Gras zirpten die Grillen, im Schilf am Flussufer kreischte ein Vogel auf. Schufoy erschauerte. Er mochte diesen einsamen, bedrohlichen Ort nicht.

»Wir hätten Asural mitnehmen sollen«, knurrte er. »Oder wenigstens ein paar Leibwächter.«

»Wir sind hier vollkommen sicher.« Amerotke wischte sich lächelnd den Schweiß vom Gesicht.

Schufoy und Mareb hatten am Kai auf ihn gewartet, und Schufoy hatte ihm sofort berichtet, was er von dem Krokodilmann erfahren hatte.

»Das passt zu dem, was ich in der Nekropole herausgefunden habe«, erklärte Amerotke. »Weni war ein sehr wohlhabender Mann. Und er war also der Gärtner. Das ist ja eine Überraschung.«

»Hast du schon einmal von ihm gehört?«, hatte Prenhoe sofort gefragt.

»Ein oder zwei Mal«, hatte Amerotke erwidert. »Sein Name tauchte gelegentlich in Polizeiberichten auf.«

Er hatte Mareb dafür gedankt, dass er Schufoy begleitet hatte, und Asural und den anderen gesagt, wo er hinwollte.

»Der Krokodilmann kann Schufoy einen Haufen Lügen aufgetischt haben. Und es gibt nur einen Weg, das herauszufinden.«

Amerotke und Schufoy hatten den Kai verlassen und

waren demselben Pfad gefolgt, den Sinuhe am Morgen seines Todestages entlanggegangen sein musste. Schufoys Unbehagen wuchs. Er traute weder dem Krokodilmann noch dem Schatten noch sonst irgendjemandem über den Weg. Außerdem zog es ihn in den Anubistempel zurück. Er hatte ein neues Liebeslied für diese *heset* gedichtet und konnte es kaum erwarten, es ihr vorzutragen, doch Amerotke hatte darauf bestanden, dass sie sich hier umsahen. Schufoy ärgerte sich, war nervös und beneidete Mareb und die anderen, die in den sicheren Tempel zurückkehren durften, während er an diesem verlassenen Ort festsaß.

»Was tun wir eigentlich hier?«, erkundigte er sich unwirsch.

»Nach Beweismaterial suchen«, seufzte Amerotke. »Woher willst du wissen, dass der Krokodilmann nicht dafür bezahlt worden ist, dir diese Geschichte aufzutischen?«

»Aber du hast doch schon einen Beweis«, widersprach Schufoy. »Wo kam denn Wenis Wohlstand her? Auf ehrliche Weise kann er sich das doch wohl kaum erworben haben.«

Amerotke schüttelte den Kopf. »Beweise gleichen einer Perlenschnur, Schufoy. Du musst eine Perle nach der anderen auffädeln, um eine vollständige Kette zu erhalten.«

Schufoy stampfte ungehalten mit dem Fuß auf.

»Nun gut, wenn wir nun schon einmal hier sind, können wir uns dann nicht ein wenig beeilen? Die Dame Norfret wartet, und hast du nicht gesagt, du müsstest zur Oase der Palmen aufbrechen?«

»Beides wird warten müssen.«

Amerotke nahm Schufoys Messer, kniete sich auf den Boden und kratzte mit der Klinge den Lehm rund um die Platte weg.

»Herr, du kannst doch nicht wie ein gemeiner Arbeiter im Schmutz wühlen!«

»In diesem Fall doch«, entgegnete Amerotke scharf. »Ich hoffe nämlich, dadurch der Wahrheit auf die Spur zu kommen. Was ist, Schufoy? Willst du einfach nur dastehen und mir Vorträge über mein unschickliches Benehmen halten?«

Schufoy griff nach einem spitzen Stock und begann, die harte Erde aufzulockern. Schon bald stieß er auf einen langen Staken, den der Nil angeschwemmt haben musste. Gemeinsam versuchten die beiden Männer, ihn unter der Steinplatte hervorzuziehen. Schließlich gelang es ihnen, die Platte ein Stück zur Seite zu schieben. Ein Blick bestätigte ihre schlimmsten Befürchtungen. Eine skelettierte Hand ragte aus dem Erdreich. Amerotke fegte die lockere Erde weg und starrte auf das freigelegte Skelett, dann drehte er den Schädel vorsichtig um.

»Du wirst dich besudeln«, warnte Schufoy.

»Keine Sorge.«

Amerotke tippte auf das große gesplitterte Loch in der Rückseite des Schädels. Er wischte sich den Schmutz von den Händen und erhob sich.

»Der Krokodilmann hat die Wahrheit gesagt. Weni war ein Mörder, er hat getötet und immer wieder getötet.« Er ließ sich auf einen Steinblock sinken. »Was sollen wir nun von alledem halten, Schufoy?«

»Ich weiß es nicht.« Schufoy starrte geistesabwesend auf das Skelett hinab. »Ach übrigens, Herr – was ist denn mit Sinuhes Manuskript geschehen?«

»Ich habe es Asural übergeben, er wird es im Palast abgeben. Schufoy, was ist denn?«

Der Zwerg grub eifrig in der Erde herum. Er erinnerte Amerotke an einen Welpen in einem Blumenbeet.

»Schau dir das einmal an.« Schufoy hielt ein schweres Kupferarmband in die Höhe.

»Das ist doch …«

Amerotke sprang auf, nahm das Armband und übersetzte die eingravierten Hieroglyphen am Rand.

»Sein Name lautete also Hordeth«, bemerkte Schufoy. »Ich habe schon von ihm gehört.«

»Ich auch.« Amerotke drehte das Armband hin und her. »Er war oberster Herold im Haus der Abgesandten. Vor vier Jahren verschwand er spurlos.« Schufoy buddelte weiter und förderte ein Stück Papyrus zu Tage. Er blies den Staub ab und betrachtete die in roter Tinte hingepinselten Schriftzeichen. Es handelte sich um einen uralten Fluch.

> Mögen sich alle Dämonen der Unterwelt
>   gegen dich wenden
> bis in alle Ewigkeit.
> Möge dein Augenlicht schwinden und
>   dein Gehör nachlassen.
> Möge dein Herz zu Staub zerfallen.
> Möge deine Seele in der Waage des Anubis
> das Gewicht eines Felsblockes erbringen.
> Mögen die Verschlinger deine Seele verzehren
> auf dass du nie das ewige Licht des Ra siehst.

Er reichte Amerotke den Papyrus.

»Ich glaube, das hat Weni geschrieben. Er muss den Toten gehasst haben.«

Ein Streitwagen ratterte heran, das Schnauben eines Pferdes erklang. Amerotke fuhr herum. Schufoy packte seinen Dolch und rannte los.

Auf dem Pfad, der zwischen Tempel und Nilufer verlief, stand ein wunderschöner Wagen, ein Meisterstück der Handwerkskunst, aus Flechtwerk und Bronze gefertigt. Zwei milchweiße Stuten aus den königlichen Ställen waren vor das prächtige Gefährt gespannt. Schufoy stieß einen überraschten Laut aus, als der Herold vom Wagen sprang und auf sie zukam. Er hatte sich gewaschen und umgekleidet, sein Haar glänzte vor Öl, und er trug eine saubere weiße Tunika, die von einem goldenen Flechtgürtel gehalten wurde.

»Vorhin hast du mir besser gefallen«, lächelte der Zwerg.

Mareb blickte sich unsicher im Tempel um.

»Asural sagte mir, dass ich euch hier finden würde. Ich bin auf Befehl der göttlichen Hatschepsut hier.«

»Was gibt es denn?«

Amerotke trat auf ihn zu. Noch immer hielt er Armband und Papyrus in der Hand.

Mareb hielt dem Richter die königliche Kartusche zum Kuss hin.

»Unser göttlicher Pharao wünscht dich im Haus der Millionen Jahre zu sehen. Lang lebe die Herrin der Beiden Länder, geliebt von Ra …«

»Schon gut«, unterbrach ihn Amerotke. »Wir sind hier unter uns, Mareb.«

Jetzt erst fiel Mareb die verschobene Steinplatte und das aufgewühlte Erdreich auf.

»Erhabener Richter, du solltest nicht hier sein. Was ist denn passiert?«

»Dieselbe Frage habe ich dir eben gestellt«, gab Amerotke zurück.

»Die göttliche Hatschepsut befiehlt dich zu sich. Die Mitanni wollen zur Oase der Palmen aufbrechen. Wir sollten sie begleiten, aber dazu ist es jetzt zu spät.«

»Wir werden ihnen morgen bei Tagesanbruch folgen«, erwiderte Amerotke. »Erst muss ich dem göttlichen Pharao Bericht erstatten. Ich habe gerade den Leichnam eines ihrer Herolde entdeckt.«

»Du hast einen toten Herold gefunden?«, entfuhr es Mareb.

»Wie lange gehörst du schon zum Haus der Abgesandten?«, fragte ihn Amerotke.

Der Herold verzog das Gesicht und blickte über seine Schulter hinweg zu dem Streitwagen hinüber.

»Binde die Pferde lieber an«, meinte Amerotke. »Ich will dir etwas zeigen.«

Als der Herold zurückkam, führte Amerotke ihn in die Seitenkapelle. Mareb warf einen Blick in die flache Grube und wandte sich dann angewidert ab.

»Ich habe gerade gebadet und mir Lippen und Hände gereinigt«, brummte er.

Amerotke bemerkte die Schramme in seinem Gesicht. Ihm fiel ein, dass Schufoy gesagt hatte, sie seien beide angegriffen worden.

»Du hast mir noch gar nicht gesagt, warum du mich aufsuchen wolltest.«

»Das kann ich dir auch gar nicht sagen.« Mareb warf erneut einen verstohlenen Blick in die Grube. »Es war ganz offensichtlich eine Falle. Du hattest nie nach mir geschickt. Statt deiner wartete der Attentäter in deiner Kammer auf mich.«

»Zum Glück bin ich ja zur rechten Zeit dazugekommen«, warf Schufoy ein.

»Ich weiß. Mein ewiger Dank ist dir gewiss.« Mareb trat näher. »Aber all das müssen wir noch der göttlichen Hatschepsut erklären. Du sagtest, dies seien die sterblichen Überreste eines Herolds?«

Amerotke zeigte Mareb das Armband und den Papyrusbogen mit dem daraufgekritzelten Fluch.

»Erinnerst du dich an einen Mann namens Hordeth?«

»Natürlich.« Mareb machte hastig ein Zeichen, das Unglück abwenden sollte. »Er ist schon lange verschwunden. Manche behaupten, er wäre ertrunken oder ...«

»Oder was?«

»Nun, er war Junggeselle und stellte ständig den Frauen anderer Männer nach ...«

»Kanntest du ihn gut?«

Mareb schüttelte den Kopf.

»Und wie gut kanntest du Weni?«

»Weni war nur ein Kollege. Er war mit einer Mitanni verheiratet, die er über alles liebte. Bis ich den Krokodilmann traf, glaubte ich wie alle anderen auch, sie wäre bei einem Bootsunglück ums Leben gekommen. Nach ihrem Tod war Weni nie mehr so wie früher. Ich dachte, er trauere um seine Frau, aber inzwischen weiß ich, dass er selbst sie umgebracht hat. Und danach lockte er ihren Liebhaber Hordeth hierher und tötete auch ihn, nicht wahr?«

»Richtig«, bestätigte Amerotke. »Er schlug ihm den Schädel ein und begrub ihn unter dieser Steinplatte. Und um zu verhindern, dass seine Seele die Reise durch die Unterwelt antreten kann, gab er ihm diesen Fluch mit ins Grab.«

»Hordeth hat sein Schicksal selbst herausgefordert«, erklärte Mareb. »Ich mochte Weni. Es muss ihn um den Verstand gebracht haben, als er entdeckte, dass seine geliebte Frau ihm untreu war. Aber«, er blies die Wangen auf, »trotzdem denke ich, Hordeth hätte einen anderen Tod verdient. Kein Grab, keine vorgeschriebenen Rituale, nichts.« Marebs dunkle Augen funkelten. »Du hast schon viel herausgefunden, nicht wahr, Richter Amerotke? Nichts ist so, wie es zu sein scheint.« Er blickte zum Himmel empor. »Die göttliche Hatschepsut wird ungeduldig werden.«

Sie besprachen noch kurz, was mit Hordeths sterblichen Überresten geschehen sollte. Mareb war der Meinung, dies sollte das Haus der Abgesandten entscheiden. Er würde dort Bericht erstatten, und dann würden die Knochen über den Nil in die Nekropole geschafft werden. Er half Amerotke und Schufoy, die Platte wieder an ihren Platz zu schieben.

»Also wirst du mich zur Oase der Palmen begleiten?«, fragte Amerotke ihn.

»Ungern«, erwiderte Mareb, während er sie zu dem Streitwagen geleitete. »Ich hege keine große Liebe für die Mitanni. Mein Vater und mein Bruder sind in der großen Schlacht im Norden ums Leben gekommen.«

Als sie bei dem Streitwagen angelangt waren, blickte Schufoy sich noch einmal um. Der verlassene Tempel lag im Halbdunkel da, doch jetzt war er nicht mehr das Heiligtum des Zwergengottes Bes, sondern das Heim des rothaarigen Mörders Seth.

Amerotke wurde in das private Bad der göttlichen Hatschepsut geführt. Die untergehende Sonne tauchte den luxuriösen, ganz in Marmor gehaltenen Raum in ein rotgoldenes Licht. Die Fenster hoch oben in den wie Elfenbein schimmernden, mit Bildern verschiedener Götter geschmückten Wänden standen weit offen. Amerotke entging nicht, dass es sich vornehmlich um weibliche Gottheiten handelte, von denen nicht wenige die Züge der göttlichen Hatschepsut trugen. Schalen mit Weihrauch und Sandelholz verströmten einen süßen Duft. Der mit

Fliesen ausgelegte Boden schimmerte im Licht der Öllampen, die sich in Alabastergefäßen befanden. Auf einem Sockel am Rand des großen Schwimmbeckens stand eine Statue des Gottes Horus in Falkengestalt mit vergoldeten Schwingen. Das Wasser leuchtete tiefblau, kleine Lotosblüten tanzten auf der Oberfläche umher. Hatschepsut, die Macht, Ruhm und Luxus so liebte, thronte auf einem gepolsterten Stuhl in der Ecke des Raumes. Sie trug eine ölgetränkte schwarze Perücke, die von einem silbernen Reif gehalten wurde. Um ihren Hals lag ein prächtiges Karneolhalsband, dessen Steine wie kleine Blüten gearbeitet waren. Ihr von einer goldenen Schärpe gehaltenes Leinengewand war nahezu durchsichtig und fiel ihr bis auf die Füße, welche auf einem niedrigen Schemel ruhten. Senenmut saß auf einem Stuhl neben ihr und hielt eine Papyrusrolle auf den Knien. Hatschepsut betrachtete mit schief gelegtem Kopf ihre Fingernägel. Sie blickte auf, als der nubische Hauptmann Amerotke hereinführte und leise die Tür hinter ihm schloss.

»Schau her, Senenmut.« Ihre Stimme klang schneidend. »Da kommt ja Amerotke, unser oberster Richter in der Halle der Beiden Wahrheiten, der nie das tut, was ihm aufgetragen wird, und sich lieber in Hafenschänken und verlassenen Tempeln herumtreibt, statt meinen Befehlen zu gehorchen. Und dann vergisst er auch noch, in Gegenwart seines Pharaos niederzuknien!«

Amerotke, der sich in der prunkvollen Umgebung noch verschwitzter und unordentlicher vorkam, besann sich auf die Etikette. Er trat näher, kniete auf einem Kissen nieder, das gefährlich nah am Beckenrand lag, und berührte mit der Stirn den feuchten Fliesenboden. Er rechnete mit der Aufforderung, sich wieder zu erheben, doch diese blieb aus. Seufzend verharrte er in der unbequemen Position.

»Dein Glanz erwärmt mein Herz«, stimmte er das vorgeschriebene Ritual an. »Meine Seele erbebt bei deinem Anblick, o Göttliche.«

Er hörte ein leises Geräusch. Sein Blick fiel auf Hatschepsuts sandalenbekleideten Fuß. Die Nägel waren dunkelgrün bemalt, kleine goldene Ringe schmückten die Zehen.

»Ich bin dein Pharao.« Hatschepsuts Stimme klang hohl. »Küss meinen Fuß, Amerotke.«

Der Richter gehorchte.

»Jetzt darfst du dich erheben.«

Amerotke richtete sich auf und blickte Hatschepsut an. Ihr Gesicht war jetzt hinter einer aus Gold und Silber gefertigten Maske verborgen. Die Augen hinter den Sehschlitzen blitzten ärgerlich auf.

»Du handelst entschieden zu eigenmächtig, Amerotke.«

»Ich tue nur, was ich tun muss«, widersprach der Richter.

Senenmut sog zischend den Atem ein. Hatschepsut hob die Hände. Amerotke fürchtete einen Moment, sie wolle ihn schlagen, doch stattdessen strich sie ihm mit den Fingern sacht über die Wange. Dann nahm sie die Maske ab und kauerte neben ihm nieder. »Du bist wirklich schön, dachte Amerotke, mit deinen Mandelaugen, der kupferfarbenen Haut und dem ebenmäßigen Gesicht mit den vollen Lippen. Eine Wolke ihres Parfüms hüllte ihn ein. Ihr Gewand fiel auseinander, und er sah, dass sie sich die Brustwarzen in einem grüngoldenen Farbton bemalt hatte. Sie bemerkte seinen Blick und grinste.

»Heute Morgen habe ich die Palastwache antreten lassen, dabei trug ich meine Krone und dieses Gewand.« Das Grinsen wurde breiter. »Die Männer waren begeistert. Einige fielen sogar in Ohnmacht. Aber das tue ich nicht noch einmal, ich dachte, ich würde jeden Moment einen Hitzschlag erleiden. Findest du mich schön, Amerotke?«

»Ja, so schön wie den Morgenstern und so veränderlich wie den Mond.«

Der Hauch von Sarkasmus entging Hatschepsut nicht. Ihr Lächeln verblasste.

»Begehrst du mich, Amerotke?«

»Nein, Eure Majestät.«

»Und warum nicht?« Das klang deutlich gekränkt.

»Ich begehre meine Frau, keine unerreichbare Göttin.«

Sie tippte ihm leicht gegen die Nasenspitze.

»Immer noch der alte Amerotke. Schon als du noch ein Junge am Hof meines Vaters warst, hattest du stets eine diplomatische Antwort auf alle Fragen.« Sie blickte über ihre Schulter. »Ein außergewöhnlicher Mann, findest du nicht, Senenmut? Sieh einmal in das Becken, Amerotke. Was siehst du da?«

Der Richter wandte den Blick nicht von Hatschepsut.

»Nun, Wasser natürlich, Eure Majestät.«

»Und unter der Oberfläche?«

»Noch mehr Wasser.«

»Genauso sind die Männer. Senenmut ist so, und du auch. Aber manchmal frage ich mich doch, woher deine merkwürdige Besessenheit von deiner schönen Frau kommt. Siehst du?« Sie drohte ihm mit dem Finger. »Ich habe genau gesehen, wie sich dein Gesichtsausdruck verändert hat. Ist die Dame Norfret wirklich alles, was du auf dieser Welt begehrst? Gibt es denn nichts, wovor du dich fürchtest?«

»O doch, Majestät. Ich fürchte mich vor der Dunkelheit, vor allem Unbekannten und vor dem Versagen.«

»Und vor Hunden«, fügte Hatschepsut zuckersüß hinzu. »Du hast doch Angst vor Hunden, nicht wahr?«

Sie erhob sich und half ihm auf, dann schleuderte sie ihre Sandalen von sich, streifte mit einer geschickten Bewegung ihr Gewand ab und drehte sich mit hoch erhobenen Händen um. Amerotke errötete, Senenmut starrte angelegentlich auf die Papyrusrolle in seinem Schoß hinab. Hatschepsut tauchte lachend in das Becken und glitt geschmeidig wie ein Fisch durch das Wasser. Als sie wieder auftauchte, war ihre Perücke verrutscht. Kichernd rückte sie sie zurecht.

»Die vergesse ich immer.« Mit ausgebreiteten Armen trat sie auf der Stelle. »Willst du nicht auch hereinkommen, Amerotke? Versuch doch, mich zu fangen.«

»Der Richter ist erschöpft und hat sich noch nicht gereinigt.« Senenmuts Stimme klang rau. »Das Wasser würde verschmutzt werden.«

»Du bist ja nur eifersüchtig.«

Hatschepsut grinste, schwamm zum Rand und stieg aus dem Wasser. Senenmut hüllte sie hastig in ihr Gewand ein. Sie ging zu einem kleinen Akazienholztischchen hinüber, auf dem mehrere Kelche mit Weißwein standen, nahm sich einen davon, kehrte zu ihrem Stuhl zurück und bedeutete Amerotke, neben ihr Platz zu nehmen. Ihr kokettes Gehabe war wie weggeblasen. Sie nippte von ihrem Wein und beugte sich vor, wobei sie mit einer Hand ihr Gewand zusammenhielt.

»Die Mitanni-Abgesandten sind bereits aufgebrochen. Du, Amerotke, wirst ihnen folgen. Der Herold Mareb begleitet dich. Du wirst König Tuschratta unsere Grüße ausrichten und ihm versichern, dass wir mit den Todesfällen im Anubistempel nichts zu tun haben und ernsthaft an einem Fortgang der Friedensverhandlungen interessiert sind.« Sie hielt inne. »Außerdem musst du versuchen, ihn vorsichtig auszuhorchen.« Sie deutete auf die Ledertasche, die an der Wand lehnte. »Weiß er etwas über Sinuhes Tod und den Diebstahl des Manuskripts sowie der Pracht des Anubis? Hat er irgendwie mit all diesen Vorfällen zu tun?« Sie winkte mit der Hand. »Um es kurz zu machen: Finde so viel heraus, wie es geht, und kehre dann nach Theben zurück.«

»Tuschrattas Lager liegt bei der Oase der Palmen«, meldete sich Senenmut zu Wort. »Wir haben eine künstliche Grenze geschaffen, eine Art Niemandsland zwischen der Oase und unseren Kavallerieschwadronen, ungefähr zehn Meilen breit. Die Schwadronen werden dich bis Makra bringen, das ist ein abgelegenes Felsengebiet draußen im Roten Land. Danach seid ihr beide, Mareb und du, auf euch allein gestellt. Die Mitanni werden euch in ihr Lager eskortieren.« Senenmut schürzte die Lippen. Tiefe Erschöpfung zeichnete sich auf seinem zerfurchten Gesicht ab, unter seinen Augen lagen dunkle Schatten. »Sie werden euch gut behandeln. Halte dich immer an Marebs Seite. Die Mitanni mögen ihn nicht; warum, dazu kommen wir später. Bleibt während der Mittagshitze im Lager, gebt

Acht, was ihr esst und trinkt, und kehrt gegen Abend nach Makra zurück. Dort wird euch die Schwadron erwarten und nach Theben zurückbegleiten. So, und nun sag mir, was du bis jetzt herausgefunden hast.«

»Wo ist die Pracht des Anubis?«, wollte Hatschepsut wissen.

»Diese Angelegenheit bleibt rätselhaft, Majestät.« Amerotke ignorierte die Unmutsfalten auf Hatschepsuts Stirn. »Die Tür der Kapelle war von innen verschlossen, das Wasserbecken unversehrt. Es gibt keine Anzeichen für ein gewaltsames Eindringen. Nemrath, der Wachpriester, wurde erstochen aufgefunden. Der Schlüssel zur Kapelle hing noch an seinem Gürtel.«

»Das ist mir alles bekannt!«, fauchte Hatschepsut. »Wer ist der Mörder, wer der Dieb?«

»Eine, zwei oder drei Personen kommen infrage«, erwiderte Amerotke. »Khety, Ita und der Hauptmann der Tempelwache.«

»Ich werde sie ans Kreuz schlagen lassen!«

»Das kannst du nicht tun«, mischte sich Senenmut ein. »Die Priester des Anubis sind einflussreiche Männer, und wir haben keine Beweise. Alle drei sind jedoch unter strenge Bewachung zu stellen und dürfen das Tempelgelände nicht verlassen.«

Er blickte Amerotke erwartungsvoll an. Der Richter schüttelte den Kopf.

»Schuldig mögen sie ja sein, aber ich weiß immer noch nicht, wie es möglich war, den Diebstahl und den Mord zu begehen. Was die anderen Todesfälle betrifft …« Amerotke spreizte die Hände, »… diese Tänzerin, Snefru, Weni … die ersten beiden wurden eindeutig vergiftet. Nur wie ihnen das Gift zugeführt worden ist, bleibt mir ein Rätsel. Auf dem Weg zum Palast habe ich über Wenis Tod nachgedacht. Es gibt viele Wege, einen Menschen zu töten. Warum wurde gerade dieser gewählt?«

»Erklär mir das genauer«, verlangte Hatschepsut.

»Nun, der Mörder hätte Weni erschießen, vergiften oder erwürgen können. Warum hat er ihn des Nachts ins Freie gelockt und von einer Meute wilder Hunde in Stücke reißen lassen? Ein grässlicher Tod. Es sieht so aus, als hätte der Mörder sowohl den Leib als auch die Seele seines Opfers vernichten wollen.«

»Kein intakter Leichnam für die Einbalsamierer?«

»Du hast es erfasst, Senenmut. Wer auch immer Weni umgebracht hat, der hegte einen persönlichen Groll gegen ihn, hatte eine alte Rechnung mit ihm zu begleichen. Aber wer und warum ...«

Amerotke berichtete dann, was Schufoy von dem Krokodilmann erfahren hatte. Hatschepsuts Gesicht wurde blass vor Zorn.

»Ich lasse *ihn* ans Kreuz nageln!«, tobte sie.

»Das wird nicht möglich sein, er dürfte Theben bereits verlassen haben. Aber bedenke, dass Schufoy mir häufig Informationen verschafft – nicht nur in dieser Angelegenheit – und dazu braucht er Leute wie den Krokodilmann.«

»Wenn ich dich richtig verstehe«, warf Senenmut knapp ein, »dann war Weni ein professioneller Killer, obgleich er das Amt eines Herolds von Ägypten bekleidete?«

»Es sieht ganz so aus. Er tötete seine Frau, weil sie ihm untreu war, und dann lockte er ihren Liebhaber, den Herold Hordeth, zu dem verfallenen Bestempel, erschlug ihn und begrub den Leichnam unter einem Stein. Er musste Gefallen am Blutvergießen gehabt haben, und der Krokodilmann förderte diese Neigung noch. Weni erwarb einen dieser auffälligen Dolche, der vielleicht mit dem identisch ist, mit dem Nemrath getötet wurde. Ich halte es für durchaus möglich, dass er beim Diebstahl der Pracht des Anubis die Hand mit im Spiel gehabt hat. Und da er im alten Bestempel schon einmal einen Mord begangen hat, lockte Weni auch ein anderes Opfer, nämlich Sinuhe, dorthin. Ob er sich offen zu erkennen gegeben oder in einer Verkleidung aufgetreten ist, weiß ich nicht. Fest steht, dass eine Gestalt mit einer Schakalsmaske in der Nähe des Bestempels gesehen wurde. Weni ermordete Sinuhe, stahl dessen Manuskript und verbarg es zwischen den anderen Schätzen in seinem Grab. Aber«, Amerotke hob eine Hand,

»Weni mag ja an all diesen Verbrechen beteiligt gewesen sein oder sie gar selbst ausgeführt haben, aber warum sollte er eine Tempeltänzerin töten? Oder Schafe und Fische vergiften? Und wer hat ihn selbst auf dem Gewissen? Wer ist für den Überfall auf den Herold Mareb verantwortlich? Wir haben nur eine Spur – die Frau, die Wenis Nachbar in der Nähe seines Hauses gesehen und die er für eine Ausländerin gehalten hat.«

»Stecken die Mitanni hinter all dem?«

»Das würde ich gern glauben, Majestät, aber die Beweise deuten in eine andere Richtung. Weni hat sich zwar Sinuhes Manuskript angeeignet, aber er hatte die Absicht, es an die Libyer zu verkaufen. Was den heiligen Amethyst angeht, so weiß nur Anubis selbst, wo er sich im Augenblick befindet. Und wie passt der Tod von Snefru in das Gesamtbild?« Amerotke lehnte sich gegen die Wand und seufzte. »Eure Majestät, Wesir Senenmut, das ist alles, was ich dazu sagen kann.«

»Aber wir haben dem noch etwas hinzuzufügen. Zeig ihm den Brief, Senenmut.«

Senenmut hob einen Papyrusbogen vom Boden auf und zeigte ihn dem Richter. Das Material war von guter Qualität, aber die Hieroglyphen, die den Bogen bedeckten, konnte Amerotke nicht entziffern.

»Das sind Mitanni-Schriftzeichen«, erklärte Senenmut. »Ein Briefwechsel zwischen dem König und seinen Abgesandten. Selbstverständlich«, fügte er sarkastisch hinzu, »haben die Boten zwei verschiedene Dokumente bei sich, ein offizielles und ein geheimes. Unser Haus der Geheimnisse hat herausgefunden, dass Tuschratta einen Nomaden dazu benutzt, Nachrichten zwischen Wanef und seinem Lager hin und her zu befördern. Wir haben ihn unter dem Vorwand, sein Recht, die Stadt zu betreten und auf den Märkten Handel zu treiben, überprüfen zu müssen, eine Weile festgehalten. Er wurde durchsucht und seine Waren beschlagnahmt. Diesen Papyrus fanden wir in einem seiner Körbe. Unsere Schreiber fertigten eine Kopie an. Die Übersetzung lautet wie folgt:

»›Tuschratta, König der Mitanni‹«, las Senenmut laut vor, »›an seine geliebte Halbschwester Wanef. Wir hörten von den Vorfällen, die sich während deines Aufenthaltes im Anubistempel ereigneten, und Wir müssen dich darauf hinweisen, dass die Verhandlungen unbedingt zum Abschluss zu bringen sind. Außerdem würde es Unser Herz mit Freude erfüllen, wenn das, was glänzt und das, was Wissen enthält, Uns möglichst bald ausgehändigt würde.‹«

Senenmut hob den Kopf.

»Meint er die Pracht des Anubis und Sinuhes Manuskript?«, fragte Amerotke.

»Daran hege ich keinen Zweifel.« Senenmut zog die Brauen hoch. »Damit steht fest, dass Tuschratta bei beiden Diebstählen die Hand im Spiel gehabt hat.«

»Nicht unbedingt«, widersprach Amerotke. »Er kann auch erst später von dem Diebstahl erfahren und heimlich versucht haben, beide Gegenstände an sich zu bringen.«

»Möglich«, gab Senenmut zu. »Aber hör weiter.« Er wandte seine Aufmerksamkeit wieder dem Papyrus zu. »›Wir vertrauen darauf, dass du den Gärtner zur Zusammenarbeit bewegen kannst.‹«

»Weni?« Hatschepsut spie den Namen förmlich aus.

»›Und den Schakal abschüttelst, der sich auf unsere Fährte geheftet hat.‹«

»Eine Anspielung auf mich?«, überlegte Amerotke laut. »Merkwürdig«, murmelte er vor sich hin. »Die Hyäne, wie sie ihren geheimen Spion nennen, wird überhaupt nicht erwähnt.«

»›Aber Unsere Hauptsorge gilt deiner Sicherheit und der deiner Begleiter‹«, las Senenmut weiter. »›Falls nötig, kehre zur Oase der Palmen zurück und hole unseren Rat ein. Der Friedensvertrag darf nicht gefährdet werden. In diesem Punkt stimmen unsere Ansichten mit denen der Pharaonenkönigin überein. Hüte dich vor dem Herold Mareb. Er hat guten Grund, uns zu hassen.‹«

»Das stimmt«, erklärte Hatschepsut. »Marebs Vater und Bruder wurden von den Mitanni in einen Hinterhalt gelockt. Beide wurden getötet und ihre Leichen den Aasgeiern der Wüste überlassen.«

»›Trau weder dem Gärtner noch dem Wesir Senenmut über den Weg‹«, fuhr Senenmut fort. »›Unsere Meinung in diesem Punkt kennst du ja.‹ Das ist soweit alles.« Senenmut ließ den Papyrusbogen wieder zu Boden fallen.

»Alles führt uns immer wieder zu Weni zurück«, stellte Amerotke fest. »Er war des Tags ein ägyptischer Herold und des Nachts ein gedungener Mörder; er bot sich an, für Ägypten zu spionieren, stand aber zugleich auch in den Diensten der Mitanni. In Wirklichkeit scheint er einzig und allein seine eigenen Interessen verfolgt zu haben.«

»Wir glauben«, Hatschepsut stampfte mit dem Fuß auf, »dass die Mitanni Weni anheuerten, weil er mit einer der Ihren verheiratet war. Von dem Krokodilmann, den Libyern oder sonst jemandem, der Informationen verkauft, erfuhren sie dann die Wahrheit über ihn. Sie wollten Sinuhes Manuskript an sich bringen, weil die darin beschriebenen neuen Handelswege ihnen große Vorteile bringen könnten, und die Pracht des Anubis, um uns lächerlich zu machen. Und als sie erkannten, dass man Weni nicht trauen kann, töteten sie ihn.«

»Die ganze Angelegenheit wirft mehr Fragen auf, als wir im Augenblick beantworten können.« Amerotke erhob sich. »Eure Majestät, dürfte ich dies an mich nehmen?« Er deutete auf die Ledertasche. »Ich möchte mich gerne etwas eingehender mit Sinuhes Manuskript befassen.«

»Natürlich.« Hatschepsut lächelte. »Pass gut darauf auf. Beim ersten Tageslicht musst du mit Mareb zur Oase aufbrechen.«

Amerotke hob die Tasche auf und machte Anstalten, auf die Knie zu sinken, doch Hatschepsut sprang auf, stellte sich auf die Zehenspitzen und küsste ihn auf beide Wangen.

»Du brauchst nicht niederzuknien«, flüsterte sie. »Das schickt sich nicht für einen Freund des Pharaos.« Sie kniff ihn spielerisch ins Handgelenk.

Amerotke nickte Senenmut zu und verließ den Raum.

Schufoy und Prenhoe warteten in der Vorkammer auf ihn. Beide scharrten aufgeregt mit den Füßen.

»Ich habe eine Botschaft von der Dame Norfret für dich!«, krähte der Zwerg. »Der Schlüssel zu ihrer Truhe ist nirgendwo ...«

»Nicht jetzt«, wehrte Amerotke ab. Er blickte zum Fenster hinüber: die Dunkelheit war bereits hereingebrochen. »Morgen ist auch noch ein Tag«, flüsterte er.

Er drückte die Tasche mit dem Manuskript fest an sich, verließ das Haus der Millionen Jahre und schlug den Weg zum Anubistempel ein. Die schattenhafte, in einen Umhang mit Kapuze gehüllte Gestalt, die ihm folgte, bemerkte er nicht.

Einer von ANUBIS' Beinamen lautete:
›Der von der Gotteshalle‹.

ZEHNTES KAPITEL

Der Streitwagen bestand aus Akazien-, Ulmen- und Birkenholz, ein schnelles, wendiges Gefährt, dazu bestimmt, die Linien der gegnerischen Infanterie erbarmungslos zu durchbrechen. Er war mit Kupfer und Elektrum verstärkt und zählte mit seinem mit rotem Leder gepolsterten Inneren, dem Bronzegeländer und den hohen Rädern mit den sechs Speichen zu den schönsten Wagen der ägyptischen Kriegsschwadron. Amerotke hielt sich am Geländer fest, wandte das Gesicht Richtung Norden, sog den kühlen Atem des Amun ein und murmelte das Morgengebet. Dann musterte er die Zugpferde, zwei kastanienbraune Stuten, die schnellsten und edelsten, die in den königlichen Ställen zu finden waren. Sie hießen ›Stolz der Hathor‹ und ›Glanz der Isis‹ und wurden von Mareb mit großem Geschick gelenkt.

Amerotke und der Herold hatten sich von der Begleitschwadron getrennt und waren wie der Wind über die trockene, aber dennoch faszinierende Einöde des Roten Landes östlich von Theben hinweggebraust. Die Sonne ging gerade auf; der Himmel schimmerte in leuchtender Farbenpracht. Die ersten Strahlen verwandelten die grauen Felsen, trockenen Flussläufe und ausgedörrten Täler in eine magische Traumlandschaft. Amerotke kannte nichts Schöneres als den Anblick der Wüste im Morgengrauen. Der Sand nahm dann eine dunkelviolette Tönung an, ein rosiger Hauch lag über den Gipfeln, und die trockenen Sträucher glichen schwarzen, gespenstischen Kreaturen aus der Unterwelt. Er warf seinem Begleiter einen verstohlenen Blick zu. Mareb konzentrierte sich voll und ganz darauf, den Wagen um Steinbrocken und Erdlöcher herumzulenken. Amerotke schloss die Augen, wie er es als Junge immer getan hatte, wenn sein Vater mit ihm hier herausgefahren war, um gemeinsam mit ihm die aufgehende Sonne anzubeten.

»Ich komme mir vor, als würde ich fliegen«, murmelte

er. »Als wäre ich ein Falke, der über die Wüste hinwegschwebt.«

Mareb drehte sich zu ihm um.

»Ein erhebendes Gefühl, nicht wahr? Lausch nur der Musik der Räder! Sie bringt das Blut zum Sieden!«

Amerotke schlug die Augen auf und umklammerte das Geländer noch fester, als Mareb die beiden Pferde zu einem wilden Galopp antrieb. Der Wagen schoss über den ausgefahrenen Pfad hinweg. Der Herold war ein erfahrener Wagenlenker, er kannte jede Kurve, jeden Stein. Allmählich begriff Amerotke, was er als ›Musik‹ bezeichnet hatte – das rhythmische Rattern der Räder, das Schwanken des Wagens, der einen ganz eigenen wilden Tanz vollführte, die trommelnden Hufe der Pferde, deren Köpfe mit dem schwarzen Federschmuck zwischen den Ohren auf- und abwippten, während sie über den harten Untergrund dahinrasten. Schließlich verlangsamte Mareb das Tempo. Die Sonne war jetzt ganz aufgegangen, das Licht so grell geworden, dass es blendete.

»Wünschst du jetzt deine Gebete zu verrichten?«

Amerotke erklärte sich einverstanden. Mareb zügelte die Pferde und flüsterte ihnen Kosenamen zu, dann brachte er den Streitwagen im Schatten eines Felsens zum Stehen. Amerotke und Mareb kletterten mit zittrigen Knien heraus. Es war nicht ungewöhnlich, dass Männer sich nach einer so wilden Jagd benommen fühlten oder gar in Ohnmacht fielen. Mareb kümmerte sich um die Pferde, fütterte sie mit ein paar Händen voll Hafer und rieb ihnen die Nüstern mit Wasser aus einem mitgebrachten Schlauch ein. Amerotke kontrollierte unterdessen die Räder, die Deichsel und die Achse. Mareb hatte den stabilsten Streitwagen ausgewählt, den er hatte finden können. Am Geländer hing ein großer brauner, mit Goldfäden bestickter Ledersack, der Wurfspeere, ein Schwert, eine Streitaxt, einen Bogen und einen Köcher mit Pfeilen enthielt. Amerotke breitete seinen Umhang auf den Boden aus. Er und Mareb brachen ihr Fasten mit etwas Trockenfleisch und Wasser. Danach knieten sie beide nieder und blickten zum Fernen Horizont und der aufgehenden Sonne hinüber.

»Deine Pracht erfüllt die ganze Welt«, stimmte Amerotke das Morgengebet an.

»Du bist in die Unterwelt hinabgetaucht
und hast das Böse besiegt.
Du erstrahlst über den Bergen.
Deine Portale sind aus Lapislazuli.
Deine Wände aus Silber.
Dein Boden aus Sykomorenholz.
Deine Tür ist aus Kupfer.
Dein Thron wird ewig bestehen.
Dein Wort erreicht alle Enden der Erde.
O herrlicher Ra, alles erzittert vor dir!«

Amerotke verbeugte sich und berührte mit der Stirn den Boden. Mareb tat es ihm nach. Amerotke fragte sich insgeheim, ob der Herold an diese Worte glaubte oder ob er, wie der Richter selbst, einige Zweifel hegte. Er murmelte ein stilles Gebet zur Göttin Maat und bat um Weisheit und ihren Schutz für ihn und alle, die ihm am Herzen lagen.

»In einer Stunde dürften wir die Oase erreichen.« Mareb erhob sich wieder.

In den dunkelgrünen Gewändern eines königlichen Streitwagenlenkers wirkte der Herold jünger und tatkräftiger als sonst, zumal sein Gesicht von der wilden Fahrt noch gerötet war. Sein Haar wurde von einem breiten weißen, mit Hieroglyphen bestickten Band gehalten, das ihn als Sprachrohr des Pharaos auswies. In der Kordel, die er sich um die Taille geschlungen hatte, steckte der weiße, mit einem kleinen goldenen Adler mit ausgebreiteten Schwingen verzierte Amtsstab.

»Hast du Angst vor einem Hinterhalt oder davor, verraten zu werden?«, fragte Amerotke.

Mareb ergriff die Zügel und starrte in die Wüste hinaus. Ab und an zerriss der Schrei eines Vogels die Stille, und die leichte Brise trug das gedämpfte Gebrüll eines Löwen herüber.

»Wenn ich ehrlich sein soll, dann flößen die Mitanni mir weniger Unbehagen ein als dieser Ort. Er wirkt so verlassen, aber das ist keineswegs der Fall. Hast du eben den Löwen gehört?«

Amerotke nickte.

»Hier wimmelt es nur so von Raubtieren und giftigem Ungeziefer«, knurrte Mareb. »Hyänen, Schakale, Raubkatzen, von Schlangen und Skorpionen ganz zu schweigen. Ein furchtbarer Ort, um zu sterben. Manchmal werde ich von Albträumen heimgesucht«, fuhr er leise fort. »Dann finde ich mich mitten in der Nacht ganz alleine in der Wüste wieder, und rund um mich herum versammeln sich schon die blutrünstigen Bestien.«

Amerotke unterdrückte ein Erschauern. »Aber für die Mitanni hast du auch nicht viel übrig, nicht wahr?«

»Nein, ich mag sie nicht, und sie mögen mich nicht. Mein Vater und mein älterer Bruder zogen mit der göttlichen Hatschepsut nach Norden. Beide fielen in der großen Schlacht. Ich konnte noch nicht einmal ihre Körper für die Reise in die Ewigkeit vorbereiten.«

»Und Weni?«, fragte Amerotke.

»Ich habe dir doch alles über ihn erzählt.« Mareb kletterte in den Wagen und zog die Zügel an. »Ein merkwürdiger Geselle.«

»Was hielten denn die Mitanni von ihm? Ihr wart doch öfter gemeinsam unterwegs.«

Amerotke bestieg gleichfalls den Wagen.

»Manchmal konnte Weni ziemlich verschlossen und mürrisch sein. Über sich selbst sprach er nie. Unsere Unterhaltungen drehten sich zumeist um das Haus der Abgesandten – wessen Stern im Sinken und wessen Stern im Aufgehen begriffen war, solche Dinge eben. Ich wusste, dass er Mitanni-Blut in den Adern hatte und auch mit einer Frau aus diesem Volk verheiratet war, also behielt ich meine Ansichten über dieses Pack für mich. Aber immer, wenn wir mit Wanef zusammentrafen, gewann ich den Eindruck, als wäre etwas zwischen den beiden. Die Prinzessin ist zwar keine Schönheit, aber trotzdem …« Er lachte leise. »Du weißt, was ich meine?«

»Glaubst du, sie übte einen gewissen Einfluss auf ihn aus?«

»Ich halte manchmal sogar das Unmögliche für möglich. Weni war nicht besser als eine Hure. Er verkaufte sich an denjenigen, der ihm am meisten bot. Gold und Silber waren seine Götter.«

»Wer immer ihn auch umgebracht haben mag, er muss ihn aus tiefster Seele gehasst haben«, meinte Amerotke. »Ihn von wilden Hunden in Fetzen reißen zu lassen …«

»Vielleicht stecken die Mitanni dahinter.«

Mareb schnalzte mit der Zunge und der Wagen setzte sich langsam in Bewegung.

»Wir sollten die Oase innerhalb der nächsten Stunde erreichen«, erklärte er. »Ich möchte nicht verschwitzt und mit Staub bedeckt dort ankommen.«

Amerotke klammerte sich am Geländer fest, als Mareb die Pferde angaloppieren ließ. Er war vor vielen Jahren das letzte Mal in der Oase der Palmen gewesen, aber je näher sie ihr kamen, desto stärker kehrten seine Erinnerungen zurück. Die kahle Wüste wich einer mit trockenem Gestrüpp bewachsenen Landschaft, und schließlich kam die Oase in Sicht, eine grüne Insel inmitten der sandigen Einöde. Amerotke sah Bronze in der Sonne aufblitzen. Die Mitanni schickten ihnen ihre Streitwagen entgegen, um sie in Empfang zu nehmen. Diese waren schwerer und klobiger als die der Ägypter, hatten vier Räder und wurden von mächtigen Schlachtrössern gezogen, von denen jedes gut und gern drei Reiter zu tragen vermochte.

»Tuschratta will uns beeindrucken«, murmelte Mareb.

Amerotke stimmte ihm zu. Die Mitanni donnerten auf sie zu. Der Federschmuck ihrer Schlachtrösser wippte auf und ab. Die Männer hielten Schilde in den Händen und trugen kupferne Brustpanzer, lederne Röcke und Bronzehelme mit riesigen Federn darauf. Mareb achtete nicht auf sie, sondern trieb die Pferde gleichmäßig vorwärts. Die

Mitanni-Streitwagen reihten sich zu beiden Seiten von ihnen auf. Amerotke hob die Hände zum Friedensgruß. Der Kommandant der Truppe erwiderte ihn. Sein Gesicht wurde von einem buschigen schwarzen Vollbart überwuchert, in dem weiße Zähne aufblitzten, als er Mareb grinsend aufforderte, ihm zu folgen. Langsam rumpelten sie den Pfad zur Oase entlang.

Amerotke stellte überrascht fest, wie geschäftig es dort zuging. Die Oase erstreckte sich gut vier Meilen nach beiden Seiten. Es wimmelte von leuchtend bunten Zelten, Verkaufsständen und provisorischen Pferdeställen. Ein Gemisch verschiedenster Gerüche erfüllte die Luft: Rauch von den vielen Lagerfeuern, Essensdüfte, Parfüm und Gewürze. Obwohl es auf den ersten Blick nicht so aussah, war das Lager gut organisiert. Zwischen den Zelten führten künstlich angelegte Gassen hindurch, und überall waren bewaffnete Wachposten aufgestellt. Es war unmöglich, sich der Oase unbemerkt zu nähern. Neben den Soldaten der Mitanni sah Amerotke auch Söldner aus Palästina, die auffällige Rüstungen und Kopfputze trugen, Kuschiten, Nubier, Libyer und sogar Männer von den Inseln im Großen Grün. Frauen kauerten an den Feuern, nackte Kinder rannten kreischend umher, Hunde kamen kläffend auf sie zugesprungen. Abgesehen von einigen Soldaten, die ihnen finstere Blicke zuwarfen, nahm niemand von Amerotke und Mareb Notiz. Endlich erreichten sie die Mitte der Oase. Der König hatte sein Zelt direkt am Wasser im Schatten von Sykomoren und Palmen aufgeschlagen.

Das königliche Zelt war groß und luxuriös.

Söldner aus Palästina in weißen Röcken, Bronzebrustpanzern und Beinschienen standen davor Wache. Amerotke und Mareb warteten, während ein Pferdeknecht Hathor und Isis ausschirrte und davonführte.

»Richter Amerotke, ich freue mich, dich wieder zu sehen.«

Amerotke drehte sich um. Wanef stand vor ihm und lächelte ihm zu. Sie trug ein schlichtes dunkelgrünes Gewand und einen blauen, mit Fransen gesäumten Schal. Amerotke ging auf sie zu.

»Ich hoffe, ihr hattet eine gute Reise.«

Der Richter verneigte sich.

»Und ich hoffe, die Rückreise wird gleichfalls ohne Zwischenfälle verlaufen. Und nun sag mir, warum ich überhaupt hier bin.«

»Wegen all dieser schrecklichen Vorfälle natürlich. König Tuschratta ist sehr ungehalten über den Mord an einem seiner Abgesandten, einem Mitglied des königlichen Rates. Wir benötigen eine Zusicherung eurerseits«, sie wählte ihre Worte sehr sorgfältig, »dass sich derartiges nicht wiederholt.« Ihr Blick fiel auf Mareb und ihr Lächeln verblasste. »Der König wird euch jetzt empfangen.«

Sie geleitete die beiden Männer an den Wachen vorbei in das königliche Zelt. Amerotke blieb verwirrt stehen. Im Inneren war es dunkel und sehr kühl. Sowie er sich wieder gefasst hatte, blickte er sich neugierig um. Der Boden war mit bunten Stoffbahnen ausgelegt. Kissen waren um kleine, mit Figürchen, Bechern, Krügen und Schalen überladene Tische herum verteilt. Von den Weihrauchgefäßen in den Ecken stieg ein süßer Duft auf. Wachposten und Fächerträger, die große, parfümierte Straußenfedern in den Händen hielten, standen unbeweglich wie die Statuen an den Wänden.

Sie befanden sich nur im Vorzelt. Tuschratta erwartete sie in dem größeren, noch üppiger ausgestatteten Innenraum. Der König saß auf einem Stapel Kissen. Hunro und Mensu hatten links von ihm Platz genommen, und Wanef ging jetzt auf ihn zu und setzte sich auf die Kissen zu seiner Rechten. Tuschratta, der ein weißes Gewand mit einer roten Schärpe trug, hob den Kopf. Er war hoch gewachsen und muskulös, hatte ein schmales, grausam wirkendes Gesicht und dunkles, eingeöltes Haar, das ihm bis auf die Schultern fiel. Seine Oberlippe war glatt rasiert, sein dichter, lockiger Bart reichte ihm dagegen bis zur Brust. Er blickte Amerotke nicht direkt an, sondern senkte den Kopf und musterte ihn unter zusammengezogenen Brauen hervor, während er sich seine fleischige Nase kratzte. In seinen Ohrläppchen baumelten Perlmuttkügelchen, ein juwelenbesetztes breites Band lag um seinen Hals, und seine Stummelfinger waren mit kostbaren Ringen geschmückt.

»Ich verstehe eure Sprache.«

Noch immer sah Tuschratta sie nicht an, sondern bedeutete ihnen lediglich mit einer Handbewegung, auf den Kissen vor ihm Platz zu nehmen. Mareb und Amerotke gehorchten. Diener brachten gekühlten Wein und gezuckerte Datteln. Amerotke nahm einen Becher Wein, verschmähte aber die Süßigkeiten. Der König jedoch griff nach der Platte, stopfte sich eine Dattel nach der anderen in den Mund und kaute geräuschvoll, dann rülpste er laut und wischte sich mit dem Handrücken über den Mund.

»Du bist gekommen, um mir eine Erklärung für die Vorfälle im Anubistempel zu liefern?«

»Ich habe dir überhaupt nichts zu erklären«, erwiderte Amerotke. »Warum sollte ich mich für etwas rechtfertigen, was Ägypten nicht zu verantworten hat?«

»Einer meiner Abgesandten ist tot!«

»Genau wie einer unserer Herolde.«

Tuschratta stocherte in seinen Zähnen herum. Ein tückischer Funke glomm in seinen Augen auf.

»Warum bist du dann hier, oberster Richter? Solltest du nicht in deinem Gerichtssaal sitzen? Sicher, wir haben zum Zeichen von Ägyptens gutem Willen um deine Anwesenheit gebeten, aber wenn du uns nicht mehr zu bieten hast ...«

Amerotke, der von Senenmut sorgfältig instruiert worden war, ehe er Theben verlassen hatte, überlegte sich seine Antwort gut.

»Ägypten wünscht Frieden, keinen Krieg«, erklärte er schließlich. »Aber zu Bedingungen der göttlichen Hatschepsut, der Verkörperung des Willens des Ra.«

Tuschratta verzog das Gesicht.

»Sie hat bereits ihre Bedingungen für einen dauerhaften Frieden gestellt«, fuhr Amerotke fort, ohne dem Blick des Königs auszuweichen. »Ägypten trifft keine Schuld an Snefrus Tod. Um dies zu bestätigen, bin ich hier.«

Er achtete nicht auf Hunros und Mensus unwilliges Knurren. Wanef verzog keine Miene.

»Was willst du damit sagen?«, schnaubte Tuschratta. »Dass ein Mitanni für Snefrus Tod verantwortlich ist?«

»Alles ist möglich, Majestät.«

»Zum Beispiel?«

»Denk an den Diebstahl der Pracht des Anubis, den Tod von Sinuhe und an sein verschwundenes Manuskript.«

Tuschrattas hageres Gesicht rötete sich vor Ärger.

»Wir sind nicht nach Ägypten gekommen, um dort zu stehlen.«

»Also weißt du nichts darüber?«

Tuschratta schüttelte den Kopf. Wanef hustete leise, dann griff sie nach ihrem Weinbecher. Ihre Armbänder klirrten bei der Bewegung. Amerotke war sicher, dass sie Tuschratta damit mahnen wollte, Ruhe zu bewahren.

»Richter Amerotke«, murmelte sie, »was den Tod eures Herolds Weni betrifft ...«

»Er war ein Verräter«, unterbrach Amerotke. »Verkaufte seine Ware stets an den, der ihm den höchsten Preis bot. Gehörtest du auch zu seinen ... Geschäftspartnern, Prinzessin Wanef?«

»Weni war ein Spion.« Wanef lächelte entschuldigend. »Er gab vor, uns Informationen zu beschaffen.« Sie schob die Unterlippe vor. »So verdienen sich Verräter nun einmal ihr Brot. Ich bin sicher, dass Wesir Senenmut auch hier in unserem Lager seine Spione sitzen hat. Wir haben zufällig erfahren ...«

»Von wem, von einem eurer Spione in Theben?« Amerotke lächelte leise.

»Sehr taktvoll ausgedrückt. Wir haben erfahren, dass Weni Sinuhe getötet, dessen Manuskript gestohlen und in seinem Grab in der Nekropole versteckt hat. O ja, wir wissen alles darüber. Er hat auch die Pracht des Anubis gestohlen und zum Kauf angeboten, aber nicht uns.«

»Wie hat er das fertig gebracht?«, wollte Amerotke wissen. »Hast du die Kapelle, in der der Stein aufbewahrt wurde, einmal gesehen?«

»Unseren Informationen zufolge ist Weni zusammen mit Nemrath in die Kapelle geschlichen«, erwiderte Wanef. »Er tötete den Priester, verbarg sich in einer der Nischen und schlüpfte unauffällig aus dem Raum, als das Verbrechen entdeckt wurde.«

Amerotke zwinkerte verblüfft. Mareb beugte sich vor und schien etwas sagen zu wollen, doch Wanef hinderte ihn mit einer Handbewegung daran, ohne überhaupt aufzublicken.

»Amerotke ist der Mund des Pharaos!«, fauchte sie. »Du bist lediglich seine Eskorte. Mit den Herolden Ägyptens haben wir nichts mehr zu schaffen!« Sie ließ die Hand sinken und fasste Amerotke ins Auge. »König Tuschratta wünscht, dass wir morgen früh nach Theben zurückkehren, um die Verhandlungen fortzusetzen. Wir werden den Friedensvertrag unterzeichnen und der Heirat unter zwei Bedingungen zustimmen: Mareb muss den Anubistempel verlassen, und der Sarkophag von König Tuschrattas Schwester muss aus dem Tal der Könige geholt und uns übergeben werden.«

Amerotke erinnerte sich an Senenmuts Rat.

»Ihr Leichnam ist einbalsamiert und im königlichen Mausoleum bestattet«, erklärte er voller Ungeduld, endlich wieder auf Weni und seine Verbrechen zurückzukommen. »Warum lasst ihr sie nicht in Frieden an der Seite ihres Gebieters, des Pharaos, schlafen?«

Er hielt inne, weil er merkte, dass der neben ihm sitzende Mareb vor Wut bebte. »Und welche Vorbehalte habt ihr gegen einen ägyptischen Herold?«

»Ich denke, unsere Forderungen sind berechtigt«, entgegnete Tuschratta langsam. »Benia war meine Schwester und fast noch ein Kind, als sie die Gemahlin Pharao Thutmosis' wurde.« Sein Gesicht wurde weich. »Wenn ich einst in meinem Grab liege, möchte ich meine geliebte Schwester bei mir wissen.«

Amerotke verneigte sich. »Ich werde mich persönlich darum kümmern. Und was ist mit unserem Herold?«

Tuschratta würdigte Mareb keines Blickes.

»Wie viele Ägypter hat auch euer Herold in der großen Schlacht im Norden Familienangehörige verloren. Er sollte seine Gefühle besser verbergen, der Hass in seinen Augen verrät ihn. Wir halten ihn ebenfalls für einen Spion.«

Amerotke packte Mareb am Handgelenk, um ihm zu verstehen zu geben, dass er schweigen und nicht weiter auf diesen Punkt eingehen sollte. Das Hohnlächeln auf Wanefs Gesicht gefiel ihm nicht. Unmerklich hatte sich die Atmosphäre verändert. Hatschepsut hielt die Macht in den Händen und diktierte die Friedensbedingungen. Tuschratta musste sich ihren Wünschen fügen, trotzdem machten sich die Mitanni insgeheim über sie lustig, das spürte Amerotke ganz deutlich.

»Warum wurden wir nicht schon in Theben von Wenis Treiben in Kenntnis gesetzt?«, hakte er nach.

»Wir hielten es für sicherer, diese Angelegenheit hier zu besprechen«, meinte Wanef. »Wir haben keine handfesten Beweise, außerdem erfuhren wir erst kurz vor unserer Abreise aus Theben davon.«

Amerotke betrachtete die Insignien auf der Kriegsstandarte, die hinter Tuschratta hing: eine Mondsichel, von Sternen umgeben, und die Darstellung eines Hundegottes. Er wollte gerade eine weitere Frage stellen, als die Zeltklappe sich öffnete. Tuschrattas Haushofmeister trat, auf seinen Amtsstab gestützt, ein, gefolgt von einer Dienerschar, die Platten mit geröstetem Antilopenfleisch, Feigen und anderen Früchten trugen. Ein würziger Duft erfüllte das Zelt. Amerotke starrte die Diener fasziniert an. Ihre Haut war tiefschwarz, sie waren nicht größer als Schufoy, und sie bewegten sich mit erstaunlicher Anmut. Sie wirkten wie Kinder, waren aber erwachsene Männer und Frauen. Außer ledernen Lendenschurzen trugen sie nichts am Leibe. Reifen klimperten an ihren Handgelenken, und in ihren Ohren und Nasen glitzerten kleine goldene Pflöcke. Als eine der Dienerinnen ihre Platte absetzte, fing sie Amerotkes Blick auf und schenkte ihm ein bezauberndes Lächeln.

»Wundervoll«, murmelte der Richter.

Er hatte schon von diesen Menschen gehört, sie stammten aus dem Dschungel weit im Süden, aber er hatte noch nie Vertreter dieses Volkes zu Gesicht bekommen.

»Gefallen dir meine kleinen Leute?«, fragte Tuschratta. »Ich besitze insgesamt zwölf davon, ihr Häuptling hat sie mir zum Geschenk gemacht.«

Die Drohung in seinen Worten entging Amerotke nicht. Tuschratta erinnerte Ägypten daran, dass auch er Verbündete hatte. Amerotke sah den Dienern nach, als sie das Zelt verließen. Da die Höflichkeit es ihm gebot, kostete er vorsichtig von den dargereichten Gerichten. Mareb rührte keinen Bissen an und saß nur schweigend mit hochmütig erhobenem Kopf da. Amerotke nutzte die Pause, um über das nachzudenken, was Tuschratta ihm über Weni verraten hatte. Es war vielleicht tatsächlich möglich, während des Priesterwechsels unbemerkt in die Kapelle zu schlüpfen, sich in einer Nische zu verbergen, Nemrath zu töten und in der darauf folgenden allgemeinen Verwirrung unbemerkt zu flüchten. Trotzdem war der Täter ein großes Risiko eingegangen. Hatte er vielleicht Komplizen gehabt?

»Amerotke?«

Der Richter hob den Kopf.

»Wir akzeptieren dein Wort im Namen Ägyptens, dass unsere Abgesandten bei euch sicher sind«, murmelte Tuschratta. »Du und der Herold werdet kurz vor Anbruch der Dämmerung aufbrechen und die göttliche Hatschepsut davon in Kenntnis setzen, dass Prinzessin Wanef und meine beiden Ratgeber hier morgen früh in Theben eintreffen werden. In fünf Tagen wird der Friedensvertrag unterzeichnet.«

Tuschratta drehte sich zu Wanef um, die Versammlung war beendet. Amerotke seufzte. Die Fahrt war zwar anstrengend, aber notwendig gewesen. Ein Mitanni-Abgesandter war getötet worden, er hatte im Namen Ägyptens sein Wort gegeben, dass sein Land nichts damit zu tun hatte, und Tuschratta hatte ihm geglaubt.

Amerotke erhob sich, verneigte sich und verließ zusammen mit Mareb das Zelt. Draußen hatten sich die ›kleinen Leute‹ Tuschrattas um den Haushofmeister geschart, der ihnen mit Honig überzogene Datteln zusteckte. Doch sie wandten ihre Aufmerksamkeit augenblicklich Amerotke und Mareb zu, berührten ihre Gewänder, ihre Armbänder und das Maat-Amulett, das Amerotke um den Hals trug. Dabei schnatterten sie mit ihren hohen Stimmen auf ihn ein. Die Frauen verhielten sich dabei weitaus freundlicher und aufgeschlossener als die zurückhaltenderen Männer. Amerotke bemerkte, dass einige von ihnen kleine Rohre im Gürtel und Beutel aus Antilopenleder um den Hals trugen. Er versuchte, sie in ein Gespräch zu verwickeln, doch der Haushofmeister trat dazwischen und geleitete ihn zu einem kleinen Zelt am anderen Ende des Lagers. Es war mit Kissen und dicken Teppichen ausgestattet, auf dem Tisch standen einige abgedeckte Platten mit verschiedenen Speisen, auch ein Krug mit gekühltem Wein war nicht vergessen worden. Der Haushofmeister verabschiedete sich und zog sich zurück.

»Das war eine schwere Beleidigung.« Mareb warf sich auf die Kissen. Sein Gesicht war vor Wut rot angelaufen. »Eine Horde von Barbaren, das sind sie! Sie haben uns noch nicht einmal Gelegenheit gegeben, uns zu reinigen, ehe sie das Essen aufgetragen haben. Sie wollten uns verhöhnen!«

»Vielleicht.« Amerotke nahm ihm gegenüber Platz. »Aber gönn ihnen doch die kleine Freude. Die Mitanni sind besiegt. Tuschratta kann zwar herumprahlen und diese und jene Forderung stellen, aber das ändert nichts daran, dass er die Schlacht und den Krieg verloren hat. Er muss auf Hatschepsuts Bedingungen eingehen. Ich weiß nicht recht, ob er bei dem Mord an Sinuhe und dem Diebstahl des Amethysts nicht doch die Hand im Spiel gehabt hat. Mag er nur auf der Herausgabe von Benias Sarkophag bestehen. Hatschepsut ist einzig und allein daran interessiert, ihn zum Verbündeten zu gewinnen, damit ihre Truppen, Karawanen und Schiffe überall freies Geleit haben.«

»Du hättest Protest einlegen sollen«, ereiferte sich Mareb. »Immerhin bin ich persönlicher Herold der göttlichen Hatschepsut.«

Amerotke beugte sich vor.

»Sag mir, Mareb«, bat er ruhig, »hast du dein Amt noch nie dazu benutzt, andere deine Abneigung spüren zu lassen? Ein höhnisches Lächeln hier, ein verächtlicher Blick dort? Sag mir die Wahrheit.«

Mareb senkte den Kopf.

»Es ist schwer für mich«, murmelte er. »Ich habe meinen Vater und meinen Bruder geliebt, und da sitzt ihr Mörder in seinem prunkvollen Zelt und stopft sich mit Leckereien voll.« Er hob den Kopf. Seine Augen glühten. »Ich wünschte, der göttliche Pharao wäre in seine Hauptstadt einmarschiert, hätte sie dem Erdboden gleichgemacht und ihn selbst ans Kreuz schlagen lassen!«

Amerotke hörte draußen vor dem Zelt Schritte und gebot ihm mit erhobener Hand Schweigen. Die Zeltklappe wurde beiseite geschoben und Wanef schlüpfte herein.

»Seid ihr mit eurer Unterkunft zufrieden?«, fragte sie.

»Durchaus, aber lange werden wir hier nicht bleiben.«

»Nein, ich weiß. Eure Pferde sind gefüttert, getränkt und herumgeführt worden. Ich habe unseren Waffenmeister angewiesen, euren Streitwagen zu inspizieren, um sicherzugehen, dass alles in Ordnung ist.«

»Niemand soll ihn anrühren!«, bellte Mareb.

Wanef warf ihm einen finsteren Blick zu.

»Deine Mission war erfolgreich, Amerotke.« Sie erhob sich. »Du hast die Wogen geglättet. Ich denke, es ist das Beste, wir belassen es dabei.«

Sie verneigte sich knapp und verließ das Zelt. Amerotke streckte sich auf einem kleinen Lager aus Kissen und mit Wolle gefüllten Leinensäcken aus.

»Wir sollten uns ein wenig ausruhen, Mareb«, meinte er. »Sobald die Sonne zu sinken beginnt, werden wir aufbrechen.« Er lächelte. »Und dir rate ich, dich immer in meiner Nähe zu halten.«

Mareb versetzte dem Tisch einen Tritt, dass die Platten klirrten, und begab sich dann zu seinem eigenen Lager.

Amerotke murmelte ein Gebet für Norfret und die Jungen und versuchte, sein eigenes immer stärker werdendes Unbehagen zu unterdrücken. War diese Reise wirklich zwingend notwendig gewesen? Was fanden die Mitanni nur so erheiternd? Hatte es Tuschratta lediglich Vergnügen bereitet, ihnen ein paar Seitenhiebe zu versetzen? Und warum hatte er keine Entschädigung für Snefrus Tod verlangt? Aber andererseits traf Ägypten keine Schuld an dessen Tod, warum sollte es dann Wiedergutmachung leisten? Und was war von den Neuigkeiten über Weni zu halten? Hatte er allein gearbeitet oder einen Komplizen gehabt? Amerotke wünschte, Schufoy wäre bei ihm. Der Zwerg legte manchmal einen erstaunlichen Scharfsinn an den Tag. Schließlich fiel der Richter in einen tiefen Schlaf. Als Mareb ihn wachrüttelte, stellte er fest, dass der Tag sich bereits dem Ende zuneigte.

»Die Sonne sinkt«, meinte der Herold. »Ich war gerade draußen. Den Pferden fehlt nichts, und der Wagen scheint auch in Ordnung zu sein.«

Amerotke stand auf und wusch sich Gesicht und Hände. Sie verzehrten einige der bereitgestellten Speisen und tranken etwas Wein dazu. Von draußen erklang das Rattern eines Wagens und Pferdegewieher. Mareb eilte hinaus. Amerotke folgte ihm. Der Herold überprüfte rasch Räder, Geschirr und Zügel, ohne auf die umstehenden Mitanni-Offiziere zu achten.

»Wir werden euch bis zum Rand des Lagers begleiten«, erbot sich einer von ihnen.

Mareb würdigte ihn keiner Antwort. Amerotke nickte und kletterte neben dem Herold in den Wagen. Die Luft hatte sich abgekühlt, die Sonne an Kraft verloren und eine rötliche Farbe angenommen, die Schatten wurden länger. Die Bewohner des Lagers bereiteten sich auf die Nacht vor. Mareb trieb die Pferde an, und die Mitanni eskortierten sie bis zum Rand der Oase. Keine Abschiedsworte wurden gewechselt, doch Mareb drehte sich noch einmal um und spie in den Staub, um seiner Verachtung Ausdruck zu verleihen. Dann schnickte er mit den Zügeln, und die Pferde galoppierten so unvermutet an, dass Amerotke sich am Geländer festhalten musste.

»Amun sei Dank!«, rief der Herold. »Endlich sind wir von ihrem Gestank befreit und können wieder saubere Luft atmen.«

Amerotke stimmte ihm zu. Es war schon lange her, seit er zum letzten Mal in einem Streitwagen durch die abendliche Wüste gerast war; zu jener magischen Zeit, wo sich sowohl das Aussehen als auch die Farbe der Felsen, der Büsche und des Sandes ständig zu verändern schien. Mareb reagierte die in ihm schwelende Wut ab, indem er die Pferde lauthals anfeuerte. Sie befanden sich jetzt tief im Herzen der Wüste. Amerotke bemerkte ein paar Löwen, die hinter den Büschen lauerten und sie beobachteten. Mareb trieb die Pferde an, dann murmelte er eine verhaltene Verwünschung, zog die Zügel an und blickte an der Außenwand des Wagens hinunter.

»Was ist?«, fragte Amerotke.

»Er läuft auf einmal so unruhig.«

Amerotke hielt sich fester am Geländer fest. Mareb hatte Recht, jetzt spürte auch er die leisen Vibrationen.

»Ich bin mir nicht sicher, ob es an den Pferden oder am Wagen liegt.« Mareb hielt an.

Die beiden Männer kletterten vom Wagen. Mareb kauerte sich neben dem rechten Rad nieder und untersuchte es sorgfältig. Die Sonne versank allmählich als roter Feuerball hinter dem Horizont. Amerotke fröstelte im kühlen Abendwind. Er hatte keine Angst, die Wüste bei Tag zu durchqueren, aber was, wenn sie jetzt, kurz vor Anbruch der Nacht, einen Schaden an dem Wagen feststellten? Wie weit waren sie noch von den ägyptischen Streitwagenschwadronen entfernt? Er blickte sich um und schluckte hart. Auf einem ein Stück entfernt liegenden Hügel bewegten sich Schatten: Die Löwen, deren Neugier geweckt worden war, behielten sie aufmerksam im Auge. Mareb hockte noch immer neben dem Rad.

»Ich kann nichts finden. Könntest du einmal einen Blick auf die Pferde werfen?«

Amerotke ging um den Wagen herum und klopfte den Stuten auf den Widerrist. Mareb hatte sich wieder aufgerichtet und murmelte etwas Unverständliches vor sich hin. Amerotke hob Hathors Bein an und tastete es nach Schwellungen oder Verletzungen ab. Nichts. Dann ging er zu Isis hinüber. Auch hier konnte er nichts Ungewöhnliches feststellen. Gerade wollte er sich abwenden, da bäumte sich Hathor plötzlich im Geschirr auf und keilte aus. Amerotke sprang zurück. Mareb kam angelaufen, packte das aufgeregte Tier am Halfter und sprach beruhigend auf es ein.

»Wahrscheinlich hat sie sich vor einer Schlange erschreckt«, murmelte er. »Der Wagen ist vollkommen in Ordnung.«

Er warf seinen Amtsstab in den Wagen, als sei er ihm lästig geworden, und stieg dann selbst ein. Amerotke folgte ihm. Mareb schnalzte mit der Zunge, und der Wagen setzte sich langsam in Bewegung. Der Herold beobachtete die Pferde genau. Gerade als Amerotke feststellen wollte, dass sie sich offenbar getäuscht hatten, bäumte sich Hathor erneut auf. Ihre wirbelnden Hufe trafen Isis, die auf die Hinterhand sank. Irgendetwas stimmte mit Hathor nicht. Die Stute begann plötzlich zu zittern. Schaum trat auf ihre Nüstern.

»Spring!«, befahl Mareb, zerrte Amerotke mich sich und landete mit einem Satz auf der Erde.

Hathor brach zusammen, warf ein letztes Mal den Kopf hoch und zog die Oberlippe zurück. Mareb schnitt sie blitzschnell vom Geschirr los, eine Kunst, die jeder Streitwagenlenker beherrschen musste. Hathor kippte zur Seite und bewegte kraftlos die Beine. Mareb rief Amerotke zu, er solle Isis ein Stück zur Seite führen. Amerotke gehorchte. Es bereitete ihm einige Mühe, das unruhige Tier aus dem Geschirr zu befreien. Als es ihm endlich gelungen war, hatte Mareb Hathor bereits die Kehle durchgeschnitten. Ein Blutstrom quoll aus der breiten Wunde. Das Pferd, das all seine Schönheit eingebüßt hatte, lag mit glasigen Augen auf der Seite und rührte sich nicht mehr. Mareb deutete auf den aufgeblähten Bauch des Tieres.

»Ein Unfall?«, fragte Amerotke.

Mareb schüttelte den Kopf.

»Gift!« Er starrte an Amerotke vorbei auf Isis. »Möge Amun uns gnädig sein!«

Amerotke fuhr herum. Erst jetzt sah er, dass Isis stark lahmte. Dort, wo die panikerfüllte Hathor sie mit den Hufen getroffen hatte, prangte eine hässliche klaffende Wunde. Mareb packte das Pferd am Zügel, führte es auf und ab und murmelte ihm beruhigende Worte zu. Das herrliche Tier war schwer verletzt. Es hinkte so jämmerlich, dass sogar Amerotke erkannte, dass ihm nicht mehr zu helfen war.

»Das ist nicht nur eine Fleischwunde«, sagte Mareb tonlos. »Das Bein ist gebrochen.«

Amerotke nickte. Er wandte sich ab, als Mareb auch dem zweiten Pferd die Kehle durchschnitt. Er blickte zum dunklen Himmel empor und fluchte leise. Obwohl die Nacht hereinbrach, hatten die Geier das vergossene Blut bereits gewittert. Drei Stück kreisten bereits über ihnen. Der Richter drehte sich zum Hügel um. Die schwarzen Schatten waren jetzt deutlicher zu erkennen. Das gesamte Rudel schien sich dort versammelt zu haben. Auch die Löwen hatten das Geschehen verfolgt und im Abendwind den Blutgeruch aufgenommen.

Mareb war Amerotkes Blick gefolgt. »Es wird nicht lange dauern, dann sind uns sämtliche Raubtiere der Wüste auf den Fersen«, bemerkte er.

Amerotke nahm den Ledersack mit den Waffen vom Wagen.

»Dann sollten wir machen, dass wir hier wegkommen«, schlug er vor.

Sie marschierten los. Amerotke blickte sich noch einmal um. Die Löwen, die alle Furcht vor den Menschen vergessen hatten, schlichen den Hügel hinunter und trotteten auf die immer größer werdenden Blutlachen zu. Amerotke folgte Mareb eilig. Die Sonne ging jetzt rasch unter, die Nacht legte sich wie ein schwarzer Mantel über das Land. Der Wind wurde merklich kühler. Amerotke versuchte, sich an die Zeit seiner Militärausbildung zu erinnern. Die

Wüste, tagsüber ein glühend heißer Sandkessel, würde sich innerhalb kürzester Zeit in eine eisige Einöde verwandeln.

»Wir können nicht weitergehen«, rief er Mareb zu.

»Warum nicht?«

»Wir haben kaum Proviant bei uns.« Amerotke deutete auf die Ledertasche, die Mareb bei sich trug. »Wenn die Mitanni unsere Pferde vergiftet haben, würde ich nichts essen oder trinken, was aus ihrem Lager stammt.«

»Also glaubst du auch, dass Hathor vergiftet wurde?« Mareb machte kehrt.

»Ich weiß es nicht.« Amerotke legte den Sack mit den Waffen auf den Boden. »Wir können es jedenfalls nicht beweisen. Hathor bekam erst auf dem Rückweg Probleme. Sie war ein edles, hochgezüchtetes Tier. Solche Pferde werden schnell einmal krank. Und morgen früh wird von ihr nicht mehr viel übrig sein, was man untersuchen könnte.«

Amerotke hielt inne. Der Wind trug das gedämpfte Brüllen eines Löwen herüber, ein bedrohliches kehliges Geknurr, gefolgt von dem schrillen Bellen der großen gestreiften Hyänen, die mindestens ebenso gefährliche Räuber waren wie die Löwen, denen sie folgten.

»Wir können nicht weitermarschieren«, fuhr Amerotke fort. »Wir haben kein Wasser und nichts zu essen, und der Blutgeruch wird den Jagdinstinkt dieser Bestien nur noch anregen. Und im Dunkeln ist ein Mensch eine genauso leichte Beute wie eine Antilope.« Er deutete auf einen mit dichtem Gestrüpp und Stechginster bewachsenen Hügel. »Das Einzige, was die Raubtiere fern halten wird, ist Feuer. Wir haben Feuersteine und Bogensehnen bei uns …«

Mareb stimmte ihm zu. Die beiden Männer eilten weiter. Mittlerweile war es stockfinster geworden. Mareb stolperte, schlug zu Boden, rappelte sich rasch wieder hoch und hinkte, üble Verwünschungen ausstoßend, so schnell er konnte weiter. Amerotke zog ihn den Hügel hoch. Sie bahnten sich einen Weg durch das dichte Dornengestrüpp, das ihnen Arme und Beine zerkratzte, und bereiteten sich darauf vor, die Jäger der Nacht abzuwehren.

In der frühen ägyptischen Geschichte waren die Riten des ANUBIS allein dem Pharao vorbehalten.

ELFTES KAPITEL

Sie sammelten einen Arm voll trockenes Gestrüpp und entfachten mit Hilfe des Feuersteins und der Bogensehne ein kleines Feuer. Dann schlugen sie mit der Streitaxt, die sie aus dem Wagen mitgenommen hatten, einen kleinen Vorrat an dürrem Holz. Die nächtliche Wüstenluft wurde von unheimlichen Geräuschen durchdrungen.

»Schade um zwei so wunderschöne Pferde«, murmelte Amerotke, während er nachdenklich in die Nacht hinausschaute.

»Wir hatten keine andere Wahl.« Mareb wärmte sich die Hände über den Flammen. »Hathor wurde vergiftet und Isis lahmte. Ein schneller Tod war gnädiger, als wenn ich sie den Raubtieren überlassen hätte.«

»Wann wurde Hathor denn deiner Meinung nach vergiftet?«, fragte Amerotke.

»Wahrscheinlich kurz bevor wir aufgebrochen sind, aber wie sollen wir das beweisen? Die Mitanni werden das Ganze als Unfall abtun. Sie haben die Sache gut geplant; ein fahruntüchtiger Streitwagen draußen in der Wüste, deren Lenker keine Chance hatten.«

»Aber warum?«

»Weil sie wissen, dass du die Todesfälle im Anubistempel untersuchst. Und du stehst in dem Ruf, von einer einmal aufgenommenen Spur nicht mehr abzulassen.« Im Schein des Feuers sah Amerotke, dass sich Marebs Gesicht zu einem Lächeln verzog. »Außerdem hätten sie zugleich einen der engsten Ratgeber der göttlichen Hatschepsut aus dem Weg geräumt. Später hätten sie beschworen, dass du das Lager bei bester Gesundheit verlassen hast und einem unseligen Unfall zum Opfer gefallen sein musst.«

Ein Löwe brüllte im Dunkeln. Amerotke erhob sich.

»Diese Gefahr besteht nach wie vor.«

Er blickte zu den Sternen empor, die funkelnden Edelsteinen auf einem dunklen Kissen glichen. Sie schienen so nah zu sein, dass er meinte, nur die Hand ausstrecken zu müssen, um sie abpflücken zu können. Der Mond tauchte die Wüste in ein silbernes Licht. Ein eisiger Wind zerrte an seinem Umhang. Amerotke fröstelte. Wieder brüllte der Löwe auf. Amerotke erhaschte einen Blick auf dunkle Schatten, die hinter dem Gestrüpp umherschlichen. Im Feuerschein glühten bernsteinfarbene Augen auf.

»Sei vorsichtig«, warnte Mareb.

Er sprang auf und legte einen Pfeil an die Sehne. Amerotke wurde es unbehaglich zu Mute.

»Gib mir das!«

Mareb reichte ihm den Bogen. Amerotke riss einen Streifen von seinem Umhang ab, wickelte ihn um die Pfeilspitze, hielt sie in die Flammen, bis der Stoff Feuer gefangen hatte und schickte den Pfeil dann in die Dunkelheit hinaus. Er schlug funkensprühend auf dem harten Boden auf und bildete dort eine Weile lang einen kleinen Lichtkreis. Amerotkes Unbehagen wuchs. Dort draußen lauerten mehr Schatten, als er zunächst angenommen hatte. Er dachte an seine Militärzeit zurück. Einmal war er zusammen mit anderen Rekruten vom Ausbilder in die Wüste hinausgeführt worden, um dort eine Nacht unter freiem Himmel zu verbringen.

»Nehmt euch vor den Raubkatzen und Hyänen in Acht«, hatte der Ausbilder ihnen eingeschärft. »Sowie sie einmal Blut gewittert haben und ihr Jagdinstinkt geweckt ist, geben sie sich erst dann zufrieden, wenn sie getötet haben.«

Amerotke erstarrte. Ein Schatten schlich durch die Dunkelheit auf sie zu. Er stieß Mareb zur Seite und schickte einen weiteren brennenden Pfeil in Richtung der Raubtiere. Die mächtige Löwin brüllte wütend auf und zog sich zurück.

»Wir werden sie nicht mehr loswerden«, erklärte Amerotke. »Die beiden Pferde haben ihren Hunger nicht gestillt. Sie sind unserer Fährte gefolgt.«

Er blickte sich voller Verzweiflung um. Mareb, der in Schweiß gebadet zu sein schien, packte einen Speer, stach damit planlos ins Leere und brüllte Verwünschungen ins Dunkel hinaus. Ihre Lage war jetzt ausgesprochen bedrohlich geworden. Überall um sie herum zerriss das Geheul der Hyänen und das dumpfe Gebrüll der Löwen die Nachtluft. Hastig entfachte Amerotke ein weiteres Feuer. Einmal kam die große Löwin, offenbar die Anführerin des Rudels, direkt auf sie zu und machte erst kehrt, als Amerotke ihr ein brennendes Holzscheit entgegenschleuderte. Ein Geräusch hinter ihm ließ ihn herumfahren. Im Feuerschein konnte er die stumpfe Schnauze und den langen Hals einer Hyäne ausmachen. Mit lautem Geschrei vertrieb er das Tier. Mareb war vor Angst wie von Sinnen. Unaufhörlich verfluchte er die Mitanni und bedachte sie mit den übelsten Beschimpfungen. Amerotke blickte zum Nachthimmel empor. Wenn der Tag anbrach, waren sie in Sicherheit, aber es würde noch einige Stunden dauern, bis sich die ersten roten Streifen am Himmel zeigten. Er war nur dankbar, dass ihre Lagerstätte von so üppig wucherndem Gestrüpp umgeben war. Dies und das Feuer würden die Tiere fern halten, aber wie lange? Inzwischen hatten sie drei kleine Feuer angefacht, aber um frisches Brennholz zu holen, mussten sie den Lichtschein verlassen. Amerotke wusste nicht genau, wie nahe ihnen die Raubkatzen waren. Gelegentlich trug die nächtliche Brise den typischen beißenden Geruch zu ihnen herüber, den nur wilde Tiere ausströmten.

Mareb war vor Furcht so außer sich, dass er sich weigerte, das Feuer zu verlassen, also musste Amerotke allein neues Brennmaterial herbeischaffen. Während er Zweige knickte, hatte er immer ein wachsames Auge auf die um ihn herumschleichenden Schatten. Einmal, als er sich gerade über einen Busch beugte, brach die Löwin aus dem Gestrüpp. Amerotke stieß einen lauten Schrei aus, um Marebs Aufmerksamkeit auf die Bedrohung zu lenken, und der Herold warf einen brennenden Ast nach dem Tier, um es zu vertreiben.

»Wir müssen uns etwas anderes einfallen lassen«, keuchte der Richter.

Sein Blick fiel auf die Ledertasche, die ihren Proviant und einen kleinen Krug mit Öl enthielt. Er hob sie auf.

»Wir haben keine andere Wahl«, beharrte er. »Wir können es nicht länger wagen, uns vom Feuer zu entfernen, um Holz zu sammeln.«

»Was sollen wir dann tun?«, fragte Mareb dumpf.

Schließlich erklärte er sich mit Amerotkes Vorschlag einverstanden, brauchbare Brandpfeile herzustellen. Sie rissen Amerotkes Umhang in Streifen, tränkten diese mit Öl und befestigten sie an den Spitzen der Pfeile. Dann schickte Amerotke Pfeil um Pfeil in das dichte Gestrüpp. Zuerst fürchtete er, sie würden erlöschen, aber dann roch er den Rauch und sah kleine Flammen im Gebüsch aufzüngeln.

»Wir stecken das gesamte Gestrüpp in Brand«, befahl er, den Herold am Arm packend. »Das ist unsere einzige Chance. Wenn wir noch länger warten, erlischt das Feuer, und die blutrünstigen Bestien um uns herum werden kühner.«

Mareb beruhigte sich ein wenig. Mit Hilfe weiterer Pfeile und ihrer Lanzen entzündeten die beiden Männer in dem Gestrüpp rings um sie herum mehrere Feuer. Das trockene Gebüsch brannte wie Zunder, der Nachtwind fachte die Flammen an und trieb den Rauch manchmal zu ihnen herüber, sodass ihnen die Augen tränten, und manchmal in die Wüste hinaus. Im Licht des Feuers konnten sie jetzt auch die Feinde deutlich erkennen, und Amerotkes Magen krampfte sich vor Furcht zusammen. Sie hatten es nicht nur mit einem Löwenrudel zu tun, wie er zunächst gedacht hatte, sondern mit zweien oder gar dreien, die allesamt vom Blutgeruch angelockt worden waren. Außerdem konnte er die unförmigen Silhouetten mehrerer Hyänen ausmachen. Zuerst begriff er nicht, wie es möglich war, dass sich so viele Tiere auf einmal hier versammelt hatten.

»Natürlich!«, rief er plötzlich. »Die Mitanni haben in diesem Gebiet gejagt und die Antilopenherden vertrieben. Der größte Teil des Wildes hier ist auf Tuschrattas Tafel gelandet.«

Mareb nickte zustimmend. Er hatte seine Angst scheinbar überwunden.

»Deswegen sind die Raubkatzen so hartnäckig.« Amerotke rang sich ein Lächeln ab. »Sie müssen die Pferde als eine Gabe der Götter betrachtet haben.«

Er ließ sich auf dem Boden nieder und beobachtete das Feuer. Fast war er versucht, sein Pech zu verwünschen. Er lenkte sich ab, indem er an Norfrets Lächeln dachte; an Schufoy, wie er seine beiden Söhne durch den Garten jagte; an Prenhoe, der ständig von seinen Träumen schwafelte und an Asural, wie er in voller Uniform durch den Maat-Tempel stolzierte. Er versuchte zu schlafen, bekam aber kein Auge zu. Der Feuerkreis hatte sich jetzt um sie geschlossen, und der beißende Qualm verursachte ihm Hustenreiz. Amerotke dankte Maat dafür, dass die Nacht klar war und die Flammen sie vor den Angreifern schützten. Er schwor sich insgeheim, der Göttin ein besonderes Opfer darzubringen, wenn er sicher nach Theben zurückkehren durfte. Mareb kauerte neben ihm nieder. Seine Zähne klapperten; ob vor Kälte oder vor Furcht, das konnte Amerotke nicht sagen. Beide starrten unverwandt Richtung Osten und sehnten die ersten Strahlen der aufgehenden Sonne herbei. Die Nacht verstrich, die Flammen wurden allmählich schwächer und der Rauch dichter.

»Ob sie uns trotzdem angreifen werden?«, murmelte Mareb.

»Tiere fürchten sich vor nichts so sehr wie vor dem Feuer«, beruhigte ihn Amerotke. »Selbst wenn sie noch so hungrig sind, wagen sie sich nicht an die Flammen heran. Lass uns beten, dass es bald hell wird und jemand den Rauch bemerkt.«

Endlich verfärbte sich der Himmel im Osten. Amerotke rieb sich die Augen. Ja, dort zeigte sich tatsächlich ein rotgoldener Schimmer. Amerotke liebte es, auf dem Dach seines Hauses zu sitzen und den Sonnenaufgang zu bewundern, aber noch nie war er über dieses Naturschauspiel so froh gewesen wie heute. Die Sonne stieg rasch über dem Horizont auf und verwandelte die Wüste, das Gestrüpp und sogar den Rauch in ein sich ständig veränderndes prachtvolles Farbenmeer. Die Luft erwärmte sich, der Wind ließ nach. Amerotke kniete nieder und berührte mit der Stirn den Boden. Mareb tat es ihm nach. Gemeinsam sprachen sie ein kurzes, inbrünstiges Dankgebet. Dann erhob sich der Richter und trat an den Rand der Gestrüpphecken. Vorsichtig spähte er zum Fuß des Hügels hinunter. Sein Mund wurde trocken. Die Löwen hatten sich zwar zurückgezogen, waren aber nicht verschwunden. Auf einem kleinen Felsvorsprung konnte er deutlich die Umrisse eines mächtigen Weibchens erkennen.

»Die Bestien lassen einfach nicht locker!«

Amerotke verbarg sein Entsetzen, so gut er konnte. Das Feuer glomm noch leise vor sich hin; von dem trockenen Gestrüpp war nur schwarze Asche übrig geblieben. Er bückte sich und berührte den Boden. Er war glühend heiß. Dann blickte er sich um. Mareb starrte, eine Hand zum Schutz gegen die Sonne vor die Augen gelegt, unverwandt gen Westen.

»Das ist doch ...« Er winkte Amerotke aufgeregt zu sich.

Der Richter trat neben ihn und spähte angestrengt in die Wüste hinaus. Seine Augen waren nicht so scharf wie die des Herolds, außerdem bescherte ihm die flirrende Hitze optische Täuschungen. Er fragte sich gerade, ob Mareb auch einer solchen erlegen war, als er Rüstungen aufblitzen sah.

»Eine Streitwagenschwadron!«, rief Mareb. »Sie haben den Rauch gesehen.« Er drehte sich um und packte Amerotke am Arm. »Wir sind gerettet!«

Amerotke genoss die abendliche Kühle in den Gärten des am Westufer des Nils, südlich der Nekropole gelegenen Kaiserpalastes. Senenmut und die göttliche Hatschepsut hatten ihn persönlich dorthin eingeladen, und nun saß er hier, nippte an seinem Wein und sah sich wohlgefällig um. Der Palast war von Hatschepsuts Vater erbaut worden und galt als Meisterwerk der Baumeisterkunst. Der Säulengang, in dem sie saßen, ging auf eine riesige Terrasse hinaus. Von seinem Platz neben Hatschepsut aus konnte Amerotke die goldenen, mit Kupfer und Halbedelsteinen verzierten Torbögen sehen, die zu den Weinbergen und Obstgärten führten. Kleine, aus Schilfrohr erbaute und mit Lotosblumen bemalte Pavillons boten den Höflingen des Pharaos Zuflucht vor der Tageshitze. Der Duft der eigens aus dem Land Punt eingeführten Weihrauchbäume erfüllte die Luft. Inmitten der sattgrünen Rasenflächen schimmerten Seen und Teiche, in denen sich seltene Fische tummelten und an deren Ufern exotische Vögel herumpickten. Antilopen, Steinböcke und Gazellen grasten friedlich nebeneinander, ohne sich von den Menschen stören zu lassen.

»Ein angenehmerer Ort als der, an dem du die letzte Nacht verbracht hast, findest du nicht?«, scherzte Senenmut. Er beugte sich vor und füllte den Weinbecher des Richters nach. Amerotke warf Hatschepsut einen verstohlenen Blick zu. Heute Abend gab sie sich ganz majestätisch. Ein mit Juwelen besetzter bunter Schal lag um ihre Schultern, ihr von einem goldenen Gürtel gehaltenes Gewand war aus feinstem Leinen, und an den Füßen trug sie kostbare, mit Edelsteinen geschmückte Sandalen. Ihr Haar wurde von einem Silberreif gehalten, in dessen Mitte eine hoch aufgerichtete Kobra prangte. Ihr Gesicht war aufwändig geschminkt, Handgelenke und Finger mit Gold und Silber überladen.

Die Streitwagenschwadron, die ihn und Mareb gerettet hatte, war von Hatschepsut ausgesandt worden. Die Soldaten hatten Amerotke in den Palast und Mareb in die Stadt gebracht. Die Palastdiener hatten ihn in Empfang genommen, er war gebadet, massiert, mit wohlriechenden Ölen gesalbt und mit frischen Gewändern versorgt worden. Hatschepsut hatte ihm eine kleine goldene, mit Perlen besetzte Kartusche als persönliches Geschenk des Pharaos geschickt. Die Diener waren mit nicht misszuverstehenden Anweisungen versehen worden. Der Richter Amerotke sollte den Palast nicht verlassen, sondern warten, bis die Göttliche ›ihn mit ihrer Gegenwart beehrte und ihm gestattete, in ihrem Lächeln zu baden‹. Sie und Senenmut waren in einer Barke eingetroffen und unter dem Klang von Zimbeln, Sistren und Kriegstrommeln sowie den Lobeshymnen einer Priesterschar in den Palast geleitet worden. Hatschepsut war ihrer vergoldeten Sänfte entstiegen und hatte sich liebenswürdig beim Haushofmeister und dem Kommandanten der Palastwache bedankt. Doch nachdem sich die Türen hinter ihnen geschlossen hatten und sie mit Senenmut und Amerotke allein geblieben war, hatte sie die mühsam aufrechterhaltene Beherrschung verloren und einen Wutanfall bekommen. Ihre Augen hatten Feuer gesprüht, während sie wie ein wildes Tier auf- und abmarschiert war, Möbeln Fußtritte versetzt und Obszönitäten von sich gegeben hatte, die Amerotke zum letzten Mal während seiner Militärausbildung zu Ohren gekommen waren. Dann hatte sie sich zu Senenmut umgedreht und ihm einen kräftigen Rippenstoß versetzt.

»Wir hätten ihm mehr Streitwagen mitgeben sollen!«, giftete sie mit vor Zorn hochrot angelaufenem Gesicht. »Dass wir das unterlassen haben, war ein schwerer Fehler!« Sie funkelte Amerotke an. »Du hättest getötet werden können! Und ein toter Richter wäre uns keine Hilfe mehr.« Sie kämpfte die aufsteigenden Tränen nieder, trat zu ihm hin und grub ihm die Nägel in den Arm. »Wenn du in der Wüste umgekommen wärst, hätte ich ja niemanden mehr, den ich gelegentlich aufziehen könnte. Wer würde mir dann mit Rat und Tat zur Seite stehen? Wer würde mich anschauen und dabei missbilligend die Stirn runzeln wie ein älterer Bruder? Wem sollte ich dann noch vertrauen?«

Sie stampfte mit dem Fuß auf und erging sich in einer gehässigen Tirade gegen Tuschratta, in der sie ihn mit einem Stück Kameldung verglich. Dann lief sie zur Tür und lehnte sich dagegen.

»Er soll mich kennen lernen!«, wütete sie. Dabei schüttelte sie die Faust, sodass die Armbänder klirrten. »Ich werde ihm meine Streitwagen auf den Hals hetzen! Frieden will er! Den soll er haben. Er soll mir für diesen Zwischenfall büßen. Tausend Pfund Gold wird er zahlen, das lasse ich in den Friedensvertrag aufnehmen. Ich werde ihn zwingen, vor mir zu kriechen und mir die Füße zu küssen. Er soll vor mir knien, bis sein Rückgrat bricht! Ich lasse diese Schlange Wanef festnehmen und bei lebendigem Leibe pfählen!«

Amerotke warf Senenmut einen verstohlenen Blick zu, doch der verzog keine Miene und schüttelte nur kaum merklich den Kopf. Hatschepsut ließ ihrem Zorn freien Lauf. Senenmut hinderte sie nicht daran, sondern bemühte sich nur, sie von der Tür fern zu halten, damit die Diener ihren Wutausbruch nicht mitbekamen. Endlich beruhigte sie sich wieder und nahm auf ihrem Thron Platz. Ihr Atem ging keuchend, und auf ihren Wangen loderten rote Flecken.

»Was können wir nun wirklich tun?«, knirschte sie.

»Was für Beweise haben wir denn?«, hielt Senenmut dagegen.

Er bat Amerotke, die Geschichte noch einmal zu wiederholen, die er bereits Hatschepsuts Boten erzählt hatte. Sowohl die Pharaonenkönigin als auch der Wesir hörten ihn ruhig an. Hatschepsut beugte sich vor und tippte mit ihrem sandalenbekleideten Fuß auf den Boden.

»Du hast Recht«, gab sie zu. »Ohne Beweise können wir Tuschratta nicht zur Rechenschaft ziehen. Das Pferd könnte auch eines natürlichen Todes gestorben sein. Vielleicht wurde es von einer Schlange oder einem Skorpion gebissen oder hat giftige Pflanzen gefressen.«

»Es könnte auch einfach ein Unfall gewesen sein«, meinte Senenmut. »Ein bloßes Missgeschick. Wir können Tuschratta nichts nachweisen. Andererseits könnte auch irgendein Mitanni beschlossen haben, einen privaten Rachefeldzug zu starten. Außerdem wissen wir alle, dass es Gifte gibt, deren Wirkung erst nach Stunden oder gar Tagen eintritt. Hathor hätte schon vergiftet worden können sein, ehe sie Theben verließ.«

»So etwas passiert mir nicht noch einmal«, lachte Amerotke. »Wenn ich das nächste Mal in die Wüste hinausfahre ...«

»Wir werden eine königliche Jagd veranstalten.« Hatschepsut lächelte. »Ich werde diesen Löwen eine Lektion erteilen. Auch sie werden den Zorn des Pharaos zu spüren bekommen.«

Sie erhob sich, ging auf Amerotke zu, schlang ihm die Arme um den Hals und küsste ihn auf die Lippen, ohne darauf zu achten, dass ihm das Blut ins Gesicht stieg.

»Ich weiß, ich weiß.« Kichernd gab sie ihn frei. »Dich zieht es heim zu der schönen Norfret. Aber morgen werden du, ich, Senenmut, ein paar ausgewählte Schreiber aus dem Haus der Geheimnisse und meine Leibwache zum Tal der Könige aufbrechen. Wir werden die letzte Ruhestätte meines Vaters im Haus der Ewigkeit besuchen und Benias Sarkophag holen.«

Dann änderte sich ihre Stimmung schlagartig. Sie klatschte in die Hände und ordnete an, dass Amerotke nach den Schrecken der vergangenen Nacht einen unbeschwerten Abend verleben sollte. Also lud sie ihn in den Garten ein, lauschte aufmerksam dem Rest seiner Geschichte und runzelte die Stirn, als er auf die Behauptung der Mitanni zu sprechen kam, Weni habe die Pracht des Anubis gestohlen.

»Glaubst du, das entspricht der Wahrheit?«, fragte sie.

»Ich weiß es nicht«, erwiderte Amerotke. »Ich muss noch einmal in den Tempel zurückkehren.«

»Aber nicht jetzt«, widersprach Hatschepsut. »Tuschratta verlangt die Herausgabe des Sarkophags. Er soll seinen Willen bekommen, zum Zeichen unserer Freundschaft. Morgen früh stehlen wir uns bei Tagesanbruch davon. Das Grab meines Vaters ist gut versteckt.«

Amerotke nickte. Ganz Theben wusste darüber Bescheid. Der kriegslustige Pharao Thutmosis I. hatte eines Tages beschlossen, sich im Tal der Könige ein prachtvolles, niemandem zugängliches Grabmal errichten zu lassen. Dann hatte er den genialen Baumeister Ineni angeheuert. Hunderte von Kriegsgefangenen, Sklaven und Verbrechern waren in das Tal marschiert, das danach von Elitesoldaten versiegelt worden war. Keiner der Arbeiter war zurückgekehrt. Nach Thutmosis' Tod hatte nur eine Truppe stummer Schreiber und Priester den Leichnam zu seiner letzten Ruhestätte begleitet. Baumeister Ineni hatte danach geprahlt, dass niemand auch nur annähernd erahnen konnte, wo der König begraben lag.

»Warum legt Tuschratta nun wirklich solchen Wert auf den Sarkophag?«, überlegte Senenmut laut.

Hatschepsut antwortete darauf so leise, dass Amerotke kein Wort verstehen konnte.

»Eure Majestät?«

Hatschepsut blickte sich um, um sich zu vergewissern, dass sich niemand in Hörweite befand.

»Als ich ein Kind war, wurde im Palast häufig gemunkelt, mein Vater sei vollkommen vernarrt in Benia gewesen und habe sie in einem Wutanfall erdrosselt, nachdem er herausgefunden hatte, dass sie ein Verhältnis mit einem seiner Höflinge hatte. Niemand kennt die Wahrheit. Einige Leute behaupten gar, Benia wäre lebendig begraben worden.« Sie hielt inne. »Vielleicht möchte Tuschratta einfach nur herausbekommen, was wirklich geschehen ist. Nun, morgen wissen wir mehr ...«

Früh am nächsten Morgen traf die Gruppe am Eingang zum Tal der Könige ein. Eine Streitwagenschwadron hatte sie vom Palast hierher eskortiert und eine Anzahl Bogenschützen war neben einem von vier Ochsen gezogenen Karren einhermarschiert. Die Soldaten wurden angewiesen, am Taleingang zu warten, während der Streitwagen mit Hatschepsut, Senenmut und Amerotke den Rest der ausgewählten Truppe über den schmalen, gewundenen Pfad führte, der sich zwischen den Felsen hindurch in das Tal der Könige schlängelte. Hatschepsut hatte sich für dieses Unternehmen in einen ledernen Kriegsrock gekleidet. Bronzeschienen schützten ihre Beine, an den Füßen trug sie feste Sandalen der Art, wie sie die Infanteriesoldaten bevorzugten, und ein weißes Obergewand bedeckte Kopf und Schultern. Sie trug keinerlei Schmuck. Die schweren Handschuhe, die sie angelegt hatte, lösten einiges Gelächter aus, aber sie bestand darauf, dass Amerotke und Senenmut ihrem Beispiel folgten.

»Ihr werdet schon sehen«, warnte sie geheimnisvoll.

In ihrem Gürtel steckte ein Kupferzylinder, den sie wie einen Dolch umklammert hielt. Sie erklärte den beiden Männern, dass er Inenis Plan enthielt, der die genaue Lage des Grabes ihres Vaters aufzeigte sowie die auf dem Weg lauernden Gefahren beschrieb.

»Gefahren?«, fragte Senenmut verwundert.

»Mein Vater war so gerissen wie ein Fuchs und manchmal so tückisch wie eine Kobra«, erwiderte Hatschepsut. »Er wollte nicht, dass jemand den Frieden seines Grabes stört.«

Jetzt hielt sie sich am Wagengeländer fest und starrte zum Tal empor. Amerotke mochte diesen verlassenen, unheimlichen Ort nicht. Zu beiden Seiten erhoben sich mächtige, im ersten Sonnenlicht silbrig schimmernde Felsen. Der Boden war uneben, stieg unvermutet an und fiel ebenso unvermutet wieder ab. So weit das Auge reichte, erstreckte sich steiniges, mit trockenem Gestrüpp bewachsenes Gelände vor ihnen. Je tiefer sie in das Tal vordrangen, desto bedrohlicher erschien ihm die Stille. Die Sonnenstrahlen ließen die Schatten der Büsche über den Pfad tanzen. Gelegentlich zerriss der Schrei eines Vogels, der mit ausgebreiteten Schwingen auf einem Felsbrocken saß und die wärmenden Strahlen genoss, die Stille. An diesem verlassenen Ort hörte er sich in Amerotkes Ohren an wie das Kreischen einer Seele in den Klauen mordender Ungeheuer. Er drehte sich um. Hinter ihnen, in einigem Abstand zu der Staubwolke, die die Räder aufwirbelten, marschierten die ›Geheimen‹, die stummen engsten Vertrauten des Pharaos, die alles sahen und hörten, jedoch nicht sprechen konnten. Sie alle hatten einen Treueeid geleistet. Wenn sie irgendetwas von dem, was sie wussten, verrieten, würden ihnen die Augen ausgestochen und die Köpfe abgeschlagen werden, sodass ihre Seelen nie in das Totenreich eingehen konnten. Einige waren alt, andere noch sehr jung. Sie alle hatten ihre Köpfe kahl geschoren und trugen weiße gefältelte Röcke, strapazierfähige Sandalen und weiße Schals, die Rücken und Nacken vor der sengenden Sonne schützten. Einige trugen Knüttel bei sich, andere Ledertaschen, die Schreibutensilien enthielten. Der Rest der Männer, ungefähr ein halbes Dutzend, war dazu bestimmt, den Sarkophag zum Eingang des Tals zu schaffen, von wo aus er zur Oase der Palmen gebracht werden sollte.

Eine gespenstische, irgendwie unwirkliche Situation, dachte Amerotke: das Knarren der Räder, Hatschepsut und Senenmut, die ihren eigenen Gedanken nachzuhängen schienen, die schweigend dahintrottenden Männer. Sie kamen an den Überresten des Sklavenlagers vorbei, das Ineni eingerichtet hatte, als er mit dem Bau des Grabmals begann.

»Warst du schon einmal hier?«, fragte Senenmut.

»Ein Mal«, entgegnete Hatschepsut. »Mein Vater nahm mich mit, um mir den Eingang des Grabes zu zeigen. Er dachte, ich wollte an seiner Seite begraben werden. Aber ich werde mir ein eigenes Grabmal bauen lassen«, verkündete sie. Ihre Hand ruhte auf Senenmuts Schulter. »Du und ich, wir werden gemeinsam über den Fernen Horizont reisen.«

Senenmut nahm die Zügel in eine Hand und streichelte mit der anderen Hatschepsuts Arm. In diesem Moment waren sie nicht mehr Pharao und Wesir, sondern einfach nur Mann und Frau.

Immer tiefer drangen sie in das Tal vor und folgten dem mit Geröll übersäten Pfad. Amerotke musterte die Felshänge zu beiden Seiten scharf. Nichts deutete darauf hin, dass hier irgendwo der Eingang zu einem so prunkvollen Grab lag. Unverhofft befahl Hatschepsut jedoch, Halt zu machen. Sie kletterte vom Wagen, öffnete den Kupferzylinder und entnahm ihm ein Papyrusstück, das sie eingehend studierte. Dann deutete sie auf einen kleinen, kaum erkennbaren Pfad, der sich hinter einem wahren Bollwerk von Felsen in die Höhe wand.

»Hier?«, fragte Amerotke ungläubig.

Hatschepsut packte den Kupferzylinder und begann, geschickt über die Steine zu klettern. Senenmut und Amerotke folgten ihr.

»Jetzt weiß ich auch, warum wir Handschuhe tragen sollten«, stöhnte Amerotke.

Die gezackten Felsen waren so scharf, als seien sie eigens dafür geschaffen worden, menschliches Fleisch zu zerschneiden. Die Sonne gewann an Kraft, die Steine strahlten eine erdrückende Hitze aus, und der Staub, den sie beim Klettern aufwirbelten, brannte ihnen in Augen und Nasen. Eine von dem Lärm aufgeschreckte Schlange glitt aus einer Ritze hervor. Amerotke erstarrte, doch das Tier war im nächsten Moment schon wieder verschwunden. Sie langten bei einem mächtigen Felsmassiv an. Amerotke blickte sich erstaunt um. Auch hier deutete nichts auf den Eingang zu einem Grab hin. Hatschepsut kletterte unbeirrt weiter. Amerotke folgte ihr. Mittlerweile rann ihm der Schweiß in Strömen über den Rücken. Als er Senenmut einen leisen Schrei ausstoßen hörte, blickte er auf. Hatschepsut war verschwunden, als habe sie eine unsichtbare Hand von dem steinigen Pfad gefegt. Senenmut und Amerotke eilten hastig weiter.

»Sucht ihr mich etwa?«, schnurrte plötzlich eine vertraute Stimme.

Beide Männer blickten nach links. Hatschepsut stand in einer Felsspalte, die so geschickt verborgen war, dass selbst ein erfahrener Kletterer sie für einen Schatten oder eine optische Täuschung gehalten hätte. Senenmut und Amerotke folgten ihr, hinter ihnen kamen die Priester und Schreiber. Zwei von ihnen waren unterwegs gestürzt und betasteten nun wehleidig ihre aufgeschürften Schienbeine und Knie. Der Höhleneingang war kühl und dunkel. Senenmut schnippte mit den Fingern, woraufhin Pechfackeln entzündet und vor der Höhle ein kleines Feuer entfacht wurde. Amerotke pfiff überrascht durch die Zähne. Die Höhle war von Menschenhand geschaffen, man hatte sie direkt in das Felsgestein gehauen. Sie hatte eine hohe Decke und sorgsam behauene Wände. Ein schmaler Gang führte tiefer ins Dunkel. Hatschepsut nahm einem der Schreiber seinen Knüttel ab und befahl zwei Fackelträgern, vor ihr herzugehen.

»Geht ganz langsam«, wies sie sie an. »Bleibt immer dicht vor mir, und wenn ich euch sage, dass ihr stehen bleiben sollt, gehorcht augenblicklich. Habt ihr verstanden?«

Beide Männer nickten. Nackte Furcht war in ihren Augen zu lesen.

»Wenn ihr meine Befehle befolgt, wird euch nichts geschehen.«

Die Gruppe bewegte sich langsam vorwärts. Amerotke kam sich vor, als bahne er sich einen Weg durch die Hallen der Unterwelt. Sie verließen die Eingangshöhle und betraten einen schmalen, düsteren Gang. Die Wände zu beiden Seiten waren mit Darstellungen der Hüter des Duat bedeckt; jenen grässlichen Kreaturen mit Krokodilsköpfen auf den Leibern von Flusspferden, Pavianen, Panthern oder Leoparden. Schließlich erreichten sie eine Tür am Ende des Ganges. Einer der Schreiber eilte darauf zu. Hatschepsut rief ihm nach, er solle stehen bleiben, aber es war schon zu spät. Der Mann wollte gerade die Tür berühren, als der Boden unter ihm nachgab und er von einer Welle aus Erdreich und Steinen davongerissen wurde. Amerotke packte seine Fackel fester und tastete sich vorsichtig vorwärts. Ein weiterer Schreiber kam mit einer Stange angerannt, doch der Richter hielt ihn mit einer Handbewegung zurück. Er spähte über den Rand der Grube, die sich vor ihm aufgetan hatte, und warf dann seine Fackel hinein. Sie schien im Bodenlosen zu verschwinden. Von dem unglücklichen Schreiber war nichts mehr zu sehen.

»Diesen Sturz kann er nicht überlebt haben«, murmelte Hatschepsut. »Es führt nur eine schmale Brücke zu dieser Tür. Zu beiden Seiten davon liegen diese Fallgruben.«

Amerotke nahm dem Schreiber den Stab ab und stocherte damit behutsam im Erdreich herum. Hatschepsut hatte Recht, auch rechts von der Tür befand sich eine solche Grube, aber die Mitte bestand aus festem Untergrund. Er wagte sich ein paar Schritte vor. Der Rand der Tür war mit heiligen Siegeln in Form von Schakalsköpfen versehen. Amerotke entfernte sie und stieß mit Hilfe eines Schreibers die Tür auf. Sie ließ sich überraschend leicht bewegen.

»Geht nicht weiter!«, befahl Hatschepsut.

Ein Schreiber brachte eine Fackel. Amerotke hatte gedacht, der Boden sei eben, doch im Licht der Flammen erkannte er, dass er in Wirklichkeit vor einem kleinen Felsvorsprung stand, der im Nichts endete. Jeder Dieb, der den Fallgruben entgangen war, würde ahnungslos durch die Tür treten und in den Tod stürzen. Amerotke entdeckte eine steile Treppe und stieg vorsichtig die Stufen hinunter. Die anderen folgten ihm. Am Fuß der Treppe blieben sie stehen. Weitere Fackeln wurden entzündet. Amerotke blickte sich furchterfüllt um. Zu beiden Seiten des Pfades, der tiefer in die Grabkammer führte, türmten sich ausgebleichte Skelette.

»Die Arbeiter«, flüsterte Senenmut. »Sie sind hier getötet worden, nachdem sie die Gewölbe fertig gestellt hatten.«

Amerotke ging weiter, ohne den Blick vom Boden zu wenden, und bemühte sich, nicht auf die Mitleid erregenden Knochenhaufen zu achten. Seiner Schätzung nach mussten hier hunderte und aberhunderte unschuldiger Menschen ihr Leben gelassen haben. Ein wahrer Ort des Schreckens!

»Sie sind scheinbar hier eingeschlossen worden«, stellte er voller Grausen fest, nachdem er ein Skelett untersucht und keinerlei Spuren von Verletzungen gefunden hatte. »Und dann sind sie qualvoll verhungert. Danach wurden die Leichen zur Seite geschoben, um eine Gasse zu schaffen, ehe das Grab endgültig versiegelt wurde.«

Am Ende des Gewölbes befahl Hatschepsut ihnen, sich nicht von der Stelle zu rühren, und schickte zwei Schreiber los, die die Decke mit ihren Stäben abklopfen sollten. Sie sprangen zurück, als ein lautes Knacken ertönte, gefolgt von einem Schwall herabprasselnder Erde und Steine.

»Ineni war ein fähiger Mann.« Hatschepsut hustete, weil sie Staub in die Kehle bekommen hatte. »Aber das war jetzt die letzte Falle.«

Durch eine weitere Tür gelangten sie in einen langen Gang, dessen Wände mit prächtigen Gemälden geschmückt waren, und von dort in die Vorkammer der eigentlichen Grabstätte. Diese stand in auffälligem Kontrast zu den Schrecken, die sie bereits überwunden hatten. Es prangten leuchtend bunte Bilder an den Wänden, die Thutmosis' Siege über seine Feinde zeigten. Überall stapelten sich kunstvoll bemalte und mit Edelsteinen besetzte Schatullen, schön gearbeitete Alabastervasen, schwarzgoldene Schreine mit Götterstatuen darin. Des weiteren fiel ihr Blick auf silberne, mit getrockneten Blumen und Blättern gefüllte Schalen, Betten, Stühle, geschnitzte Fußschemel, Becher und Kelche in Form von Lotosblüten, Miniaturstreitwagen und vergoldete oder versilberte Diwane, deren Lehnen Löwenköpfen nachempfunden worden waren. Zwei lebensgroße Figuren des Thutmosis in voller Kriegsrüstung flankierten den Eingang zur Grabkammer. Senenmut erbrach die Siegel und sie traten ein. Auch hier waren die Wände mit Szenen aus dem Leben des Pharaos bedeckt; eine Reihe von Hieroglyphen lieferte zu jeder Darstellung eine ausführliche Beschreibung. Die Kammer wurde von einem riesigen, aus Gold und Silber gefertigten Sarkophag beherrscht. Weitere kleinere Särge sowie Kanopengefäße und verschiedene Truhen standen in den Ecken. Falls Hatschepsut und Senenmut sich davor fürchteten, die Ruhe der Toten und besonders das Ka des Pharaos zu stören, ließen sie es sich nicht anmerken. Hatschepsut gab sich kühl und geschäftsmäßig. Ein Priester brachte ihr eine Tasche voller Schlüssel, mit denen sich die Särge und Truhen öffnen ließen.

»Rührt nichts an! Bringt nichts in Unordnung, sondern sucht nur Benias Sarkophag.«

Dieser war rasch gefunden: ein mit Goldintarsien verzierter Sarg; wesentlich kleiner und schmaler als der mächtige Sarkophag des Pharaos. Mittels eines T-förmigen Schlüssels öffnete Hatschepsut ihn und klappte den Deckel zurück, dann stieß sie einen erleichterten Seufzer aus. Schwacher Parfümduft stieg von der darin liegenden, sorgsam einbandagierten Mumie auf.

»Das beweist schon einmal, dass Benia nicht lebendig begraben wurde«, flüsterte sie.

Sie wies einen Arzt aus dem Haus des Lebens an, die Binden vorsichtig zu entfernen. Dies nahm einige Zeit in Anspruch, denn die Schreiber, die dem Arzt zur Hand gingen, wagten aus Angst, der Mumie einen Schaden zuzufügen, kaum, sie zu bewegen.

»Sie wird zerfallen«, warnte Senenmut.

»Nicht unbedingt«, erwiderte Hatschepsut. »Sie ist ausgezeichnet präpariert worden.«

Sie warteten geduldig ab. Endlich konnten die Binden auch vom Gesicht entfernt werden. Im Lauf der Jahre waren die zarten Züge der Toten nahezu unkenntlich geworden. Hatschepsut warf einen kurzen Blick darauf, dann befahl sie, die Mumie wieder in ihre Binden zu hüllen.

»All die Geschichten und Gerüchte waren falsch.«

Sie zog einen Fächer aus ihrem Gürtel und benutzte ihn, um ihre erhitzten Wangen zu kühlen.

»Tuschratta kann meinen Vater nicht beschuldigen, Benia ein Leid zugefügt zu haben. Die Mumie soll zum Haus des Lebens gebracht werden«, ordnete sie dann an. »Dort werden die Bandagen erneuert und der Sarkophag neu versiegelt. Wenn Tuschratta ihre Totenruhe stören will, wollen wir es ihm wenigstens recht schwer machen.«

Amerotke, der sich wieder gefasst hatte, schlenderte neugierig in der Kammer umher. Hatschepsut hatte verkündet, dass sie nicht lange bleiben würden. Der Fackelschein und ihre offenkundige Gelassenheit trugen viel dazu bei, der Situation alles Bedrohliche zu nehmen. Während der Untersuchung der Mumie hatte einer der Priester Passagen aus dem Totenbuch vorgelesen und den Schutz der Götter erfleht; ein deutliches Zeichen dafür, dass Hatschepsut kein Sakrileg begehen wollte.

Amerotkes Blick fiel auf die Wandgemälde. Er trat näher, um sie sich genauer anzusehen. Ein überraschter Ausruf entfuhr ihm. Ineni musste während der Errichtung der Grabstätte zahlreiche Maler beschäftigt haben, die unzählige Einzelheiten aus dem Leben des Pharaos in Bildern festgehalten hatten: seine triumphalen Siege, aber auch Szenen aus seinem Familienleben. Hatschepsut kam zu ihm und zeigte ihm eine Darstellung ihrer selbst als kleines Mädchen, das vor seinem Vater kniete. Darunter war in Hieroglyphen ihr Name eingemeißelt. Aber sie schien nicht gewillt zu sein, sich Erinnerungen an die Vergangenheit hinzugeben, und ging gleich darauf wieder zu Senenmut hinüber. Amerotke kannte ihre Einstellung zu ihrem gefürchteten Vater. Sie hatte ihm tiefen, aufrichtigen Respekt entgegengebracht, aber mehr auch nicht. Er entdeckte auch ein ganz ähnliches Bild von sich selbst als kleinem Jungen und musste über den kahl geschorenen Kopf mit der Jugendlocke an der Seite, das juwelenbesetzte Halsband und das weiße Gewand eines Mitgliedes des königlichen Kindergartens unwillkürlich lächeln. Auch die anderen Szenen faszinierten ihn: Thutmosis, der verdiente Soldaten mit der Ehrenmedaille auszeichnet und Schreibern, Lehrern und Ärzten großzügige Geschenke überreicht. Als sein Blick auf eine Darstellung des Pharaos mit seinen königlichen Pagen fiel, stockte ihm der Atem. Wie gebannt starrte er die lange Linie kleiner Gestalten an, von denen sich zwei an den Händen hielten, vergewisserte sich noch einmal, dass er die Namen auch wirklich richtig entziffert hatte, und wandte seine Aufmerksamkeit dann der gegenüberliegenden Wand zu. Diese wurde vom Bild des Thutmosis mit der Doppelkrone Ägyptens auf dem Haupt und dem Nenes, dem Königsmantel um die Schultern beherrscht, der die Tribute seiner Vasallen und besiegten Feinde entgegennahm. Amerotke entdeckte auch eine Gruppe zwergwüchsiger Nubier, die den ›kleinen Leuten‹ in Tuschrattas Lager aufs Haar glichen. Sie waren bis auf lederne Lendenschurze und Federkopfputze nackt. Amerotke betrachtete sie nachdenklich. Besonders die Waffen, die sie bei sich trugen, erweckten sein Interesse. Er war so in seine Gedanken versunken, dass er vollkommen vergessen hatte, wo er sich befand. Bilder zogen vor seinem geistigen Auge vorbei: das tote Tanzmädchen in dem Gartenpavillon; Snefru auf seinen Bett; Weni, der von einer Meute wilder Hunde gehetzt wurde.

»Amerotke? Stimmt etwas nicht?«

Amerotke löste sich aus seiner Benommenheit und verneigte sich lächelnd.

»Ganz im Gegenteil, Majestät.«

Doch er beschloss, das, was er soeben über die Morde im Anubistempel erfahren hatte, vorerst für sich zu behalten.

ANUBIS – ›Herr des heiligen Landes‹

ZWÖLFTES KAPITEL

Die Gruppe gedungener Mörder war bereit. Sie hatte sich kurz nach Einbruch der Dunkelheit in einem abgelegenen Palmenhain zusammengefunden. Alle trugen Umhänge und Turbane und hatten ihre Gesichter hinter Tüchern verborgen. Bewaffnet waren sie mit Dolchen und Schwertern, einige trugen darüber hinaus noch Bogen und Köcher mit Pfeilen bei sich. Der große Karren war sorgfältig inspiziert und die Achse mit Tierfett eingerieben worden. Die zwei Zugochsen hatte man wegen ihrer Kraft und Ausdauer ausgewählt, sie sollten nicht nur die Gefangenen befördern, sondern würden bei einem anderen Verbrechen ebenfalls unentbehrlich sein. Der Anführer rief die Männer zusammen, dann löschte er das kleine, aus getrocknetem Kameldung entfachte Feuer. Schlagartig verflog die angenehme Wärme, und die Männer fröstelten im kalten Nachtwind. Ihr Anführer gab ihnen die letzten Anweisungen.

»Gebt Acht, dass eure Masken nicht verrutschen«, flüsterte er heiser. »Bei einigen von euch sind die Verstümmelungen zu verräterisch. Den beiden Gefangenen darf nichts geschehen.« Er lächelte hinter seiner Maske. »Zumindest jetzt noch nicht.« Er wandte sich an einen seiner Leute. »Du bleibst bei dem Karren. Sieh zu, dass alles bereit ist, wenn wir zurückkommen.«

Noch einmal musterte er jeden Mann forschend und überprüfte deren Waffen sowie den Sitz der Masken.

»Gibt es Diener im Haus?«, fragte einer aus der Gruppe.

»Ich weiß es nicht«, erwiderte der Anführer. »Aber wenn, macht ihr sie unschädlich.« Er holte tief Atem. »Alles muss genau nach Plan verlaufen«, warnte er. »Wenn alles glatt geht, sind wir morgen um diese Zeit reich wie die Prinzen.«

»Warum diese Geheimniskrämerei?«, begehrte ein anderer auf. »Warum sagst du uns nicht einfach die Wahrheit?«

»Ich habe euch schon genug erzählt!«, fauchte der Anführer. »Befolgt einfach meine Befehle und alles wird gut gehen.«

Der Sprecher machte Anstalten, Einwände zu erheben, doch der Anführer schnitt ihm mit einer Handbewegung das Wort ab.

»Ich habe alles gesagt, was es zu sagen gibt. Und nun vorwärts. Es gibt noch viel zu tun.«

Er gab einem Mann aus der Gruppe ein Zeichen und ging mit ihm zum anderen Ende des Hains hinüber. Der Nomade, der dort mit dem Rücken zu einer Palme im Sand kniete, erhob sich beim Anblick der beiden Männer. Er war klein und verhutzelt und stank nach Schweiß und Leder.

»Hast du getan, was wir von dir verlangt haben?«, fragte ihn der Anführer.

»Ja, Herr.«

»Du kennst den Weg und hast eine Karte angefertigt?«

»Das war nicht schwer. Die Zeichen sind leicht zu bemerken und man kann ihnen problemlos folgen.«

Er reichte dem Anführer eine primitive Karte, die er auf ein Papyrusstück gekritzelt hatte.

»Bist du ganz sicher?«, vergewisserte sich dieser, nachdem er die Karte in der Tasche an seinem Gürtel verstaut hatte.

»Herr, wenn eine Fliege im Staub landet, kann ich dir sagen, wann und wo dies geschehen ist. Es ist alles bereit, aber es wird gefährlich werden.«

»Wie das?«, erkundigte sich der Anführer verwundert. »Keine Menschenseele kommt je dorthin.« Er lachte. »Und Wachposten gibt es auch keine.« Dann klopfte er dem Nomaden auf die Schulter. »Du kommst mit uns, mein Freund, nur für den Fall, dass deine Karte ungenau ist. Schon bald wirst du ein reicher Mann sein.«

»Wo treffe ich euch später?«, wollte der Nomade wissen.

»Draußen im Roten Land«, erwiderte der Anführer. »In der Nähe der Oase Riyah. Du weißt, wo das ist? Dort wirst du wie all die anderen bezahlt werden, sobald der Auftrag ausgeführt ist.«

Der Nomade nickte und der Anführer wollte sich abwenden.

»Und falls du nicht zum Treffpunkt kommst«, flüsterte der Nomade, »kann ich ja immer noch um eine Audienz bei den Priestern ersuchen.«

Der Anführer blieb stehen, schloss kurz die Augen und drehte sich um.

»Was hast du gesagt?«

»Das war nur ein Scherz«, stammelte der Nomade. »Ich werde dort sein.«

»Gut«, murmelte der Anführer. Sowie er außer Hörweite war, packte er seinen Begleiter am Arm. »Wenn alles vorbei ist«, flüsterte er, »dann schneide dem Kerl die Kehle durch!« Er zog die Karte aus der Tasche und studierte sie aufmerksam. »Das scheint einen Sinn zu ergeben«, bemerkte er nach einem Blick auf die Linien, die ihm den Weg zu unvorstellbaren Reichtümern wiesen. »Ich würde ihn ja jetzt sofort beseitigen, aber wir müssen ganz sichergehen.«

Sie gesellten sich zu dem Rest der Gruppe. Der Anführer flüsterte den Leuten einige Anweisungen zu. Dann verließen sie den Hain, huschten wie Schatten über ein Stück freies Land und schlichen dann, sich immer an den Wänden haltend, halb gebückt die schmalen Gassen hoch, wobei sie an vereinbarten Punkten kurz Halt machten. Ein Hund bellte wütend auf und eine streunende Katze auf einem Misthaufen machte einen Buckel und fauchte. Die Gruppe eilte weiter, erreichte die Kreuzung, und ein Mann nach dem anderen überquerte die Straße. Auf der anderen Seite versammelten sie sich wieder und setzten ihren Weg fort. Schließlich erkannte der Anführer das Gartentor hinter dem Haus seines Opfers.

»Wir sind da!«, flüsterte er. »Es ist nur ein kleiner Garten.«

Er faltete die Hände, half dem ersten Mann über die Mauer und fluchte, als ein Hund leise knurrend herangeschossen kam. Er hörte eine unterdrückte Verwünschung und dann das Geräusch einer herabsausenden Keule. Nach und nach kletterte auch der Rest der Gruppe über die Mauer. Keiner verschwendete einen Blick an den Hund, der mit zerschmettertem Schädel am Boden lag. Der Garten war geschmackvoll gestaltet und gut gepflegt. Im schwachen Licht konnten die Eindringlinge Kräuter- und Blumenbeete, einen kleinen Brunnen und einen schimmernden Teich erkennen. Das Haus selbst war zweistöckig, hinter der Rückwand lag eine von Säulen umrahmte Veranda. Der Anführer versuchte, die Tür aufzustoßen, stellte aber fest, dass sie verriegelt war. Er hörte ein Geräusch und eine gedämpfte Stimme und presste sich eng an die Wand, als der Riegel zurückgeschoben wurde, die Tür sich öffnete und eine gebückte alte Frau mit ergrautem Haar hinaustrat und sich die Augen rieb. Am Rande der Veranda blieb sie stehen und rief halblaut nach ihrem Hund. Der Anführer zückte seinen Dolch, trat hinter sie, legte eine Hand unter ihr Kinn und schnitt ihr blitzschnell die Kehle durch. Dann ließ er den schlaffen Körper zu Boden sinken und winkte zwei seiner Männer zu sich.

»Wischt das Blut weg«, befahl er. »Dann begrabt sie und den Hund im Garten. Und beeilt euch!«

Er stahl sich mit den restlichen Männern ins Haus. Sie schlichen an den irdenen Öfen in der Küche vorbei und dann die Treppe hoch. Drei Räume gingen von dem Korridor mit dem polierten Holzfußboden ab. Einer stand halb offen und war leer, der zweite hatte einen schmalen Luftschlitz in der Tür. Der Anführer flüsterte seinen Begleitern zu, dass es sich um eine Vorratskammer handeln müsse, und führte sie zu dem dritten Raum, einem großen Schlafzimmer. Er schob die Tür sacht auf. Sie knarrte nicht und der Anführer lächelte in sich hinein. Manchmal zahlte es sich aus, sich im Haus eines gelernten Schlossers zu befinden. Auf Zehenspitzen betraten die Männer den Raum und stellten sich zu beiden Seiten des breiten Bettes auf. Auf der einen Seite lag eine junge Frau fest schlafend auf dem Bauch. Der Anführer blickte zu der Gestalt auf der anderen Seite hinüber. Er erkannte Belet augenblicklich wieder.

»Sogar im Schlaf ist er noch so hässlich wie die Nacht dunkel«, grinste er.

Ihm lag schon eine boshafte Bemerkung über Männer, die sogar ohne Nase schnarchen konnten, auf der Zunge, doch er verbiss sie sich, als ihm einfiel, dass einige seiner Gefährten ebenso verstümmelt waren. Die Frau regte sich im Schlaf und drehte sich auf den Rücken. Der Anführer bewunderte den sanften Schwung des Halses, die vollen Brüste und die schmale Taille. Dann zog er mit einem Ruck den Schleier weg, mit dem sie sich zugedeckt hatte. Die Frau schlug die Augen auf. Im selben Moment drückte er ihr eine Hand auf den Mund und setzte ihr mit der anderen die Spitze seines Dolches unter das Kinn.

»Schön ruhig bleiben, meine Kleine«, murmelte er.

Auch Belet fuhr jetzt aus dem Schlaf empor und hob den Kopf. Er sah eine Hand über sich schweben und öffnete den Mund, um um Hilfe zu schreien, wurde aber augenblicklich daran gehindert und auf das Bett zurückgedrückt.

»Jetzt hört gut zu, ihr beiden«, zischte der Anführer. »Ihr könnt Widerstand leisten, oder ihr könnt hübsch brav mit uns kommen. Wenn ihr schreit oder zu fliehen versucht«, wandte er sich drohend an Belet, »dann überlasse ich deine neue Braut meinen Männern. Sie werden sich mit ihr vergnügen und ihr dann die Kehle durchschneiden. Also wirst du vernünftig sein und dich ruhig verhalten? Wenn du dazu bereit bist, lassen wir euch los.«

Belet nickte mit vor Furcht weit aufgerissenen Augen.

»Wo ist Aiya?« Er setzte sich auf.

»Ist das eure Dienerin?«

»Ja, sie schläft unten. Ihr gehört der Hund, der …«

»Den gibt es nicht mehr«, unterbrach der Anführer. »Er hatte einen kleinen Unfall.«

»Und Aiya?«

»Ist unglücklicherweise das Opfer eines ähnlichen Unfalls geworden.«

Seli öffnete den Mund, um zu schreien, doch der Anführer ritzte mit der Spitze seines Dolches leicht ihre Haut und umfasste dabei mit der anderen Hand ihre Brust. Belet wollte seinen Arm wegstoßen, doch ein anderer Mann kicherte, packte ihn an der Schulter und stieß ihn auf das Bett zurück.

»Ein saftiges Früchtchen.« Der Anführer sah Belet in die Augen. »Aber genug der Komplimente. Ihr kommt jetzt mit uns.«

Belet war jetzt hellwach. »Ich kenne dich«, sagte er. »Wir haben uns am Platz der Hyäne getroffen.«

»Das ist richtig. Ich habe dir ein Angebot unterbreitet. Du lehntest es ab. Jetzt bleibt dir keine andere Wahl mehr.«

»Warum ich?«, protestierte Belet. »Was wollt ihr denn von einem armen Schlosser?«

»Zieh dich an!«, drängte der Anführer. »Komm mit uns, dann wirst du schon sehen.«

Die beiden Gefangenen wurden vom Bett gezerrt. Die Männer stritten sich mit gedämpften Stimmen um die junge Frau, bis der Anführer sie zur Ordnung rief. Schweigend sahen sie zu, wie Belet und Seli sich hastig ankleideten und ihre Sandalen zuschnürten. Dann wurden sie in den Garten hinausgeführt, wo sie unter den wachsamen Augen zweier Bewacher noch einmal ihre Notdurft verrichten durften. Danach wurden sie wieder ins Haus geschleift. Der Anführer warf einen Blick in Küche und Speisekammer und packte rasch Brot, Früchte und Trockenfleisch in ein Leinentuch. Dann griff er nach einem Wasserschlauch, den einer seiner Männer am Brunnen füllen sollte. Schließlich trat er ins Freie, um sich zu vergewissern, dass die beiden Männer, die die Leiche hatten wegschaffen sollen, ihren Auftrag ausgeführt hatten. Er war zufrieden. Vom Blut und dem Leichnam der alten Frau war nichts mehr zu sehen.

»Wir haben sie im Garten begraben«, grinste einer der beiden. »Besseren Dünger für die Erde gibt es gar nicht.«

Der Anführer nickte und kehrte zum Haus zurück, um dort alle Spuren gewaltsamen Eindringens zu verwischen. Danach verschwand er in der Küche und begutachtete die mit Leinentüchern bedeckten aufgestapelten Vorräte. Kopfschüttelnd begab er sich in Belets Werkstatt, wo er dessen Werkzeugtruhe fand, sie in einen Sack leerte und mit diesem in den Garten zurückging.

»Wir haben, was wir wollten«, erklärte er.

Belet wurde gezwungen, das Gartentor zu öffnen. Die Gruppe drängte ihre Gefangenen, denen sie Tücher vor die Gesichter gebunden hatten, in die Gasse hinaus und stieß sie in den Karren, ohne auf ihre Fragen und Proteste zu achten. Zu guter Letzt fesselten und knebelten sie die beiden noch, ehe sie zum Palmenhain aufbrachen. Belet und Seli konnten einander nur panikerfüllt anstarren, während der Karren über die unebenen Wege rumpelte. Einmal machten sie kurz Halt, und der Anführer befahl ihnen scharf, keinen Laut von sich zu geben.

»Wir sind jetzt an den Stadttoren«, warnte er. »Sie werden uns gleich passieren lassen. Also verhaltet euch still, sonst werdet ihr beide sterben.«

Die albtraumhafte Fahrt ging weiter; die beiden Gefangenen wurden im Karren hin und her geschleudert. Manchmal vermochte Belet kaum nach Atem zu ringen. Als er zu seiner Frau hinüberschielte, stellte er erleichtert fest, dass sie offenbar in Ohnmacht gefallen war. Die Nacht verstrich, und die Kälte drang ihnen bald bis ins Mark. Belet hatte den Vorfall am Platz der Hyänen aus seinem Gedächtnis gelöscht. Er war begnadigt worden, hatte Seli heiraten dürfen und hatte ein neues, verheißungsvolles Leben begonnen. Als er an Aiya dachte, kamen ihm die Tränen. Der Priester, der ihn aufgesucht hatte, fiel ihm wieder ein. Vielleicht hätte er besser nicht auf dessen Vorschlag eingehen sollen. Traf ihn jetzt der Fluch des Anubis? Sein Schluchzen war seinen Häschern offenbar nicht entgangen, denn einer von ihnen versetzte ihm einen kräftigen Hieb gegen die Schulter.

Einmal hielt der Karren an, die Tücher wurden weggezogen und die Knebel entfernt. Belet und Seli erhielten einen Becher Wasser. Belet blickte sich um. Die Dunkelheit machte langsam einem neuen Tag Platz. Sie befanden sich außerhalb der Mauern von Theben. Zu beiden Seiten erstreckte sich die endlose Wüste, nur hier und da konnte er ein paar Palmen oder ein mächtiges Felsmassiv erkennen. Dann wurden sie wieder gezwungen, sich in den Wagen zu legen, und die Fahrt ging weiter. Nachdem sie eine weitere Stunde lang schmerzhaft durchgerüttelt worden waren, hielt der Karren erneut an. Belet und Seli wurden ins Freie gezerrt. Jeder Knochen tat ihnen weh und ihre Lippen waren aufgeplatzt und rissig. Seli sank sofort auf die Knie. Ihr langes schwarzes Haar fiel ihr wie ein Schleier über das Gesicht, als sie den Kopf hängen ließ und unverständliche Worte vor sich hin murmelte. Belet kauerte neben ihr nieder, legte ihr einen Arm um die Schultern und blickte zu ihren Entführern hoch. Die Sonne blendete ihn, und er sah nur die Umrisse eines hoch gewachsenen, kräftig gebauten Mannes mit noch immer verhülltem Kopf und Gesicht vor sich. Die harten, stechenden Augen funkelten spöttisch.

Belet flüsterte seiner Frau Trostworte zu, während er seine Umgebung musterte. Die Oase war klein, aber sehr fruchtbar, hier wuchsen nicht nur Palmen, sondern auch dichte, sattgrüne Grasbüschel. Der Rest der Männer scharte sich um das Wasserloch, wo sie ihren Durst stillten. Belet fiel auf, dass sie ihm den Rücken zugekehrt hielten. Aber als er ihre Stimmen hörte, erkannte er, dass einige von ihnen aus der Gemeinschaft der Nashörner stammten. Sein Mut sank. Von ihnen hatte er keine Gnade zu erwarten, sie beneideten ihn, weil er dem Leben in der Verbannung entronnen war. Seli hob den Kopf. Ihr Gesicht war tränenüberströmt, schmutzig und voll blauer Flecke. Auch an Armen und Schultern hatte sie Prellungen und Schnittwunden. Der Anführer beugte sich zu ihnen herab.

»Seht mich an«, befahl er.

Die beiden gehorchten.

»Wo sind wir?«, fragte Belet verstört.

Der Anführer versetzte ihm einen Schlag auf die Wange. Gleichzeitig schoss seine andere Hand schlangengleich vor und schloss sich um Selis Brust. Belet protestierte, bis er die Spitze eines Schwertes im Nacken spürte.

»Du bist hier, um uns einen kleinen Gefallen zu tun.«

Der Anführer verzog belustigt die Lippen. »Sieh dich nur um. Du befindest dich in der Oase Riyah.«

Belet schloss die Augen und stöhnte unterdrückt auf. Sie waren weit draußen im Roten Land, weit weg von den Pfaden, die die Reisenden und Karawanen zu benutzen pflegten. Rund um sie herum erstreckte sich die heiße, unwirtliche Wüste. Ein idealer Ort für zwei- und vierbeiniges Raubgesindel. Hier suchten Gesetzlose, Räuber, Mörder und Banden von umherziehenden Söldnern, Wüstenreisenden und Sandfressern Unterschlupf.

»Ausgezeichnet«, murmelte der Anführer.

Er hob den Kopf und sprach rasch auf den hinter Belet stehenden Mann ein. Dieser entfernte sich und kehrte mit einem Sack zurück, den er neben dem Schlosser auf den Boden fallen ließ.

»Mach ihn auf«, drängte der Anführer.

Belet gehorchte und fand in dem Sack seine Werkzeuge sowie die seines Vaters vor: Schlüssel, Zangen, Brechstangen, Haken und andere kunstvoll gearbeitete kupferne Instrumente.

»Ich habe sie aus deiner Werkstatt mitgenommen.«

»Wozu brauchst du sie?«

Wieder klatschte die Hand des Anführers auf seine Wange. Belet betastete die schmerzende Stelle behutsam.

»Wir befinden uns hier in Riyah«, fuhr der Anführer im Plauderton fort. »Von hier gibt es kein Entkommen. Wenn du es versuchst, werden wir dir folgen und dich zurückholen. Glaub mir, wir finden dich, aber vielleicht …« Er zuckte die Achseln. »Vielleicht spüren dich vorher ein Löwenrudel oder ein paar hungrige Hyänen auf.«

Er blickte durch die Kronen der Palmen zum tiefblauen Himmel auf.

»Die Schlangen und Skorpione brauche ich wohl nicht eigens zu erwähnen. Und natürlich hast du auch kein Wasser. Aber du kannst stattdessen auch bei uns bleiben«, fuhr er fort. »Wir haben Datteln, Feigen, Brot und Käse aus deiner Speisekammer mitgenommen, und du bekommst so viel Wasser, wie du trinken kannst. Ihr zwei Turteltauben habt jetzt Zeit zum Nachdenken, bis die Sonne untergeht.«

Belet lag eine Frage auf der Zunge, doch er verbiss sie sich. Der Anführer grinste und tippte ihn auf die Narbe, wo einst seine Nase gewesen war.

»Du bist ein guter Junge, Belet, du lernst schnell. Zum Beispiel hast du schon gelernt, dass du weder mir noch meinen Männern Fragen zu stellen hast. Du musst nur antworten, wenn man etwas von dir wissen will. Wir werden bis zum Sonnenuntergang hier bleiben. Weitere Männer werden in Kürze zu uns stoßen und Dromedare und Packtiere mitbringen. Im Schutz der Dunkelheit brechen wir dann auf, erst einmal Richtung Theben. Ihr beide werdet uns begleiten. Wenn wir unser Ziel erreicht haben, wirst du, Belet, genau das tun, was wir dir sagen.« Er zückte seinen Dolch und setzte die Spitze auf Selis Brust. »Solltest du dich weigern, wird es deine hübsche Frau hier büßen. Einige meiner Männer finden sie sehr begehrenswert. Sie würden sich sicher gern eingehender mit ihr befassen. Wirst du also tun, was dir befohlen wird?«

Belet schloss die Augen und nickte.

»Ich weiß, was du jetzt denkst«, plauderte der Anführer weiter. »Du fragst dich, wo wir hingehen und was du dort tun sollst. Nun, die Neugier wird dich munter halten. Wenn du mit uns zusammenarbeitest«, fuhr er mit einschmeichelnder Stimme fort, »bekommst du nach erfolgreicher Ausführung des Auftrags deine Belohnung und kannst deiner Wege gehen.«

Belet bemühte sich, sich seine Furcht nicht anmerken zu lassen. Er wusste, dass dieser Mann ein heimtückisches Verbrechen plante. Sowie er hatte, was er wollte, war sein, Belets, Leben und das seiner Frau nichts mehr wert. Der Anführer schien seine Gedanken zu lesen.

»Das Leben ist ein großes Glücksspiel«, murmelte er. »Du hattest deine Zeit an der Sonne, Belet, jetzt sind andere dran. Dir bleibt keine andere Wahl, als zu tun, was wir von dir verlangen. Aber«, er wechselte plötzlich das Thema, »ehe ich dein Haus verließ, habe ich einen Blick in die

Küche geworfen. Eure Dienerin hat frisches Brot gebacken und Fleisch, Früchte und Käse eingekauft. Hattest du Gäste erwartet?« Wieder hob er drohend den Dolch.

»Ja«, erwiderte Belet. »Meinen Freund Schufoy und einen Mann namens Prenhoe ...«

Die Augen des Anführers wurden schmal.

»Schufoy? Den Zwerg?« Er spie die Worte förmlich aus. »Amerotkes Leibdiener?«

»Ja«, stammelte Belet. »Sein Herr ist auf Befehl des göttlichen Pharaos irgendwo unterwegs.«

»Darauf möchte ich wetten.« Der Anführer starrte zum Wasserloch hinüber. »Ich kenne dieses kleine Stück Eselsmist.« Wutentbrannt sprang er auf und trat ein Stück zur Seite. »Wann wollte er kommen?«, fragte er über seine Schulter hinweg.

»Am späten Nachmittag.«

Der Anführer rief zwei seiner Männer zu sich. Belet beobachtete, wie er leise auf sie einsprach und seine Worte mit abgehackten Handbewegungen unterstrich. Die beiden Männer eilten davon. Belet schloss die Augen. Er wusste, wo sie hinwollten – zurück nach Theben, zu seinem verlassenen Haus, um Schufoy und Prenhoe aufzulauern. Der Anführer kam wieder auf ihn zu.

»Bitte«, sprudelte Belet hervor, »Schufoy hat niemandem etwas getan.«

Diesmal erhielt er einen wesentlich härteren Schlag ins Gesicht. Seli fuhr empört auf, woraufhin der Anführer ihr die Hände um den Hals legte und ihr die Luft abdrückte, bis Belet ihn bat, endlich aufzuhören. Der Mann ließ Seli los und leerte den Sack auf den Boden. Erst jetzt erkannte Belet, wie genau seine Entführer ihren Plan durchdacht hatten. Keines der Werkzeuge, die dort lagen, war für Tischlerarbeiten bestimmt, sondern einzig und allein zum Herstellen oder Öffnen von Schlössern. Belet wandte sich ab, um seine Frau zu trösten, die vor Angst halb von Sinnen zu sein schien. Ein Speichelfaden hing ihr aus dem Mundwinkel. Belet wischte ihn fort und streichelte sanft Selis Schulter. Der Anführer tippte ihn auf den Kopf.

»Gleich lasse ich euch allein, dann kannst du sie beruhigen. Aber vorher möchte ich mich mit dir über Schlüssel und Schlösser unterhalten.«

»Aber ich habe schon lange keine mehr angefertigt«, wandte Belet ein. »Seit meiner …«

»Seitdem du verstümmelt worden bist nicht mehr.« Die Augen des Anführers funkelten belustigt. »Ich will ja auch nicht über deine Schlösser mit dir reden, sondern über die deines lieben verstorbenen Vaters. Und nun komm, ich bin ganz Ohr …«

»Wenn ich es dir doch sage«, beharrte Prenhoe. »Letzte Nacht hatte ich wirklich einen bemerkenswerten Traum.«

Er packte Schufoy am Ellbogen und scheuchte gleichzeitig einen Skorpionmann weg, der ein Tablett voller Skarabäen um den Hals trug und sich hartnäckig an ihre Fersen geheftet hatte. Prenhoe versuchte schon seit einiger Zeit, Schufoy ein wenig abzulenken. Er wusste, der Zwerg hatte sich Sorgen gemacht, weil er seinen Herrn seit seinem Aufbruch zur Oase der Palmen nicht mehr gesehen und später von einem Wagenlenker von dem Unfall im Roten Land gehört hatte. Zum Glück hatte er schließlich in Erfahrung gebracht, dass Amerotke sicher nach Theben zurückgekehrt und zwecks einer geheimen Besprechung mit der Pharaonenkönigin ins Haus der Anbetung befohlen worden war.

Schufoy knurrte der Magen. Er freute sich schon auf eine gute Mahlzeit in Belets Haus und bedauerte nur, den unaufhörlich schnatternden Prenhoe ebenfalls eingeladen zu haben. Außerdem ließ ihnen der Skorpionmann keine Ruhe. Schufoy hob drohend seinen Sonnenschirm und der Mann gab endlich auf und verschwand.

»So hör mir doch zu«, beschwerte sich Prenhoe, als sie an einer Garküche Halt machten, deren Besitzer geröstetes Antilopenfleisch feilbot. Schufoy lief das Wasser im Mund zusammen. Er war halb verhungert. Eine Menschenmenge wogte rings um ihn herum. Er erkannte zwei nubische Bogenschützen aus dem Palast, die über den Markt schlenderten, und fragte sich erneut, was sein Herr wohl gerade tun mochte. Eine fette, schillernde Fliege ließ sich auf einem Fleischstück nieder, und sein Appetit schwand merklich.

»Na schön, Prenhoe, erzähl mir von deinem Traum.«

»Ich vergnügte mich mit einem jungen Mädchen unten am Flussufer. Du würdest nicht glauben, Schufoy, was sie mit ihren Lippen alles anstellen konnte! Auf einmal wurde es dunkel um uns herum. Die Sonne färbte sich schwarz und seltsame rote Lichter flackerten überall auf.«

»Woraufhin das Mädchen vermutlich die Flucht ergriff?«

»Plötzlich war ich ganz alleine. Riesige, unheimliche Kreaturen lösten sich aus der Dunkelheit. Sie hatten Eidechsenköpfe auf Menschenkörpern. Ich hielt sie für Ungeheuer aus der Unterwelt, und ich hatte Angst, denn ich war mutterseelenallein im Dunkeln. Doch dann raste ein Streitwagen auf mich zu. Du lenktest ihn …«

»Über den Boden oder durch die Luft?«, fragte Schufoy todernst.

»Durch die Luft. Ich konnte die Räder nicht hören. Die Pferde waren nachtgrau, ihre Augen glühten wie Kohlen, und ihren Nüstern entströmte Weihrauchduft. Du hobst mich in den Wagen und fuhrst mit mir ins Licht …«

»Was war mit dem Mädchen?« Schufoy grinste. »Besteht die Hoffnung, dass sie auch mich einmal im Traum besucht?«

Prenhoe schnüffelte beleidigt. Sie verließen die Sphinxallee und bogen in ein Gewirr von schmalen Gassen ein.

»So, da sind wir.«

Schufoy blieb vor einem zweistöckigen Haus stehen, das an der Ecke eines schäbigen kleinen Marktplatzes stand, und blickte sich wehmütig um.

»Früher habe ich hier Liebesamulette verkauft, ehe ich vom Unglück verfolgt wurde. Ich kannte ein Mädchen, das dort drüben wohnte. Geschmeidig wie eine Schlange war sie.«

Schufoy klopfte an die Tür, erhielt jedoch keine Antwort. Daraufhin hämmerte er mit seinem Schirm so heftig gegen das Holz, dass das Geräusch im ganzen Haus widerhallte.

»Bist du sicher, dass sie uns erwarten?«, fragte Prenhoe.

»Belet hält immer sein Wort. Er wollte mir für all das danken, was ich für ihn getan habe.«

»Ist heute wirklich ein günstiger Tag für einen Besuch?«, erkundigte sich Prenhoe besorgt. »Ich glaube, heute hat der Gott Thot den Atum vom See der Beiden Wahrheiten vertrieben, oder nicht? Ich verwechsele diese Tage immer. Ich weiß, dass sich heute nicht der Mord des Seth an Horus jährt, aber morgen ist auf jeden Fall der Tag, an dem die zerstörerische Sechmet Schrecken und Pestilenz auf die Menschheit losgelassen hat.«

»Dein Geburtstag?«, bemerkte Schufoy scheinheilig.

Er schlenderte über den Platz und betrachtete nachdenklich eine Sonnenuhr auf ihrem Sockel.

»Wir sind pünktlich«, stellte er fest. »Genau vier Stunden vor Sonnenuntergang. Belet hat gesagt, wir könnten auch über Nacht bleiben, falls wir zu viel trinken.«

»Das erinnert mich an den Tag der Sphinx«, verkündete Prenhoe feierlich. »Sollte uns Belet nicht an der Tür willkommen heißen, uns eine Blumengirlande um den Hals legen und einen Parfümkegel auf den Kopf setzen?«

Schufoy hörte ihm überhaupt nicht zu. Er schritt, sich seinen struppigen Bart kratzend, auf das Gartentor zu. Dort blieb er stehen und betrachtete die kleine, in eine Wand eingelassene Kupferstele. Sie stellte Horus in Falkengestalt auf einer goldenen Scheibe dar. Schufoy begann, sich Gedanken zu machen. Belet und Seli waren gastfreundliche, liebenswürdige Menschen. Warum nur waren sie nicht hier, um ihre Besucher in Empfang zu nehmen?

»Wo hast du Belet eigentlich kennen gelernt?«, fragte Prenhoe.

»Im Dorf der Nashörner«, erwiderte Schufoy. »Er stammt aus einer guten Familie, wusstest du das? Leider hatte sein Vater eine Vorliebe für schwere Weine. Er litt unter fürchterlichen Albträumen, sagte Belet, und irgendwann einmal gab er sich auf und trank nur noch von morgens bis abends. So schwand der Reichtum der Familie dahin, und als Belet ein junger Mann war, standen sie vor dem Nichts.«

»Ich weiß, wie das ist, ich hatte früher einmal einen entfernten Verwandten ...«

Schufoy achtete nicht auf ihn. Er stieß das Gartentor auf und ging langsam über den Pfad, der zum Haus führte.

»Er hat anscheinend seinen Garten umgegraben«, rief Prenhoe laut.

Schufoy blickte sich um. Sein Unbehagen wuchs. Bei einem früheren Besuch hatte Belet ihm dieses Stück Land gezeigt und behauptet, es eigne sich besonders gut zum Gemüseanbau. Doch jetzt lagen die Pflanzen auf der umgewühlten Erde verstreut und verdorrten. Die beiden Männer betraten die kühle, von Säulen umgebene Veranda. Schufoy stieß die Hintertür auf.

»Belet, Seli, Aiya!«

Niemand antwortete. Dem Zwerg lief ein eisiger Schauer über den Rücken. Irgendetwas stimmte hier nicht.

»Prenhoe«, flüsterte er, »schnupper doch einmal!«

»Ich kann nichts riechen«, erwiderte der Schreiber.

»Genau das gefällt mir nicht«, erklärte Schufoy düster. »Belet sagte, sie würden ein Festmahl vorbereiten. Wenn er und Seli ausgegangen sind, um noch etwas zu besorgen, wo sind dann Aiya und ihr kleiner Kläffer?«

Er trat in die Küche.

»Alles sauber und ordentlich«, murmelte er.

Er betastete den irdenen Ofen. Die darin aufgeschichtete Kohle war unberührt. Ihm fielen die zurückgeschlagenen Leinentücher auf – jemand hatte Brot und Käse aus den Regalen genommen. Schufoy zog seinen Dolch. Prenhoe folgte seinem Beispiel. Der Zwerg stieg die Treppe zum oberen Stockwerk hoch, öffnete die Tür zum Schlafraum und betrachtete das Bett mit den zurückgeschobenen Gazedecken. Dann blickte er zu Boden, wo er Schmutzspuren entdeckte. Belet war sehr stolz auf sein neues Heim; der Boden wurde stets peinlich sauber gehalten und auf Hochglanz poliert. Schufoys Herz begann schneller zu schlagen, sein Mund wurde trocken. Gemeinsam mit Prenhoe betrat er den Raum und durchsuchte Truhen und Kästen.

Als er nichts Ungewöhnliches entdecken konnte, öffnete

er die Tür wieder, um den Raum zu verlassen. Er war noch nicht ganz auf den Gang hinausgetreten, als er rechts von sich eine Bewegung wahrnahm. Der Zwerg riss seinen Sonnenschirm hoch und rammte ihn dem Angreifer in den Magen. Im selben Moment stieß Prenhoe einen lauten Schrei aus. Dolche prallten klirrend aufeinander. Schufoy warf einen flüchtigen Blick über seine Schulter. Prenhoe kämpfte mit einem Mann, dessen Kopf und Gesicht von Tüchern verdeckt waren. Als er ein Geräusch hinter sich hörte, fuhr er herum und sah seinen Gegner mit gezücktem Dolch auf sich zukommen. Schufoy duckte sich und stieß dem Mann die Schulter in den Unterleib. Die Stille des Hauses wurde von Prenhoes durchdringendem Kriegsgeschrei zerrissen; der junge Mann war nicht nur ein guter Schreiber und leidenschaftlicher Traumdeuter, sondern hatte darüber hinaus noch eine exzellente Militärausbildung genossen. So war ihm schon bald klar, dass sein Gegner ihm nicht gewachsen war. Immer wieder drang der Mann auf ihn ein, aber er handhabte sein Messer so ungeschickt, dass es Prenhoe nicht schwer fiel, die Angriffe abzuwehren. Inzwischen trieb Schufoy mit Hilfe seines Schirms seinen Widersacher auf den Treppenabsatz zu. Der Mann konnte sich gegen den Zwerg, der seinen Schirm so geschickt einsetzte wie ein erfahrener Soldat seinen Speer, kaum zur Wehr setzen. Als er einen weiteren heftigen Stoß in die Magengrube davontrug, geriet er in Panik und sprang zurück, ohne daran zu denken, dass sich hinter ihm die Treppe befand. Schufoy holte mit seinem Dolch aus. Der Mann wich zurück, verlor den Halt, stürzte die Treppe hinunter und schlug mit dem Kopf auf der Kante auf. Sein Genick brach mit einem deutlich vernehmbaren Knacken. Schufoy wandte sich ab, um Prenhoe zu Hilfe zu eilen. Der zweite Angreifer verlor die Nerven. Er schleuderte seinen Dolch in Prenhoes Richtung, wirbelte herum, floh auf das Fenster am Ende des Korridors zu und rüttelte an den Läden. Doch Prenhoe war schneller. Gerade als der Mann einen Fuß auf das Fensterbrett setzte, packte der Schreiber ihn am Kragen.

»Nein!«, brüllte Schufoy ihm zu. »Lass ihn …«

Doch es war zu spät. Prenhoe hatte seinen Dolch schon mit beiden Händen tief in den Nacken des Gegners gestoßen, der hustend und keuchend zurücktaumelte und sich die Tücher vom Gesicht riss, als hoffte er, dann besser Luft zu bekommen. Ein Blutstrom quoll aus seinem Mund. Er würgte noch einmal, brach dann zusammen und blieb reglos liegen.

Eine Weile standen Prenhoe und Schufoy wie angewurzelt da und rangen nach Atem.

»Ich wusste doch, dass mein Traum etwas zu bedeuten hat«, stammelte Prenhoe dann, lehnte sich gegen die Wand und presste die Hände gegen seinen Magen. »Eidechsengesichter hatten sie…«

»Ach, halt doch endlich den Mund!«, knurrte Schufoy.

Er ging zu dem Leichnam hinüber, der in einer Blutlache unter dem Fenster lag, drehte ihn um und zog das Tuch ganz von dessen Gesicht. Selbst im Tod hatte es noch einen tückischen Ausdruck und quer über die rechte Wange verlief eine breite Narbe. Schufoy durchsuchte den Mann gründlich.

»Nichts«, murmelte er. »Ein professioneller Mörder.«

Er wandte sich dem zweiten Toten zu. Dessen Gesicht war schmutzig und unrasiert, sein gesundes Auge halb geschlossen, das andere nur eine schwarze Höhle.

»Ein hübsches Spitzbubengespann«, brummte der Zwerg verächtlich.

Auch die Untersuchung dieses Leichnams ergab keine Anhaltspunkte.

Schufoy seufzte, dann rief er Prenhoe in die Küche. »Du hast dich tapfer geschlagen«, lobte er. »Mein Gegner hatte nur ein Auge. Ich habe mich schon gewundert, wieso er so unbeholfen reagierte.«

Der Schreiber hatte sich inzwischen wieder erholt und machte Anstalten, erneut von seinem Traum anzufangen. Schufoy hob abwehrend die Hand.

»Ich bin hungrig und durstig.«

In der Küche fanden sie Bier, Brot und Käse.

»Stell alles auf den Tisch«, wies Schufoy Prenhoe an.

»Ich will mich nur schnell vergewissern, dass das Haus wirklich leer ist.«

Er durchsuchte alle Räume noch einmal gründlich, konnte aber außer den beiden reglosen Körpern und den Spuren des Kampfes im Korridor nichts entdecken. Dann ging er in die Werkstatt. Auch hier schien alles in Ordnung zu sein. Sein Blick fiel auf die Werkzeugkiste aus Sandelholz, Belets kostbarsten Besitz. Schufoy hatte ihn begleitet, als er sie in sein neues Haus gebracht hatte. Der Zwerg klappte den Deckel auf.

»Leer!«, murmelte er.

Sich nachdenklich den Kopf kratzend gesellte er sich zu Prenhoe in die Küche, um sich mit einem kleinen Imbiss zu stärken.

»Was sollen wir davon halten?«, überlegte er laut. »Belet und Seli sind verschwunden, ein paar Vorräte sowie Belets Werkzeuge fehlen auch.« Er fuhr sich mit der Zunge über die Zähne. »Belet würde nie mehr freiwillig gegen irgendwelche Gesetze verstoßen, dafür sorgt Seli schon. Aber er hat sich mit einem geheimnisvollen Unbekannten am Platz der Hyäne in der Nähe des Dorfes der Nashörner getroffen. Ich glaube, dieser Fremde ist noch einmal zurückgekommen. Belet und Seli sind entführt worden. Die Täter haben auch Belets Werkzeuge mitgenommen, demnach soll bald ein Raub ausgeführt werden.«

»Vielleicht sind sie auch nur gekommen, um ihn zum Schweigen zu bringen, und haben dann seine Werkzeuge gestohlen«, wandte Prenhoe ein.

»Aber wo sind dann die Leichen?«

Schufoy schrak zusammen, stellte seinen Bierkrug ab und eilte, gefolgt von Prenhoe, in den Garten hinaus. Beide Männer knieten auf dem Gemüsebeet nieder und begannen zu graben. Schon nach kurzer Zeit stießen sie auf Aiyas blutverschmierten Leichnam und den Kadaver des Hundes. Prenhoe wandte sich ab und übergab sich geräuschvoll. Schufoy erhob sich fröstelnd und starrte zum Haus hinüber. Er ahnte dunkel, dass er Belet und Seli nicht lebend wieder sehen würde. Dann ging er zu Prenhoe, klopfte ihm aufmunternd auf die Schulter und führte ihn ins Haus zurück.

»Warum haben sie das getan?«, keuchte Prenhoe. Er ging zu einem Wasserbecken, wo er sich Lippen und Kinn reinigte.

»Ein Jammer, dass wir diese beiden Schurken getötet haben.« Schufoy ließ sich auf einen Stuhl sinken. »Ich glaube, die Bande aus dem Dorf der Nashörner steckt dahinter. Sie kamen her, töteten die Dienerin und ihren Hund und nahmen Belet und Seli gefangen. Außerdem stahlen sie Belets Werkzeuge, und zwar nur die, die für die Herstellung von Schlüsseln und Schlössern benötigt werden, das heißt, dass sie ins Haus des Silbers oder in eine andere Schatzkammer einbrechen wollen. Die Öfen sind kalt«, fuhr Schufoy fort. »Das Haus ist sauber und ordentlich. Vermutlich wurden die beiden des Nachts entführt.«

»Aber warum haben sie die beiden Galgenstricke hier zurückgelassen?«

»Irgendwie muss ihr Anführer herausgefunden haben, dass Belet Gäste erwartete. Die beiden sollten uns hier auflauern. Mich würde interessieren, warum.«

Prenhoe schüttelte nur den Kopf.

»Das bedeutet«, spann Schufoy den Faden weiter, »dass sie ihren Plan, wie immer er auch aussehen mag, schon bald in die Tat umsetzen wollen. Wahrscheinlich schon heute Abend. Sobald der Raub stattgefunden hat, kann es ihnen egal sein, ob Belet und Selis Verschwinden von irgendwem bemerkt wird. Im Gegenteil, sie könnten meinen Freunden das Verbrechen sogar noch in die Schuhe schieben.« Er hob seinen Bierkrug und nahm einen tiefen Zug.

»Aber warum haben sie lediglich zwei Männer zurückgelassen?«

Schufoy berührte die Narbe in seinem Gesicht und lächelte.

»Was findest du denn so lustig?«, murrte Prenhoe.

»Den Umstand, dass ich keine Nase mehr habe«, gab Schufoy zurück. »Ich vermute, dass die meisten Mitglieder dieser Bande aus der Gemeinschaft der Nashörner stammen. Wenn der Überfall fehlgeschlagen wäre – was ja auch der Fall war – hätten die entstellten Leichen der Polizei sofort verraten, wo die Entführer von Belet und Seli zu suchen sind.«

»Sollte nicht Asural mit seinen Leuten diesem Dorf einmal einen Besuch abstatten?«

Schufoy schüttelte den Kopf. »Das wäre pure Zeitverschwendung. Man würde zwar feststellen, dass einige Bewohner verschwunden sind, aber niemand könnte sagen, wo sie hingegangen sind oder was sie tun. Das heißt außerdem«, folgerte Schufoy weiter, »dass die Bande nicht sehr groß ist. Sie konnten nur zwei Männer entbehren.« Er lächelte Prenhoe zu. »Sie dachten wohl, ein Zwerg und ein Schreiber würden keine große Gefahr darstellen.«

»Nun, da haben wir sie aber eines Besseren belehrt!«, schnaubte Prenhoe.

»Allerdings. Prenhoe, bitte geh jetzt und hol Asural her. Er soll ein paar Polizisten mitbringen. Aiya wird ein ordentliches Begräbnis erhalten.«

Prenhoe ließ sich nicht lange bitten. Er war froh, diesen Ort des Todes möglichst schnell hinter sich lassen zu können. Schufoy wartete, bis er fort war, dann durchsuchte er das ganze Haus noch einmal von oben bis unten. Unter dem Bett fand er eine kleine Truhe. Sie enthielt ein paar Papyrusbögen; Briefe, die Belet an Seli geschrieben hatte. Eine vergilbte Schriftrolle erregte seine Aufmerksamkeit. Er breitete sie auf dem Boden aus und studierte sie sorgfältig. Belets Vater Lakhet hatte den Inhalt verfasst. Der erste Teil war von einem Schreiber hingepinselt worden, der Rest von jemanden mit einer nahezu unleserlichen Handschrift. Es war der Entwurf eines dieser Lobgesänge, die bei Höflingen und Beamten so beliebt waren.

»Ich danke dir, o großer Osiris,
Herr der zwei Hörner,
Träger der großen Krone.
Ich danke dir, dass du mich erwählt hast,
mich, Lakhet, deinen ergebenen Diener.

Ich habe mich im Ruhm des Pharaos gesonnt.
Ich habe für den großen Baumeister gearbeitet.
Ich habe Türen zu den Hallen der Götter angefertigt
und meine Arbeit fand Gefallen in den Augen der …«

In diesem Ton ging es noch lange weiter. Hymnen auf Osiris vermischten sich geschickt mit Prahlereien über Lakhets berufliche Erfolge. Seufzend ließ Schufoy den Papyrus wieder in die Truhe fallen, klappte den Deckel zu und schob sie unter das Bett zurück, dann blickte er sich um. Auf einem kunstvoll geschnitzten Akazienholztisch stand eine Statue des Schakalgottes Anubis. Schufoy lief ein kalter Schauer über den Rücken. Er kniete vor der Figur nieder und murmelte ein kurzes Gebet. Tief in seinem Herzen wusste er, dass in diesem Haus etwas Furchtbares geschehen war. Belet und Seli waren entführt worden, ihr Tod eine beschlossene Sache. Der Zwerg schloss die Augen. Warum das alles? Und was für ein geheimnisvoller Raubzug war hier so sorgfältig vorbereitet worden?

In der Halle der Unterwelt wog ANUBIS die Seele des Verstorbenen gegen die Feder der Wahrheit ab.

DREIZEHNTES KAPITEL

Amerotke saß auf dem Dach seines Hauses. Hatschepsut und Senenmut hatten den Abtransport des Sarkophags überwacht und waren am frühen Nachmittag nach Theben zurückgekehrt. Er selbst hatte sich entschuldigt und darauf bestanden, seine Familie sehen zu müssen. Die Mitanni-Delegation war wieder in der Stadt; um diese Angelegenheit brauchte er sich also vorerst nicht zu kümmern. Außerdem beschäftigten ihn die Bilder, die er an den Wänden der königlichen Grabkammer gesehen hatte. Er wollte in Ruhe über alles nachdenken, was er bisher herausgefunden hatte, und dann die verschiedenen Möglichkeiten abwägen. Hatschepsut, voller Erleichterung, dass sich ihre Befürchtungen hinsichtlich des Todes von Benia nicht bewahrheitet hatten, hatte sich geistesabwesend einverstanden erklärt, doch Senenmut hatte darauf beharrt, dass Amerotke am nächsten Tag in den Anubistempel zurückkehrte.

Er hatte Schufoy draußen vor den Toren seines Hauses angetroffen. Der Zwerg hatte offensichtlich auf ihn gewartet, und Amerotke wusste augenblicklich, dass etwas nicht stimmte.

»Ich wollte nicht, dass Norfret davon erfährt«, murmelte Schufoy. »Belet und Seli sind entführt worden. Ihre Dienerin wurde ermordet und im Garten verscharrt. Prenhoe und ich sind angegriffen worden …«

Amerotke nahm ihn am Arm und führte ihn zu einem Tamarindenbaum, unter dem sie sich niederließen. Er wartete, bis der Zwerg sich etwas beruhigt hatte, und ließ sich dann in allen Einzelheiten berichten, was in Belets Haus geschehen war.

»Du hast gut daran getan, auf mich zu warten«, erklärte er, sowie Schufoy seine Geschichte beendet hatte. »Das Einzige, was Norfret wirklich beunruhigt, ist der Gedanke daran, dass wir in unserem Haus einmal überfallen werden könnten. Wenn sie hört, dass einem Freund oder Bekannten so etwas widerfahren ist, tut sie nachts kein Auge mehr zu.« Er tätschelte dankbar Schufoys Hand. »Ich weiß zwar immer noch nicht, was für ein Verbrechen eigentlich geplant ist, aber ich stimme dir zu, dass das, was auch immer geschehen soll, bald geschehen wird. Belet wurde entführt, weil er ein fähiger Schlosser ist; Seli, damit sie nichts verraten kann. Aber was ist das Ziel der Verbrecher?« Er rieb sich über die Wange. »Ich kann auf Anhieb hunderte von Möglichkeiten aufzählen, die die Räuber ins Auge gefasst haben könnten: die Häuser der Reichen mit all ihren Schätzen, die Lager der Kaufleute, Tempel, Schreine, die Stuben der Geldwechsler und Goldschmiede und und und …«

»Ob Belet und Seli in Gefahr schweben?« Schufoy schloss entmutigt die Augen. Der Gesichtsausdruck seines Herrn verriet ihm alles, was er wissen musste.

»Wir haben es hier mit skrupellosen Verbrechern zu tun«, erwiderte Amerotke bedächtig. »Ein Menschenleben bedeutet ihnen wenig.«

»Was können wir nur tun?«, jammerte Schufoy und sprang auf. »Ich werde Asural und Prenhoe bitten, die ganze Stadt zu durchkämmen.«

»Ich bezweifle, dass sie etwas finden werden.« Auch Amerotke erhob sich. »Aber ich bin trotzdem froh, dass du auf mich gewartet hast. Wenn wir im Haus sind, darf dieser Vorfall mit keiner Silbe erwähnt werden.«

Schufoy musterte ihn forschend.

»Und was ist mit dir?« Er deutete auf die Kratzer an Amerotkes Armen und Beinen. »Was ist passiert? Ich habe gehört …«

»Auch darüber sollten wir nicht sprechen.« Amerotke lächelte. »Wir haben schon genug Probleme, Schufoy. Norfret soll erst davon erfahren, wenn wir mehr wissen. Und jetzt komm, sonst sieht noch jemand, wie wir hier unsere Zeit vertrödeln.«

Norfret und die beiden Jungen waren entzückt, ihn zu sehen, und bestürmten ihn mit Fragen. Amerotke schickte Schufoy zum Tempel zurück, um bestimmte Nachforschungen anzustellen, während er sich mit Norfret in ihr Schlafgemach zurückzog, wo sie, wie Norfret sich ausdrückte, ganz unter sich waren. Nachdem sie sich geliebt hatten, unterzog sie ihn einem regelrechten Verhör. Amerotke reagierte ausweichend, aber er kannte Norfret, sie würde nicht locker lassen. Sie hatte die Kratzer und Prellungen an seinem Körper bemerkt und von Schufoy einigen Tempelklatsch gehört. Dennoch hatte sie ihn nicht weiter bedrängt.

Im Moment war sie unten und besprach mit dem Verwalter, was an Vorräten benötigt wurde. Die Jungen waren im Hof beschäftigt, wo ein Zimmermann ihnen dabei half, einen Spielzeugstreitwagen zu bauen.

Nachdem Amerotke gebadet und sich umgekleidet hatte, genoss er die kühle Abendluft, während er schriftlich festhielt, was er herausgefunden hatte. Der Tisch aus Ulmenholz war mit Tintentöpfen und Schreibfedern übersät. Er hatte so eifrig geschrieben, dass seine Finger und Handgelenke schmerzten. Endlich legte er die Schreibfeder zur Seite und nahm Sinuhes Manuskript aus der Ledertasche. Er hatte schon einige Teile davon gelesen und interessierte sich besonders für die Beschreibungen der verschiedenen Völker, die hunderte von Meilen südlich des dritten Katarakts im Dschungel lebten.

»Jetzt verstehe ich, warum so viele Leute dieses Buch in die Finger bekommen möchten«, murmelte er.

Sinuhe war ein geborener Erzähler gewesen und hatte über ein enormes Wissen verfügt. In allen Einzelheiten beschrieb er neue Wege und Handelsrouten, gab an, wie mit den verschiedenen Stämmen und Völkern umzugehen war, wo man Wasser und Nahrung finden konnte, welche Gefahren von Räubern und Wegelagerern ausgingen und anhand welcher Anhaltspunkte man sich orientieren konnte. Amerotke hatte bereits ähnliche Beschreibungen gelesen und den Geschichten selbst ernannter Reisender gelauscht. Meistens hatte er ihnen kein Wort geglaubt, besonders die Berichte über riesige Eiswüsten, in denen blutrünstige Bestien ihr Unwesen trieben, waren ihm frei erfunden erschienen. Sinuhes Bericht jedoch klang glaubhaft, zumal er von grob gezeichneten, aber gut zu lesenden Karten untermalt wurde. Wieder befasste sich der Richter mit der Passage über die zwergwüchsigen Nubier, deren Gebräuche, Jagdgewohnheiten und Waffen.

Endlich legte er das Manuskript aus der Hand und widmete sich wieder seiner Schreibarbeit. Er hörte seine Söhne kreischen, dann erklang Schufoys tiefe Stimme. Der kleine Mann kam die Stufen hochgestapft. Er wirkte bedrückt; der Auftrag war ihm ungelegen gekommen, eigentlich hatte er nur in Erfahrung bringen wollen, was seinem Herrn und seinem Freund Belet zugestoßen war und wie er das Herz jenes Tanzmädchens erobern konnte.

»Nun?«

Amerotke zog einen Stuhl heran und reichte ihm einen Krug Bier.

»Ich habe mit meinen Liebesgedichten nicht viel Erfolg gehabt«, gestand Schufoy wehmütig. »Aber hör dir einmal dies an.« Er setzte den Bierkrug ab und spreizte die Hände.

»Der Schrei der Wildgänse rührt an mein Herz.
Wie gerne möchte ich mit ihnen ziehen,
doch ich bin gefangen im Netz deiner Liebe ...«

»Sehr schön, Schufoy«, unterbrach Amerotke. »Aber das reicht jetzt.«

»Ich konnte weder Prenhoe noch Asural finden, Herr«, flüsterte Schufoy. »Was kann Belet denn nur zugestoßen sein? Warum haben die Entführer alle seine Werkzeuge mitgenommen?«

»Ich weiß es nicht«, erwiderte Amerotke. »Ich weiß nur, dass ein Raub geplant ist. Du hast doch Asural Bescheid gegeben, nicht wahr? Mehr kann ich im Augenblick nicht tun.«

»Du vertraust mir nicht mehr«, erklärte Schufoy gekränkt. »Sonst würdest du mir nämlich verraten, was passiert ist.« Seine Augen begannen tückisch zu funkeln. »Mir sind da bestimmte Gerüchte zu Ohren gekommen, Herr.«

Er blickte über seine Schulter. »Wenn die Dame Norfret davon erfährt …«

»Wenn Norfret ein Wort davon erfährt«, unterbrach Amerotke, »dann wirst du dir wünschen, du wärst mit deinen Wildgänsen davongezogen. Ich erzähle dir später alles.«

»Du warst in großer Gefahr, nicht wahr?«, jammerte Schufoy. »Prenhoe hatte letzte Nacht einen seltsamen Traum. Er war mit einer schönen Frau unten am Nil …«

»Mit derselben Frau aus seinen früheren Träumen?«, lachte Amerotke.

Schufoy stampfte erbost mit dem Fuß auf.

»Und nun zum Anubistempel«, drängte Amerotke. »Was hast du herausgefunden?«

Schufoy seufzte kläglich. Sein Herr packte ihn am Handgelenk.

»Schufoy, nun mach endlich den Mund auf!«

»Ich habe ein paar Leute befragt, insbesondere den Priester, den Nemrath abgelöst hat. Er sagte, es wäre möglich, aber sehr unwahrscheinlich, dass jemand unbemerkt in die Kapelle geschlüpft ist. Er selber glaubt nicht daran.«

»Und?«

»Das gilt auch für die Theorie, Weni habe sich in einer der Nischen versteckt. Er hätte keinen Mucks von sich geben dürfen. Wenn Nemrath ihn gesehen hätte, einen mit einem Dolch bewaffneten Fremden, dann hätte er Alarm geschlagen.«

Amerotke ließ ihn los.

»Wie wahr. Daran habe ich selbst schon gedacht. Demnach hat Wanef gelogen.«

»Ich habe sie und die beiden anderen im Tempel gesehen«, berichtete der Zwerg weiter. »Hunro und Mensu blickten so mürrisch drein wie immer, aber diese Wanef sah aus wie eine Katze, die Sahne geschleckt hat. Sie fragte nach dir; erzählte, sie sei auf dem Rückweg nach Theben an den Überresten eines Streitwagens vorbeigekommen und faselte von Gestrüpp, das in Brand gesteckt worden sei.«

»Unwichtig.« Amerotke legte Schufoy einen Finger auf die Lippen, als er Norfret auf der Treppe hörte.

»Habt ihr Geheimnisse?«

Norfret trat hinter sie und lächelte ihren Mann viel sagend an.

»Ich habe mich gerade an die Botschaft erinnert, die ich dir geschickt habe.«

»Was für eine Botschaft?«, fragte Amerotke.

»Über die Truhe und den Schlüssel.«

»Ich wollte es ihm ausrichten«, mischte sich Schufoy ein. »Aber der erhabene Richter war wie immer zu beschäftigt, um mich anzuhören.«

»Dann erklär mir jetzt, was du mir sagen wolltest.«

»Es geht um den Mord im Anubistempel.« Norfret nahm neben Schufoy Platz. »Du sagtest, die Tür wäre verschlossen gewesen und der Schlüssel hätte noch am Gürtel des Opfers gehangen, Nemrath hieß er, nicht wahr?«

Amerotke nickte.

»Also.« Norfret spielte an der blauen Kordel herum, die sie um den Hals trug. »Ich brauchte etwas aus einer Truhe oben, also nahm ich den Schlüssel und ging in unsere Schlafkammer.« Sie grinste. »Du weißt ja, wo das ist. Ich war ganz sicher, den passenden Schlüssel für diese bestimmte Truhe mitgebracht zu haben, schließlich habe ich ihn ja schon unzählige Male vorher benutzt. Diesmal jedoch hatte ich mich vertan und den falschen Schlüssel erwischt. Also musste ich noch einmal nach unten gehen, um den richtigen Schlüssel zu holen, und das hat mich ziemlich geärgert.«

Amerotke sah sie nur verwirrt an.

»Ich verstehe nicht, worauf du hinauswillst.«

»Ich schon, ich schon!« Schufoy sprang auf und hüpfte aufgeregt von einem Fuß auf den anderen.

»Woher wollen wir wissen, dass der Schlüssel an Nemraths Gürtel wirklich der war, der in das Türschloss passte?«

»Weil es sich um einen Spezialschlüssel handelt, den man nicht nachmachen lassen kann, ohne Verdacht zu erregen.«

»Nein, nein.« Norfret winkte aufgeregt ab. »Was ist denn das Wichtigste an einem Schlüssel, verehrter Richter? Das sind doch wohl die Zähne am Ende. Darin besteht die Kunst eines Schlossers; er muss die Zähne so feilen, dass sie ins Schloss passen und der Schlüssel sich drehen lässt.«

Amerotke schnappte nach Luft.

»Was wäre«, beharrte Norfret, »wenn jemand in die Kapelle eingedrungen wäre, Nemrath getötet, den heiligen Amethyst gestohlen, eine Kopie des Schlüssels an den Gürtel des Priesters gehängt und die Tür hinter sich abgeschlossen hätte?«

»Das wäre möglich«, gab Amerotke zu. »Aber dann wäre Nemrath Komplize und Opfer eines Verbrechens zugleich. Er müsste nämlich seinem Mörder selbst die Tür geöffnet haben.«

»Natürlich, Herr!«, entfuhr es Schufoy. »Denk daran, wie der Krokodilmann Nemrath beschrieben hat: fett und lüstern. Er hatte eine Schwäche für weiche Frauenkörper.«

»Ita?« Amerotke schüttelte den Kopf. »Der Arzt sagte, es hätte keine Anzeichen dafür gegeben, dass Nemrath vor seinem Tod bei einer Frau gelegen hat.«

»Dazu muss es ja auch gar nicht gekommen sein.«

»Da hast du Recht, Schufoy.« Nun wurde auch Amerotke von der allgemeinen Aufregung angesteckt. »Aber wie kommt man an einen Zweitschlüssel?«

»Ganz einfach«, erklärte Schufoy und deutete auf einen Schlüssel, der im Schloss einer Truhe neben dem Tisch steckte. »Du gehst zu einem Kupferschmied oder Bronzehandwerker, zeigst ihm eine Zeichnung ...«

»Natürlich!« Amerotke sprang auf, fasste Norfret bei der Schulter und küsste sie auf die Lippen. »Wenn in Theben jemals ein weiterer Richter gebraucht werden sollte ...«

»Nein, danke.« Norfret blickte auf. Nun lächelte sie nicht mehr. »Ich lege keinen Wert darauf, in einem Streitwagen durch die Wüste zu fahren und mich mit wilden Tieren herumzuschlagen. Ich möchte die Wahrheit von dir hören, mein oberster Richter.«

»Das sollst du auch.« Amerotke schnürte seine Sandalen zu. »Aber nicht jetzt.«

»Du willst noch einmal fortgehen?«

»Ich muss. Dank deiner Schlussfolgerungen weiß ich jetzt nämlich, wie Nemrath ermordet und der Amethyst gestohlen wurde. Die Zeit drängt. Die Mitanni werden den Vertrag unterzeichnen und in ihre Heimat zurückkehren. Ich vermute, die Pracht des Anubis reist dann mit ihnen. Schufoy soll mich begleiten. Im Anubistempel gibt es genug Wächter, wir können also auf Asural verzichten.«

Amerotke ließ sich von seinem Entschluss nicht abbringen. Er versprach Norfret, noch in dieser Nacht zurückzukommen, küsste seine Söhne und eilte dann mit Schufoy an seiner Seite nach Theben zurück.

Die Stadttore waren bereits geschlossen, doch der Nachtwachposten ließ sie durch eine Seitenpforte ein. Kurz darauf erreichten sie den Anubistempel. Das Tempelgelände war menschenleer. Amerotke wies sich aus und verlangte, den Hohen Priester zu sprechen. Als dieser kam, befahl Amerotke, Khety und Ita in die Kapelle zu bringen, in der der heilige Amethyst aufbewahrt worden war, weil er sie noch einmal befragen müsse.

»Du hast etwas herausgefunden?« Der Hohepriester legte den Kopf schief. Seine scharfen kleinen Augen funkelten vor Erregung.

»Ich weiß, wie und von wem die Pracht des Anubis gestohlen wurde«, versetzte Amerotke. »Aber das Versteck des Steines kenne ich noch nicht. Ach ja, der Hauptmann der Tempelwache, dieser Tetiky, soll sich ebenfalls hier einfinden.«

Ein Novize geleitete Amerotke in die Kapelle. Der Raum wirkte schäbig, er war weder gesäubert noch neu geweiht worden. Der Priester erklärte, dies werde erst geschehen, wenn der heilige Amethyst gefunden worden sei. Er entzündete die Öllampen und verließ die Kapelle. Amerotke untersuchte noch einmal das Wasserbecken und die Nischen. Es dürfte Weni sehr schwer gefallen sein, sich hier zu verstecken, Nemrath zu töten und unbemerkt zu entkommen. Draußen auf dem Gang hallten Schritte wider. Schufoy holte drei Stühle herbei. Amerotke nahm im Sessel des Priesters Platz und Schufoy baute sich neben ihm auf. Khety, Ita und Tetiky blickten sich nervös um, als der Novize sie in die Kapelle führte. Amerotke sah einige Mitglieder der Tempelwache, die sich hinter ihnen hereindrängeln wollten, und befahl ihnen, die Tür zu schließen und davor Posten zu beziehen.

»Was hat das zu bedeuten?«, protestierte Tetiky. »Wieso werde ich wie ein gemeiner Verbrecher von meinen eigenen Leuten hierher gebracht?«

»Weil ich noch nicht genau weiß, ob du an einem Verbrechen beteiligt warst oder nicht.« Amerotke deutete auf Khety und Ita. »Ihr beiden seid dagegen mit Sicherheit schuldig.«

»Das ist eine Lüge!«, empörte sich Khety.

Ita saß mit im Schoß verschränkten Händen und hängenden Schultern da.

»Ich bin es leid, ständig diesen Beschuldigungen ausgesetzt zu werden«, beschwerte sich der Priester. »Nur weil ich vor der Tür gewacht habe, habe ich noch lange nichts mit dem Diebstahl und dem Mord zu tun.«

»Ich dachte schon, dass du das sagen würdest«, erwiderte Amerotke. »Die perfekte Verteidigungsstrategie. Du warst am Ort des Geschehens, aber es gibt nichts, was dich mit der Tat in Verbindung bringt, ganz im Gegenteil. Du dachtest, wenn du dich ruhig verhältst und dir keine Blöße gibt, kämst du ungeschoren davon.«

»Hast du Beweise für deine Behauptungen?« Das kam von Ita.

»Immer schön der Reihe nach. Wer war Weni?«

»Ich weiß es nicht.« Khety schüttelte den Kopf. »Ein Herold, denke ich, der, der von der heiligen Meute getötet wurde.«

»Er hat sich mit dir in Verbindung gesetzt«, fuhr Amerotke erbarmungslos fort. Weni bot dir ein Vermögen dafür, dass du ihm die Pracht des Anubis verschaffst.«

»Ein Vermögen?«, höhnte Khety. »Wo sollte Weni wohl ein Vermögen hernehmen?«

»Von den Mitanni, die viel dafür geben würden, den Stein an sich zu bringen, und die gerne jede Gelegenheit nutzen, um die göttliche Hatschepsut lächerlich zu machen. Weni war zwar ein ägyptischer Herold, aber zugleich ein Spion und Verräter. Er hat euch einen Plan unterbreitet, nicht wahr? Wir wollen es einmal so formulieren: Ich weiß über die Schlüssel Bescheid.«

Khety erbleichte, Ita schluckte hart und senkte den Blick.

»Ihr zwei habt die Sache besprochen und euch einverstanden erklärt. Ihr brauchtet den heiligen Amethyst ja nur zu stehlen, Weni auszuhändigen und dann eine großzügige Belohnung zu kassieren. Dann wolltet ihr vermutlich zwei oder drei Monate warten, bis Gras über die Sache gewachsen war. Khety wäre nicht der erste Priester gewesen, der seinen Tempel verlässt, um anderswo neu zu beginnen.«

»Du vergisst Nemrath!«

»Nein, ich vergesse Nemrath nicht. Ich habe gesehen, wie sein Leichnam für das Begräbnis hergerichtet worden ist. Ist sein Ka über den Fernen Horizont gereist, Khety? Oder weilt es noch immer hier, um zu sehen, wie der Gerechtigkeit Genüge getan wird? Schau dich doch nur in der Kammer um. Siehst du, wie die Schatten an den Wänden tanzen?«

Amerotke packte den Priester bei der Schulter und zwang ihn, den Kopf zu heben. »Siehst du die Anubisstatue dort, Khety? Eines Tages – vielleicht eher, als du denkst – wirst du in die Halle der Unterwelt eingehen und dich vor den Göttern für deine Verbrechen verantworten müssen.«

Khety machte sich unwirsch los.

»Für welche Verbrechen?«, widersprach er. »Wo sind deine Beweise?«

»Weißt du, welche Strafe auf Mord, Gotteslästerung und Diebstahl steht?«, fragte Amerotke mit warnendem Unterton. »Ihr werdet beide in der Halle der Beiden Wahrheiten vor Gericht gestellt werden. Ihr werdet zum Tode verurteilt, ins Rote Land hinausgeschafft und von den Soldaten des Pharaos gefoltert werden. Vielleicht vergnügen sie sich vorher noch ein wenig mit der jungen Ita. Nachdem das Urteil verkündet worden ist, seid ihr nämlich keine freien Menschen mehr, sondern nur noch Besitzgegenstände des Pharaos. Die Männer können mit euch machen, was sie wollen, und das werden sie auch tun, ehe sie euch bei lebendigem Leibe im Wüstensand verscharren.«

Ein feiner Schweißfilm legte sich über Itas Gesicht. Du bist am leichtesten zu brechen, dachte Amerotke. Du hast nie damit gerechnet, überführt und bestraft zu werden. Er sah Nemraths Leichnam und die entweihte Kapelle wieder vor sich, sprach aber ruhig weiter.

»Sie werden euch begraben und Steine über die Stelle türmen. Ihr werdet mit aller Kraft versuchen, euch zu befreien, aber ihr werdet feststellen, dass ihr euch kaum rühren könnt. Der Sand wird euch in Nase, Mund und Augen dringen. Des Tags werdet ihr die sengende Hitze und des Nachts die beißende Kälte spüren. Vielleicht gelingt es euch, euch zu befreien, aber dann seid ihr zu geschwächt, um lange zu überleben.« Er musterte die junge Frau scharf. »Warst du schon einmal draußen im Roten Land, Ita? Ich schon. Die Löwen sind ausgehungert, weil die Mitanni alles Wild erlegt haben. Sie werden euch wittern, euren Angstschweiß, eure nackte Furcht. Vielleicht kommen sie auch und versuchen, euch auszugraben.«

Er hielt inne. Ita rieb sich die Arme, als würde sie frösteln.

»Hast du schon einmal gesehen, wie ein Löwenrudel ein Warzenschwein ausgräbt? Wenn nötig, harren sie tagelang vor dem Bau aus.«

»Genug«, unterbrach Khety. »Du hast kein Recht …« Er sprang auf.

»Ich habe jedes Recht dazu«, erwiderte Amerotke. »Wo willst du denn hin, Khety?«

Er blickte den Hauptmann der Tempelwache an, der

unbeweglich wie eine Statue auf seinem Stuhl saß. Er schien Angst zu haben, trotzdem war Amerotke geneigt, an seine Unschuld zu glauben.

»Khety, setz dich wieder. Tetiky«, murmelte er, »du darfst den Raum verlassen. Aber bleib draußen auf dem Gang stehen. Wenn Khety oder Ita sich ohne meine Erlaubnis entfernen«, er spreizte die Finger und drehte an seinem Amtsring, »so werden sie augenblicklich hingerichtet.«

Tetiky erhob sich.

»Ehe du gehst, beantworte mir bitte noch eine Frage«, bat Amerotke. »Du hattest in der Nacht Dienst, in der Nemrath getötet und der heilige Amethyst gestohlen wurde?«

»Ja.«

»Du hast den ganzen Tempel kontrolliert? Khety hat seinen Posten nicht verlassen?«

»Nein.«

»Aber Ita hier hat ihm Erfrischungen gebracht.«

»Ja, ich sah sie kommen und auch wieder gehen.«

»Als sie zur Küche zurückkehrte, hatte sie da einen Krug in der Hand?«

»Das stimmt!«, rief der Hauptmann. Ihm dämmerte, worauf der Richter hinauswollte.

Amerotke lächelte. »Ich sehe, du kannst mir folgen. Hätte sie den Krug nicht bei Khety lassen sollen?«

Tetiky nickte.

»Noch etwas«, fuhr Amerotke fort. »Du sagtest, einige Leute hätten den Gott Anubis hier im Tempel gesehen. Glaubst du das?«

Der Soldat lächelte dünn und schüttelte den Kopf.

»Vielleicht handelte es sich um einen Priester, der eine der heiligen Masken trug«, meinte er. »Das kommt von Zeit zu Zeit vor.«

»Und wer hat die seltsame Gestalt gesehen?«

»Einige der Wachposten.«

»Befrag sie noch einmal«, ordnete Amerotke an. »Ich möchte eine genaue Beschreibung dieser Erscheinung, besonders ihrer Hände.«

Tetiky nickte.

Amerotke wartete, bis der Hauptmann die Tür hinter sich geschlossen hatte, dann wandte er sich wieder an die anderen beiden.

»Ich werde beweisen, dass ihr hinterhältige, feige Mörder seid«, fuhr er gleichmütig fort. »Du warst der Lockvogel, nicht wahr, Ita? Ein hübsches dralles Mädchen, das viele Männer gerne in ihrem Bett sähen.«

»Ich bin Priesterin. Deine Worte sind eine Beleidigung für mich!«

»Von mir aus könntest du die Tochter des Pharaos persönlich sein«, gab Amerotke zurück. »Du bist dennoch eine Mörderin. Soll ich dir sagen, was wirklich passiert ist? Weni war ein Spion und Verräter. Er hatte den Auftrag, die Pracht des Anubis an sich zu bringen. Ägyptens Feinde würden jede Summe für den Stein zahlen. Weni gab dir ein Messer und entwickelte einen teuflischen Plan. Nemrath war ein lüsterner Bock, er versuchte schon lange, dich in sein Bett zu bekommen, nicht wahr, Ita? Aber du hast vermutlich immer mit den Wimpern geklimpert und erklärt, dein Herz gehöre Khety. Nur die Götter wissen, was für ein Netz du gesponnen hast, damit sich Nemrath darin verstrickt. Nemraths Begierde wuchs, aber Khety stand ihm im Weg. Endlich jedoch kam man zu einer Übereinkunft.«

Amerotke hielt inne. Er hoffte nur, den beiden verstockten Mördern ein Geständnis entlocken zu können.

»In vielen Tempeln ist es üblich, dass die Priester sich die … Gunst der Tempeldienerinnen teilen. Khety tat vermutlich so, als sei er ebenfalls damit einverstanden, verlangte aber, dass Nemrath mit niemandem darüber sprach.« Amerotke klopfte sich auf das Knie. »Ja, so dürfte es gewesen sein. Khety wollte angeblich nicht, dass jemand mitbekam, wie Nemrath sich mit der hübschen Ita vergnügte oder dass er mit seiner neuen Eroberung herumprahlte. Hat Nemrath dich bezahlt, Khety? Ich muss noch mit dem Hohen Priester sprechen. Aber bewahren nicht alle Diener der Götter ihren irdischen Besitz im Haus des Silbers auf? Halten die Schreiber dort nicht ganz genau fest, wer wann welche Summe abholt?« Amerotke brach ab. »Ich werde die Unterlagen überprüfen. Es war ein Fehler, dies nicht schon längst getan zu haben. Jedenfalls werde ich bald beweisen, dass Nemrath eine große Summe abgehoben hat, und ich werde auch beweisen, wo dieses Geld geblieben ist. Es wird bei irgendeinem Goldschmied in Theben auf Khetys oder Itas Namen hinterlegt sein.«

Beide Beschuldigten wurden merklich unruhig.

»Ausgezeichnet«, murmelte Amerotke. »Endlich kommen wir weiter. Khety und Ita haben das Geld erhalten. Nun will Nemrath die Gegenleistung dafür, aber wann und wo? Und nun rückt Khety mit einem genialen Plan heraus. Nemrath muss in der Kapelle vor der Anubisstatue wachen, Khety zur selben Zeit draußen vor der Tür Posten beziehen. Die Nacht bricht herein, Ita kommt, vorgeblich, um Khety Erfrischungen zu bringen. Dieser klopft kurz an die Tür, als weder Tetiky noch andere Wächter zu sehen sind. Das ist das Zeichen für Nemrath, der vor Begierde kaum noch Herr seiner Sinne ist. Er kann sein Glück kaum fassen. Endlich wird Ita eine Nacht mit ihm verbringen. Was kümmert ihn da die Entweihung der Kapelle? Er schleicht durch den Raum und öffnet die Tür. Eine provisorische Brücke wird über das heilige Becken gelegt. Ita schlüpft in die Kapelle, die Brücke wird entfernt, und Nemrath schließt die Tür. Was er nicht weiß, ist, dass Ita Wenis Dolch bei sich trägt. Sie hat nicht die Absicht, ihm zu erlauben, sie zu berühren.«

Itas Gesicht war nun schweißüberströmt. Sie betupfte nervös ihren Nacken. Khety erdolchte den Richter mit Blicken.

»Mach jetzt keine Dummheit«, warnte ihn Amerotke. »Oder du stirbst gleich hier an Ort und Stelle.«

»Er wird nichts unternehmen«, knurrte Schufoy.

Er hatte die ganze Zeit wie gebannt zugehört und dabei still die hübsche, rehäugige Ita bewundert. Jetzt zückte er seinen Dolch.

»Meinem Herrn wird nichts geschehen, nicht wahr, Khety?«

»Ich warte immer noch auf Beweise!«, giftete der Priester.

»Dazu kommen wir gleich«, erwiderte Amerotke. »Wir haben mehr Beweise, als wir brauchen«, log er, ohne eine Miene zu verziehen. »Siehst du, Nemrath konnte sein Geheimnis nämlich nicht für sich behalten.«

»Aber er hat doch bei seinem Leben geschworen, kein Sterbenswörtchen …« Ita schloss die Augen.

»Du hohlköpfige Närrin!«, zischte Khety.

»Nemrath hält sich also mit Ita in der Kapelle auf«, fuhr Amerotke fort. »Er kann sich vermutlich kaum noch beherrschen; legt schon die Kissen zurecht, um sich ein weiches Lager zu schaffen. Ita kommt herein und stößt ihm ohne Vorwarnung den Dolch tief ins Herz. Nemrath ist sofort tot. Ita nimmt die Pracht des Anubis an sich und klopft zum Zeichen, dass alles nach Plan verlaufen ist, ein paar Mal gegen die Tür.«

»Und was weiter?«, höhnte Khety.

»Einige Einzelheiten sind mir noch nicht ganz klar. Im Augenblick genügt es, wenn ich sage, dass Ita den Sockel im Wasserbecken benutzt hat, um die Tür zu öffnen. Du, Khety, hältst schon eine Holzplanke parat. Niemand ist in der Nähe. Du nimmst die Schlüsselkopie, die in allen Einzelheiten dem Original gleicht, und gehst damit in die Kapelle. Dort befestigst du den falschen Schlüssel an Nemraths Gürtel, verlässt die Kapelle, entfernst die Planke wieder, ziehst die Tür zu und schließt sie ab. Dann versteckst du den richtigen Schlüssel in deinen Kleidern und entledigst dich der Holzplanke. Währenddessen steht Ita Wache. Jetzt hast du den Schlüssel und Ita den heiligen Amethyst. In dem Krug, den sie dir gebracht hat, befindet sich nur wenig Wein oder Bier. Sie gießt alles in deinen Becher und lässt den Stein in den Krug fallen. Den trägt sie in die Küche zurück und du beziehst wieder deinen Wachposten.« Amerotke deutete auf die Tür. »Nun kommen wir zum letzten und riskantesten Teil des Planes. Am nächsten Morgen muss die Tür aufgebrochen werden. Heillose Verwirrung breitet sich aus. Nemrath ist tot, der Amethyst verschwunden. Wer fragt in diesem Moment nach dem Schlüssel? Vor allem, weil er ja für aller Augen sichtbar an Nemraths Gürtel hängt. Niemand kümmert sich in der allgemeinen Panik darum, ob dieser Schlüssel wirklich zu dem Schloss passt. Irgendwann in dem ganzen Chaos tauscht Khety die Kopie wieder gegen das Original aus und das Rätsel ist komplett.«

»Aber ich hatte die Nachtwache«, stammelte Khety. »Ich wusste, dass man mich zuerst verdächtigen würde.«

»So?«, erwiderte Amerotke. »Genau diesen Umstand wolltest du ja auch zu deinen Gunsten nutzen. Wie solltest du denn in die Kapelle hinein und wieder herauskommen? Tetiky hat nichts Ungewöhnliches bemerkt. Warum sollte dich also jemand beschuldigen? Du hattest den heiligen Amethyst nicht bei dir, und selbst wenn du ihn gestohlen hättest, an wen hättest du ihn denn verkaufen können? Natürlich hast du die Möglichkeit in Betracht gezogen, dass man dich verdächtigen könnte, aber du dachtest, man würde dir nichts nachweisen können. Nun sieht alles ganz anders aus. Du und Ita, ihr werdet vor Gericht gestellt und wegen Mordes zum Tode verurteilt werden. Schufoy wird hier alles durchsuchen.« Amerotke hob die Hände. »Wir werden weitere Beweise finden, und am Ende wird das Gericht zu dem Schluss kommen, dass Khety und Ita sich des Mordes, der Gotteslästerung und des Diebstahls schuldig gemacht haben.« Amerotke erhob sich und starrte finster auf die beiden hinab. »Ich gebe euch jetzt einen Moment Zeit, damit ihr eure Lage besprechen könnt.«

»Was gibt es da noch zu besprechen?« Ita musterte ihn scharf. »Du hast uns für schuldig befunden, also werden wir sterben.«

»Meinst du?« Amerotke nahm wieder Platz. »Ihr könnt euch glücklich preisen. Seht ihr, die göttliche Hatschepsut möchte den heiligen Amethyst um jeden Preis zurückbekommen und Nemrath hat in gewisser Weise seinen Tod mit verschuldet. Wenn ihr ein Geständnis ablegt und mir die Pracht des Anubis aushändigt, damit ich sie in ihren Schrein zurückbringen kann, dann werde ich euch gestatten, Theben als freie Menschen zu verlassen. Ihr dürft die Kleider mitnehmen, die ihr am Leibe tragt, ferner eine Waffe und eine Tasche mit Proviant und Wasser. Wo ihr hingeht und was ihr dort tut, ist eure Sache, vorausgesetzt, ihr kehrt niemals wieder nach Theben zurück. Ihr werdet auf Lebenszeit aus der Stadt verbannt und dürft nie wieder in einem ägyptischen Tempel dienen.« Amerotke beugte sich vor. »Überlegt es euch gut«, drängte er. »Verbannung ist besser als ein langsamer Tod im Roten Land.«

Er stand auf und bedeutete Schufoy, ihm zu folgen. Sie verließen die Kapelle. Tetiky und seine Männer standen draußen im Gang. Amerotke schickte die Wachposten fort, hielt aber den Hauptmann zurück. Dann blickte er sich im Gang um. Hoch oben in die Mauer war ein Fenster eingelassen, ferner gab es zahlreiche dunkle Nischen und Ecken, also genügend Möglichkeiten, die Planke zum Überqueren des heiligen Beckens verschwinden zu lassen.

Tetiky war immer noch sichtlich nervös.

»Ich bin unschuldig, erhabener Richter.«

Amerotke klopfte ihm auf die Schulter.

»Du ja. Die anderen beiden nicht.«

Tetiky riss erstaunt die Augen auf.

»Sie sind schuldig?«

»So sicher, wie der rothaarige Seth ein Mörder ist. Ich werde dir später alles erzählen.«

»Und der heilige Amethyst?«

»Ich hoffe für sie, dass sie ihn zurückgeben. Jetzt hör zu, Tetiky.« Er packte den Mann am Arm. »Was ist dran an den Gerüchten, denen zufolge der Gott Anubis im Tempel gesehen wurde?«

»Ich selbst habe nichts gesehen«, erwiderte der Hauptmann.

»Wer dann?«

Tetiky rief einen seiner Männer zu sich heran, einen kleinen Rekruten mit weichen Zügen. Er kam diensteifrig herbeigeeilt.

»Wiederhole dem Richter Amerotke, was du mir über die Anubiserscheinung gesagt hast.«

»Ich habe mich getäuscht«, stammelte der Mann. »Vielleicht habe ich geträumt, oder das Licht hat mich genarrt.«

Er warf seinen am Ende des Ganges stehenden Kameraden über die Schulter hinweg einen furchtsamen Blick zu. Amerotke lächelte ihn an.

»Hauptmann Tetiky, dieser Mann soll für seine Wachsamkeit und seine scharfe Beobachtungsgabe belohnt werden. Du hast tatsächlich etwas gesehen, nicht wahr?«, beharrte er. »Aber jetzt willst du es nicht zugeben, weil du Angst hast, von deinen Kameraden verspottet zu werden. Trotzdem bin ich sicher, dass auch andere Tempelbedienstete oder Wachposten diese Erscheinung gesehen haben.«

Der Rekrut blinzelte nervös zu Tetiky hinüber.

»Und nun sag mir die Wahrheit.«

Amerotke drehte sich um und spähte durch die halb geöffnete Tür. Khety und Ita saßen dicht nebeneinander und steckten die Köpfe zusammen.

»Zwei Nächte vor der Ermordung des Tanzmädchens«, begann der Mann langsam, »hatte ich Dienst und hielt Wache in dem Abschnitt zwischen dem Perlentor und dem Tempelgarten. Als ich ein Geräusch hörte, drehte ich mich um und sah für eine Sekunde lang eine Gestalt, die wie der Gott Anubis gekleidet war. Sie trug eine schwarzgoldene Schakalsmaske auf dem Kopf, einen schwarzen Lederrock und einen Umhang um die Schultern.«

»War es ein Mann oder eine Frau?«

»Das weiß ich nicht. Ich würde sagen, eher eine Frau. Sie wirkte irgendwie elegant und …« Er schüttelte den Kopf. »Ich könnte es aber nicht beschwören.«

»Gut.« Amerotke beugte sich vor. »Ich möchte, dass du jetzt ganz genau nachdenkst. Trug diese Gestalt etwas in der Hand?«

Der Rekrut schloss die Augen.

»Ja, etwas, das aussah wie ein kurzer Speer. Aber genau weiß ich es nicht.«

»Ich danke dir.«

Amerotke entließ ihn und Tetiky und begab sich in die Kapelle zurück.

»Nun?«, fragte er, nachdem er seinen Platz wieder eingenommen hatte.

»Haben wir dein Wort, dass du uns laufen lässt?«, erkundigte sich Khety misstrauisch.

»Ja, als Gegenleistung für die Herausgabe der Pracht des Anubis und ein ausführliches Geständnis.«

Khety nickte Ita zu.

»Ich muss rasch etwas holen gehen«, sagte diese.

Amerotke hielt sie nicht zurück. Als sie wiederkam, hatte sie einen kleinen, mit Lehm und Erde verschmierten Lederbeutel in der Hand.

»Du hast ihn einfach im Garten vergraben?«, entfuhr es Amerotke.

Ita nickte, schnürte den Beutel auf und zeigten ihm den herrlichen, wie ein großes Ei geformten Amethyst. Schufoy pfiff anerkennend durch die Zähne. Amerotke hielt den Stein in den Lichtschein der Fackel. Als er ihn hin- und herdrehte, bemerkte er, dass die Facetten in der Mitte die Form eines Hundes oder Schakals bildeten. Er untersuchte den Amethyst sorgfältig, um sich zu vergewissern, dass er keinen Schaden davongetragen hatte. Dann legte er ihn neben seinem Stuhl auf den Boden.

»Und was habt ihr mir nun zu sagen?«

»Wir waren im Großen und Ganzen zufrieden hier«, begann Khety. »Ich verdiente gutes Geld und ich lernte Ita kennen. Aber Nemrath stellte ihr ständig nach.« Er rieb sich die Augen und sah Amerotke trübe an. »Ein eintöniges Leben, bis zu dem Tag, an dem mich jemand in meiner Kammer aufsuchte.«

»Wann war das?«

»Vor zehn, vierzehn Tagen vielleicht, kurz nach Ankunft der Mitanni jedenfalls. Ich weiß nicht, wer mein geheimnisvoller Besucher war. Manchmal nannte er sich Weni, manchmal Mensu ...«

»Mensu!«, rief Amerotke überrascht. »Das ist doch einer der Mitanni-Abgesandten!«

»Ich weiß, ich weiß. Aber ich konnte nicht einmal sagen, ob es sich um einen Mann oder eine Frau handelte. Manchmal klang die Stimme gedämpft, dann wieder klar; manchmal hoch, manchmal tief.«

Khety kratzte sich das Kinn.

»Zuerst dachte ich, ich hätte es wirklich mit Weni zu tun, doch dann wurde er getötet, und jemand anderes nahm seine Stelle ein; jemand, der ebenfalls über alles Bescheid zu wissen schien, und so fragte ich mich natürlich, ob ich überhaupt jemals wirklich mit Weni gesprochen hatte. Jedenfalls versprach mir mein erster Besucher unermessliche Reichtümer, wenn ich die Pracht des Anubis für ihn stehlen würde. Ich erwiderte natürlich, das sein Unsinn, niemand könne den Stein an sich bringen. Eine große Summe in Gold und Silber wurde mir in Aussicht gestellt.« Khety schüttelte den Kopf. »Von so viel Geld hätte ich nie zu träumen gewagt. Ich erwiderte, ich müsse das alles erst mit Ita besprechen. Das gefiel meinem Besucher nicht, aber er willigte ein. Als er wiederkam, sagte ich ihm, wie wir die Sache angehen wollten und dass wir dazu entweder Tetiky oder Nemrath zur Zusammenarbeit bewegen müssten. Der Fremde meinte, wenn wir das täten, wären wir Narren.«

»Daraufhin entwickelte ich einen Plan.« Itas Stimme klang trotzig. »Du stehst doch zu deinem Wort, Richter Amerotke?« Sie hielt inne. »Nemrath war ein lüsterner fetter Bock. Er flüsterte mir immer unanständige Anträge zu, hatte aber Angst vor Khety. Ich machte ihm weis, Khety hätte nichts dagegen, mich mit ihm zu teilen. Der Narr glaubte mir jedes Wort. Die Pracht des Anubis wurde gar nicht erwähnt. Nemrath händigte Khety eine bestimmte Summe als … Leihgebühr aus. Der Rest war so, wie du gesagt hast.«

»Hattet ihr keine Angst vor den Tempelwachen?«

»Tetiky ist Soldat, er weicht nie von seiner Routine ab. In der Nacht, in der wir den Amethyst stahlen, verlief alles nach Plan. Das Einzige, was mir Sorge bereitete, war diese Anubiserscheinung, die angeblich im Tempel gesehen worden war.«

»Hast du daran geglaubt?«, fragte Amerotke.

»Ich glaube nicht an Götter, die durch ihre Tempel wandeln.« Ita verzog höhnisch das Gesicht. »Ich glaube an gar nichts, Richter Amerotke. Wenn man einmal eine Zeit lang mit Priestern zu tun gehabt hat ...« Sie verstummte, schien einen Moment zu überlegen. »Ich habe Nemrath getötet, das ist richtig. Er hat es nicht besser verdient, er hat mich ständig belästigt. Danach nahm ich den Stein an mich.«

»Warum hast du ihn nicht sofort weitergegeben?«

»Unser Besucher kam zurück«, erwiderte Khety. »Er befahl uns, ihn vorläufig zu behalten. Er würde wiederkommen. Nach Wenis Tod kam er tatsächlich, doch inzwischen wussten wir nicht mehr, woran wir waren. Wir vermuteten, der Stein sollte den Mitanni übergeben werden; wir sollten ihn bis zu ihrer Abreise verwahren.«

»Handelte es sich bei deinem ersten Besucher nun wirklich um Weni?«

»Ich weiß es nicht. Ich weiß ja noch nicht einmal, ob es ein Mann oder eine Frau war.«

»Und mehr kannst du mir nicht sagen?«

»Herr?«

Amerotke blickte zu Ita hinüber.

»Müssen wir die Stadt nur mit unseren Kleidern am Leib verlassen, wie gemeine Verbrecher?«

»Genau das seid ihr doch«, grollte Schufoy.

»Ihr behaltet euer Leben und eure Freiheit, reicht euch das denn nicht?«

»Wenn wir vielleicht noch ein wenig Silber mitnehmen dürften?« Ita hob eine Hand und senkte den Kopf. »Ich habe Informationen für dich, die dich vielleicht interessieren. Es betrifft die *heset,* das Tanzmädchen, das im Gartenpavillon ermordet wurde.«

»Du hast die Erlaubnis, ein bisschen Silber mitzunehmen«, seufzte Amerotke.

»Ich kannte das Mädchen flüchtig. Am Nachmittag, ehe sie starb, erzählte sie mir, ein Mitanni – und ich bin ganz sicher, dass sie das sagte – hätte sie angeheuert, um für ihn zu tanzen.«

»Ein Mitanni?«

»Mehr sagte sie mir nicht ...«

Amerotke hob den heiligen Amethyst auf und wog ihn in der Hand.

»Morgen Mittag müsst ihr Theben verlassen haben. Was ihr mitnehmt, bleibt euch überlassen. Wenn ihr zurückkehrt, werdet ihr hingerichtet. Und jetzt geht.«

Die beiden verließen hastig den Raum. Schufoy schloss die Tür hinter ihnen.

»Du bist so verschlagen wie ein Mungo, Herr.«

»O nein.« Amerotke blickte auf den Amethyst in seiner Hand. »Aber das Eine sage ich dir, Schufoy: Morgen früh werde ich einen Mörder in die Falle locken. Nur habe ich gegen ihn genauso wenig Beweise wie gegen Khety und Ita. Möge Maat mir beistehen!«

ANUBIS fällte seine Urteile in Gegenwart von Horus, Osiris, Isis und Nephthys.

VIERZEHNTES KAPITEL

Toreb, der Leibdiener des Mitanni-Abgesandten Hunro, machte sich Sorgen. Er hatte Amerotke, den obersten Richter des Pharaos, im Tempel eintreffen sehen. Wie alle Diener, die zugleich auch als Spione tätig waren, wünschte Toreb, seinem Herrn die Neuigkeiten so schnell wie möglich zu überbringen. Er war durch den Tempel geschlichen und hatte gesehen, wie Amerotke in die Kapelle geleitet wurde, aus der der heilige Amethyst entwendet worden war. Er hatte lauschen wollen, um in Erfahrung zu bringen, was passiert war, aber diesmal hatten sich die Wachposten nicht bestechen lassen und ihn unter unterdrückten Verwünschungen davongejagt. Trotzdem war Toreb nicht unzufrieden.

»Mein Herr wird mich reichlich entlohnen«, murmelte er.

Hunro mochte Prinzessin Wanef nicht sonderlich und versuchte daher, sich selbst so viele Informationen wie möglich zu beschaffen. Er und Mensu beratschlagten ständig miteinander. Gelegentlich ließ Hunro auch Toreb gegenüber seine wahren Gefühle durchblicken.

»Jeder Tag, den ich in diesem Land verbringen muss, ist eine Qual«, stöhnte er dann und drehte einen Weinkelch zwischen den Fingern. »Ich würde lieber sterben als der Steinmetzhure die Füße zu küssen.«

Toreb seufzte, während er gedankenverloren den Korridor entlangtrottete. So war nun einmal der Lauf der Welt. Die Stammeshäuptlinge der Mitanni wollten Krieg, aber König Tuschratta war entschlossen, Frieden mit den Ägyptern zu schließen. Es gab kein Zurück mehr. Die Mitanni-Delegation war mit genauen Instruktionen versehen nach Theben zurückgekehrt, der Vertrag würde in Kürze unterzeichnet werden. War nicht Benias Sarkophag bereits im Tempel eingetroffen und konnte jederzeit zur Oase der Palmen geschafft werden? Allerdings gab es noch eine ganze

Reihe unbeantworteter Fragen. Waren sein Herr, Prinzessin Wanef und die anderen in den Diebstahl des heiligen Amethysts verstrickt? Toreb war sich nicht sicher, obwohl sich die Mitanni untereinander oft über die missliche Lage des Pharaos lustig machten Doch dann war ihnen das Lachen rasch vergangen. In einem Punkt waren sich alle einig: Der Richter Amerotke war ein gefährlicher Mann, den man genau im Auge behalten musste. Über die Ereignisse draußen in der Wüste waren hitzige Diskussionen geführt worden. Prinzessin Wanef hatte sichtlich enttäuscht gewirkt, als sie erfahren hatte, dass Amerotke wohlbehalten zurückgekehrt war und seine Schnüffeleien fortsetzen konnte.

Toreb blieb an einer Ecke stehen und starrte zu der mächtigen Statue des Schakalgottes empor. Die Dämmerung war hereingebrochen, und der Schein der Fackeln in den Wandnischen ließ den ganzen Ort noch gespenstischer und bedrohlicher erscheinen. Die Bilder an den Wänden schienen mit einem Mal zum Leben zu erwachen. Toreb blickte über seine Schulter. Der silbrige Mondschein tauchte den Tempelgang in ein fahles Licht. Toreb erschauerte. Eilig verließ er das Gebäude durch eine Seitentür und trat in den Garten hinaus. Eines musste er den Ägyptern zugestehen: Sie wussten, wie man ein kleines Paradies schuf. Die Tempelgärten mit den Schatten spendenden Zypressen, den dicht belaubten Sykomoren und den süß duftenden Weinreben luden tags wie nachts zum Verweilen ein. Der Wind trug das Gejaule der jetzt beträchtlich dezimierten heiligen Meute zu ihm herüber. Toreb fröstelte. Er konnte nur beten, dass den Tieren nicht noch einmal die Flucht gelang. Auch Hunro und Mensu hielten sich gern im Garten auf. Wo war doch gleich ihr liebstes Eckchen? Ach ja, der wunderschöne, künstlich angelegte See, auf dessen Wasser Lotosblüten schwammen. Toreb trottete durch die Dunkelheit und erreichte den von drei am Ufer aufgestellten Kohlebecken erleuchteten See. Ein Tablett mit Krügen und Bechern, das auf dem Boden stand, verriet ihm, dass tatsächlich jemand hier gewesen war.

»Herr?«, rief er laut.

Keine Antwort. Toreb blickte sich um. Irgendetwas stimmte hier nicht. Er ließ den Blick über das Wasser schweifen und erstarrte. Nein, er war keiner Sinnestäuschung erlegen. Zwei Leichen trieben mit dem Gesicht nach unten zwischen den Lotosblüten. Es handelte sich ohne Zweifel um Hunro und Mensu. Der grelle Schrei eines Ziegenmelkers zerriss die Stille. Toreb warf einen letzten Blick auf den Teich und rannte dann so schnell er konnte zum Tempel zurück, um Hilfe zu holen.

Amerotke und Schufoy waren gerade im Begriff, den Tempel zu verlassen, als Alarm gegeben wurde. Ein schläfrig dreinblickender Pförtner hielt sie am Tor auf.

»Der Hohepriester wünscht euch zu sehen«, erklärte er. »Ich muss auch Wesir Senenmut benachrichtigen.«

Schufoy vermochte sein Erstaunen ob der Reaktion seines Herrn nicht zu verbergen.

»Ich habe mit so etwas gerechnet«, seufzte der Richter. »Aber was hätte ich tun können, um es zu verhindern?«

»Herr?«

»Lass nur, Schufoy. Wir wollen uns jetzt den Tatort ansehen.«

Als sie am Teich eintrafen, hatten sich dort schon mit Öllampen und Fackeln bewaffnete Tempeldiener, Soldaten und Priester versammelt. Die beiden Leichen waren aus dem Wasser gezogen worden und lagen jetzt wie tote Fische auf der nackten Erde. Der Arzt aus dem Haus des Lebens hatte bereits mit der Untersuchung begonnen. Amerotke hielt nach Prinzessin Wanef Ausschau. Sie stand etwas abseits und starrte mit unergründlicher Miene auf die Leichen hinab. Als Amerotke auf sie zutrat, blickte sie auf.

»Ist es in Ägypten üblich, die Abgesandten eines anderen Landes umzubringen, Richter Amerotke?«

Amerotke hielt ihrem Blick stand, ohne mit der Wimper zu zucken.

»Nun?«, beharrte Wanef.

Amerotke tippte gegen das Amulett auf seiner Brust. »Dies ist unser Wahrheitssymbol, Prinzessin Wanef.«

Er öffnete den Lederbeutel, den er bei sich trug, und ließ sie einen flüchtigen Blick auf den heiligen Amethyst werfen. Wanefs Selbstsicherheit schwand merklich.

»Bist du nicht auch froh, dass zumindest dieses Rätsel gelöst ist?«, flüsterte der Richter, ehe er den Beutel wieder zuschnürte.

»Wie bitte?« Der Hohepriester, nur mit einem Schlafgewand bekleidet, eilte zu ihnen hinüber. »Richter Amerotke, ist das wahr? Du hast den Stein gefunden?«

»Es stimmt«, schnitt Amerotke ihm das Wort ab. »Die Pracht des Anubis ist sichergestellt, die Täter entlarvt. Nein.« Er hob eine Hand. »Ich muss zuerst der göttlichen Hatschepsut und Wesir Senenmut Bericht erstatten. Die Kapelle kann dann neu geweiht werden.« Er warf Wanef einen viel sagenden Blick zu. »Der göttliche Pharao wird aller Welt kundtun, das Wohlwollen der Götter zu genießen. Ihre Weisheit und ihr unerschütterlicher Wille haben maßgeblich zur Entdeckung des heiligen Steins geführt. Also wird sie ihn persönlich der Obhut des Anubis überantworten.«

Der Hohepriester hatte dem nichts entgegenzusetzen. Hin- und hergerissen zwischen der Freude und dem Wunsch, den heiligen Amethyst so schnell wie möglich wieder an seinem angestammten Platz zu sehen, holte er tief Atem und nickte.

»Natürlich, natürlich«, murmelte er. »Aber was sagst du zu diesen neuen Todesfällen?«

Wanef schien im Begriff zu stehen, in einen weiteren anklagenden Wortschwall auszubrechen. Amerotke kehrte ihr den Rücken zu und kniete neben dem Arzt nieder.

»Alles wie gehabt?«, fragte er.

»Wie gehabt. Keine Spuren von Verletzungen an den Körpern, keine Hinweise auf die Todesursachen.« Er wies auf die Krüge und Becher. »Meine Gehilfen haben diese bereits überprüft. Sie enthielten kein Gift.«

Amerotke blickte zum sternenübersäten Himmel empor.

Die Zeit drängte. Er befahl Schufoy, einen Boten zu Norfret zu schicken.

»Wir werden heute Abend nicht nach Hause zurückkehren«, beschloss er. Dann wandte er sich an den Arzt. »Ich möchte, dass du die Leichen mit äußerster Sorgfalt untersuchst. Halte nach einem kleinen Einstich Ausschau. Er dürfte sich bei allen Toten ungefähr an derselben Stelle befinden.«

Amerotke deutete auf eine kleine Bank.

»Dort werden sie gesessen haben, vermutlich nahe beieinander.« Er nickte in Richtung des Gebüsches hinter der Bank. »Der Mörder hat wahrscheinlich von dort aus zugeschlagen, also muss sich die Einstichstelle am Nacken oder irgendwo oberhalb der Schulterblätter befinden. Beide wurden vermutlich im Sitzen ermordet und fielen dann nach vorne.« Er zeigte auf eine leichte Abschürfung in den Gesichtern beider Männer. »Danach hat der Mörder sie ins Wasser geworfen.«

»Aber warum denn?«

»Um zu verschleiern, wie die beiden gestorben sind. Entkleide die Leichen vorsichtig«, fuhr Amerotke mit gedämpfter Stimme fort. »Dann hänge ihre Gewänder auf. Auch in dem Stoff wirst du ein winziges Loch der Art finden, wie es eine Nadel verursacht.«

»Du weißt, auf welche Weise diese Männer ermordet wurden, nicht wahr?«

»Ich denke schon. Nun muss ich nur noch ihren Mörder überführen.«

In Begleitung des sichtlich verwirrten Schufoy ging Amerotke zum Hohen Priester und bat um ein Nachtquartier, das ihm bereitwillig gewährt wurde. In der ihnen zur Verfügung gestellten Kammer schloss Amerotke als Erstes die Fensterläden, verriegelte die Tür und schob ein paar Möbelstücke davor.

»Herr, warum tust du das?«

»Wir schweben in Gefahr, Schufoy. Der Mörder wird versuchen, uns ebenfalls zum Schweigen zu bringen, denn dann hat er nichts mehr zu befürchten.«

»Willst du mir nicht verraten, was du herausgefunden hast?« Schufoy funkelte seinen Herrn, der sich auf dem schmalen Bett ausstreckte, böse an.

»Nein, ich bin zu müde, außerdem kann es sein, dass ich mich irre. Weck mich morgen kurz vor Tagesanbruch, Schufoy. Ich möchte diesen Tempel so schnell wie möglich verlassen und mich zum Haus der Millionen Jahre begeben.«

Mit diesen Worten rollte sich Amerotke auf die Seite und schlief ein.

Die Nacht verstrich ohne Zwischenfälle. Kurz vor dem ersten Tageslicht erhoben sich Amerotke und Schufoy, wuschen und reinigten sich und verließen hastig den Tempel. Schufoy hatte noch nie erlebt, dass Amerotke es so eilig hatte, unbemerkt von irgendwo fortzukommen. Fast schien es, als hätte er Angst vor einem Hinterhalt. Auf der Straße trafen sie auf eine Soldatenschwadron, die in Richtung der Stadttore marschierte. Mit so viel Autorität, wie er aufbringen konnte, befahl Amerotke ihnen, sie zum Königspalast unten am Ufer des Nils zu eskortieren. Sowie sie zwischen den mächtigen Pylonen hindurchgeschritten waren und die königlichen Gärten betreten hatten, entspannte sich Amerotke sichtlich. Er entließ die Soldaten und schickte Schufoy mit einem Auftrag in die Stadt. Der kleine Mann protestierte.

»Ich bin hungrig, Herr, und ich habe schlecht geschlafen. Ich mache mir große Sorgen um Belet.«

»Du kannst dir auf dem Markt den Bauch voll stopfen.« Amerotke lächelte. »Und du kannst dich auch gleichzeitig nach deinem Freund erkundigen. Du weißt, was du zu tun hast. Sprich mit deinen Bekannten, den Kräuterkundigen und Skorpionmännern, und komm dann hierher zurück. Ich erwarte dich in einer der Vorkammern oder bei den Streitwagen. Und wenn du Prenhoe triffst, erzähl ihm ja nicht, was passiert ist, sonst muss ich mir eine endlose Aufzählung seiner Träume anhören, wenn ich nach Hause komme.«

Schufoy watschelte davon. Amerotke bat einen Diener,

ihn zu den Ställen zu bringen. Dort war man eifrig bei der Arbeit: Pferde wurden herumgeführt, gefüttert und gestriegelt oder vor bereitstehende Wagen gespannt. Soldaten und Streitwagenlenker saßen überall herum und nahmen ihr Morgenmahl zu sich. Ein Stallmeister kam auf ihn zu.

»Kann ich dir behilflich sein, Herr?«

»Vermisst du Hathor und Isis?«

»Es waren herrliche Tiere, Herr.«

»Verrat mir eines«, Amerotke deutete auf eine Streitwagenschwadron. »Sind diese Wagen zum Aufbruch bereitgemacht worden?«

»Ja, sie werden ins Rote Land hinausgeschickt. Einige Kaufleute haben von Plünderungen durch libysche Räuber berichtet.«

Amerotke ging zu den Streitwagen hinüber und kletterte unter den Augen des verdutzten Stallmeisters in einen davon hinein und wieder heraus. Dann bat er einen Wagenlenker, die Vorderbeine der Pferde und das Geschirr zu überprüfen, dankte ihm geistesabwesend und begab sich in den Palast.

Haushofmeister, Diener, der Bewahrer des königlichen Diadems, der königliche Fächerträger, der für die königlichen Salben, Öle und Parfüme zuständige Lakai und andere Bedienstete mehr eilten durch die Gänge und Korridore auf das Haus der Anbetung zu, in welchem sich Hatschepsuts Privatgemächer befanden. Ein Diener versprach Amerotke, dafür zu sorgen, dass die göttliche Hatschepsut und Wesir Senenmut von der Anwesenheit des Richters in Kenntnis gesetzt würden, und willigte ein, ihnen Amerotkes Nachricht zu überbringen. Amerotke musste dennoch fast eine geschlagene Stunde lang die Zeit totschlagen. Fasziniert beobachtete er den Dienstbotenstrom, der sich in Richtung des Hauses der Anbetung ergoss. Die Männer und Frauen trugen Gewänder über dem Arm oder hielten Tabletts voller Armbänder, Ohrringe und Halsketten in den Händen. Auch der königliche Barbier und der Masseur der göttlichen Hatschepsut kamen herbeigeeilt. Amerotke lächelte leise. Ja, Hatschepsut konnte sich je nach Belieben wie ein einfaches, unbeschwertes junges Mädchen oder wie eine Gift sprühende Hexe gebärden und innerhalb einer Sekunde wieder die majestätische Haltung des Pharaos von Ägypten annehmen. Manchmal kleidete sie sich wie eine Frau aus dem Volke, dann wieder hüllte sie sich in prunkvolle Gewänder und behängte sich mit kostbarem Schmuck. Gelegentlich legte sie größten Wert auf Protokoll und Etikette, nur um sich zu anderen Zeiten ganz offen darüber lustig zu machen.

»So veränderlich wie der Mond«, murmelte Amerotke.

Schließlich verebbte das geschäftige Treiben, und eine Abteilung der elitären Geierschwadron bezog unter dem Kommando eines Offiziers in voller Uniform neben den Türen Posten. Diese Männer gehörten entweder zu den Nechtu-aa, den ›starken Helden‹ oder zu den Maryannou, den ›tapferen Beschützern des Königs‹. Sie lebten und starben nur für den Pharao und beteten den Boden an, den Hatschepsut betrat. Amerotke begann gerade einzudösen, als die Türen geöffnet wurden und Senenmut auf ihn zukam.

»Die göttliche Hatschepsut ist in einer teuflischen Stimmung.«

Amerotke presste die Ledertasche fester an sich.

»Aber ich vermute, du wirst diesen Zustand gleich ändern«, lächelte Senenmut.

Hatschepsut sah in der Tat so aus, als sei es ratsam, ihr heute nicht in die Nähe zu kommen. Sie saß in dem kleinen Thronsaal auf dem Löwenthron und krallte die Finger um die Lehnen. Ihre Füße ruhten auf einem niedrigen Schemel.

»Sieh da, der erhabene Richter Amerotke! Bringst du mir Nachricht von weiteren Todesfällen im Anubistempel?«

Amerotke kniete nieder und berührte mit der Stirn den Boden. Dabei öffnete er den Lederbeutel und ließ den heiligen Amethyst herausrollen. Er hörte, wie Hatschepsut scharf den Atem einsog, dann kam sie zu ihm und zwickte ihn spielerisch in den Arm.

»Das reicht jetzt. Du darfst dich erheben.«

Amerotke gehorchte. Als er aufblickte, sah er, dass Hatschepsut die Pracht des Anubis in den Händen hielt und bewundernd betrachtete.

»Bin ich die Erste, die davon erfährt?«

Amerotke berichtete ihr kurz, was geschehen war. Hatschepsut konnte nicht still sitzen, sondern tigerte rastlos auf und ab. Ein breites Lächeln lag auf ihrem Gesicht. Sie vermied es sogar, die beiden Übeltäter lautstark zu verwünschen.

»Wunderbar, einfach wunderbar!«, begeisterte sie sich. »Ich werde mit diesem Stein in den Händen durch den Anubistempel schreiten und den Priestern und allen Bewohnern von Theben beweisen, dass die Götter wohlwollend auf mich herabblicken.«

Dann nahm sie wieder Platz, ohne den heiligen Amethyst aus der Hand zu geben.

»Ich bin sehr zufrieden mit dir, Amerotke. Was ist mit Sinuhes Manuskript? Hast du es in Sicherheit gebracht?«

»Es befindet sich in meinem Haus, Majestät.«

»Und der Mörder?«

»Ich glaube, ich weiß, wer er ist.«

»Setz dich. So setz dich doch!« Hatschepsut wies auf einen Stuhl. »Hier, nimm Platz!«

Als Amerotke gehorchte, erhob sich Hatschepsut, ließ sich zu seinen Füßen nieder und bedeutete Senenmut, es ihr gleichzutun.

»Da wären wir«, spöttelte sie. »Der Lehrer und seine beiden Schüler.«

Senenmut war mit dem Verlauf der Dinge ebenfalls zufrieden, das verriet Amerotke die Art, wie er mit den Fingern auf seinen Knien herumtrommelte. Seufzend stand der Richter auf, schob den Stuhl zur Seite und gesellte sich zu Hatschepsut und Senenmut auf den Boden.

»Habt ihr meine Nachricht erhalten?«, fragte er.

»Aber ja. Und die Antwort lautet, dass Tuschratta selbst zwar Frieden wünscht, aber viele seiner Ratgeber nicht.«

»Und die andere Angelegenheit?«

»Ich weiß noch nichts Genaues, habe aber einen Diener losgeschickt, um es herauszufinden.«

»Wir werden den Schuldigen hier mit den Anklagepunkten konfrontieren«, murmelte Amerotke. »Wenn er eintrifft, lasst ihn bei uns Platz nehmen. Senenmut, es wäre gut, wenn du dich davon überzeugen könntest, dass er nicht bewaffnet ist.«

Senenmut hob die Brauen, erhob sich und ging zur Tür. Hatschepsuts gute Laune war schlagartig verflogen. Ihr Gesicht wirkte wie versteinert, und sie nagte an ihrer Unterlippe herum wie immer, wenn sie verärgert war. Senenmut war gerade zurückgekehrt, als es auch schon an der Tür klopfte. Ein Page trat ein und meldete, dass der Herold Mareb wartete. Er blickte den Pharao, den Wesir und den Richter verwundert an, doch Hatschepsut hob gebieterisch die Hand.

»Unser Herold möge eintreten. Sag dem Kommandanten der Palastwache, er soll ihn vorher von Kopf bis Fuß durchsuchen.«

Der Page zog sich zurück. Wenig später schlüpfte Mareb in den Raum. Sein Haar war frisch geölt, sein Gesicht sauber rasiert. Amerotke dachte daran, wie jämmerlich er im Roten Land ausgesehen hatte, und unterdrückte sein aufkeimendes Mitgefühl. Mareb war ein Mörder, der zahlreiche Menschenleben auf dem Gewissen hatte. Der Herold wusste nicht, wie er sich verhalten sollte. Er blieb stehen und trat nervös von einem Fuß auf den anderen.

»Setz dich, Mann«, befahl Hatschepsut. »Hierhin, damit schließt sich der Kreis.«

Mareb, gefangen zwischen Protokoll und dem Wunsch zu gefallen, gehorchte.

»Majestät?«

»Nichts Majestät!«, fauchte Hatschepsut. »Der erhabene Richter Amerotke hat dich herbefohlen!«

»Du musst wissen, Mareb«, begann Amerotke, »dass ich Sinuhes Manuskript gelesen habe. Es befindet sich momentan in meinem Besitz.«

Er deutete auf den Thron, neben dem Hatschepsut auch

die Pracht des Anubis niedergelegt hatte. Der Herold schrak zusammen. Er wirkte überrascht und verwirrt zugleich.

»Khety und Ita, die beiden Diebe des heiligen Amethysts, sind in Ungnade gefallen und aus Theben verbannt worden«, erklärte Amerotke.

»Das freut mich.«

»O nein, das tut es nicht. Du hast Angst, du machst dir Sorgen, und beides zu Recht, würde ich sagen. Du bist der Mörder in der Maske des Gottes Anubis, Mareb. Du besitzt ein Paar Soldatensandalen, einen schwarzen Lederrock, einen Umhang und eine Schakalsmaske. Du bist für den Tod von Weni, Sinuhe, der drei Mitanni-Abgesandten und der Tempeltänzerin verantwortlich. Ferner hast du versucht, mich draußen im Roten Land zu töten, aber das Unterfangen ging schief.«

Mareb wollte aufspringen, doch Amerotke packte ihn am Handgelenk und drückte fest zu.

»Du befindest dich hier vor dem Antlitz eines Gottes, Mareb. Der göttliche Pharao wird in Kürze einen Urteilsspruch fällen.«

Mareb öffnete den Mund und schloss ihn wieder.

»Wir wollen einmal deinen Lebenslauf zurückverfolgen«, begann Amerotke. »Du und Weni, ihr wart früher Pagen, ebenso wie dein guter Freund Hordeth. Ihr lebtet am Hof von Thutmosis I., dem Vater unseres göttlichen Pharaos. Später tratet ihr alle drei ins Haus der Abgesandten ein. Du warst sehr stolz auf dein Amt und dein Vater und dein älterer Bruder waren stolz auf dich. Du machtest dich während deiner Ausbildung sehr gut und zeichnetest dich besonders im Studium fremder Mundarten und der Gebräuche der jenseits der Grenzen Ägyptens beheimateten Völker aus. Dann wurdest du zum Herold ernannt und übtest das Amt zuerst gemeinsam mit Hordeth und dann mit Weni aus. Am ägyptischen Hof ist es schon lange Sitte, immer zwei Herolde zu einem ausländischen Prinzen zu senden.«

»Hordeth? Ich sagte dir doch, ich kannte ihn kaum!«

»Genau das ist die Lüge, mittels derer ich dich überführen konnte. Ich werde dir jetzt eine Geschichte erzählen«, fuhr Amerotke fort. »Vor vielen Jahren, zur Herrschaftszeit des göttlichen Thutmosis I., dienten Weni, Hordeth und Mareb im königlichen Palast als Pagen. Später wurden sie in das Haus der Abgesandten aufgenommen. Im Grab des Thutmosis gibt es ein Gemälde, das die königlichen Pagen zeigt, wie sie vor dem Pharao knien. Zwei von ihnen halten sich an den Händen: Hordeth und Mareb.« Amerotke legte eine Pause ein, um seine Worte besser wirken zu lassen. »Ich bin sicher, weitere Untersuchungen werden bestätigen, dass du und Hordeth eng befreundet wart. Die Zeit verging. Weni heiratete eine Mitanni-Frau, die Hordeth später verführte. Weni schäumte vor Wut und Eifersucht. Während eines Bootsausfluges ermordete er seine Frau, dann lockte er Hordeth zum verfallenen Bestempel und erschlug ihn dort.«

Ein Anflug von Besorgnis flackerte in Marebs Augen auf.

»Er tötete deinen besten Freund«, wiederholte Amerotke weich. »Hordeth war doch dein bester Freund, nicht wahr?«

»Ja, aber …«

Amerotke gebot ihm mit erhobener Hand Schweigen.

»Nach dem Mord an seiner Frau und ihrem Geliebten fand Weni Geschmack am Blutvergießen. Zufällig wurde er bei seinem ersten Verbrechen vom Krokodilmann beobachtet, einem jener zwielichtigen Subjekte, die an den Ufern des Nils ihr Unwesen treiben. Um es kurz zu machen – Weni wurde der ›Gärtner‹, ein professioneller Mörder. Warum? Vielleicht, weil er vom Krokodilmann erpresst wurde; vielleicht auch, weil er, außer sich vor Kummer und Reue über den Mord an seiner Frau, für sie beide ein prunkvolles Grab in der Nekropole erwerben wollte.«

»Hast du Weni jemals des Mordes an deinem Freund verdächtigt?«, warf Senenmut ein.

»Ich glaube schon«, unterbrach Amerotke. »Aber Mareb behielt seinen Verdacht für sich. Weni war gleichfalls ein

Herold, er begleitete dich zu den Mitanni, nicht wahr, Mareb? Tuschratta und Wanef erkannten bald, dass sie einen durch und durch korrupten Mann vor sich hatten. Mit Billigung des göttlichen Pharaos erbot sich Weni, für die Mitanni zu spionieren, doch diese trauten ihm nicht über den Weg. Sie hielten nach einem anderen Spion Ausschau.« Amerotke hielt inne. »Ich nehme an, Wanef ließ Nachforschungen über Weni anstellen und fand alles über dessen geheime Tätigkeit heraus. Dann überstürzten sich die Ereignisse. Letztes Jahr marschierte die göttliche Hatschepsut gen Norden und brachte den Mitanni eine verheerende Niederlage bei. Dein Bruder und dein Vater dienten in der Armee. Sie sind nicht gefallen, stimmt es, Mareb? Sie wurden gefangen genommen und die Mitanni setzten sich mit dir in Verbindung.«

Marebs Unterlippe begann zu zittern.

»Was haben sie dir angeboten, Mareb? Das Leben deines Vaters und deines Bruders? Drohten sie, die beiden zu kreuzigen, wenn du nicht auf ihre Vorschläge eingehst? Boten sie dir Gold und Silber? Außerdem verrieten sie dir die Wahrheit über Weni; dass er für den Tod deines Freundes Hordeth verantwortlich war.« Amerotke spreizte die Hände. »Weni war ein Verräter. Er verkaufte sich für Geld. Mit dir verhielt es sich anders.«

»Ist das wahr?«, fragte Senenmut. »Sind dein Vater und dein Bruder am Leben?«

»Für mich sind sie tot.« Marebs Stimme war kaum zu vernehmen. Er wirkte plötzlich verhärmt und erschöpft. Seine frühere Arroganz war wie weggeblasen.

»Die Mitanni wurden gezwungen, einen Friedensvertrag zu unterzeichnen«, fuhr Amerotke fort. »Sie wurden nach Ägypten befohlen. Dass Tuschratta draußen in der Oase der Palmen lagert, ändert nichts an der Tatsache, dass er um Frieden betteln muss. Um diese Scharte auszuwetzen sucht er nach Möglichkeiten, die göttliche Hatschepsut der Lächerlichkeit preiszugeben. Er verlangt die Herausgabe von Benias Sarkophag, denn ihm sind Gerüchte zu Ohren gekommen – falsche Gerüchte übrigens –, dass der

Vater der göttlichen Hatschepsut sie umgebracht haben soll. Die Mitanni sind außerdem ein Volk von Kaufleuten. Sie haben von Sinuhes Manuskript und seinen Karten erfahren und möchten es gerne an sich bringen. Aber vor allem wollen sie die Pracht des Anubis in die Finger bekommen. Wann sind sie an dich herangetreten?«, fragte Amerotke unvermutet. »Als du bei Hof eintrafst?«

Mareb gab keine Antwort.

»Weni war nur ihr Handlanger; in Wirklichkeit hieltest du die Fäden in der Hand. Zuerst der Diebstahl der Pracht des Anubis: Du nahmst mit Weni Kontakt auf. Du hattest dich so gut verkleidet, dass dieser dich nicht erkannte, er musste darauf vertrauen, dass du im Namen des Mitanni-Königs auftratest. Du locktest ihn mit einer Mischung aus Bestechung und Drohungen in deine Netze, versprachst ihm Gold und Silber und warntest ihn gleichzeitig, dass du ihn öffentlich bloßstellen würdest, wenn er ablehnte, was für ihn das Todesurteil bedeutet hätte. Du sagtest ihm, wo genau in Theben er bestimmte Dolche kaufen sollte und wie er den heiligen Amethyst an sich bringen konnte. Weni wandte sich an Khety und Ita. Er war dein Verbindungsmann zu diesem Gaunerpärchen. Gierig wie die hungrigen Fische schnappten sie sogleich nach dem Köder. Nemrath wurde ermordet und der Amethyst gestohlen. Auch Weni musste sterben, danach übernahmst du seine Rolle und befahlst Khety und Ita, den Stein vorerst zu behalten. Die Mitanni wollten ihn erst kurz vor ihrem Aufbruch aus dem Tempel ausgehändigt bekommen. Und wie du siehst, befindet er sich jetzt in meinem Besitz.«

Mareb zwinkerte. Er hatte seine Fassung zurückgewonnen.

»Das freut mich …«

»Bei Sinuhe gingst du nach einem ganz anderen Schema vor«, sprach Amerotke unbeirrt weiter. »Du bist ein wahrer Verwandlungskünstler, Mareb, mit deinen langen schlanken Beinen und deinen weichen Gesichtszügen kannst du als Frau durchgehen oder dich für einen Mitanni ausgeben. War das deine Idee oder Wanefs? Du suchtest

Sinuhe in der Verkleidung einer Mitanni-Frau auf, zeigtest ihm zum Zeichen deiner Glaubwürdigkeit Tuschrattas Siegel und botest ihm unermessliche Reichtümer an. Aber aus Angst vor neugierigen Augen vereinbartest du ein Treffen im alten Bestempel – ironischerweise genau dort, wo Weni deinen Freund tötete.«

»Ich habe mich gefreut, als du seine sterblichen Überreste fandest.« Mareb lächelte. »Ich wusste in dem Moment gar nicht, was ich sagen sollte.«

»Ich weiß. Zu Sinuhe hast du wohl auch nicht viel gesagt. Du hast dich ihm in derselben Verkleidung gezeigt, in der du auch im Anubistempel dein Unwesen getrieben hast: einer schwarzgoldenen Schakalsmaske, einem Kriegsrock und Soldatensandalen. Du ermordetest Sinuhe, stahlst sein Manuskript und trafst dich nochmals mit Weni. Er sollte das Buch für dich verstecken. Unser gieriger Herold erklärte sich nur allzu gern bereit, es an sich zu nehmen. Du befahlst ihm, es an einem sicheren Ort zu verbergen, und was eignete sich da besser als sein prächtiges Grab draußen in der Nekropole? Du warst sicher sehr zufrieden mit dir, schließlich hattest du sowohl die Pracht des Anubis als auch Sinuhes Manuskript an dich gebracht. Die göttliche Hatschepsut vermutete zwar, dass die Mitanni einen weiteren Spion in Theben sitzen hatten, einen Mann, den sie die ›Hyäne‹ nannten, aber dafür gab es keine handfesten Beweise. Du hast Weni vorgeschoben, um dich zu schützen. Falls wir Khety und Ita unter der Folter ein Geständnis entlockten, konnten sie nur Wenis Namen nennen, nicht den deinen.«

»Was du sagst, entbehrt nicht einer gewissen Logik«, erklärte Mareb ruhig. »Aber wenn deine Behauptungen zuträfen – warum sollte ich Weni ermorden, wo ich ihn doch als Handlanger benutzte? Und wie kann ich für die Morde im Anubistempel verantwortlich sein?«

»Du hasstest Weni«, erwiderte Amerotke. »Er hat deinen Freund getötet und ihm ein anständiges Begräbnis verwehrt. Du hast ihn beobachtet wie eine hungrige Schlange eine Ratte. Ich bin sicher, dass du Weni von Anfang an des

Mordes an Hordeth verdächtigt hast, und die Mitanni lieferten dir dann den endgültigen Beweis, aber du hast abgewartet. Weni war gierig, Gold und Silber waren der Schlüssel zu seiner Seele. Er hatte zwar eindeutige Befehle erhalten, verfolgte aber dennoch seine eigenen Ziele. Die Pracht des Anubis und Sinuhes Manuskript waren für König Tuschratta bestimmt, nichtsdestotrotz verhandelte Weni insgeheim auch mit den Libyern, Nubiern, Kuschiten und mit anderen Interessenten. Er wollte die Pracht des Anubis und das Manuskript an den Meistbietenden verkaufen, also hieltest du die Zeit für gekommen, ihn für seinen Verrat und seine Gier bezahlen zu lassen. Aber für Weni sollte es weder einen raschen Tod noch ein angemessenes Begräbnis geben. Nein, er sollte sterben wie Hordeth und wie dieser nie die Reise über den Fernen Horizont antreten. Du locktest ihn in den Garten …«

»Ich habe in dieser Nacht fest geschlafen. Dafür gibt es Zeugen …«

Amerotke schüttelte den Kopf.

»Du bist ein kerngesunder junger Mann, Mareb, das habe ich draußen im Roten Land gesehen. Du lagst vollständig angekleidet auf dem Bett, und nachdem Weni die Tür hinter sich geschlossen hatte, klettertest du aus dem Fenster, um ihn zum Hundegehege zu locken. Der Wächter wurde getötet, das Tor geöffnet und dann eine Blutspur ausgelegt, um den Jagdeifer der Meute zu wecken. In jedem Tempel ist nach den Opferungen Blut im Überfluss vorhanden. Weni starb eines grässlichen Todes und Hordeth war gerächt. Der heilige Amethyst und Sinuhes Manuskript befanden sich in Sicherheit; das Buch konntest du unter dem Vorwand, Weni die letzte Ehre erweisen zu wollen, jederzeit aus dessen Grab holen.«

Amerotke beugte sich vor und klopfte dem Herold auf das Knie.

»Was hattest du eigentlich für die Zukunft geplant, Mareb? Wolltest du in Ägypten bleiben oder zu den Mitanni flüchten? Nun ja, diese Frage hat sich ja jetzt erledigt.«

Ohne auf das Protokoll zu achten erhob er sich und trat

zu einem Fenster, das einen Blick über die Palastgärten bot.

»Wenn dein Plan aufgegangen wäre, Mareb, dann wäre ich heute nicht hier, nicht wahr? Dann lägen meine Gebeine im Roten Land verstreut – und das ist ein weiterer Beweis für deine Schuld.«

»Wie kannst du so etwas sagen!«

Mareb wollte aufspringen, doch Senenmut war schon bei ihm und drückte ihn unsanft auf seinen Platz zurück. Hatschepsut, die Gefahr zu wittern schien, ging zu ihrem Thron zurück und setzte sich, wirkte aber in diesem Augenblick nicht wie die majestätische Pharaonenkönigin Ägyptens, sondern wie eine ganz gewöhnliche junge Frau, die einer ebenso schockierenden wie faszinierenden Geschichte lauscht. Doch Amerotke kannte sie; er wusste, sobald sie von Marebs Schuld überzeugt war, würde sie ihrem hitzigen Temperament, das sogar Senenmut fürchtete, freien Lauf lassen.

»Du hast mich lange Zeit beobachtet«, fuhr Amerotke fort. »War es dein oder Wanefs Vorschlag, die Mitanni sollten zur Oase der Palmen zurückkehren? Einen echten Anlass dafür gab es nämlich nicht, trotz der Ereignisse im Anubistempel hätten sie immer noch diesen Vertrag unterzeichnen müssen. Nein, diese angebliche Beratung mit Tuschratta war nur ein Vorwand, um mich in die Wüste zu locken, und eine günstige Gelegenheit für dich, neue Anweisungen entgegenzunehmen.«

»Aber woher sollten die Mitanni wissen, dass du mitkommen würdest?« Marebs Stimme hatte einen flehenden Klang angenommen.

»Schweig!« Hatschepsut richtete sich auf. »Halt deine lügnerische Zunge im Zaum!«

Sie lehnte sich zurück und stützte die Ellbogen auf die Lehnen ihres Throns.

»Die Mitanni haben ausdrücklich nach Mareb und Amerotke verlangt«, erklärte Senenmut. »Sie behaupteten, der Besuch des obersten Richters von Ägypten würde Tuschratta schmeicheln. Und dann dieser Brief …«

»Ach ja, der berühmte Brief.« Amerotke trat ein paar Schritte vor. »Sie wollten, dass er abgefangen wird, er war ein Köder für die göttliche Hatschepsut, denn er schob alle Schuld an den Ereignissen Weni zu und machte deutlich, dass sie Mareb weder mochten noch ihm trauten. Als wir die Oase der Palmen erreichten, setzten sie das Theaterspiel fort. Unser Besuch dort diente einem einzigen Zweck – dem, mich zu töten.« Amerotke zupfte an seinem Armband herum. »Alles nur Täuschung«, flüsterte er. »Wie der Überfall auf dich, Mareb, damals in meiner Kammer. Wanef hat das arrangiert, um jeglichen Verdacht von dir abzulenken. Vermutlich hat sie dir gar nichts davon gesagt, so wirkte die ganze Farce echter.«

»Das ist doch lächerlich.« Mareb wirkte jetzt sichtlich nervös.

»O nein. Aber weiter. Bei meinem Besuch im Mitanni-Lager lernte ich die zwergwüchsigen Nubier kennen, die Tuschratta seine ›kleinen Leute‹ nennt. Ich habe noch zwei weitere Hinweise auf dieses Volk gefunden. Erstens in der Grabstätte des göttlichen Thutmosis I. Er hatte diese Menschen ebenfalls schon gesehen, und der Maler, der sein Grab mit Wandgemälden schmückte, hielt auch ihre Waffen in Bildern fest – kleine Blasrohre, aus denen sie ihre Feinde mit vergifteten Pfeilen beschossen. Sinuhe beschrieb diese Methode in seinen Bericht. Schufoy ist gerade auf dem Markt, um weitere Informationen zu sammeln. Die Mitanni haben dir ein Blasrohr und eine Reihe von Giftpfeilen gegeben, nicht wahr, Mareb? Laut Sinuhe hinterlassen die kleinen Pfeile nur winzige Wunden, nicht größer als die Einstichstelle einer Nadel, aber das Gift ist tödlich. Es wirkt rasch, lähmt sein Opfer und tötet es innerhalb kürzester Zeit.«

Amerotke sah, wie das Blut aus Marebs Gesicht wich. Du sitzt in der Falle, dachte er. Dennoch fühlte er einen Anflug von Mitleid. In den Augen des Herolds stand nacktes Entsetzen geschrieben.

»Ich sollte dort draußen im Roten Land umkommen«, fuhr er fort. »Den beiden herrlichen Pferden fehlte überhaupt nichts, und auch der Wagen war vollkommen in Ordnung, aber ein erfahrener Wagenlenker kann leicht eine Panne vortäuschen. Auf deine Bitte hin bin ich ausgestiegen und habe die Pferde untersucht. Das Blasrohr befand sich in deinem weißen Amtsstab; er ist in Wirklichkeit ein Hohlkörper, dessen beide Enden sich abziehen lassen.« Amerotke spreizte die Hände. »Ich weiß nicht, ob er das Blasrohr enthält oder sich als Blasrohr benutzen lässt, aber das tut auch nichts zur Sache. Sinuhe schreibt, ein geübter Krieger kann blitzschnell Pfeil um Pfeil damit losschicken. Erinnerst du dich, dass ich am Boden kniete und nicht auf dich achtete? Ich untersuchte gerade Hathors Hufe. Vielleicht warst du voreilig oder einfach nur nervös, auf jeden Fall verfehltest du mich. Stattdessen traf der Pfeil Hathor in die linke Flanke, und in ihrem Todeskampf verletzte sie dann auch noch Isis.«

Amerotke nahm seinen Platz wieder ein.

»Zwei wunderschöne unschuldige Tiere mussten deinetwegen sterben.«

»Wie hätte ich denn auf dich schießen können?«, murmelte Mareb. »Das hättest du doch sofort bemerkt.«

Amerotke hob eine Hand an den Mund und tat so, als benutze er ein Blasrohr.

»Sinuhe schrieb, es dauere nur Bruchteile von Sekunden, einen Pfeil abzuschießen, und auf kurze Entfernung könne man sein Ziel kaum verfehlen. Ich sollte sterben. Du hättest den Pfeil entfernt, wärst nach Theben zurückgekehrt und hättest dort irgendeine frei erfundene Geschichte erzählt.«

»Aber du hättest doch die Einschuss-Stelle am Körper des Pferdes sehen müssen.«

»O nein. Soweit ich weiß, sind diese Pfeile nur halb so groß wie mein kleiner Finger. Außerdem fiel Hathor auf die linke Seite.« Amerotke musterte den Herold finster. »Was weiter geschah, weißt du ja.«

»Du hast keinerlei Beweise.«

»Da irrst du dich.« Amerotke bemühte sich, betont gleichmütig weiterzusprechen. »Wesir Senenmut schickte eine Streitwagenschwadron los, um das Gebiet gründlich abzusuchen«, log er, ohne den Blick von Mareb abzuwenden. »Sie fanden einen Löwen, der an dem Gift verendet ist, und inmitten der Knochen und Eingeweide entdeckte der Hauptmann der Schwadron einen Giftpfeil. Er wusste sofort, worum es sich handelte, er hatte diese Pfeile schon einmal gesehen.«

»Das ist eine Lüge!«, schnarrte Mareb. »Mir wurde doch …«

»Dir wurde was gesagt?«, hakte Amerotke blitzschnell ein. »Hat Prinzessin Wanef dir versichert, sie würde alle Spuren deines mörderischen Anschlags beseitigen lassen? Immerhin musste sie ja denselben Weg zurück nach Theben nehmen wie wir.«

Mareb biss sich auf die Lippe, erwiderte aber nichts.

»Nur die Göttin Maat kennt die ganze Wahrheit«, fuhr Amerotke fort. »Dieses Attentat schlug jedenfalls fehl. Du magst ja versucht gewesen sein, dein blutiges Tagewerk zu vollenden, aber draußen im Roten Land, wenn man von Löwen und Hyänen umzingelt ist, können zwei Männer mehr ausrichten als einer. Wahrscheinlich verbranntest du deine Tod bringenden Waffen in dem Feuer, das wir entfacht haben. Wir überlebten die Nacht und kehrten wohlbehalten nach Theben zurück.«

»Willst du andeuten, ich hätte auch die Mitanni-Abgesandten umgebracht?«, fragte Mareb empört.

»Natürlich hast du das getan. Tuschratta wollte sie loswerden, er bezeichnete sie als Schakale!«

»Was bin ich denn dann?«, fauchte Mareb. »Der Freund der Mitanni oder ihr Feind?«

Amerotke wollte gerade etwas entgegnen, als es an der Tür klopfte. Ein Diener kam herein und verkündete, es seien Boten eingetroffen, die den erhabenen Richter Amerotke zu sprechen wünschten. Der Richter entschuldigte sich und verließ den Saal. Draußen warteten der Arzt aus dem Haus des Lebens und Schufoy auf ihn.

»Es war, wie du vermutet hast, Herr«, begann der Arzt. »Die Mitanni-Abgesandten waren schon tot, als sie in den heiligen See geworfen wurden. Hoch oben am Rücken beider Männer habe ich kleine Einstichstellen gefunden. Auch in ihren Gewändern entdeckte ich kleine, blutverschmierte Löcher. Die Todesart war die gleiche wie bei den anderen Opfern, ein Gift, das die Muskeln lähmte und das Herz zum Stillstand brachte. Beide starben sehr schnell. Sie wurden mit einem Giftpfeil getötet, nicht wahr?«

Amerotke nickte. »Was hast du herausgefunden, Schufoy?«

Der kleine Mann öffnete die Hand. Darin lag ein winziger, mit Gänsefederteilen versehener Pfeil. Er bestand aus Hartholz, und die Spitze war nadelscharf.

»Könnte solch ein Pfeil diese Wunden verursacht haben?«

»Ja, erhabener Richter.«

»Und das Gift?«

Der Arzt deutete auf die Pfeilspitze.

»Ich habe schon von diesen Pfeilen gehört. Die Spitzen sind in ein Gift getaucht, das tödlicher wirkt als das einer Kobra oder Viper. Ein einziger Tropfen reicht aus, um einen Mann umzubringen.«

»Das hat mir auch der Kaufmann erzählt, von dem ich sie bekommen habe«, warf Schufoy ein.

Er reichte Amerotke ein kleines schwarzes Rohr. Amerotke hielt es ans Auge. Das Holz war sorgsam zurechtgeschnitzt.

»Ich zeige dir, wie man damit umgeht«, erbot sich Schufoy.

Zuerst hantierte er etwas ungeschickt mit der Waffe herum, aber schließlich gelang es ihm, den Pfeil einzulegen. Er hob das Blasrohr an den Mund, zielte auf die Figur eines sich aufbäumenden Löwen und schoss. Ein nahezu unhörbares Zischen erklang, der Pfeil schnellte aus dem Blasrohr heraus und verfehlte den Löwen um Haaresbreite.

»Ich bräuchte ein bisschen mehr Übung«, entschuldigte sich der Zwerg zerknirscht. »Herr«, fügte er dann hinzu, »ich habe mich in ganz Theben umgehört. Niemand weiß etwas über Belet und Seli, aber ein Bekannter von mir, ein

Skorpionmann, erzählte mir, auf dem Markt seien ungewöhnlich viele Dromedare und Packtiere verkauft worden.«

»Damit kann ich mich jetzt nicht befassen«, wehrte Amerotke ab. »Es tut mir Leid, Schufoy, aber diese Angelegenheit muss warten.«

Mit diesen Worten drehte der Richter sich um und kehrte in den Thronsaal des Pharaos zurück.

ANUBIS gestattete den Seelen der Verstorbenen,
die die Probe bestanden hatten,
in die Ewigkeit einzugehen.

FÜNFZEHNTES KAPITEL

Mareb hatte seine Selbstsicherheit fast vollständig eingebüßt. Hatschepsut saß unbeweglich wie eine Statue da, Senenmut lehnte am Fenster.

»Fahr fort«, zischte Hatschepsut.

»Von all deinen Morden«, begann der Richter, nachdem er Mareb gegenüber Platz genommen hatte, »war der an der Tänzerin wohl der sinnloseste und grausamste. Du hast mit Blasrohr und Pfeilen ein paar Schafe und Fische getötet, um zu sehen, wie rasch das Gift Wirkung zeigte. Die Pfeile hast du natürlich immer wieder entfernt. Nun wolltest du die Waffe an einem Menschen erproben. Wieder gabst du dich als Mitanni aus. Du legtest deine Furcht erregende Verkleidung an und ludst das Mädchen in einen der Gartenpavillons ein. Sie dachte, sie könnte sich rasch ein paar Geldstücke verdienen, denn sie hielt dich für einen wohlhabenden, einflussreichen Mann. Doch du hast sie getötet, und zwar einzig und allein, um zu sehen, wie schnell das Gift bei einem Menschen wirkt.«

»Allein dafür wirst du sterben«, unterbrach Hatschepsut barsch.

»Hast du ihren Todeskampf verfolgt?«, fragte Amerotke leise. »Hast du die Sekunden gezählt, bis das Mädchen tot war, dann den Pfeil entfernt und bist verschwunden? Du bist wie ein Geist durch diesen Tempel geschlichen, Mareb, und du wurdest auch unten am Fluss beim alten Bestempel gesehen. Du hast außerdem noch Sinuhe, den Wächter des Hundegeheges und die drei Mitanni auf dem Gewissen.«

»Wenn ich doch angeblich ihr Freund war«, verteidigte sich Mareb, »ihr gedungener Mörder, warum hätte ich sie dann umbringen sollen?«

»Zum einen, weil du gerne tötest, darin unterscheidest du dich nicht sehr von Weni. Und dann haben wir einen großen Fehler gemacht, wir haben die Mitanni als Einheit behandelt, dabei wissen du, ich, Tuschratta und auch Senenmut ganz genau, dass Tuschrattas Rat untereinander zerstritten ist. Wanef, die Wortführerin, ist für Frieden. Sie ist so schlau wie ein Fuchs, und sie weiß ganz genau, wie dringend die Mitanni auf Frieden angewiesen sind. Aber nicht jeder teilt ihre Meinung. Tuschrattas Königreich besteht aus verschiedenen mächtigen Stämmen. Snefru, Mensu und Hunro waren Kriegstreiber, nicht wahr, Senenmut?«

Der Wesir nickte zustimmend.

»Diese drei Krieger bestanden nur aus einem einzigen Grund darauf, Wanef zu den Verhandlungen zu begleiten: Sie wollten so viel Unheil stiften wie irgend möglich. Der Diebstahl der Pracht des Anubis und Sinuhes Manuskript hätte von ihnen ersonnen sein können. Aber Tuschratta hatte ganz eigene Pläne mit ihnen. Dir wurde aufgetragen, sie zu töten. Damit wäre Tuschratta mit einem Schlag drei lästige Unruhestifter losgeworden und hätte Ägypten die Schuld am Tod von Männern in die Schuhe schieben können, die er insgeheim als Schakale bezeichnete.«

»Aber das wäre doch eine kriegerische Handlung gewesen!«, rief Mareb.

»Wirklich?«, fragte Amerotke. »Man würde die göttliche Hatschepsut zwar verdächtigen, aber nichts beweisen können. Vielleicht hätte man versucht, Wesir Senenmut als Mörder hinzustellen oder sonst ein Mitglied des Hofes. Tuschratta hätte sich fürchterlich aufgeregt, und ich bin sicher, bei den Friedensverhandlungen hätte Wanef energisch Wiedergutmachung für den Tod der drei Abgesandten gefordert.«

»Ich hätte diese Schlange zertreten sollen«, knirschte Hatschepsut.

»Tuschratta beabsichtigte, als zufriedener Mann in sein Reich zurückzukehren«, fuhr Amerotke fort. »Sicher, er hätte das Knie beugen, die Füße des Pharaos küssen und einen erniedrigenden Friedensvertrag unterzeichnen müssen, aber er hätte sich trotzdem insgeheim ins Fäustchen gelacht. Er hätte nämlich erreicht, was er wollte: die Pracht des Anubis und Sinuhes Manuskript an sich zu bringen, sich dreier Unruhestifter zu entledigen und eine großzügige Entschädigung aus Ägyptens Haus des Silbers einzustreichen.«

»Aber wie war das mit Snefru?«, warf Senenmut ein. »Die Tür zu seiner Kammer war verriegelt und die Fensterläden geschlossen.«

»Das kann ich dir erklären. Bleib genau dort stehen, wo du bist.« Amerotke tat, als würde er mit der Hand etwas von sich stoßen. »Bleib dort am Fenster stehen. Erinnerst du dich an den Tag, an dem wir Snefrus Leichnam fanden? Die Tür zu der Kammer musste aufgebrochen werden. Ich war dabei und unser Herold hier ebenfalls. Mareb ging geradewegs auf das Fenster zu.«

»Ja«, unterbrach Senenmut, »er behauptete, die Fensterläden wären verriegelt gewesen.«

»Das stimmte nicht«, entgegnete Amerotke. »Sie waren lediglich zugezogen. Mareb hat gelogen. Er sagte, sie wären verschlossen, und stieß sie natürlich sofort auf, um Licht und frische Luft in die Kammer zu lassen.« Er schnippte mit den Fingern. »Und schon konnte ihm niemand mehr das Gegenteil beweisen. Ich erinnere mich, wie Mareb sich gegen das Fensterbrett lehnte. Dabei hat er die Abdrücke seiner Hände und Füße vom Sims und vom Boden gewischt. Du bist vom Dach herabgeklettert, nicht wahr?«, wandte er sich an den Herold.

»Die Fensterläden waren offen, du bist eingestiegen, hast Snefru ermordet, die Kammer auf demselben Wege wieder verlassen und dann die Läden hinter dir zugeschoben. Als die Tür aufgebrochen wurde, hast du so getan, als wären die Läden verschlossen gewesen, und dich dann gegen das Fensterbrett gelehnt, um deine Spuren zu verwischen. Ich habe mir Snefrus Raum genau angesehen. Ein kräftiger, athletischer Mann kann vom Flachdach aus leicht durch das Fenster klettern. Snefru starb auf ebenso mysteriöse Weise wie die anderen vor ihm. Um die Angelegenheit noch rätselhafter zu machen, entferntest du den Giftpfeil. Hunros und Mensus Tod war ebenfalls eine beschlossene Sache. Sie mochten Prinzessin Wanef nicht, also taten sie sich zusammen. Sie dachten, wenn sie beieinander blieben, würde ihnen nichts geschehen. Sie gingen zum heiligen See und setzten sich auf diese Bank. Du folgtest ihnen. Beide starben sehr rasch. Wieder entferntest du die Pfeile und warfst die Leichen ins Wasser.«

Amerotke erhob sich.

»Was sagst du dazu, Mareb? Sollen wir dich ins Haus des Todes bringen lassen und der Folter unterwerfen? Wir können auch Wanef verhören. Sie wird dich bestimmt nicht in Schutz nehmen. Wir werden deine Kammer nach denselben Gegenständen durchsuchen, die wir in Wenis Raum gefunden haben.«

Mareb hatte aufgehört zu zittern. Er saß, die Hände auf die Knie gestützt, da und starrte zu Boden.

»Einst war ich glücklich.« Er hob den Kopf. »Wir waren eine glückliche, zufriedene Familie, meine Mutter, mein Vater, mein Bruder und ich. Sie waren alle sehr stolz, als ich in das Haus der Abgesandten aufgenommen wurde. Mir gefiel das Leben, das ich führte.« Sein Gesicht war totenblass geworden. »Du hattest Recht, was Weni betraf. Ich verdächtigte ihn fast von Anfang an, bei Hordeths Tod die Hand mit im Spiel gehabt zu haben, und ich begann, ihm zu folgen. Weißt du, dass er häufig in den Bestempel zurückkehrte? Vermutlich wollte er seinen toten Rivalen still verhöhnen. Ich fand schließlich die ganze Wahrheit heraus, beschloss aber, meine Zeit abzuwarten. Ich reiste mit Weni über den Horusweg in das Reich der Mitanni. Ein Blinder hätte bemerkt, dass Weni eine verräterische Schlange war. Er nahm Bestechungsgelder an. Ich dachte, seine Gier wäre die Waffe, mit der ich ihn zur Strecke bringen könnte – ein Verräter wird immer auf eine besonders grässliche Art und Weise hingerichtet.« Ein höhnisches Lächeln spielte um Marebs Lippen. »Dann starb der göttliche Pharao. In Theben herrschten Chaos und Verwirrung. Zugleich zogen die Mitanni durch den Sinai und bereiteten sich darauf vor, in Ägypten einzufallen. Mein Vater und mein Bruder waren Offiziere im Osirisregiment, sie marschierten mit der Armee Richtung Norden. Die meisten Männer kehrten ruhmbedeckt und mit reicher Beute nach Theben zurück. Mein Vater und Bruder nicht. Zuerst wurde uns gesagt, sie wären gefallen.« Er bedachte Senenmut mit einem finsteren Blick. »Der Krieg ging zu Ende und Tuschratta bat um Frieden. Ich wurde ausgeschickt, um die Mitanni-Abgesandten zu treffen. Weni … nun, wie ich schon sagte, Weni verkaufte sich an jeden, wenn nur der Preis stimmte. Wir trafen uns mit den Mitanni an der ersten Oase, die am Horusweg liegt. Wir blieben zwei Nächte dort. Wanef traf ein. Eines Abends wollte sie mich sehen. Als ich ihr Zelt betrat, fand ich dort meinen Vater und meinen Bruder gefesselt und geknebelt vor. Wanef erklärte mir, mir bliebe keine andere Wahl. Ich müsse für sie arbeiten, oder mein Vater und mein Bruder würden für den Rest ihres Lebens als Sklaven in den Minen schuften müssen. Es war furchtbar. Überall um mich herum gab es nur Verrat. Weni, der Mörder meines Freundes, verkaufte sich für Geld, und Ägypten, meine Heimat, interessierte sich nicht für das Schicksal meiner Familie.«

»Du hättest dich mit diesem Problem an mich wenden können«, unterbrach Senenmut ihn.

»Ach ja? Und was hättest du unternommen, Wesir Senenmut? Glaubst du, Wanef hätte ein Geständnis abgelegt?« Mareb schnaubte verächtlich. »Als die Mitanni zur Oase der Palmen kamen, brachte diese falsche Schlange mir den kleinen Finger von der Hand meines Vaters mit. Sie sagte, ich hätte mich nicht schnell genug entschieden. Ich erklärte mich bereit, alles zu tun, was sie von mir verlangte.« Er hob den Kopf und holte tief Atem. »Meine Mutter war inzwischen gestorben, Weni hatte nichts anderes im Sinn, als sein Silber zu zählen. Also wurde ich Wanefs Verbindungsmann. Die Mitanni wollten die Pracht des Anubis und Sinuhes Manuskript für sich. Gerade auf das Manuskript legten sie wegen der darin beschriebenen Routen durch die Wüste allergrößten Wert. In meiner Eigenschaft als Herold wurde mir aufgetragen, den Tempel für die Ankunft der Mitanni vorzubereiten. Ich machte mich mit dem ganzen Gebäude vertraut und kannte bald jede Ecke: die

Kapelle, in der der heilige Amethyst aufbewahrt, wurde, das Hundegehege, die Gartenpavillons, alles. Ich lauschte auch oft dem Geschwätz der Tempeldiener. So erfuhr ich, dass Nemrath ständig Ita nachstellte. Der Rest war einfach. Ich traf mich insgeheim mit Weni, gab ihm die Dolche und wies ihn an, was er tun sollte. Prinzessin Wanef gab mir eine Kartusche mit dem persönlichen Siegel Tuschrattas. So lockte ich auch Sinuhe in den Tod. Er war ein geschwätziger, gieriger alter Mann. Das mit der Tänzerin tut mir Leid. Wanef hatte mir dieses Blasrohr und die Pfeile gegeben. Ich musste herausfinden, wie schnell das Gift wirkt. Der Rest ist so, wie du gesagt hast. Ich habe es genossen, Weni zu töten.« Er hielt inne. »Wie er geschrien und gejammert haben muss! Hordeths Tod ist jedenfalls gerächt. Die Mitanni?« Wieder lächelte er. »Was sie betrifft, so würde ich sie am liebsten alle eigenhändig umbringen.«

»So wie mich«, bemerkte Amerotke trocken.

»Mensu und Hunro haben deinen Tod befohlen.«

»Wussten sie, dass du ein gedungener Mörder warst?«

»Nein, ich erhielt meine Instruktionen immer von Prinzessin Wanef. Du solltest mir danken, Amerotke. Du bist der Einzige, den ich jemals verfehlt habe, wenn auch nur um Haaresbreite. Draußen im Roten Land hast du mir dann das Leben gerettet, deswegen sagte ich Wanef, ich würde dir nichts mehr zu Leide tun.«

»Warum bist du so bereitwillig auf alle diese Vorschläge eingegangen?«, fragte Amerotke. »Hast du wirklich geglaubt, die Mitanni würden deinen Vater und deinen Bruder freilassen?«

»Ja, daran klammerte ich mich. Entweder das, oder ich wäre an Tuschrattas Hof geflohen. Und nun ist alles dahin. Die Dichter haben schon Recht«, flüsterte er. »Aus dem Mund eines Menschen quellen nur Lügen.«

»Du hast den Tod verdient!« Hatschepsuts Stimme zerschnitt die Stille.

Sie verschränkte die Arme vor der Brust – die Haltung des Pharaos, der im Begriff steht, ein Urteil zu verkünden. Senenmut und Amerotke fielen auf die Knie. Mareb rührte sich nicht von der Stelle, sondern starrte nur gedankenverloren vor sich hin.

»Du musst sterben«, erklärte Hatschepsut. »Du hast meinen obersten Richter in das Rote Land hinausgelockt, um ihn dort seinem Schicksal zu überlassen. Und so lautet mein Urteil: Du wirst selbst in die Wüste hinausgeschafft werden und genau an der Stelle, an der du meinen Richter umbringen wolltest, lebendig begraben. Richter Amerotke, du wirst persönlich dafür Sorge tragen, dass das Urteil vollstreckt wird.«

Mareb streckte die Hände aus. Ein würgendes Geräusch entrang sich seiner Kehle. Amerotke musterte ihn forschend. Hatte der Herold irgendein Gift eingenommen? Mareb fiel auf die Knie und rang flehend die Hände.

»Göttlicher Pharao.« Amerotke hielt den Kopf noch immer gesenkt.

»Was wünschst du?«

»Mareb ist ein königlicher Herold. In gewisser Hinsicht wurde er zu seinem Tun gezwungen. Er ist nicht wie Weni, er hat seine Verbrechen nicht um Gold und Silber willen begangen, sondern um seine Familie zu retten.«

»Worauf willst du hinaus, Amerotke? Dass ich Gnade walten lassen soll?«

»Nur im Hinblick auf die Art seines Todes.«

Amerotke schielte zu Senenmut hinüber. Er hoffte, der Wesir werde ihm zustimmen.

»Einverstanden!« Hatschepsuts Stimme klang schneidend. »Er soll jetzt und hier sterben.«

Amerotke verließ unter Verneigungen den Raum. Er hörte Senenmut Befehle brüllen. Die Türen der Vorkammer schlossen sich hinter ihm. Mareb wurde von Mitgliedern der königlichen Leibgarde umringt, die ihm die Hände fesselten. Senenmut kam heraus und wechselte, ohne Amerotke zu beachten, ein paar rasche Worte mit dem Kommandanten, der nickte und befahl, den Gefangenen fortzuschaffen. Amerotke dachte, der Großwesir werde ihn wieder in den Saal bitten, doch dieser hob nur eine Hand.

»Du hast das Urteil der Göttlichen vernommen. Du sollst dafür sorgen, dass es augenblicklich vollstreckt wird.«

Die Wächter marschierten bereits davon. Amerotke ahnte schon, was als Nächstes kommen würde. Mareb wurde durch die Gänge geschleift und in einen staubigen Hof hinausgezerrt. Zur einen Seite lagen die Unterkünfte der Soldaten, zu den anderen dreien ragten hohe, dicke Mauern auf. In einer Ecke stand ein tief in die Erde getriebener Holzpfahl. Amerotke hörte ein Geräusch hinter sich und blickte sich um. Schufoy hatte sich zu ihm gesellt. Der kleine Mann starrte seinen Herrn mit offenem Mund an.

»Mareb?«, keuchte er. »Die Neuigkeiten verbreiten sich wie ein Lauffeuer im ganzen Palast.«

Der Herold wurde jetzt an den Pfahl gebunden. Eine Gruppe von Söldnern, alles geübte Bogenschützen, kam aus den Baracken gestolpert. Eine Weile herrschte heilloses Durcheinander, als die Männer zurückgeschickt wurden, um Bögen und Köcher mit Pfeilen zu holen.

»Er soll erschossen werden?«, fragte Schufoy, trat neben Amerotke und ließ seine Hand in die des Richters gleiten.

»Es ist besser so«, gab Amerotke zurück. »Wenn es nach der göttlichen Hatschepsut gegangen wäre, würde er an die Stadtmauern von Theben genagelt oder draußen im Roten Land verscharrt werden.«

Die Bogenschützen machten sich bereit. Widerspruch war sinnlos, das wusste er. Unter der Herrschaft von Hatschepsuts Vater waren derartige Hinrichtungen an der Tagesordnung gewesen. Er hörte, wie Mareb seinen Namen rief.

»Achte nicht auf ihn«, riet ihm der Kommandant der königlichen Leibwache. »Die Anweisungen von Wesir Senenmut sind unmissverständlich. Er wird innerhalb der nächsten Stunde sterben.«

Amerotke ging zu dem Pfahl hinüber. Er war sich der sengenden Hitze, der unnatürlichen Stille und der Staubwolken, die in der Luft hingen, überdeutlich bewusst. Marebs Hände und Füße waren hinter dem Pfahl zusammengebunden. Die Soldaten hatten ihm das Gewand heruntergerissen und seine Brust entblößt. Irgendjemand hatte sich bereits seiner Halskette bemächtigt.

»Was willst du?«, fragte Amerotke. »Weitere Gnadenbezeugungen hast du nicht zu erwarten.«

»Nein?« Mareb leckte sich über die trockenen Lippen. »Könnte ich nicht ein letztes Mal den Geschmack von Wein in meinem Mund spüren?«

Amerotke hob eine Hand und brüllte einen Befehl. Ein Soldat brachte einen irdenen Krug und einen gesprungenen Becher. Amerotke füllte ihn mit Wein und hielt ihn dem Herold an die Lippen. Mareb trank gierig, dann stieß er vernehmlich den Atem aus und blickte zum Himmel empor.

»Jeder Tag«, flüsterte er, ohne auf Amerotke zu achten, »bringt seine eigenen Schrecken.« Er hustete, dann blickte er den Richter an. »Wirst du ein Gebet für mich sprechen, Amerotke? Wenn die Bogenschützen ihre Aufgabe erfüllt haben, meine ich.« Ein flehender Ausdruck trat in seine Augen. »Ich bereue vieles von dem, was ich getan habe, das musst du mir glauben. Daher bitte ich um eine allerletzte Gnade.«

»Du wirst ein angemessenes Begräbnis erhalten«, versicherte ihm Amerotke. »Der Zorn der göttlichen Hatschepsut erstreckt sich nicht über das Grab hinaus.«

»Danke.« Mareb lachte kurz und unfroh auf. »Du bist ein merkwürdiger Mensch, Amerotke, oberster Richter in der Halle der Beiden Wahrheiten. Du erweist einem Mann Gnade, der dich töten wollte.«

Amerotke sah ihn nur unverwandt an.

»Dafür danke ich dir.« Mareb grinste. »Und deswegen werde ich dir etwas verraten. Kennst du die Straße der Lampen in der Nähe der großen Anlegestelle am Nil? Vor Anbruch der Dunkelheit suche dort einen Flaschenhändler auf. Über seinem Laden habe ich eine Kammer gemietet. Der Flaschenhändler wird für seine Verschwiegenheit gut bezahlt. In der Kammer wirst du unter einer schmalen Pritsche ein Loch im Mauerwerk finden. Dort sind die Pfeile und Blasrohre versteckt – und eine Papyrusrolle, deren Inhalt auch Wesir Senenmut interessieren dürfte.«

»Warum erzählst du mir das jetzt?«, fragte Amerotke scharf.

»Geh einfach hin und überzeug dich selbst. Noch etwas.«

Mareb räusperte sich und blickte verlangend auf den leeren Becher. Amerotke füllte ihn erneut und hielt ihn dem Herold an die Lippen, ohne auf die missbilligenden Blicke des Kommandanten zu achten.

»Was denn?«, fragte er.

»Die Mitanni haben doch die Herausgabe von Benias Sarkophag gefordert, nicht wahr? Die göttliche Hatschepsut«, er lächelte schief, als er den Titel aussprach, »machte sich Sorgen, ihr Vater könnte die Mitanni-Prinzessin vor ihrem Tod misshandelt haben. Du weißt jetzt, dass das nicht stimmt. Der göttliche Thutmosis war ein strenger Mann, aber er vergriff sich nicht an Frauen und Kindern.«

Der Kommandant stolzierte zu ihnen herüber. Amerotke schickte ihn mit einer unwilligen Handbewegung weg.

»Wenn du nach Theben gehst und dich in den Tempeln umschaust«, fuhr Mareb mit gedämpfter Stimme fort, »dann findest du überall Darstellungen von Hatschepsuts göttlicher Herkunft.«

Amerotke nickte. Hatschepsut hatte großen Wert darauf gelegt, die – inzwischen allgemein akzeptierte – Geschichte zu verbreiten, sie sei göttlicher Abstammung.

»Erzähl ihr, dass Benia eine Chronik über das Leben am Hof des Pharaos geführt hat«, sagte lächelnd Mareb. »Ja, sie hat allen Klatsch und Tratsch detailliert festgehalten. Hatschepsut wird heute entweder als Thutmosis' Tochter oder als die eines Gottes angesehen. Aber laut Benia war der göttliche Thutmosis impotent.« Lachend warf Mareb den Kopf in den Nacken und starrte zum Himmel empor. »Rate der göttlichen Hatschepsut, den Sarkophag und besonders die Innenwände auf Hohlräume hin untersuchen zu lassen. Diese Chronik ist mit Benia begraben worden, deswegen wollte Tuschratta den Sarkophag zurückhaben.«

Amerotke sah ihn ungläubig an. Wenn Mareb die Wahrheit sagte, würden sie den Gegnern direkt in die Hände spielen, denn die Mitanni würden sich auf eine solche Geschichte stürzen wie die Geier auf Aas und sie mit Wonne weiterverbreiten.

»Aber das ist noch nicht alles«, fügte Mareb hinzu. »Weni und ich waren nicht die einzigen Schurken in Theben. Denk nach, Amerotke. Überlege, was du bislang herausgefunden hast. Es war noch ein weiteres Verbrechen geplant.« Er schüttelte den Kopf. »Aber darüber weiß ich nicht viel. Geh zur Straße der Lampen und suche meine Liste.« Er lächelte. »Sonst habe ich nichts mehr zu sagen. Und jetzt muss ich eine lange Reise antreten.«

Amerotke trat zurück. Die Bogenschützen stellten sich in einer Reihe auf. Der Offizier gebot Ruhe, obgleich das gar nicht nötig gewesen wäre; der Gedanke an das, was gleich geschehen würde, ließ sogar diese hartgesottenen Söldner nicht kalt. Auf einen knappen Befehl hin legten die Schützen die Pfeile an, spannten die Sehnen und hoben die Bögen. Tiefes Schweigen legte sich über den Hof, nur das Summen der Fliegen, die um die Kochtöpfe vor den Barackentüren schwirrten, war noch zu hören. Der Offizier wartete einen Moment ab. Amerotke schloss die Augen.

»Schießt!«

Das Kommando zerriss die bedrückende Stille. Dann schwirrten die Pfeile durch die Luft und trafen mit einem dumpfen Aufprall ihr Ziel. Amerotke schlug die Augen wieder auf. Mindestens ein Dutzend Pfeilschäfte ragte aus Marebs Körper, der noch im Todeskampf zuckte, ehe er langsam in sich zusammensackte. Der Offizier ging zu ihm hinüber. Die Klinge seines Dolches blitzte auf, als er dem Herold die Kehle durchschnitt.

»Wir sind Zeugen der Hinrichtung gewesen«, murmelte Amerotke. »Sorgt dafür, dass der Leichnam ordnungsgemäß präpariert wird«, wies er den Kommandanten der Leibgarde an. »Er soll einbalsamiert, in die Nekropole gebracht und dort im Grab der Fremden beigesetzt werden.«

»Und wer übernimmt die Kosten?«, fragte der Mann herausfordernd.

»Schick die Rechnung an mich, in den Maat-Tempel.«

»Der Gerechtigkeit des Pharaos ist Genüge getan worden!«, verkündete der Mann laut.

»Zweifellos«, erwiderte Amerotke, drehte sich auf dem Absatz um und verließ den sonnigen Hof.

Auch an Schufoy war die Hinrichtung nicht spurlos vorübergegangen. Entgegen seiner Gewohnheit schwieg er die meiste Zeit, während sie die geschäftigen Gassen entlangeilten. Erst als sie die Straße der Lampen erreichten, stimmte er ein wehmütiges Totengedicht an:

»Der Tod erscheint mir heute
wie die Erlösung von einer schweren Krankheit,
wie die Flucht aus einer dunklen Zelle.
Der Tod erscheint mir heute
wie der Duft von Weihrauch in der Nacht
wie das Segel eines Schiffes,
das sich im frischen Winde bauscht.«

»Deine Liebesgedichte gefallen mir bedeutend besser«, brummte Amerotke.

»Es freut mich, das zu hören.« Schufoy lächelte und ergriff die Hand seines Herrn. »Und wie findest du dieses hier?«

»Am Tag, an dem du mich erhörst
tun sich die Pforten des Himmels vor mir auf.
Ich schwebe auf einer Wolke dahin,
die mich geradewegs ins Paradies trägt.«

»Sehr hübsch.« Amerotke drückte dem Zwerg die Hand. »Aber nun komm, wir müssen diese Schriftrolle finden, von der Mareb gesprochen hat.«

Kurz darauf standen sie vor dem Geschäft des Flaschenhändlers, einem dunklen, staubigen Loch. Der vor der Tür aufgebaute Stand war mit bunt bemalten Vasen, Bechern und Schalen aus Ton und Alabaster voll gestopft. Der Besitzer kam eilig herbeigeschlurft. Amerotke erstand zwei Vasen und reichte sie an Schufoy weiter.

»Hast du sonst noch einen Wunsch?«, quäkte der Alte.

Er rieb sich die Augen und blinzelte ins Sonnenlicht.

»Du möchtest noch etwas anderes von mir, nicht wahr?«

»Ja.« Amerotke blickte sich im Laden um. »Der Herold Mareb hat hier eine Kammer gemietet?«

»Von einem Mann dieses Namens habe ich noch nie gehört.«

Schufoy ließ beide Vasen fallen. Sie zerschellten am Boden.

»Warum hast du das getan?«, jammerte der Mann.

»Du bist gut bezahlt worden«, schnarrte der Zwerg. »Dies ist Amerotke, der oberste Richter in der Halle der Beiden Wahrheiten.«

»Die Kammer ist oben«, brabbelte der Mann. »Ich werde sie euch zeigen. Mareb hat sie gemietet, aber ich musste ihm versprechen, niemandem davon zu erzählen. Er sagte, wenn er sich fünf Tage hintereinander nicht sehen ließe, könnte ich sie ausräumen und den Inhalt für mich behalten.«

»Das kannst du jetzt tun«, erwiderte Amerotke. »Mareb kommt nicht mehr zurück. Aber zuvor muss ich etwas beschlagnahmen.«

Die Kammer war klein und makellos sauber. Ein Umhang und ein Gewand hingen an einem Haken in der Wand. Auf einem Holztisch lagen einige Schreibutensilien. Amerotke wies den Flaschenhändler an, unten zu warten, und rückte das Bett von der Wand ab. Er entdeckte Marebs Versteck und holte ein paar Gegenstände heraus: ein Skarabäus, ein Armband, eine Halskette und ein paar hölzerne Spielsachen.

»Andenken an seinen Bruder«, murmelte Amerotke. »Ah ja, hier haben ja, was wir suchen.« Er zog eine kleine, schmutzige Papyrusrolle hervor und breitete sie aus. »Es ist eine Liste, in seltsamen Hieroglyphen verfasst ...«

Dann traf ihn die Erkenntnis wie ein Schlag.

»Wenn die göttliche Hatschepsut davon erfährt, werden in Theben einige Köpfe rollen«, murmelte er.

»Was hast du denn da?«, wollte Schufoy wissen.

Amerotke richtete sich auf und ließ sich auf die Bettkante sinken.

»Erinnerst du dich noch, wie viele Priester und hohe Beamte die göttliche Hatschepsut gegen sich aufgebracht hat, als sie an die Macht gelangte? Ihr großer Sieg im Norden hat deren Widerstand gebrochen, aber sie und Wesir Senenmut waren stets davon überzeugt, dass die Mitanni noch Agenten in Theben sitzen hatten. Die meisten davon sind nicht mehr am Leben.« Amerotke hielt die Schriftrolle in die Höhe. »Dies ist eine Liste derer, die noch übrig geblieben sind. Mareb erhielt sie, damit er wusste, an wen er sich wenden konnte, wenn er Hilfe brauchte. So hat zum Beispiel die göttliche Hatschepsut einen Brief von Prinzessin Wanef abgefangen …«

»Aber das war doch ein abgekartetes Spiel.«

»Ja, aber auch einige Angehörige der Streitwagenschwadrone stehen in Diensten der Mitanni. Keine bedeutenden Männer, trotzdem wird Senenmut froh sein, dieses Schlangennest ein für alle Mal ausräuchern zu können. Diese Liste ist Marebs Vermächtnis an uns.«

Amerotke klopfte Schufoy auf die Schulter, machte es sich auf dem Bett bequem und befasste sich eingehender mit der Liste. Sie war lang und die Handschrift geradezu unleserlich.

»Beim Auge des Horus!«, flüsterte er, als ein Name seine besondere Aufmerksamkeit erregte. Er blickte auf. »Schufoy, wusstest du, dass auch Belets Name hier aufgeführt ist?«

»Unmöglich!« Schufoy kauerte sich neben seinen Herrn und spähte auf den Papyrus.

»Da.« Amerotke deutete auf ein paar Hieroglyphen. »Belet, Sohn des Ineni – das ist durchgestrichen und durch Lakhet ersetzt worden.« Er lehnte den Kopf gegen die Wand. »Belet, Sohn des Lakhet«, wiederholte er. »Aber zuerst stand dort Ineni.« Er legte einen Finger an die Lippen.

»Mareb erzählte etwas von einem weiteren geplanten Verbrechen. Wir kommen jetzt zu der Frage zurück, die du so oft gestellt hast, Schufoy: Warum wurde ausgerechnet Belet entführt? Die Antwort lautet, weil er ein guter Schlosser ist. Sicher, es gibt noch mehr Schlosser in Theben, aber Belet ist etwas Besonderes. Er versteht sein Handwerk sehr gut, nicht wahr? Und vor allem ist er Lakhets Sohn.«

»Beim Atem des Amun!«, keuchte Schufoy. »Weißt du, was ich in Belets Haus gefunden habe? Ein Gedicht, das sich auf den Baumeister Ineni bezieht! Lakhet muss für ihn gearbeitet haben.«

Amerotke erhob sich.

»Ich denke mir das Ganze so, Schufoy: Lakhet musste schwere Zeiten durchmachen. Du sagtest, Belet würde aus einer guten Familie stammen. Wenn ich die Unterlagen einsehe, wird sich sicher bald herausstellen, dass Lakhet die Schlösser und Schlüssel für die Truhen und Schatullen in Thutmosis' Grab angefertigt hat. Baumeister Ineni hat sie eigens bei ihm in Auftrag gegeben. Als ich im Tal der Könige war, habe ich selbst gesehen, wie Hatschepsut einen merkwürdigen T-förmigen Schlüssel benutzte, um Benias Sarg zu öffnen.«

»Aber Belet weiß doch gar nicht, wo sich das Grab befindet«, protestierte Schufoy.

Amerotke schloss die Augen. Er dachte daran, dass Hatschepsut, als sie mit Senenmut das Grabmal verlassen hatte, weithin hörbar verkündet hatte, dass sie zum Tal der Könige zurückkehren und alles wieder herrichten lassen werde.

»Als wir das Tal verließen, hat Hatschepsut befohlen, alle Spuren zu verwischen«, murmelte er. »Aber Kleinigkeiten werden immer übersehen.«

»Das ist richtig«, stimmte Schufoy zu. »Ich kenne königliche Fährtensucher, die der Spur eines Käfers folgen können, aber dennoch wird der Wind nach einiger Zeit alle Fährten verwischt haben.«

Amerotke verspürte plötzlich ein Kribbeln im Nacken.

»Und wenn jemand das Tal beobachtet hat, Schufoy? Jemand, dem gesagt worden ist, dass die göttliche Hatschepsut kommt, um Benias Sarkophag zu holen?« Er rieb sich über das Gesicht.

»Aber das Tal wurde doch bewacht, während ihr euch dort aufhieltet.«

»Ja, doch nach unserem Aufbruch wurden auch die Truppen abgezogen. Der Beobachter hätte höchstens eine Stunde warten müssen. Wenn er dann ins Tal eingedrungen wäre, hätte er mühelos unseren Spuren folgen und sogar den Eingang zum Grabmal finden können.«

Schufoy sperrte den Mund auf. »Deswegen haben sie also Belet so plötzlich entführt«, japste er. »Er kennt die Schlösser in- und auswendig; sein Vater hat sie ja angefertigt. Gestern haben sie ihn überfallen, also muss der Raub für heute Nacht geplant sein.«

Amerotkes Gedanken überschlugen sich.

»Aber wer steckt dahinter?«, fragte Schufoy ins Leere.

»Die Mitanni natürlich. Das ist der wahre Grund, weshalb sie die Rückgabe von Benias Sarkophag forderten.«

»Aber sie würden doch nicht so dumm sein, das Verbrechen selbst auszuführen«, wandte Schufoy ein.

»Nein, allerdings nicht«, erwiderte Amerotke. »Dafür benutzen sie andere Leute; Verbrecher, Halsabschneider, das Gesindel aus dem Hafenviertel. Das war es, worauf Belets geheimnisvoller Besucher am Platz der Hyäne anspielte: ein unbewachtes, aber dennoch gefährliches Ziel für einen Raub. Jetzt sag mir eines, Schufoy: Wer könnte einen Räubertrupp für so ein riskantes Unternehmen zusammenstellen? Wer hat dir kürzlich so bereitwillig über Weni Auskunft gegeben? Wer versicherte dir außerdem glaubhaft, er werde Theben so schnell wie möglich verlassen?«

»Der Krokodilmann!«

Amerotke packte Schufoy am Arm.

»Er trägt seinen Namen zu Recht! Er hat den Fluss nicht verlassen, sondern jagt unter der Wasseroberfläche weiter!«

ANUBIS – ›Herr der Gotteshalle‹

SECHZEHNTES KAPITEL

Sechs Streitwagenschwadrone vom Osirisregiment bezogen Kampfaufstellung und donnerten dann durch die Wüste. Zwar war die Dunkelheit bereits hereingebrochen, aber die vorausgeschickten Kundschafter hatten entlang des Weges an Stäben befestigte Fackeln aufgestellt, die jetzt im kühlen Nachtwind flackerten. Auch vorne an den Streitwagen waren Fackeln angebracht. Die Pferde stammten aus den königlichen Ställen – die kräftigsten und schnellsten, die man hatte finden können. Ein beeindruckender Anblick, dachte Amerotke. Die Nacht war erfüllt vom Trommeln der Hufe und dem Rattern der Räder. In jedem Wagen standen ein Lenker und ein erfahrener Soldat. Sie alle waren unter den Nechtu-aa, den ›starken Helden‹, sorgfältig ausgewählt worden. Jeder trug eine goldene Biene auf der Rüstung; das Zeichen dafür, dass er einen Gegner im Zweikampf besiegt hatte. Hinter den Streitwagen marschierte ein Trupp nubischer Söldner, die die Streitwagenlinie verstärken und im Notfall ihre Pharaonenkönigin mit dem Leben verteidigen sollten.

Amerotke blickte nach rechts. Hatschepsut stand in voller Kriegsrüstung im Nachbarwagen. Mit hoch erhobenem Kopf hielt sie sich am Geländer fest und starrte in die Dunkelheit hinaus. Zu Amerotkes Linker fuhr Senenmut, und irgendwo dahinter der kleine Schufoy. Amerotke betete nur, dass ihm nichts geschah. Der Zwerg wurde bei dieser wilden Jagd unter dem Sternenhimmel sicherlich im Wagen auf- und abgeschleudert. Allerdings dauerte die Fahrt diesmal nicht lange, sie hatten den Weg um die Nekropole herum ins Tal der Könige gewählt. Endlich machten die Streitwagen Halt, Senenmut und die Offiziere stiegen aus und vertieften sich im Schein der Fackeln in die Karten. Senenmut gab den Soldaten letzte Anweisungen.

»Ihr werdet in Hufeisenformation aufmarschieren«, befahl er. »Riegelt den Eingang des Tales ab.«

Hatschepsut, die die Kriegskrone Ägyptens trug, nahm diese ab und reichte sie einem ihrer Leibwächter. Im Fackelschein wirkte ihr Gesicht schmaler und härter als sonst. Ihre Wut war so groß, dass sie sich auf die Unterlippe gebissen hatte. Ein paar Blutstropfen rannen ihr über das Kinn. Sie war ungeschminkt; Staub und Schmutz klebten auf ihren Wangen. Man sah ihr an, dass sie am liebsten unverzüglich zur Tat geschritten wäre, doch Senenmut hielt sie zurück.

»Wir sollten noch warten«, riet er. »Amerotke mag Recht haben, aber vielleicht jagen wir ja auch bloßen Schatten hinterher.«

Wie zur Antwort ertönte im Dunkeln ein Pfiff. Ein Offizier rief etwas. Amerotke blickte auf. Dunkle Gestalten, die ›Windhunde des Pharaos‹, kamen auf die Streitwagen zugehuscht. Es waren Wüstenreisende, die sich der ägyptischen Armee gelegentlich als Kundschafter zur Verfügung stellten; kleine, wendige, wortkarge Männer, die mit Hornbögen und Pfeilen bewaffnet waren. Sie knieten vor Senenmut nieder und berührten mit der Stirn den Boden. Amerotke hielt den Atem an.

»Nun?«, fragte Senenmut.

Der Anführer hob den Kopf. »Wir sind nicht ganz sicher, Herr ...«

»Was soll das heißen?«, fauchte Hatschepsut wutentbrannt.

Der Mann ließ den Kopf wieder sinken.

»Ihr seid nicht sicher?«, wiederholte Senenmut freundlich. »Wie ist das möglich? Eure Befehle waren klar und deutlich.«

»Wir haben die Befehle der göttlichen Hatschepsut genau befolgt.« Der Kundschafter wirkte nun sichtlich eingeschüchtert. Er zitterte am ganzen Leib.

»Ich weiß, was ich euch befohlen habe«, unterbrach Hatschepsut scharf.

Senenmut nahm sie am Arm, führte sie zur Seite und sprach flüsternd auf sie ein. Amerotke ahnte, was er zu sagen hatte. Sie war Pharao, ihre bloße Anwesenheit, jedes Wort, das sie sprach, versetzte diese Männer, die es schon als Sakrileg betrachteten, ihr ins Gesicht zu blicken, in Angst und Schrecken. Schließlich setzte er sich durch und Hatschepsut verschwand in Begleitung ihrer Leibwächter in der Dunkelheit. Senenmut wandte sich wieder an die Kundschafter.

»Die Göttliche lässt euch Folgendes sagen«, begann er. »Für den Rest eures Lebens werdet ihr das weichste Brot und das zarteste Fleisch essen und dazu den süßesten Wein trinken. Eure Kinder werden euer Andenken in Ehren halten. Der Pharao hat auf euch herabgelächelt. Sie wird ihrer Zufriedenheit gebührend Ausdruck verleihen.«

Die Kundschafter hoben die Köpfe – überwältigt von der Aussicht auf eine derart großzügige Belohnung.

»Herr, wir sind nicht sehr tief in das Tal eingedrungen«, erklärte der Anführer.

Senenmut nickte. Hatschepsut hatte ihnen ausdrücklich befohlen, nach Spuren zu suchen, aber nicht die Aufmerksamkeit etwaiger Eindringlinge auf sich zu lenken.

»Ich möchte nicht, dass ganz Ägypten erfährt, wo mein Vater begraben liegt«, hatte sie betont.

»Und?«, fragte Senenmut weiter.

»Es besteht kein Zweifel daran, dass ein Trupp Männer kurz vor Einbruch der Dämmerung das Tal betreten hat«, fuhr der Anführer fort. »Wir fanden Dromedarmist, der noch warm war.«

Amerotke hielt den Atem an, als Senenmut die nächste Frage stellte.

»Sind diese Männer wieder fortgegangen?«

»Nein, Herr, alle Anzeichen deuten darauf hin, dass sie sich noch im Tal aufhalten.«

»Wo ist euer vierter Mann?«, wollte Senenmut wissen.

Das Gesicht des Mannes verzog sich zu einem Grinsen. »Sie hatten einen Wachposten aufgestellt.«

»Also müssen sie noch dort sein«, erklärte Amerotke.

Der Mann zuckte die Achseln. »Wir konnten im Dunkeln nicht erkennen, mit wem wir es da zu tun hatten. Wir haben den Mann überwältigt, ehe er einen Ton von sich geben konnte.«

»Wie war er gekleidet?«, warf Amerotke ein. »Hatte er nach Art der Nomaden Kopf und Gesicht verhüllt?«

Der Kundschafter hob die Hände. »Ja. Wir hatten keine andere Wahl, als ihn zu töten. Ich habe ihm die Kehle durchgeschnitten. Sein Leichnam liegt hinter einem Felsbrocken. Unser Gefährte hat seinen Platz eingenommen.«

»Sehr gut!«, lobte Senenmut. »Wie viele sind es eurer Meinung nach?«

Der Mann gestikulierte wild. »Anhand der Fußspuren würde ich sagen, etwa zwanzig oder dreißig. Wir haben auch Fährten von Packtieren gefunden, auf denen ebenfalls Männer gesessen haben können.«

Senenmut dankte ihnen und drückte jedem einen kleinen Goldbarren in die Hand. Dann winkte er Amerotke zu sich. Gemeinsam schlenderten sie auf das kleine Zelt zu, das die königliche Leibwache bereits für Hatschepsut und ihre Ratgeber aufgestellt hatte. Hatschepsut selbst schritt drinnen erregt auf und ab und bedeutete ihnen wortlos, auf ein paar Klappstühlen Platz zu nehmen.

»Nun, Amerotke.« Ihre Lippen verzogen sich zu einem Lächeln, das ihre Augen nicht erreichte. »Du hattest Recht mit deiner Vermutung. Also kannst du uns, während wir warten, die ganze Geschichte von Anfang bis Ende erzählen.«

»In einem Punkt habe ich mich geirrt«, gestand der Richter. »Tuschrattas Pläne waren raffinierter und subtiler, als ich es ihm zugetraut hatte. Erinnerst du dich, Majestät, dass er einmal erklärt hat, er werde Theben niederbrennen und das Herz deines Vaters unter seinem Absatz zermalmen?«

»Tuschratta war schon immer ein Prahlhans«, schnaubte Hatschepsut.

»Sicher, sicher«, stimmte Amerotke zu. »Aber seine Schwester Wanef ist gerissen wie eine Schlange, und sie hat großen Einfluss auf ihn. Tuschratta hat die Schlacht und den Krieg verloren, ihm blieb nichts anderes übrig, als das Knie vor dir zu beugen. Das verletzte seinen Stolz zutiefst, aber Wanef schlug ihm vor, insgeheim Rache zu nehmen. Sie erklärte ihm, sie wüsste einen Weg, wie er die Pracht des Anubis und Sinuhes Manuskript in die Finger bekommen, sich dreier unliebsamer Stammesfürsten entledigen und auch noch das Grab deines Vaters plündern und schänden könnte. Diese Aussicht versüßte Tuschratta die Niederlage gewaltig. So könnte er sich trotzdem als Sieger fühlen, wenn er in seine Hauptstadt zurückkehrte. Jedes Mal, wenn er dann die Pracht des Anubis betrachtete, könnte er sich über Ägypten lustig machen. Sinuhes Karten würden seinen Kaufleuten neue Handelswege erschließen und ihm große Reichtümer einbringen. Vermutlich plante er schon, eines Tages wieder gegen Ägypten Krieg zu führen.«

Hatschepsut sagte nichts, sondern musterte ihn nur kühl.

»In einem Punkt hat er bereits Erfolg gehabt«, fuhr Amerotke fort. »Ich bezweifle zwar, dass er jetzt noch eine Entschädigung für den Tod von Snefru, Hunro und Mensu fordern wird, aber er ist die Unruhestifter losgeworden, ohne dass ihr Blut an seinen Händen klebt. Man wird uns die Schuld dafür geben.«

»Was ist mit dem Grab meines Vaters?«, knirschte Hatschepsut.

»Dazu komme ich jetzt«, erklärte Amerotke. »Tuschratta verlangte Benias Sarkophag zurück. Er wusste, dass dir diese Forderung nicht gefallen würde, zumal es Gerüchte gab, denen zufolge dein Vater sie misshandelt oder gar ermordet haben soll.«

»Wir wissen doch, dass das nicht stimmt.«

»Er hatte ja auch ganz andere Gründe. Benias Sarkophag enthält ein Manuskript, in dem alle Skandalgeschichten vom Hof deines Vaters festgehalten sind.« Amerotke lächelte grimmig. »Zuerst dachte ich, hier läge das Motiv für seine Forderung. Aber als ich eingehender darüber nachdachte, fragte ich mich, wozu Tuschratta dieses Manuskript so dringend brauchte. Er konnte doch so viele Lügen über dich verbreiten, wie er nur wollte. Nein, er verfolgt ein ganz anderes Ziel.«

»Er muss gewusst haben, dass Thutmosis' Grab gut versteckt ist«, warf Senenmut ein. »Man könnte Jahre im Tal der Könige umherwandern, ohne den Eingang zu finden.«

Hatschepsut blickte Amerotke an, der den Faden weiterspann.

»Tuschratta und Wanef begriffen, dass nur du und deine engsten Vertrauten das Grab aufsuchen würden. Natürlich hätten sie versuchen können, einen deiner Männer zu bestechen, aber das wäre zu gefährlich gewesen. Sie wussten nicht genau, an wen sie sich wenden sollten, und wenn derjenige sich geweigert hätte ...«

»Hätte ich davon erfahren«, bemerkte Hatschepsut tonlos.

»Ganz recht, Majestät. Also heuerten sie stattdessen einen Wächter an; einen Mann, der das Tal der Könige ständig beobachtete. Tagsüber herrscht dort sengende Hitze. Unter normalen Umständen hätte der Wachposten vielleicht Jahre dort ausharren müssen, bis du das Grab einmal besuchst.«

Hatschepsut schloss die Augen, als ihr aufging, was für einen folgenschweren Fehler sie begangen hatte.

»Deswegen bestanden Tuschratta und Wanef darauf, Benias Sarkophag bei ihrer Abreise mitzunehmen. Und Ägypten«, Amerotke wählte seine Worte sehr sorgfältig, »tappte in die Falle.«

»Natürlich«, stöhnte Senenmut, den Kopf in den Händen bergend. »Der Sarkophag hätte ihnen ja auch nachgeschickt werden können.«

»Deswegen legte Tuschratta ja auch solchen Wert darauf, ihn selbst zu begleiten. So ebnete er seinem Spion den Weg, denn in Kürze würdest du, o Göttliche, das Tal der Könige aufsuchen müssen.«

»Aber wir waren doch so vorsichtig«, stöhnte Hatschepsut. »Bei unserer Ankunft und auch bei unserem Aufbruch haben Kundschafter die Gegend überprüft und den Eingang des Tales abgeriegelt.«

»Das hat nichts genutzt.« Amerotke schüttelte den Kopf.

»Wir haben alle Spuren verwischt, als wir das Tal verlassen haben«, beharrte Hatschepsut. »Wir haben eigens

Sklaven dafür abgestellt.« Sie seufzte. »Ich weiß, was du jetzt sagen willst. Es hat nicht viel genutzt.«

»Tuschratta wollte nur wissen, dass wir das Tal betreten und es mit dem Sarkophag wieder verlassen haben«, stimmte Amerotke zu. »Danach war der Ort wieder so einsam und verlassen wie immer. Keine Wächter behüten das Grab, weil du kein Aufsehen erregen willst und weil auch Soldaten bestechlich sind. Tuschrattas Spione haben einfach abgewartet, bis alles wieder ruhig war. Wir haben Kundschafter, sie haben auch welche. Es gibt Männer, die dir genau sagen können, wann wo ein Kieselstein umgedreht wurde. Als du, Majestät, mit Senenmut und deinen Leuten wieder in Theben warst, haben Tuschrattas Männer das Tal sorgfältig untersucht. Irgendwelche Hinweise bleiben immer zurück: Reste von Tierkot, der Abdruck eines Rades ...«

»Und die Spuren, die wir beim Klettern hinterlassen haben«, fügte Senenmut langsam hinzu.

Amerotke starrte ins Dunkel hinaus.

»Nach einigen Tagen hätte alles wieder so ausgesehen wie immer«, fuhr er fort, »aber wir haben das Tal gestern Morgen verlassen. Später an diesem Tag schlich sich Tuschrattas Kundschafter hinein. Er suchte nach Spuren und fand vermutlich auch den Eingang des Grabes. Er erstattete Tuschrattas Verbindungsleuten in Theben Bericht, und diese handelten sofort. Letzte Nacht wurden Belet und Seli entführt und zu einem Treffpunkt im Roten Land gebracht. Belets Vater Lakhet arbeitete als Schlosser für Ineni, den Baumeister, der das Grabmal deines Vaters errichtet hat. Lakhet genoss sein volles Vertrauen; er war ein einflussreiches Mitglied des Hofes. Er hat sämtliche Schlösser für die Särge und Truhen angefertigt.«

»Aber er kann nicht gewusst haben, wo genau sich das Grab befindet«, wandte Hatschepsut ein.

»Nein, das wusste er wohl nicht. Aber sein Sohn Belet hat seine Werkzeuge, seine Schlüssel und auch seine Kunstfertigkeit geerbt. In den Jahren nach der Vollendung des Grabmals begann Lakhet, der das sinnlose Abschlachten von hunderten unschuldiger Menschen nie vergessen konnte, sich zu Tode zu trinken. Sein Reichtum schwand dahin. Sein Sohn Belet wurde zum Dieb, weil er seinen Eltern ein anständiges Grab kaufen und einrichten wollte. Er wurde gefasst, verstümmelt und ins Dorf der Nashörner verbannt. Wahrscheinlich hat er gar nicht mehr daran gedacht, dass sein Vater für Ineni tätig gewesen war, er war zu sehr mit seinen eigenen Problemen beschäftigt. Er wandelte sich zu einem gesetzestreuen Bürger, reichte ein Gnadengesuch ein und hatte damit auch Erfolg.«

»Aber wieso wurde er entführt?«, wunderte sich Senenmut. »Warum sind die Diebe nicht einfach in die Grabkammer eingedrungen, haben sie verwüstet und sind dann mit ihrer Beute verschwunden?«

»Die Mitanni hofften, der göttliche Pharao werde sie zu dem Grab führen, was dann ja auch geschah. Ferner wussten sie, dass Ineni in das Grab mehrere tödliche Fallen eingebaut hatte, die die Diener der göttlichen Hatschepsut unschädlich machen mussten, ehe sie den Sarkophag abtransportieren konnten. So war das Unternehmen wesentlich sicherer für sie. Wir sind ziemlich überstürzt wieder aufgebrochen«, erklärte Amerotke. »In ein paar Tagen hättest du, Majestät, sicherlich ein paar vertrauenswürdige Steinmetze in das Tal zurückgeschickt, um Ordnung zu schaffen.«

»Richtig«, erwiderte Hatschepsut barsch. »Sie hätten all die Fallen, die Ineni eingebaut hatte, wieder instand gesetzt.«

»Genau«, fuhr Amerotke ruhig fort. Seit er die Straße der Lampen verlassen hatte, hatte er unentwegt über seiner Theorie gebrütet. »Tuschratta wusste, dass deine Steinmetze es sofort bemerkt hätten, wenn Truhen und Särge aufgebrochen worden wären. Deswegen haben seine Leute einen erfahrenen Schlosser in ihre Gewalt gebracht, einen Mann, der Lakhets Geschick geerbt hat und jedes Schloss öffnen und wieder schließen kann, ohne Spuren zu hinterlassen. Sie beabsichtigen, nur kleinere Gegenstände zu entwenden, und davon gibt es nun wahrlich genug …«

Senenmut pfiff leise durch die Zähne. Hatschepsut sprang auf und kehrte ihnen den Rücken zu. Ein Diener hatte ihr einen Becher Wein eingeschenkt, und als sie danach griff, sah Amerotke, dass ihre Hand zitterte.

»Sie wollen das Grab meines Vaters plündern! Die Särge öffnen und sein Herz an sich nehmen! Wie würde Tuschratta heimlich triumphieren, wenn er das Herz des großen Thutmosis unter seinen Sandalen zermalmen könnte!«

»Wir hätten verhindern sollen, dass dieses Gesindel das Tal überhaupt erreicht«, grollte Senenmut.

»Dazu war keine Zeit«, entgegnete Amerotke. »Außerdem wäre dann zwar ihr Plan vereitelt gewesen, aber sie hätten trotzdem gewusst, wo der Eingang des Grabes liegt. Sie müssen alle ohne Ausnahme heute Nacht getötet werden!«

Hatschepsut stand still da und nippte an ihrem Wein. Ihre Schultern bebten. Dann stellte sie den Becher ab und nahm wieder auf ihrem Kissen Platz. Sie hatte ihre Fassung wiedergewonnen, aber auf ihrem Gesicht waren Tränenspuren zu sehen.

»Es ist meine Schuld«, bekannte sie. »Ich habe nicht über mögliche Hintergründe von Tuschrattas Forderung nachgedacht. Ägypten hat schon häufiger die Leichname ausländischer Prinzessinnen zurückgegeben. Ich bin in das Tal der Könige gegangen, habe den Sarkophag geholt und mir die ganze Zeit eingebildet, keine Spuren zu hinterlassen. Aber ich glaubte ja auch nicht, dass ich beobachtet wurde. Sowie diese Angelegenheit aus der Welt geschafft war, wollte ich zurückkommen, um mich davon zu überzeugen, dass alles in Ordnung ist.« Sie biss sich auf die Lippe. »Und natürlich wusste Tuschratta, dass Sinuhes Tod und der Diebstahl der Pracht des Anubis den ganzen Hof in Aufregung versetzen würde«, fügte sie bitter hinzu und presste die Finger gegen die Schläfen. »Er hat darauf spekuliert, dass ich darüber alles andere vergesse, und das habe ich ja auch getan. Ich habe einfach nicht nachgedacht.«

»Keiner von uns hat sich weiter Gedanken gemacht«,

tröstete Senenmut sie. »Wir glaubten, Tuschratta sei gekommen, um Frieden zu betteln. Hochmütig, wie ich war, habe ich angenommen, er wolle die Demütigung auf sich nehmen, auf alle Bedingungen einzugehen, nur um möglichst schnell in seine Heimat zurückkehren zu können. Die einzige Forderung, die er gestellt hat, war ja die Herausgabe von Benias Sarkophag gewesen.«

»Allein dafür könnte ich ihm den Krieg erklären!«, zischte Hatschepsut. »Ich könnte zur Oase der Palmen marschieren, Tuschratta und sein Gefolge an die Bäume nageln lassen und ihre Kadaver den Hyänen zum Fraß vorwerfen!«

Senenmut griff erschrocken nach ihrer Hand. »Hör doch auf Amerotke«, drängte er. »Haben wir denn hieb- und stichfeste Beweise? Mareb ist tot. Weni ebenfalls. Tuschratta würde behaupten, das Geständnis unseres Herolds wäre unter der Folter erzwungen worden und sei somit eine Lüge. Er würde sagen, wir hätten unseren Eid brechen und ihn hinterrücks ermorden wollen.«

»Bislang hat er keinen großen Erfolg mit seinen Plänen gehabt«, erklärte Amerotke. »Und daran wird sich auch heute nichts ändern. Außerdem«, fügte er warnend hinzu, »dürfen wir niemandem, auch den Räubern gegenüber nicht durchblicken lassen, dass wir die Mitanni für die Schuldigen halten. Wenn wir das nämlich täten, könnten unsere eigenen Truppen davon erfahren, und dann würde es sich in Windeseile im ganzen Land verbreiten.«

Amerotke warf Senenmut einen fragenden Blick zu. Der Wesir nickte zustimmend.

»Auch in Ägypten gibt es Kriegstreiber. Bald würde der Ruf nach Vergeltung laut werden.«

»Was, wenn die Räuber entkommen?«, gab Hatschepsut zu bedenken.

»Mit Dromedaren und Packtieren?«, meinte Amerotke. »Und Körben voller Schätze? Obgleich sie sicherlich nur kleine, kostbare Gegenstände stehlen werden«, gab er dann zu. »Grabbeigaben aus den Truhen, die sie so geschickt wieder verschließen werden, dass du nie auf den Gedanken kämst, jemand hätte sich daran zu schaffen gemacht. Nur eine sehr genaue Untersuchung der Siegel hätte ergeben, dass hier ein Sakrileg begangen wurde.«

Hatschepsut blickte Amerotke unter zusammengezogenen Brauen her an. Der Richter verbarg sein Unbehagen. Er kannte diesen Blick nur zu gut. Gab Hatschepsut ihm die Schuld an dem Vorgefallenen?

»Vielleicht hätte ich diese Entwicklung vorhersehen müssen«, räumte er ein.

Als er ein Geräusch hörte, drehte er sich um und sah, dass ein Wachposten Schufoy den Eintritt verwehrte und den empörten Zwerg davonjagte.

»Vielleicht hätte ich es vorhersehen müssen«, wiederholte er. »Mir ist nicht rechtzeitig bewusst geworden, wer Lakhet war. Jetzt ergibt alles einen Sinn. Der Mann, der Belet zum Platz der Hyäne bestellte, sprach von einem Raub, der allen Beteiligten große Reichtümer bescheren werde und der nicht ganz ungefährlich sei, obgleich das Ziel des Überfalls nicht bewacht werde. Sogar nach Belets Verschwinden dachte ich immer noch, es müsse sich um einen Tempel oder das Haus eines Kaufmannes handeln oder um den Diebstahl von Gold und Silberbarren aus den Minen. Doch als ich dann Marebs Liste fand, in der Belet als Lakhets Sohn ausgewiesen und dieser mit Ineni in Verbindung gebracht wurde ...«, er wischte sich rasch den Schweiß von der Stirn, »... da kam Licht in das Dunkel.« Er hielt inne und wählte seine nächsten Worte sehr sorgfältig. »Lakhet fertigte die Schlösser der Truhen und Schatullen im Grab deines Vaters an. Belet wurde entführt, um ein schweres Sakrileg zu begehen. Die Mitanni sind dabei die Drahtzieher, der Krokodilmann ist das ausführende Organ. Zuerst verkaufte er Weni diese Dolche. Ihre Griffe hatten die Form eines Schakalskopfes und sie stammten ursprünglich aus Palästina.«

»Wollte Tuschratta uns verhöhnen?«

»In gewisser Weise ja. Der Krokodilmann behauptete, sie selbst gestohlen zu haben, doch in Wirklichkeit bekam er sie von Prinzessin Wanef. Es war kein Zufall, dass der

Krokodilmann und Weni sich trafen, es war alles von Anfang an so geplant. Der Krokodilmann gab die Dolche auf Geheiß Prinzessin Wanefs an Weni weiter.«

»Aber dein Diener Schufoy fand heraus, woher sie stammten.«

»Männer wie der Krokodilmann haben eine große Schwäche«, erwiderte Amerotke. »Sie sind gierig.« Er hob eine Hand. »Obwohl in diesem Fall noch etwas anderes hinzukommt. Der Krokodilmann wollte diese Dolche an möglichst viele Leute verkaufen, um Verwirrung zu stiften. Vielleicht sollten wir denken, ein anderer Käufer hätte Nemrath damit getötet. Schufoy fand heraus, wer die Dolche verkaufte, und der Krokodilmann konnte jetzt schlecht leugnen, nicht wahr? Er hätte sich sofort verdächtig gemacht. Also machte er gute Miene zu bösem Spiel. Warum auch nicht?« Amerotke legte die Finger gegeneinander. »Hätte er jegliche Auskunft verweigert, hätte Schufoy sofort vermutet, dass er selbst in die Sache verwickelt ist. Was tut er also? Er erzählt Schufoy alles, was er über Weni weiß, genau wie er zuvor den Mitanni diese Informationen über den Herold verkauft hat. So war es Wanef überhaupt erst möglich, Weni in ihr Netz zu verstricken.« Er lächelte leise. »Ich frage mich, wie genau das alles abgelaufen ist. Der Krokodilmann ist ein gerissener Bursche. Er lenkte den Verdacht von sich selbst ab, indem er Weni opferte. Was machte das schon? Weni hatte seine Aufgabe erfüllt. Er wurde ermordet und später als Mitanni-Spion entlarvt. Der Krokodilmann spielte den hilfsbereiten Schurken, warum also sollte man ihn mit den Mitanni in Verbindung bringen? Erst diese Liste, die ich in der Straße der Lampen gefunden habe, lieferte mir im Zusammenhang mit Belets Verschwinden eine Erklärung.«

Amerotke wischte sich mit dem Handrücken den Staub vom Mund. Hatschepsut drehte sich um, nahm einen Becher Wein vom Tisch und drückte ihn ihm in die Hand.

»Erst als ich eingehender über alles nachdachte«, fuhr Amerotke fort, »begriff ich, dass Mareb seine Anweisungen von Prinzessin Wanef erhielt und seinerseits Weni als

Marionette benutzte.« Amerotke trank einen kleinen Schluck. »Aber ein Glied in der Kette fehlte. Tuschratta schickte seiner Halbschwester Botschaften nach Theben. Er muss gewusst haben, dass diese abgefangen werden, ja, er ist sogar davon ausgegangen, das war ein Teil seines Plans.«

»Aber der eigentliche Verbindungsmann zwischen Tuschratta und Prinzessin Wanef war der Krokodilmann«, folgerte Hatschepsut.

»Richtig. Eine bessere Wahl hätten sie kaum treffen können. Hier hatten sie einen Mann, der sich nicht an Ägypten und die Gesetze gebunden fühlt; einen Vagabunden, der sich an den Ufern des Nils herumtreiben konnte, ohne Verdacht zu erregen. Sogar ich habe ihm seine Geschichte über die Herkunft der Dolche abgekauft. Er hatte die richtigen Beziehungen, um eine Räuberbande anzuheuern, und konnte gefahrlos in das Dorf der Nashörner gehen und mit Belet reden. Und vor allem ist er ein Mann, der weder mit dem Königspalast noch mit dem Anubistempel in Verbindung gebracht werden konnte«, schloss Amerotke. »Er hat nur einen kleinen Fehler gemacht – er hat mehr Dolche verkauft als nötig und so Schufoys Aufmerksamkeit auf sich gelenkt.« Amerotke warf Hatschepsut über den Rand seines Bechers hinweg einen Blick zu. Sie saß mit halb geschlossenen Augen da und ihre Lippen formten lautlose Worte.

Ein Offizier tauchte im Zelteingang auf, fiel auf die Knie und berührte mit der Stirn den Boden.

»Wesir Senenmut, wir haben Neuigkeiten. Unsere Kundschafter im Tal melden Bewegungen.«

Senenmut sprang auf, Hatschepsut und Amerotke ebenfalls.

»Die Streitwagen bleiben, wo sie sind!«, befahl der Wesir. »Die Nubier sollen in Hufeisenformation vorrücken, aber leise. Sie dürfen keinen Gegner entkommen lassen.«

»Nehmt Gefangene!«, rief Hatschepsut. »Ich will Gefangene!«

Senenmuts Offiziere ließen ihre Truppen aufmarschieren. Hatschepsut sollte im königlichen Zelt zurückbleiben. Sie bestand darauf, die Truppen zu begleiten, doch Senenmut riet ihr eindringlich davon ab.

»Wir haben es mit bis zum Äußersten entschlossenen Männern zu tun«, warnte er. »Sie haben nichts mehr zu verlieren, und im Dunkel ...«

Hatschepsut gab widerwillig nach, ließ aber keinen Zweifel daran, dass nur sie allein über die Gefangenen richten würde.

Die Nubier stellten sich in Gefechtsformation auf und rückten mit erhobenen Schilden und gezückten Speeren lautlos vor. Die Streitwagen sicherten die Flanken, um etwaige Fluchtversuche zu vereiteln. Senenmut wollte dafür Sorge tragen, dass die Räuber das Tal nur auf einem Weg verlassen konnten.

»Sie könnten natürlich versuchen, die Wände hochzuklettern«, bemerkte er trocken. »Aber das dürfte ihnen schlecht bekommen.«

Amerotke marschierte neben ihm in der dritten Reihe. Er trug einen Bronzehelm und hatte sich einen Schild und ein Schwert geben lassen. Er gedachte, persönlich dafür zu sorgen, dass der Krokodilmann nicht entkommen konnte. Schufoy hatte ihn begleiten wollen, war aber von seinem Herrn daran gehindert worden. Der Zwerg war vor Sorge um seine Freunde außer sich.

»Ich zweifle weder an deiner Tapferkeit noch an deinem Geschick im Kampf.« Amerotke hatte auf ihn herabgelächelt. »Aber ich kenne dich, Schufoy, du neigst zu übereiltem Handeln. Außerdem machst du dir mehr Gedanken um Belet als um deine eigene Sicherheit.«

Amerotke starrte zum sternenübersäten Himmel empor. Vor vielen Jahren hatte er während seines Militärdienstes im Roten Land gegen eine Räuberhorde gekämpft, die ein Grab in der Nekropole geplündert hatte und dann über den Nil entkommen war. Es war eine blutige Schlacht gewesen, erinnerte sich Amerotke, Gnade wurde weder erbeten noch gewährt. Heute stand ihnen ein ähnlicher Kampf bevor, nur dass sie diesmal den Räubern zahlenmäßig weit überlegen waren. Amerotke lauschte in die Dunkelheit hinaus. Nur der eigentümliche Rhythmus der über den Wüstensand dahinschlurfenden Füße der Männer zerriss die Stille. Hier und da brüllte ein Löwe in der Entfernung, gefolgt vom schrillen Gejaule einer Hyäne.

»Seltsam, dass diese Bestien das Festmahl schon wittern, ehe der Tisch gedeckt wird«, brummte einer der Soldaten.

Amerotke umklammerte seinen Schild fester. Der Mond stieg hinter den Wolken auf und tauchte den Zugang zum Tal in ein silbriges Licht. Die Felshänge, die den Eingang säumten, zeichneten sich klar und deutlich gegen den Nachthimmel ab. Beide Flügel der ägyptischen Armee marschierten jetzt schneller, um die Falle zu schließen. Die Streitwagen hielten sich im Hintergrund, sie würden erst vorrücken, wenn der Kampf begonnen hatte. Ein Kundschafter kam auf sie zugerannt, Befehle wurden weitergegeben, dann machten die Truppen Halt – eine schweigende, bedrohliche Front von Männern, die einen Halbkreis bildeten und den Eingang zum Tal abriegelten. Jegliche Unterhaltung war strikt untersagt; für die Truppen, die sonst unter Waffengeklirr, Hörnerklängen, gebrüllten Befehlen oder gar Kriegsgesängen gegen den Feind ins Feld zogen, eine völlig neue Erfahrung. Die Gegner durften die wartende Armee erst bemerkten, wenn sie das Tal verlassen hatten.

Ein Dromedar löste sich aus dem Dunkel, die Vorhut vermutlich. Schwarze Schatten glitten hinter den Felsen hervor, ein Netz schwirrte durch die Luft und legte sich über das Tier, das sofort zu Boden gerissen wurde. Amerotke wusste, was jetzt geschehen würde: die Schnauze des Tieres würde zugebunden, der Reiter aus dem Sattel gezerrt und augenblicklich getötet werden. Er hörte einen leisen Ruf, woraufhin die schattenhaften Gestalten wieder verschwanden. Einer der Kundschafter, der rasch die Kleider des Toten angelegt hatte, bestieg das Dromedar, ritt zum Taleingang zurück und winkte zum Zeichen, dass die Luft rein war, ein paar Mal mit der Hand. Amerotke holte tief Luft. Der Krokodilmann und seine Räuberbande konnten nicht weit sein. Wieder wurde Stille geboten, nur das gelegentliche Brüllen der Löwen war noch zu vernehmen. Die Raubkatzen schienen erheblich näher gekommen zu sein. Alle Augen waren auf den Taleingang gerichtet.

Endlich tauchte die Räuberbande auf, zuerst die Dromedare, dann ein paar Holzkarren und zuletzt eine Reihe von Männern. Sie trugen keine Fackeln bei sich und bewegten sich vollkommen geräuschlos; sie mussten die Hufe ihrer Tiere und die Räder der Karren mit Stroh oder Sackleinwand umwickelt haben. Die wartenden Gegner bemerkten sie zunächst nicht, sie waren nur bestrebt, das Tal der Könige möglichst schnell hinter sich zu lassen. Eine Trompetenfanfare erscholl, gefolgt von Rädergeratter: ein Streitwagen, dessen Lenker eine Fackel in die Höhe hielt, donnerte an den Reihen der Nubier vorbei auf die Räuber zu. Amerotke hörte einige erschrockene Ausrufe und sah, dass ein paar Männer versuchten, nach rechts oder links zu flüchten. Erst jetzt wurde ihnen klar, dass sie in einer Falle saßen. Der Streitwagen hielt kurz vor ihnen an, und der Offizier befahl ihnen mit weithin vernehmlicher Stimme, ihre Waffen wegzuwerfen und sich zu ergeben. Zur Antwort schwirrte ein Pfeil durch die Luft, der eines der Pferde nur knapp verfehlte.

»Das habe ich erwartet«, murmelte ein Soldat. »Jetzt dürfen sie nicht mehr mit Gnade rechnen.«

Auf einen gezischten Befehl hin setzten sich die Nubier in Bewegung. Amerotke fiel es zunächst schwer, mit ihnen Schritt zu halten, er stolperte ständig und wäre beinahe ausgeglitten. Die erste Reihe, die sich vornehmlich aus Kriegsveteranen zusammensetzte, umzingelte die Räuber, und als die zweite und dritte Reihe nachrückten, war auch schon alles vorüber. Reiter wurden von den Dromedaren gezerrt, die Karren beschlagnahmt. Ein paar Männer hatten Widerstand geleistet, aber dem Rest wurde schnell klar, dass sie es hier nicht nur mit einer Wüstenpatrouille, sondern mit Truppen der königlichen Armee zu tun hatten. Sie zogen es vor, ihre Waffen fallen zu lassen und sich zu ergeben. Die wenigen unter ihnen, die noch Widerstand leisteten, wurden gewaltsam entwaffnet. Amerotke bahnte sich einen Weg durch das Kampfgetümmel. Zwei verwundete Dromedare lagen auf der Seite und keilten wild um sich, bis ein Soldat sie von ihren Qualen erlöste. Die Leichen der gefallenen Banditen lagen im Wüstensand verstreut, und hier und da gellten die Schreie eingefangener und niedergemetzelter Flüchtlinge durch die Nacht. Amerotke schritt an den Gefangenen vorbei. Man hatte sie auf die Knie gezwungen und ihnen die Hände hinter dem Kopf gefesselt. Ausgewählte Offiziere der Leibwache sichteten die Beute der Räuber, die diese in den Tragkörben der Dromedare verstaut hatten, und sorgten dafür, dass sie in eigens mitgebrachte Karren umgeladen und mit heiligen, mit den Emblemen des Anubis und des Osiris bestickten Tüchern bedeckt wurden. Senenmut eilte, den Helm unter den Arm geklemmt, zwischen den Männern hindurch und erteilte Befehle. Langsam, aber sicher veränderte sich das Gesamtbild. Die Nubier bildeten jetzt einen großen Kreis, der von an Stangen befestigten Pechfackeln erleuchtet wurde. Das flackernde Licht schuf eine gespenstische Atmosphäre. Die Leichen der Räuber waren übereinander gestapelt worden. Amerotke blickte einem Toten ins Gesicht. Er war sicher, den Geschichtenerzähler wieder zu erkennen, den er in der Speiseschänke gesehen hatte, als er sich mit Belet traf. Die Nubier hatten nur unbedeutende Verletzungen davongetragen; sie wurden gerade von dem Arzt, der die Truppen begleitete, versorgt. Senenmut war mit den Gefangenen beschäftigt. Es waren mindestens dreißig an der Zahl. Er schritt die Reihen ab und riss ihnen Masken und Turbane herunter. Amerotke folgte ihm.

»Du hattest Recht«, murmelte Senenmut, wobei er auf einen Gefangenen deutete. Dort, wo einst die Nase gesessen hatte, prangte eine hässliche Narbe. »Ein Teil dieser Galgenvögel stammt aus der Gemeinschaft der Nashörner. Die anderen sehen aus wie gewöhnliche Verbrecher; Gesindel, wie man es im Hafenviertel findet.«

Einige der Männer flehten um Gnade, andere knieten mit gesenktem Kopf regungslos im Staub. Amerotke musterte jeden von ihnen eindringlich. Bei einem blieb er stehen, einem hageren Mann mit schmalem Gesicht, leicht gekrümmter Nase und überheblich funkelnden Augen. Der Richter packte das Gewand des Mannes und riss es herunter. Schuppige Krokodilshaut kam zum Vorschein.

»Kennst du mich?« Amerotke beugte sich zu ihm herunter. »Du bist der Krokodilmann, nicht wahr?«

Ein höhnisches Schnauben war die Antwort.

»Wo sind Belet und Seli?«

Der Mann warf den Kopf zurück und spie Amerotke mitten ins Gesicht. Gleichmütig wischte sich der Richter den Speichel von der Wange.

»Mehr brauche ich nicht zu wissen.«

Er blieb bei dem nächsten Gefangenen stehen, der merkwürdig feminine Züge hatte und Juwelen in den Ohren und um den Hals trug.

»Und du musst der Schatten sein.«

Der Mann wandte den Blick ab.

»Was ist mit Belet und Seli?«, erkundigte sich Amerotke erneut. »Euren beiden Gefangenen?«

Die Schultern des Schattens begannen zu zittern. Der Krokodilmann brummte eine spöttische Bemerkung über die Zunge des Mannes. Amerotke wollte sein Verhör gerade fortsetzen, als Trompetenfanfaren durch die Nacht klangen. Hatschepsut kam in Begleitung einer Streitwagenschwadron auf sie zu. Sie hatte sich für diese Begegnung umgekleidet und Gesicht und Hände gewaschen. Auf dem Kopf trug sie die Kriegskrone Ägyptens, um ihre Schultern lag der prachtvolle juwelenbesetzte Nenes, der Königsmantel der Pharaonen. Über ihrer weißen Tunika trug sie einen ledernen Brustpanzer, Bronzeschienen schützten ihre Beine, und ihre Füße steckten in schweren Lederstiefeln. In einer Hand hielt sie eine Peitsche, in der anderen ein Krummschwert. Senenmut und Amerotke eilten auf sie zu und sanken vor ihrem Streitwagen auf die Knie. Sie stellte mit schneidender Stimme ein paar knappe, abgehackte Fragen. Senenmut erwiderte, die Räuber seien überwältigt, ein paar getötet und der Rest gefangen genommen worden, damit der göttliche Pharao über sie richten konnte.

»Über das Schicksal von Belet und Seli konnten wir nichts erfahren«, fügte Amerotke hinzu.

»Bringt einen von ihnen zum Sprechen«, befahl Hatschepsut.

Amerotke ließ den Blick über die Reihen der Gefangenen schweifen. Auf seinen Befehl hin schleiften zwei Nubier einen Nomaden zu ihm, der vor Furcht am ganzen Leibe zitterte. Zuerst behauptete er, nichts über den Verbleib des Schlossers und seiner Frau zu wissen. Als die Nubier begannen, mit Knütteln auf ihn einzuprügeln, brach er zusammen und gestand, die beiden lebend zuletzt auf einem Felsvorsprung gesehen zu haben.

»Dann wurden sie fortgeschafft«, winselte er, »aber nicht weit weg.«

Senenmut entsandte daraufhin augenblicklich drei Streitwagen mit Schufoy, dem Gefangenen und zwei Offizieren ins Tal der Könige.

»In der Zwischenzeit werde ich mir diese Bande einmal genauer ansehen«, verkündete Hatschepsut.

Sie stieg von ihrem Streitwagen, bahnte sich in Begleitung von Senenmut und Amerotke einen Weg durch die Reihen der Soldaten und trat in die Mitte des großen Kreises. Amerotke hatte schon viele Gerichtsverhandlungen mit anschließender Urteilsverkündung unter freiem Himmel erlebt, aber dieser Szene haftete etwas Barbarisches an – die schweigenden, im Kreis aufmarschierten Soldaten, die unter den heiligen Tüchern verborgenen Schätze, die lange Reihe der auf dem blutgetränkten Boden knieenden Gefangenen und das gelegentliche Gebrüll der auf Beute lauernden Raubkatzen. Der Nachthimmel wurde allmählich heller, die Sterne verschwanden, und der kühle Wind strich über die erhitzten Leiber. Hatschepsut schien das alles nicht zu bemerken. Ihr Interesse galt einzig und allein den Gefangenen. Ab und an zwang sie einen Mann mit der Spitze ihres Schwertes, den Kopf zu heben.

»Wer ist der Krokodilmann?«, schnarrte sie.

Der Richter deutete auf den Anführer der Bande. Hatschepsut bohrte ihm die Spitze ihres Schwertes in die weiche Haut unterhalb des Kinns, sodass der Mann sie ansehen musste. Nackte Furcht war in seinen Augen zu lesen.

»Verflucht sollst du sein!«, zischte Hatschepsut. »Verflucht im Leben wie im Tod! Verflucht auf dieser Erde und in der ewigen Dunkelheit, die dich nach deinem Tod erwarten wird!«

Die neben dem Krokodilmann liegenden Männer stöhnten unterdrückt auf. Der Fluch des Pharaos zog einen langsamen und besonders qualvollen Tod nach sich. Der Krokodilmann schluckte hart. Ein flehender Ausdruck trat in seine Augen. Hatschepsut zog das Schwert zurück, berührte mit dessen Spitze nun den Nacken und zwang ihn so, den Kopf zu senken. Der Mann wand sich stöhnend in seinen Fesseln, doch Hatschepsut gab nicht nach, bis seine Stirn den Boden berührte. Der Krokodilmann verlor das Gleichgewicht und kippte zur Seite. Hatschepsut ging weiter, während zwei Soldaten ihn unsanft wieder hochrissen.

Immer wieder schritt Hatschepsut die Reihe auf und ab. Amerotke fragte sich im Stillen, ob sie den Verstand verloren hatte. Ihr Gesicht wirkte maskengleich starr, sie schien sich nicht bewusst zu sein, dass Senenmut und Amerotke ihr folgten. Schließlich wandte sie sich den Gegenständen zu, die die Räuberbande erbeutet hatte. Die heiligen Tücher wurden entfernt, und ein Priester zählte im Einzelnen auf, was aus dem Grab entwendet worden war: kleine Statuen und Figürchen, Armbänder, Ringe, Juwelen und vor allen die Kanopengefäße, die die inneren Organe ihres verstorbenen Vaters enthielten.

»All diese Sachen werden neu geweiht werden«, flüsterte der Priester ängstlich.

»Worauf du dich verlassen kannst!«, fauchte Hatschepsut. »Wesir Senenmut, du wirst persönlich dafür sorgen, dass all dies ins Haus der Anbetung im Königspalast geschafft und dort Tag und Nacht bewacht wird.« Sie hob das Schwert und deutete damit in Richtung der Stadt. »Wenn diese Angelegenheit abgeschlossen ist«, fuhr sie tonlos fort,

»werden du und ich«, ihr Blick wanderte zu Amerotke, »und du, oberster Richter, uns ins Tal der Könige begeben und dort wachen. Das Grab meines Vaters soll gereinigt und neu geweiht werden, die Fallen werden instand gesetzt und die Schlösser der Truhen und Schatullen erneuert. Die nächsten drei Jahre lang werden die Priester des Anubistempels besondere Opfer für das Seelenheil meines Vaters bringen und Wiedergutmachung leisten.«

Sie wandte sich ab. In diesem Moment rumpelten Streitwagen heran. Unter den Soldaten entstand Unruhe, ein Offizier schnauzte einen Befehl, und Hatschepsut, Senenmut und Amerotke eilten auf die Wagen zu. Die Lenker waren bereits ausgestiegen und legten gerade zwei sorgsam verschnürte Bündel auf den Boden. Dann schnitten sie die Stricke durch und zogen die Militärumhänge, in die die Leichen eingehüllt waren, zur Seite. Hatschepsut starrte in die toten Gesichter von Belet und Seli.

»Welch eine Verschwendung«, murmelte sie. »Und doch ...«

Sie brachte den Satz nicht zu Ende, doch Amerotke wusste, worauf sie anspielte. Sowohl der Schlosser als auch seine Frau hatten gewusst, wo sich das königliche Grab befand, und sie hatten – wenn auch gezwungenermaßen – an der Plünderung teilgenommen. Die beiden sahen aus, als ob sie schliefen. Als Hatschepsuts Offizier die Köpfe zur Seite drehte, sah Amerotke, dass beiden mit einem mächtigen Hieb der Schädel zertrümmert worden war.

»Sie müssen sofort tot gewesen sein«, meinte der Offizier. »Der Nomade verriet mir, wo sie begraben worden sind.«

»Wo ist er eigentlich?«, wollte Senenmut wissen.

»Er unternahm einen Fluchtversuch.« Der Offizier richtete sich auf. »Ich habe ihn unter den Rädern meines Wagens zermalmt.«

Schufoy drängte sich durch die Menge, die sich um die Toten geschart hatte. Im flackernden Licht der Fackeln wirkte sein Gesicht aschfahl. Tränen rannen ihm über die zerfurchten Wangen. Er stand einfach nur reglos da und schluchzte wie ein Kind. Amerotke ging zu ihm und nahm seine Hand.

»Sei nicht so traurig, Schufoy«, bat Hatschepsut. »Ich werde ihre Leichen nach Theben bringen lassen, wo sie ein anständiges Begräbnis erhalten sollen. Ihre Seelen werden gemeinsam über den Fernen Horizont reisen. Ich werde beten, dass mein Vater sie im Totenreich willkommen heißt. Und nun, Schufoy«, ihre Stimme wurde weicher, »blick deinem Pharao ins Gesicht.« Sie lächelte den Zwerg an. »Du wirst mich im Haus der Millionen Jahre besuchen. Ich habe von deinen Liebesgedichten gehört. Wir werden Lieder daraus komponieren, die du dann meinen Hofdamen vortragen kannst.« Ihr Lächeln verblasste, als sie sich an den Offizier wandte. »Lass die beiden Leichname fortschaffen und einbalsamieren. Die Kosten dafür tragen die Priester des Anubistempels. Und nun werde ich diese Aufrührer lehren, wie die Rache des Pharaos aussieht.«

Mit Senenmut und Amerotke an ihrer Seite ging sie an den Nubiern vorbei und blieb direkt vor den nebeneinander knienden Gefangenen stehen.

»Hört gut zu!« Ihre Stimme klang klar und kräftig. »Vernehmt das Urteil des Pharaos! Ihr habt das Grab meines Vaters, des Sohnes der Götter, ausgeraubt und geschändet. Ihr habt einen heimtückischen Frevel begangen. Mögen die Götter Ägyptens meine Zeugen sein! Ich verfluche euch im Leben wie im Tode! Ich verfluche eure Nachkommen! Mögen eure Seelen in der immerwährenden Dunkelheit umherirren und ewige Qualen erleiden!«

Entsetztes Stöhnen erklang in den Reihen der Gefangenen. Die Offiziere brachten sie mit Peitschenhieben zum Schweigen.

»Mögen Himmel und Erde Zeugen der Rache des Pharaos werden! Ihr habt euer Leben verwirkt. Eure Gebeine werden in der Wüste vermodern. Das Todesurteil ist hier und jetzt zu vollstrecken!«

Amerotke sah, wie zwei Nubier vortraten. Einer hielt eine Bogensehne in der Hand. Die beiden blieben vor dem ersten Gefangenen stehen. Einer hielt ihn fest, der andere legte ihm die Sehne um den Hals und erwürgte ihn langsam. Das gurgelnde Keuchen des Mannes jagte Amerotke einen Schauer über den Rücken. Er spürte, wie ihm der Schweiß ausbrach. Hinrichtungen waren immer ein grausiges Schauspiel, aber noch nie war ihm eine so schaurig vorgekommen wie diese. Er fühlte sich in eine Szene aus der Unterwelt versetzt: der Nachthimmel über der Wüste, die schweigende Zuschauermenge und die beiden schwarzen Todesboten, die von einem Opfer zum anderen schritten. Jede Hinrichtung wurde von dem qualvollen Stöhnen und unterdrücktem Schluchzen begleitet. Amerotke wandte bald den Blick von den im Todeskampf verzerrten Gesichtern, den aufklaffenden Mündern, heraushängenden Zungen und aus den Höhlen quellenden Augen ab. Hatschepsut jedoch verfolgte das Geschehen, ohne eine Miene zu verziehen. Erst als die Reihe an den Krokodilmann kam, schritt sie ein.

»Den nicht!«, befahl sie.

Die Henker setzten ihr Werk fort. Schließlich war es vollbracht, und sie stellten sich zu beiden Seiten des Krokodilmannes auf. Hatschepsut bestieg ihren Streitwagen, packte die Zügel und trieb die Pferde mit einem Zungenschnalzen an. Knarrend setzte sich der Wagen in Bewegung. Vor dem Krokodilmann hielt sie an.

»Für dich«, rief sie mit weithin hallender Stimme, »wird es keinen schnellen Tod geben! Verflucht bist du, und verflucht bleibst du! Schneidet ihm Nase und Ohren ab, stecht ihm die Augen aus und entmannt ihn!«, wies sie die Nubier an, dann deutete sie auf das Tal. »Verscharrt ihn dort, am Eingang des Tales. Aber begrabt ihn lebendig! Die Raubtiere der Wüste können sich an seinem Körper und die Ungeheuer der Unterwelt an seiner Seele gütlich tun.«

Der Krokodilmann öffnete den Mund, um um Gnade zu winseln, doch die Henker hatten ihn schon gepackt und drückten seinen Kopf in den Staub. Hatschepsut winkte Senenmut zu sich und nahm die Zügel wieder auf. Ihre Augen loderten, als sie sich an Amerotke wandte.

»Wir kehren jetzt nach Theben zurück, Amerotke. Dort

will ich ein Bad nehmen, eine Mahlzeit einnehmen und dann schlafen. Ich muss darüber nachdenken, was mit Tuschratta und Prinzessin Wanef geschehen soll. Mögen die Götter mir Kraft und ein langes Leben schenken. Ich werde diesem sauberen Pärchen zeigen, was es heißt, den Zorn des Pharaos zu erwecken.« Mit diesen Worten wandte sie sich ab und der königliche Streitwagen verschwand in der Dunkelheit.

Amerotke blieb allein an diesem Ort des Todes zurück. Das entsetzliche Geschehen, das er soeben mit angesehen hatte, verdunkelte ihm die Seele.

»Herr?«

Amerotke fuhr herum. Ein Offizier hielt ihm eine Ledertasche hin, deren Inhalt leise klirrte.

»Sie war Eigentum des Schlossers.«

Amerotke nahm die Tasche entgegen, öffnete sie und betrachtete den Inhalt. Gerade als er sie wieder schließen wollte, erweckte etwas seine Aufmerksamkeit – ein Schlüsselrohling, dessen Ende wie ein Schakalskopf geformt war. Amerotke wog ihn in der Hand und seufzte, als ihm die Bedeutung seines Fundes aufging. Natürlich, Khety und Ita hätten nie einen der angesehenen Schlosser Thebens damit beauftragt, eine Kopie eines so auffälligen Schlüssels anzufertigen. Auch sie hatten sich mit ihrem heiklen Anliegen an Belet im Dorf der Nashörner gewandt. Amerotke schloss die Augen. Er sah Belet wieder im Garten der Speiseschänke sitzen.

»Also hast du dich doch nicht immer an den rechten Weg gehalten«, murmelte er.

»Herr?«

Schufoy löste sich aus der Dunkelheit.

Amerotke erhob sich und verbarg seinen Fund vor den Augen des Zwerges.

»Komm, kleiner Mann«, drängte er. »Lass uns heimgehen, einen Krug Wein leeren und ein Liebeslied singen, um die Dunkelheit zu vertreiben.

ANUBIS – Beschützer der Isis

EPILOG

Leben, Gesundheit und Wohlergehen!« Die Menge jubelte, als Hatschepsut, in die prächtigen Gewänder des Pharaos von Ägypten gehüllt, in einer aus Gold und Silber gefertigten Sänfte zu den mächtigen Pylonen getragen wurde, die den Eingang des Anubistempels säumten. Unbeweglich wie eine Statue saß sie da. Die Sonnenstrahlen fingen sich in den Juwelen und den kostbaren Perlen, mit denen ihre Krone und ihr Mantel besetzt waren. Krummstab und Geißel hielt sie fest gegen die Brust gedrückt. Der göttliche Pharao geruhte, sich den Blicken der Sterblichen auszusetzen.

»Sie hat ihren Arm erhoben!«, sangen die Priester.

»Sie hat ihre Stärke unter Beweis gestellt!«

»Sie hat ihre Feinde zerschmettert!«

Der Refrain wurde von den hinter den Priestern dahinschreitenden Chorsängern aufgenommen. Die Verse waren eigens verfasst worden, um Hatschepsuts großen Sieg über Tuschratta zu preisen.

> »Unser Pharao verkörpert den Willen des Ra!
> Sie hat ihr Volk beschützt.
> Ihr Wort dringt bis ans Ende dieser Welt.
> Könige und Prinzen erzittern vor ihr.
> Sie werfen sich vor ihr in den Staub
> und huldigen ihrer Pracht.
> Ihr Ruhm überstrahlt den Glanz der Sonne.
> Sie allein schützt Ägyptens Grenzen
> und schwebt wie der mächtige Adler über dem
> Wüstensand.
> Heil dir, o Pharao, geliebt von den Göttern!
> Du gleichst der löwenköpfigen Sechmet.
> Dein Name wird ewig bestehen.«

Amerotke, der neben der Sänfte ging, verbarg sein Lächeln. Hatschepsut selbst hatte auf dieser Hymne bestanden.

Die Sänger fuhren fort:

»Die Erde in Länge und Breite
von West nach Ost ist dir untertan!
Deine Feinde beugen das Knie vor dir.
Du hast Skorpione und Vipern zertreten.
Doch dein Herz ist erfüllt von Güte
und deinen Händen entströmt Korn und Öl.«

Als sie das Tempelgelände betraten, stimmten die *heset* und der Tempelchor in den Gesang mit ein.

»Die Schönheit Amuns erleuchtet dein Gesicht.
Der Ruhm des Horus überzieht deinen Leib.
Herz aus Feuer! Licht des Lichtes!
Die Pracht Amun-Ras!«

Hatschepsut starrte mit steinerner Miene ins Leere, während die königliche Leibwache die begeisterte Menge zurückdrängte. Die königlichen Fächerträger schwenkten riesige, mit kostbaren Parfümen getränkte Straußenfedern, um die Nase der Göttlichen zu erfreuen. Amerotke musterte Hatschepsuts Fußschemel verstohlen: die Holzfigur eines gefallenen Kriegers, der eine Mitanni-Uniform trug. Die Prozession bewegte sich langsam die Stufen empor. Die großen Zedernholzportale des Tempels schwangen auf, einige Priesterinnen traten heraus und schüttelten die heiligen Sistren. Weihrauchduft erfüllte die Luft, als sie die Stufen mit geweihtem Wasser besprengten und mit wohlriechenden Blüten bestreuten.

Die Mitanni-Delegation wartete im Inneren des Tempels. Hatschepsut hatte darauf bestanden, dass sie auf den Knien verharrten. Tuschratta war nicht erschienen, er hatte behauptet, von einer geheimnisvollen Krankheit befallen worden zu sein. Hohe Beamte und Offiziere drängten sich um die Sänfte; bereit, den göttlichen Pharao zu ihrem Thron zu eskortieren. Auf Hatschepsuts leisen Befehl hin wurde ein riesiger Zedernholztisch hereingebracht, an dem der Friedensvertrag unterzeichnet werden sollte.

Hatschepsut saß schweigend auf ihrem Thron, Amerotke stand zu ihrer Rechten, während Senenmut im Namen Ägyptens und Wanef als Stellvertreterin von Tuschratta ihre Siegel unter den Vertrag setzten. Sowie dies geschehen war, traten die Mitanni-Abgesandten einzeln vor, knieten vor dem Thron nieder und küssten Hatschepsuts sandalenbekleideten Fuß.

Wanef kam als Letzte an die Reihe. Auch sie küsste Hatschepsuts Fuß, hob dann aber, um die Pharaonenkönigin ihre Verachtung spüren zu lassen, den Kopf und blickte sie herausfordernd an. Hatschepsut reagierte sofort. Entgegen aller Etikette legte sie Krummstab und Geißel zur Seite, beugte sich vor und nahm Wanefs Gesicht zwischen beide Hände, ehe sie sie als Zeichen der Zuneigung leicht auf die Braue küsste. Ein wachsamer Ausdruck trat in Wanefs Augen.

»Göttlicher Pharao«, flüsterte sie.

»Prinzessin Wanef«, wisperte Hatschepsut kalt. »Gewähre mir eine Bitte.«

»Welche?«

»Du bist nun meine Schwester.« Hatschepsut zog die Hände zurück, brachte aber ihr Gesicht ganz nahe an das der Mitanni-Prinzessin heran. »Für den Tod von Mensu, Hunro und Snefru wird euch keine Entschädigung gezahlt werden.«

»Natürlich nicht, o Göttliche. König Tuschratta hat bereits verfügt, dass …«

»Er kann verfügen, was er will«, gab Hatschepsut zurück. »Ich habe ihn jedoch um einen Gefallen gebeten. Er hat sich damit einverstanden erklärt, dass du, Prinzessin Wanef, in Theben bleibst, um das Band zwischen unseren Völkern zu festigen.«

Die Mitanni wurde unter ihrer Schminke totenbleich.

»Du wirst als Tuschrattas Botschafterin bei uns bleiben. Er hat darauf bestanden, dass du als unser Gast im Palast weilst, und wir sind selbstverständlich darauf eingegangen. Also wirst du künftig deine Tage im Haus der Millionen Jahre zubringen.«

»Aber ...«

»Willst du dich etwa weigern?« Hatschepsut lehnte sich zurück. »Es ist sowohl der Wille des Pharaos als auch der deines eigenen Königs. Du wirst dich doch unseren Wünschen nicht widersetzen?«

Wanef nahm sich zusammen. Die lodernde Wut war aus ihren Augen verschwunden und hatte nackter Furcht Platz gemacht.

Sie verneigte sich.

»Wenn der göttliche Pharao es wünscht ...«

»So ist es!«, erklang die schneidende Antwort.

Hatschepsut schnippte mit den Fingern, woraufhin Wanef sich zurückzog. Dann wandte sich Hatschepsut an Amerotke.

»Du hast deine Sache sehr gut gemacht. Nein, verbeuge dich nicht, hör mir einfach nur zu. Wanef wird in Theben bleiben.«

»Wie lange, Majestät?«

»Sie ist die wahre Mörderin, Mareb war nur ihr Werkzeug«, klang es nahezu unhörbar zurück. »Sie wird Theben nicht mehr lebend verlassen. Benia ist nicht die einzige Mitanni-Prinzessin, die in einem Sarg zu Tuschratta zurückkehrt.«

Mit diesen Worten griff die göttliche Hatschepsut wieder nach Krummstab und Geißel. Ein kaum merkliches befriedigtes Lächeln spielte um ihre Lippen.

NACHWORT

Dieser Roman spiegelt den politischen Hintergrund des Jahres 1479–1478 v. Chr. wider, als Hatschepsut an die Macht gelangte. Ihr Gemahl starb unter mysteriösen Umständen, und sie konnte sich erst nach erbitterten Machtkämpfen als Herrscherin etablieren. Unterstützt wurde sie dabei von dem ebenso ehrgeizigen wie intelligenten Senenmut, der aus ärmlichen Verhältnissen stammte und durch sie zu Ruhm und Ansehen kam. Sein Grab in der Nekropole von Theben-West ist noch erhalten; es trägt die Nummer TT 353 und enthält ein Porträt von Hatschepsuts engstem Vertrauten. Es besteht wohl kein Zweifel daran, dass Hatschepsut und Senenmut ein Liebespaar waren – ja, es ist sogar eine zeitgenössische Zeichnung bekannt, die auf sehr anschauliche Weise ihre intime Beziehung dokumentiert.

Hatschepsut war eine starke Herrscherin. Auf Wandgemälden wird sie oft als Kriegerin dargestellt, und aus Inschriften wissen wir, dass sie selbst Truppen in den Kampf geführt hat.

Ägyptens Herrscher lebten in ständiger Furcht vor etwaigen Übergriffen fremder Völker. Ägypten hatte keine natürlichen Grenzen, was es den Feinden erleichterte, durch das Rote Land hinter den Katarakten oder quer durch den Sinai zu ziehen und in die Städte einzufallen. Hatschepsut war wie alle großen Pharaonen bestrebt, dies zu verhindern. Die Karte am Anfang dieses Buches zeigt deutlich, welchen Gefahren das Land permanent ausgesetzt war. Wer den Nil kontrollierte, beherrschte auch Ägypten. Dieser Roman beschreibt zugleich auch die komplexen Schachzüge, die Ägyptens Pharaonenkönigin anwenden musste, um von Volk, Priesterschaft, Armee und vor allem von ihren Feinden als die ›Göttliche‹, als Herrscherin der beiden Länder anerkannt zu werden.

Die Vielschichtigkeit und Raffinesse des Komplotts, das die Mitanni gegen Ägypten geschmiedet haben, zeichnet zugleich auch ein anschauliches Bild des Zeitgeistes. Könige wurden wegen ihrer Klugheit und ihrer Fähigkeit, Gegner in ausgeklügelte Fallen zu locken, geschätzt. Man zog nicht allein in den Krieg, um den Feind zu besiegen und zu unterwerfen, sondern hauptsächlich, um ihn zutiefst zu demütigen. Friedensverträge wurden häufig ausgehandelt, aber nur äußerst selten eingehalten. Immer wieder wird zum Beispiel im Alten Testament beschrieben, wie die Könige Israels provoziert wurden, bis es zum Krieg kam, und dass die verfeindeten Völker mit aller Macht danach trachteten, einander Demütigungen zuzufügen. Es wurden Geiseln genommen, heilige Objekte wie zum Beispiel die Bundeslade gestohlen, Schreine entweiht und die besiegten Herrscher körperlich und geistig erniedrigt. Diese Politik verfolgte den einzigen Zweck, den errungenen Sieg jedermann bildlich vor Augen zu führen.

Ich habe versucht, dieser interessanten und faszinierenden Kultur in meinem Roman gerecht zu werden. Dem exotischen, geheimnisvollen Zauber, den das alte Ägypten auch heute noch ausübt, kann man sich nur schwer entziehen. Zwar hat diese Kultur vor über dreieinhalbtausend Jahren existiert, aber wenn man Gedichte und Briefe aus der damaligen Zeit liest, fühlt man eine tiefe Nähe zu diesem Volk, das über die Jahrhunderte hinweg zu uns zu sprechen scheint.

Paul Doherty